노벰버
로드

NOVEMBER ROAD: A NOVEL
Copyright ⓒ 2018 by Lou Berney
All rights reserved

Korean translation copyright ⓒ 2019 by NEVERMORE BOOKS
Korean translation rights arranged with William Morrow, an imprint of HarperCollins Publishers through EYA (Eric Yang Agency)

이 책의 한국어판 저작권은 EYA (Eric Yang Agency)를 통해 HarperCollins Publishers와 독점 계약한 네버모어가 소유합니다.
저작권법에 의하여 한국 내에서 보호를 받는 저작물이므로 무단 전재 및 복제를 금합니다.

NOVEMBER ROAD
LOU BERNEY

노벰버 로드

루 버니 장편소설
박영인 옮김

Praise for November Road

"사람들이 정말 괜찮은 소설이 읽고 싶다고 말할 때, 그건 곧 손에서 쉽게 내려놓을 수 없는 소설을 의미한다.《노벰버 로드》는 그들이 원하는 딱 그런 소설이다. 단연 독보적인 작품." **스티븐 킹**

"감동적인 사랑 이야기와 잔혹한 액션이 한데 섞인 훌륭한 작품. 루 버니의 필력 또한 대단하다.《노인을 위한 나라는 없다》에 견줄 만하다."
《선데이 타임스》 베스트셀러 《렛 잇 블리드》,《부활하는 남자》의 작가, 이언 랜킨

"케네디 저격 사건을 바탕으로 한 음모 이론이 달콤쌉쌀한 사랑 이야기를 만났다."《선데이 타임스》 베스트셀러 《인어의 노래》의 작가, 발 맥더미드

"《노벰버 로드》는 매우 뛰어난, 쉽게 잊지 못할 경험이었다. 친구들에게 추천할 만한 작품이자 다시 읽어봐도 좋을 작품이다. 경이로운 작가 루 버니의 이번 작품은 단연 훌륭한 작품이며 기막히게 멋진 소설이다."《뉴욕 타임스》 베스트셀러 《개의 힘》,《더 포스》의 작가, 돈 윈슬로

"미국 고전에 못지않은 작품. 강력하고 스릴 넘치며, 흉터처럼 쉬이 지워지지 않을 작품이다."
《뉴욕 타임스》 베스트셀러 《우먼 인 윈도》의 작가, A. J. 핀

"루 버니는 단시간에 독보적인 범죄 소설가들 중 하나로 등극했다. 이 조용하고도 궁극적인 힘을 가진 작가는 고루한 독자층까지 단번에 빨아들이는 매력을 발산한다. 《노벰버 로드》는 그에게 기대할 수 있는 모든 것, 아니, 그 이상이 담긴 작품이다."
《뉴욕 타임스》 베스트셀러 《죽은 자는 알고 있다》의 작가, 로라 립먼

"2018년에 출간된 소설들 중 가장 좋아하는 작품. 《노벰버 로드》는 루 버니의 걸작이다."
《선데이 타임스》 베스트셀러 《The Chain》의 작가, 에이드리언 매킨티

"《노벰버 로드》에서 루 버니는 범죄 소설이 보여줄 수 있는 모든 것을 보여주고 있다―미국의 전체 풍경을 담은 아슬아슬한 이야기와 당신이 알고 있는 그 어떤 인물보다도 실감나는 캐릭터들까지…. 올해 읽은 책들 중 순위를 매기자면 단연 1등이다. 2등에 위치한 작품은 그 발밑을 쫓지도 못했을 정도다."
《뉴욕 타임스》 베스트셀러 《록 아티스트》의 작가, 스티브 해밀턴

"《노벰버 로드》는 장르 구분을 거역하는 스릴러다. 구성과 문체가 훌륭하며, 1960년대 미국의 모순적인 시대상을 매우 잘 묘사했다. 또한 순수와 폭력, 열망에 대해서도 잘 그려내고 있다."
《뉴욕 타임스》 베스트셀러 《Wonder Valley》의 작가, 아이비 포코다

"부산한 서두에서부터 비통한 말미까지, 루 버니는 우리를 인생 여정으로 안내한다. 이건 범죄 이야기이자 사랑 이야기이며 뿌리 깊이 미국적인 이야기다. 《노벰버 로드》를 통해 루 버니는 그가 오늘날 활동하는 재능 많은 범죄 소설 작가들 중 하나라는 사실을 증명해 보였다."
《뉴욕 타임스》 베스트셀러 《You Will Know Me》의 작가, 메건 애봇

"《노벰버 로드》는 범죄 소설들 중 보석과 같은 작품이다. 모든 방면에 있어 몰입감 있으며 흠잡을 데 없다."
《뉴욕 타임스》 베스트셀러 《What She Knew》의 작가, 길리 맥밀런

"감동적이고 필력 좋은 작품이자 매우 무서운 작품."
《선데이 타임스》 베스트셀러 《산 자의 땅》의 작가, 니치 프렌치

"날카롭고, 영리하며 예리한 작품. 반짝이는 수면 아래 진짜 감성이 자리하고 있다. 루 버니는 미국의 범죄 소설 분야를 최고 수준으로 올리는 데 기여하고 있다." 《메트로》

"에드거 상에 빛나는 루 버니가 발표한 이 뛰어난 신작은 사람들이 스스로 변화해가는 이야기에 범죄 소설적 요소를 녹여놓았다."
《시카고 선-타임스》

"에드거 상 수상에 빛나는 작가 루 버니는 이 감동적인 소설에서 예측하지 못한 방향으로 스토리를 구성한다. 단순한 음모이론 스릴러 그 이상인 훌륭한 작품이다." 《퍼블리셔스 위클리》

"올해 출간된 작품들 중 가장 독창적이고, 예측 불가한 작품들 중 하나." 《워싱턴 포스트》

"루 버니의 문체는 흠잡을 데 없으며,《노벰버 로드》속의 그가 창조한 캐릭터들 역시 놀랍도록 매력적이다."
《스펙테이터》

"《노벰버 로드》는 올해 가장 인상적인 작품들 중 하나이다. 가슴 저미도록 슬프며, 달콤쌉싸름하고, 쉽게 잊히지 않는다."
《데일리 메일》

"루 버니의 감성적이고 공감 어린 이야기는 영혼 잃은 두 명의 주인공의 관계를 유발하는 역동성을 한순간도 놓치지 않는다. 또한 선명한 배경 묘사를 통해 보다 더 큰 스케일을 그려낸다. 페이지를 넘기는 독자들에게서는 단 한 마디의 불평도 나오지 않을 것이다."
《엔터테인먼트 위클리》

"루 버니는 매우 정교하게 음색을 다듬으며 가락을 연주하는 동시에 놀라울 정도로 깊이 있는 캐릭터들을 창조해냈다. 독자들로 하여금 이야기에 빠져들게 하는 완벽한 소설이라 할 수 있다."
《북리스트》

"《노벰버 로드》는 1963년 말 며칠간의 시간을 완벽하게 그려내고 있다. 아련한, 그러나 필연적으로 수평선 너머로 잊힌 모든 것들을."
《커커스 리뷰》

"놀라울 정도의 필력을 뽐내는 동시에 솜씨 좋게 구성된 작품. 루 버니의 《노벰버 로드》는 올해의 베스트 소설들 중 하나다. 이 책을 읽은 독자들은 아주 오랫동안 작품에 대해 이야기하게 될 것이다."
〈리얼 북 스파이〉

"에드거 상 수상에 빛나는 루 버니의 이 훌륭한 작품은 대륙을 횡단하는 주인공들의 자동차 여정을 통해 그들 스스로 변화하는 이야기를 담은 범죄 소설이자, 잔혹한 역사적 사실을 배경으로 사랑과 구원의 힘에 대해 서술한 감동적인 이야기다." **〈연합통신사〉**

"《오래전 멀리 사라져버린》의 후속작인 이번 작품은 복잡하고 현실적인 두 캐릭터들의 관계를 깊이 있게 묘사하고 있다. 이 문학적인 범죄 스릴러는 데니스 루헤인 혹은 조지 펠레카노스의 독자들은 물론 그보다 더 광범위한 독자들까지 만족시킬 것이다."
〈라이브러리 저널〉

"《노벰버 로드》가 그저 좋은 소설이 아니라 아주 훌륭한 소설이라는 것을 알리게 되어 기쁘다. 이 작품은 처음의 한두 문장에서부터 천장을 뚫고 솟구쳐 오른다. 달콤쌉쌀한 마지막에 이르기까지 흥미진진하고, 유머스러우며 조금은 짓궂기도 한 작품." **〈북리포터〉**

애덤, 제이크, 샘에게 바칩니다.

1963

1

보라! 사악한 영광에 빛나는 빅 이지*를!

프랭크 기드리는 툴루즈의 모퉁이에서 잠시 멈춰 휘황찬란한 네온의 불빛을 쬐었다. 지구상에서의 37년을 뉴올리언스에 살아온 그였지만, 프렌치쿼터**의 너저분한 불빛과 지글거리는 소리는 여전히 그의 혈류에 약물처럼 스며들었다. 촌놈과 동네 주민들, 좀도둑과 사기꾼들, 불 먹는 묘기를 부리는 자들과 마술사들. 2층 발코니 철제 난간에 늘어져 있는 고고 댄서의 한쪽 젖가슴이 스팽글 가운에서 삐져나와 안에서 흘러나오는 재즈 트리오의 박자에 발맞춘 메트로놈처럼 흔들거렸다. 〈나이트 앤 데이(Night and Day)〉를 연주하는 베이스, 드럼, 피아노. 하지만 그것이 바로 당신의 뉴올리언스다. 도시의 저질 나이트클럽에서 연주하는 형편없는 밴드도 스윙***을 할 수 있었다. 맙소사, 그 스윙을 말이다.

한 남자가 거리를 정신없이 달리며 살인이라고 외치고 있었다. 발

---

*   Big Easy: 뉴올리언스의 별칭.
**   French Quarter: 뉴올리언스의 구시가지.
*** Swing: 1930년대 중반에서 1940년대 초반의 10여 년에 걸쳐 미국 뉴욕을 중심으로 성행한 재즈 연주 스타일. '스윙 재즈' 또는 '스윙 스타일'이라고도 부른다.

에 불이 나도록 도망가는 남자 뒤로 한 여자가 정육용 칼을 흔들며 역시나 소리를 질렀다.

기드리는 그들 앞을 부드럽게 비켜섰다. 모퉁이의 경찰은 하품을 했다.

'500'클럽 밖에 선 곡예사는 공을 떨어뜨리지 않았다. 버번가의 또 다른 수요일 밤이 그렇게 흘러가고 있었다.

"거기요!"

발코니의 고고 댄서가 술에 취한 뱃사람 둘을 향해 젖가슴을 흔들었다. 그들은 연석에 휘청거리며 서서는 동료가 배수로에 속을 게워 내는 모습을 지켜보고 있었다.

"얼른 와서 나한테 술이나 한 잔 사요!"

뱃사람들이 그녀를 올려다보았다.

"얼마예요?"

"얼마 있어요?"

기드리는 미소를 지었다. 결국 세상은 돌아간다. 고고 댄서는 부풀린 머리 위로 검은색 벨벳의 고양이 귀 머리띠를 쓰고 있었다. 가짜 속눈썹은 너무도 길어 기드리는 그녀가 과연 앞이나 제대로 볼 수 있을지 의아했다. 어쩌면 그걸 노린 것일지도 모르겠다.

그는 사람들 무리를 뚫고 비엥빌로 들어섰다. 기드리는 젖은 아스팔트와 똑같은 회색의 네일헤드* 정장 차림이었다. 그의 재단사가 이탈리아에서 특별히 주문한 가벼운 울 실크 소재의 옷감으로 만든 것이었다. 흰색 셔츠에 진홍색 넥타이. 모자는 쓰지 않았다. 미국 대통령에게 모자가 필요 없다면, 기드리에게도 역시 필요 없었다.

---

* Nailhead: 바둑판무늬.

그는 로열가에 접어들었다. 몬텔레오네 호텔의 보이가 그를 위해 재빨리 문을 열어주었다.

"잘 지내셨어요, 기드리 씨?"

"그래, 토미. 실은 말이지, 새로운 것들을 배우기에는 이제 내가 너무 늙었어. 예전의 것들도 여전히 쓸 만하지만 말이야."

기드리가 말했다.

캐루젤 바는 평소처럼 붐볐다. 기드리는 홀을 가로지르며 안녕하세요 안녕하세요 안녕하세요 어떻게 지내요 어떻게 지내요 어떻게 지내요를 반복했다. 그는 여러 사람과 악수를 하고 등을 때리며 뚱뚱보 필 로렌초에게 저녁을 먹은 건지 아니면 음식을 가져온 웨이터를 먹은 건지 물어보았다. 그러자 웃음이 터져 나왔다. 샘 사이아 밑에서 일하는 소년들 중 한 명이 기드리의 목에 팔을 두르고는 그의 귀에 속삭였다.

"얘기 좀 해요."

"그렇다면 해야지."

기드리가 말했다.

뒤쪽 구석 테이블. 기드리는 그곳의 전방 시야가 마음에 들었다. 인생의 변하지 않는 진리 하나. 누군가에게 쫓기고 있다면, 상대방이 다가오는 것을 먼저 알아채야 한다.

웨이트리스가 매캘런 더블을 온더록스로 가져왔다. 샘 사이아의 소년은 이야기를 시작했다. 기드리는 술을 마시며 공간 안의 움직임들을 지켜보았다. 여자들에게 추근거리는 남자들, 남자들에게 추근거리는 여자들. 연기의 베일을 쓴 미소와 거짓말과 시선들. 드레스의 가장자리 아래로 미끄러져 들어가는 손, 귀를 쓸고 지나가는 입술. 기드리는 그런 것들을 사랑했다. 이곳의 사람들은 모두 작업 들어갈 지점을 노리고 있었다. 바로 약점 말이다.

"이미 장소는 준비됐어요, 프랭크. 아주 완벽해요. 그자가 건물과 지하 술집을 갖고 있다니까요. 싼값에 우리에게 넘길걸요. 물론 공짜로 넘기는 편이 좋겠지만."

"테이블 게임장을 차려보면 어떨까."

기드리가 말했다.

"전부 고급으로. 진짜 카펫 조인트* 말이야. 하지만 경찰들은 선뜻 우리를 만나려 하지 않을 거야. 그러니 네가 그 재수탱이 도시를 잘 구워삶아야 해. 그의 취향은 알고 있지?"

뇌물의 예술. 기드리는 사람들 면면의 값을 제대로 파악하고 있었다. 거래를 종결지을 수 있는 마지막 키커 말이다. 소녀를 대줄까? 아니면 소년? 그도 아니면, 둘 다? 아니, 기드리의 기억으로, 8구역 담당 경위 도시에게는 애들러 다이아몬드 귀고리 한 쌍을 매우 흡족해할 아내가 있었다.

"카를로스도 발 담글 수밖에 없을 거야."

기드리가 말했다.

"이게 괜찮은 투자라는 걸 프랭크가 카를로스에게 얘기만 해준다면, 발을 담그겠지요. 그 작업에 지분 5포인트 줄게요."

바에 앉은 빨간 머리 여자가 기드리를 쳐다보고 있었다. 그녀는 그의 짙은 색 머리카락과 올리브빛 피부, 호리호리한 몸매와 두 뺨의 보조개, 케이준**, 그리고 초록색 눈이 마음에 들었을 것이다.

"5?"

---

* Carpet Joint: 엔터테인먼트와 식음료 등을 제공하는 안락하고 호화로운 시설의 카지노.
** Cajun: 프랑스인 후손으로, 프랑스 고어의 한 형태인 케이준어를 사용하는 미국 루이지애나 사람을 일컫는 말.

기드리가 말했다.
"왜 그래요, 프랭크. 대부분의 작업은 우리가 하잖아요."
"그렇다면 내가 필요 없겠지, 안 그래?"
"이성적으로 생각해요."
기드리는 빨간 머리가 회전목마의 느린 회전에 맞춰 신경을 곤두세우고 있다는 것을 알 수 있었다. 그녀의 여자친구가 그녀를 부추겼다. 캐루젤 바 의자의 실크 등판에는 손으로 자수를 놓은 정글의 야수들이 그려져 있었다. 호랑이, 코끼리, 하이에나.
"아, '맹위를 떨치는 자연'이여."
기드리가 말했다.
"네?"
사이아의 소년이 말했다.
"테니슨 경을 인용한 거야, 이 미개한 친구야."
"10포인트요, 프랭크. 그게 최선이에요."
"15. 그리고 짬나는 대로 책 좀 들여다보라고. 이제 그만 사라져."
사이아의 소년은 부아가 치미는 듯 그를 노려보았지만, 그것이 바로 수요와 공급의 무례한 현실이었다. 도시 경위는 뉴올리언스에서 가장 다루기 힘든 사람이었다. 그를 주무를 수 있는 건 오직 기드리뿐이었다.
그는 스카치를 한 잔 더 주문했다. 빨간 머리는 담배를 끄더니 그에게 다가왔다. 그녀는 클레오파트라의 눈을 하고 있었고—그가 가장 마지막으로 본 바로는—황금빛이 도는 갈색 피부를 갖고 있었다. 그녀는 어쩌면 마이애미 혹은 라스베이거스에서 출발해 기착지에 잠시 머물고 있는 승무원일지도 모르겠다. 그녀는 대담하게도 그에게 묻지도 않고 자리에 앉았다.

"저기 있는 제 친구가 그쪽을 멀리하라고 하던데요."

그녀가 말했다.

기드리는 그녀가 이 첫 말을 선택하기까지 머릿속으로 얼마나 많은 후보군들을 시연해보았을지 궁금해졌다.

"그런데도 여기 이렇게 오셨군요."

"그쪽한테 굉장히 흥미로운 친구들이 많다고 해서요."

"덜떨어진 녀석들도 많죠."

기드리가 말했다.

"'그 사람' 밑에서 일한다면서요."

그녀가 말했다.

"악명 높은 카를로스 마르첼로?"

"사실이에요?"

"그런 얘긴 처음 듣는데요."

그녀는 자신의 술잔에 담긴 체리를 갖고 놀았다. 그녀는 열아홉, 스무 살 정도였다. 2년 내에 그녀는 부유층을 대상으로 하는 거대 은행의 회계사와 결혼해 정착하게 될 것이다. 하지만 지금의 그녀는 모험을 원하고 있었다. 기드리는 기꺼이 응할 생각이었다.

"궁금하지 않아요? 왜 제가 그쪽을 멀리하라는 친구 말을 듣지 않았는지?"

빨간 머리가 말했다.

"원하는 걸 손에 넣을 수 없다는 얘기가 듣기 싫었겠죠."

그가 말했다.

그녀는 한눈파는 사이에 그가 자신의 지갑을 훔쳐보기라도 한 듯 눈을 가늘게 떴다.

"맞아요."

"저도 그래요. 인생은 한 번뿐이죠. 매 순간을 즐기지 않는다면, 그러니까 열린 가슴으로 기쁨을 맞이하지 않는다면 과연 누구의 잘못일까요?"

기드리가 말했다.

"저도 인생을 즐기고 싶어요."

그녀가 말했다.

"듣던 중 반가운 얘기네요."

"제 이름은 아일린이에요."

기드리는 매키 파가노가 술집에 들어오는 것을 보았다. 면도도 하지 않아 수척하고 까칠한 잿빛의 매키는 바위 밑에서 며칠 동안 살다 나온 사람처럼 보였다. 그는 기드리를 포착하고는 그를 향해 턱을 들어 올렸다.

아, 매키. 당신의 타이밍은 정말 형편없어. 하지만 그에게는 운을 가려내거나 돈이 되지 않을 거래는 결코 가져오지 않는 혜안이 있었다.

기드리가 자리에서 일어섰다.

"여기서 기다려요, 아일린."

"어디 가요?"

그녀가 깜짝 놀라 말했다.

그는 공간을 가로질러 매키를 포옹했다. 헉, 맙소사. 매키는 그의 험한 외관만큼이나 지독한 냄새를 풍겼다. 지금 즉시 샤워를 하고 새 정장으로 갈아입어야 했다.

"완전 끔찍한 파티에라도 다녀왔나 봐요, 맥. 날 제대로 대접해달란 말이에요."

"자네에게 의뢰할 건이 있어."

매키가 말했다.

"그럴 줄 알았어요."

"같이 걷지."

그는 기드리의 팔을 잡고 바깥 로비로 이끌었다. 담배 판매대를 지나고 황량한 복도를 따라 내려가다가 또 다른 복도에 접어들었다.

"쿠바에라도 갈 생각이에요, 맥? 거기서는 그 수염이 그리 좋게 평가받지 못할 거예요."

기드리가 말했다.

그들은 마침내 뒤편에 자리한 관계자 출입구 문 앞에 멈춰 섰다.

"의뢰 건이 뭐예요?"

기드리가 말했다.

"없어."

매키가 말했다.

"뭐라고요?"

"자네랑 얘기하고 싶어서."

"아까 나한테 이보다 더 급한 일이 있었다는 걸 눈치챘을 텐데요."

기드리가 말했다.

"미안해. 내가 지금 곤경에 빠졌거든. 진짜 심각한 상황일지도 몰라."

기드리는 어떤 상황에서도 미소를 잃지 않았다. 지금도 마찬가지였다. 엄습하기 시작한 불안감을 감추고, 그는 매키의 어깨를 꽉 잡아 쥐었다. 괜찮을 거에요, 내 오랜 동료, 친구. 나빠 봤자 얼마나 나쁘겠어요? 하지만 기드리는 매키의 떨리는 음성이 심상치 않다고 여겼다. 기드리의 정장 코트 소맷자락을 단단히 붙잡은 그의 손아귀 힘도 마찬가지였다.

둘이 함께 캐루젤에서 나오는 것을 누가 봤을까? 누군가 지금 당장 저 모퉁이를 돌아 비밀스럽게 이야기하고 있는 두 사람을 발견한다면? 이 바닥에서 문젯거리란 감기나 임질처럼 쉽사리 전파되었다. 기드리는 잘못된 악수와 불운한 눈길 한 번으로도 곤경에 감염될 수 있다는 사실을 잘 알고 있었다.

"이번 주말에 집에 들를게요. 그때 얘기해요."

기드리가 말했다.

"지금 당장 도움이 필요해."

기드리는 차분하게 말했다.

"그만 가야 돼요. 그럼 내일, 맥. 맹세할게요."

"집에 안 들어간 지 일주일은 됐어."

매키가 말했다.

"그럼 장소를 대봐요. 맥이 원하는 곳에서 만나요."

매키는 그를 쳐다보았다. 그의 푹 꺼진 두 눈. 빛에 비친 그 눈은 다정해 보이기까지 했다. 매키는 기드리가 내일 약속에 대해 거짓을 말하고 있다는 것을 알고 있었다. 당연히 그럴 테지. 타고난 속임수는 기드리의 본성이었다. 하지만 그 미묘한 기술은 매키가 가르쳐준 것이기도 했다. 그 재능을 연마해 완성하는 데에는 그의 도움이 컸다.

"우리가 알고 지낸 지 얼마나 됐지, 프랭키?"

매키가 말했다.

"알겠어요. 그 감성 어린 접근."

기드리가 말했다.

"자네가 열여섯이었지."

열다섯의 기드리는 루이지애나의 어센션 패리시*에서 출발한 농장

---

* Parish: County에 해당하는 행정 구역으로, 뉴올리언스에서만 쓰이는 행정 구역 용어.

트럭에서 내려 포부르마리니 인근을 돌아다녔다. A&P의 진열대에서 훔친 콩이나 돼지고기 통조림으로 입에 풀칠을 했다. 하지만 매키는 그에게서 가능성을 봤고, 그에게 첫 일자리를 주었다. 1년간 매일 아침 기드리는 성베드로가의 매춘부들에게서 상납금을 걷어 전설적인 포주, 독사 곤살레스에게 가져다주는 심부름을 했다. 기드리가 그나마 가지고 있었을지 모르는, 인간 종자에 대한 로맨틱한 개념은 일당 5달러와 함께 순식간에 사라져버리고 말았다.

"제발, 프랭키."

"원하는 게 뭐예요?"

"세라핀을 만나봐. 어떤 상황인지 좀 알아봐줘. 어쩌면 내가 미쳤는지도 모르지."

"대체 무슨 일인데요? 아니, 아니에요. 신경 안 쓸래요."

기드리는 매키의 곤경이라는 것이 무엇인지 알고 싶지 않았다. 그저 자신의 곤경이 무엇인지에만 관심이 있을 뿐이었다. 매키와 엮이면서 달라질 자신의 상황 말이다.

"1년 전 일, 기억하겠지. 내가 그 판사에 대한 일을 의논하기 위해 누군가를 만나러 샌프란시스코에 갔을 때 말이야. 덕분에 카를로스가 전부 없던 일로 해줬지, 기억하지? 그런데…"

매키가 말했다.

"그만. 그래서 뭐요? 제길, 맥."

기드리가 말했다.

"미안해, 프랭키. 내가 믿을 수 있는 건 자네뿐이야. 그렇지 않았다면 부탁도 안 했을 거야."

매키는 잠자코 기다렸다. 기드리는 넥타이의 매듭을 느슨하게 풀었다. 본디 인생이란 이런 것이 아니던가? 빠른 계산이 이어졌다. 무게의 이동, 저울의 균형. 가장 최악의 결정은 남이 대신 내리는 결정이다.

"알았어요, 알았다고요. 하지만 내가 할 수 있는 것에도 한계가 있어요. 이해하죠?"

기드리가 말했다.

"이해해. 내가 여길 떠야 하는 건지만 알아봐줘. 그렇다면 오늘 밤에 뜰 생각이거든."

매키가 말했다.

"내가 소식 전하기 전까지 잠자코 있어요."

"난 프렌치먼가에 있는 달린 머넷의 집에 있을 거야. 나중에 그리로 직접 와. 메시지 남기지 말고."

"달린 머넷?"

"나한테 한 번 신세진 일이 있어서."

매키가 말했다. 그는 푹 꺼진 눈으로 기드리를 쳐다보았다. 간청의 눈길은 기드리에게 이렇게 말하고 있었다. *자네도 내게 신세 한 번 졌잖아.*

"소식 전하기 전까지는 쥐 죽은 듯이 있어요."

기드리가 말했다.

"고마워, 프랭키."

기드리는 로비에 있는 공중전화로 세라핀에게 전화를 걸었다. 그녀는 집에 없었다. 그래서 그는 메타리의 에어라인 고속도로에 있는 카를로스의 개인 사무실에 다시 전화를 걸었다. 이 번호를 알고 있는 사람들이 얼마나 될까? 열 명을 넘진 않을 것이다. 내가 지금 무엇을 하고 있는 거지!

"아직 금요일이 아니잖아, 몽 셰(*Mon cher*, 자기)?"

세라핀이 말했다.

"아니지. 하지만 남자는 수다나 좀 떨자고 전화하란 법 없나?"

"수다는 내 취미인데."

"카를로스 삼촌이 길에 흘린 동전을 찾고 있다는 소문을 들어서. 우리 친구 매키 말이야. 아니면 내가 잘못 안 건가?"

기드리는 부드럽게 바스락거리는 소리를 들었다. 세라핀은 기지개를 펼 때 등을 고양이처럼 구부리곤 했다. 그는 유리잔에 얼음 하나가 딸깍거리며 떨어지는 소리를 들었다.

"제대로 알고 있네."

그녀가 말했다.

제기랄. 결국 매키의 두려움은 영 근거 없는 것이 아니었다. 카를로스가 그를 죽이려 하는 것이다.

"듣고 있어, 몽 셰?"

제기랄. 매키는 기드리에게 천 번도 넘게 저녁식사를 샀다. 마르첼로 형제들에게 기드리를 소개해준 것도 그였다. 기드리가 이 세상에 존재한다는 사실을 그 누구도 알지 못할 때 그의 신원을 보증해준 사람이었다.

하지만 그건 모두 어제의 일이다. 기드리는 오로지 오늘의 일만, 내일의 것만 염두에 두었다.

"카를로스에게 프렌치먼가를 살펴보라고 해. 램파트 모퉁이에 초록색 셔터가 달린 집이 있어. 달린 머넷의 집. 꼭대기 층 뒤쪽 방이야."

기드리가 말했다.

"고마워, 몽 셰."

세라핀이 말했다.

기드리는 다시 캐루젤로 돌아갔다. 빨간 머리가 그를 기다리고 있었다. 그는 문가에 서서 잠시 그녀를 지켜보았다. 배심원단에 계신 신사 숙녀 여러분, '그렇습니다'인가요, '아닙니다'인가요? 그는 그녀가 슬슬 지치기 시작하는 모습이 마음에 들었다. 클레오파트라 아이라이너가 뭉개지고 있었고, 부풀렸던 머리는 납작하게 가라앉고 있었다. 그녀는 자꾸만 자신에게 다가오는 우울감을 떨쳐내며 손가락으로 빈 하이볼 잔의 가장자리를 어루만지고 있었다. 기드리에게 5분만 더 시간을 줘보자. 딱 5분만. 더 이상은 안 된다. 이번만큼은 진심이었다.

그는 매키의 일이 예상과 다르게 전개되었으면 했다. 세라핀이 잘못 알고 있어요, 몽 셰. 카를로스는 매키와 아무 일도 없었는걸요라고 말하길 바랐다. 하지만 이제 기드리가 할 수 있는 것이라고는 어깨를 으쓱이는 일뿐이었다. 무게와 측량, 간단한 산수다. 오늘 밤 누군가가 매키와 함께 있는 그의 모습을 보았을지도 모른다.

기드리는 위험을 감수하고 싶지 않았다. 뭐 하러?

그는 빨간 머리를 집으로 데려갔다. 그는 캐널가에 자리한 날렵하고 현대적인 고층 건물 15층에 살고 있었다. 철과 콘크리트 소재로 지은, 보안이 철저하고 안팎으로 구석구석 시원한 건물이었다. 여름에 도시의 여느 곳들이 모두 무더위에 시달릴 때 기드리는 땀 한 방울 흘리지 않았다.

"아, 정말 마음에 들어요."

빨간 머리가 말했다.

바닥부터 천장까지 이어진 채광창과 검은색 가죽 소파, 유리 장식과 크롬 도금의 바 카트, 고급 음향 시설. 그녀는 창가로 다가가 엉덩이에 손을 얹고 한쪽 다리에만 무게를 주어 서서 자신의 곡선을 드러내 보였다. 그리고 잡지에 나오는 모델들처럼 어깨 너머로 흘끗 돌아보았다.

"나도 언젠가는 이런 높은 곳에서 살고 싶어요. 모든 불빛과 별들을 한눈에 볼 수 있는 곳. 마치 로켓에 타고 있는 기분일 거예요."

기드리는 그녀가 오해하지 않기를 바랐다. 그녀를 데려온 것이 그저 대화나 나누고자 함이었다고 말이다. 그래서 그는 그녀를 창문 쪽으로 밀었다. 유리창에 압력이 가해지고 별들이 흔들거렸다. 그는 그녀에게 키스했다. 목에, 그리고 턱과 귀 사이의 부드러운 관절에. 그녀의 량방 향수 냄새 위로 담배꽁초의 냄새가 감돌았다.

그녀의 손가락이 그의 머리카락 속으로 파고들었다. 그는 그녀의 손을 잡고 그녀의 등 뒤로 고정시켰다. 그리고 다른 쪽 손으로 그녀의 치마 아래를 더듬어 올라갔다.

"아."

그녀가 말했다.

새틴 소재의 팬티. 그는 당장은 그것을 내버려둔 채 가볍게, 가볍게 그 아래의 윤곽을 훑어나갔다. 두 개의 손가락으로 모든 둔덕과 골짜기들을 미끄러지듯 나아갔다. 그러는 동시에 그녀가 그의 이빨을 느낄 수 있을 정도로 그녀의 목에 강하게 키스했다.

"아."

그녀의 이번 외마디는 진심이었다.

그는 고무 밴드를 밀어 그녀의 안으로 손가락을 집어넣었다. 넣었다가 뺐다가를 반복하며 엄지손가락 바닥으로 그녀의 음핵을 자극했고, 그녀가 좋아하는 리듬을 찾아 적당한 압력을 가했다. 그녀의 숨결이 거칠어지고 엉덩이가 들썩거리기 시작하자 그는 그 속도를 차차 늦추었다. 그녀의 목의 근육들이 순간의 놀라움으로 단단해졌다.

그는 잠시 기다렸다가 다시 시작했다. 전신에 한 줄기 전류가 도는 듯 그녀가 이완했다. 그가 다시 속도를 늦추었을 때 그녀는 누군가의 발에 채인 것처럼 헐떡이고 있었다.

"멈추지 말아요."

그녀가 말했다.

그는 뒤로 기대어 그녀를 쳐다보았다. 그녀의 눈동자는 반짝였고, 얼굴은 황홀감과 욕망으로 점철되어 있었다.

"제발이라고 말해요."

"제발요."

"다시 예쁘게 말해요."

"제발요."

그는 그녀를 끝냈다. 모든 여자들이 저마다 다른 방식으로 절정에 오른다. 눈이 가늘어지거나 턱이 돌출되거나 입술이 벌어지거나 콧구멍을 벌렁거리거나 한숨을 쉬고 울부짖기도 한다. 그래도 늘 한결같은 것이 하나 있었다. 그녀 주위를 도는 세상이 흰색의 원자성 섬광으로 번뜩이는 순간 말이다.

"아, 하느님 맙소사. 다리가 후들거려요."

빨간 머리의 조각난 세상이 다시금 제자리로 돌아왔다.

무게와 측량, 간단한 산수. 그와 기드리의 입장이 바뀌었더라도 매키 역시 같은 계산을 했을 것이다. 매키 역시 수화기를 들고 일말의 망설임도 없이 기드리가 했던 것과 똑같은 내용으로 통화를 했을 것이다. 그리고 기드리는 그의 행동을 존중했을 것이다. 세 라 비(C'est la vie, 이것이 인생이다). 적어도 그것이 이 특별한 삶의 방식이었다.

그는 빨간 머리를 돌려 그녀의 치마를 올린 뒤 팬티를 끌어내렸다. 그가 그녀의 안으로 들어가면서 또다시 유리창에 압력이 가해졌다.

집주인은 이 건물의 창이 허리케인에도 끄떡없을 거라 했지만, 그건 두고 볼 일이었다.

2

 샬럿은 폭풍우가 몰아치고 파도가 데크 위로 철썩이는 가운데 배의 교량에 홀로 선 자신의 모습을 상상했다. 범포가 찢기고 줄이 끊어졌다. 거기에 부서진 나무판자들 몇 개가 이리저리로 튕겨 나갔다. 차갑고 생기 잃은 햇빛에 샬럿은 이미 익사한 기분이었다.
 "엄마. 언니랑 내가 물어볼 게 있어."
 로즈메리가 거실에서 그녀를 불렀다.
 "와서 아침 먹어, 우리 쨱쨱이들."
 샬럿이 말했다.
 "가을 중 엄마가 제일 좋아하는 달이 9월이지, 맞지, 엄마? 제일 싫어하는 달은 11월이고?"
 "어서 와서 아침 먹어."
 베이컨이 타고 있었다. 샬롯은 거실 중앙에 대자로 누워 있는 개에 발이 걸려 신발이 벗겨지고 말았다. 부엌을 가로질러 오는 도중에—이제 토스트기에서 연기가 나기 시작했다—그녀는 또다시 개에 발이 걸렸다. 개는 몸을 꼬는가 싶더니 얼굴을 찡그리고 발작을 일으켰다.
 접시와 포크들. 샬럿은 한 손으로 주스를 따르면서 다른 한 손으로는 립스틱을 발랐다. 벌써 7시 30분이었다. 도대체 시간이 어디로 흘러간 거지?

이곳이 아닌 사방 어디론가 흩어졌겠지, 아마도.

"얘들아!"

그녀가 외쳤다.

둘리가 발을 질질 끌며 부엌에 들어왔다. 여전히 잠옷 차림에 엘 그레코의 성화에 나오는 순교자처럼 다 죽어가는 표정이었다.

"또 지각하겠어, 여보."

샬럿이 말했다.

그는 의자에 풀썩 주저앉았다.

"오늘 아침은 너무 기운이 없어."

샬럿은 당연히 그럴 것이라 생각했다. 마침내 현관문이 열리고 그가 쿵쾅거리며 들어와 복도를 거니는 소리를 들은 것이 새벽 1시였다. 그는 침대에 오르기 전 바지를 벗었지만, 너무 취한 나머지 외투 벗는 것을 잊고 말았다. 다른 말로 하자면, 여느 때와 마찬가지로 거나하게 취했던 것이다.

"커피 줄까? 토스트 만들어줄게."

샬럿이 말했다.

"아무래도 감기에 걸렸나 봐."

그녀는 태연하게도 아무렇지 않은 표정을 짓는 남편의 능력이 감탄스러웠다. 아니, 어쩌면 자신의 거짓말을 스스로도 믿고 있는 건 아닐까? 그래도 그는 믿을 만한 영혼이었다.

그는 커피를 한 모금 마신 뒤 다시 발을 질질 끌며 부엌을 나가 욕실로 들어갔다. 그녀는 그가 토하는 소리를 들었다. 이내 물로 입안을 헹구는 소리도 이어졌다.

아이들이 테이블 의자에 앉았다. 로즈메리는 일곱 살, 조앤은 여덟 살이었다. 아이들을 보고 있으면, 둘은 도무지 자매 같지 않았다. 조앤의 조그마한 금발 머리는 편의 머리처럼 늘 윤이 나고 반짝였다. 반면 로즈메리의 거친 밤색 머리카락은 장식이 달린 고무줄에서 벌써 몇 가닥 튀어나와 있었다. 그마저도 한 시간 뒤면 늑대들 손에 큰아이의 머리카락마냥 흐트러지고 말 것이다.

"난 11월 좋아."

조앤이 말했다.

"아니야, 언니. 봐. 9월이 최고야. 매년 우리 나이가 같아지는 유일한 달이니까. 그리고 10월에는 핼러윈이 있어. 당연하게도 핼러윈이 추수감사절보다 낫잖아. 그러니까 11월은 언니가 가장 싫어하는 가을의 달이 되어야 해."

"알았어."

조앤이 말했다. 그녀는 늘 조용했다. 로즈메리와 같은 여동생을 둔 것을 감안하면 다행한 일이었다.

샬럿은 지갑으로 손을 뻗었다. 그리고 잠시 그대로 손에 쥐고 있었다.

둘리가 다시 토하는 소리가 들렸고, 이내 물소리가 났다. 개는 털썩 주저앉더니 이내 안락한 자세를 취했다. 수의사는 새로운 약이 발작의 빈도를 줄여줄 수도 있고, 아닐 수도 있다고 했다. 좀 더 지켜봐야 할 것이다.

그녀는 개 밑에서 벗겨진 신발을 찾았다. 녀석의 뚱뚱하고 무거운 살 밑에 파묻힌 신발은 거의 캐내다시피 해야 했다.

"불쌍한 아빠. 또 아파?"

"그런 것 같아."

샬럿이 마지못해 인정했다.

둘리가 욕실에서 나왔다. 파랬던 얼굴은 조금 나아졌지만, 여전히 괴로운 표정이었다.

"아빠!"

아이들이 말했다.

그는 움찔하고 놀랐다.

"쉿, 골 흔들려."

"아빠, 언니랑 내가 가을 중 9월이 제일 좋은 달이고, 11월이 제일 좋지 않은 달이라는 데에 똑같이 동의했어. 왜인 줄 알아?"

"11월에 눈이 오지 않는다면 말이야."

조앤이 말했다.

"아, 그래! 눈이 오면 최고의 달이 될 거야, 언니. 지금 눈이 오는 척하자. 바람이 휘몰아치고 눈이 우리 목 위에서 녹는 거야."

"좋아."

조앤이 말했다.

샬럿은 둘리 앞에 토스트를 내려놓고 아이들의 머리 위에 차례대로 키스했다. 딸들에 대한 그녀의 사랑은 쉽게 이해할 수 없는 무엇이었다. 때로는 그 사랑이 갑작스럽고도 예상치 못한 방식으로 폭발해 샬럿의 머리끝부터 발끝까지 흔들어놓곤 했다.

"샬럿, 달걀 프라이 좀 해줘."

둘리가 말했다.

"또 지각하면 안 되잖아, 여보."

"젠장. 피트는 내가 언제 출근하는지 관심 없어. 어차피 오늘은 병가를 내야 할 것 같아."

피트 와인밀러는 시내에 철물점을 운영하고 있었다. 둘리 아버지의 친구인 피트는 그의 모든 친구와 고객들 중 늙은이의 부탁을 외면하지 못하고 그의 철없는 아들을 고용해준 유일한 사람이었다. 또한 둘리에 대한 인내심이 빠르게 소진되는 중이기도 했다.

하지만 샬럿은 조심스럽게 접근해야만 했다. 결혼 초기에 그녀는 잘못된 표현이나 목소리 톤, 혹은 나쁜 타이밍에 둘리가 한번 샐쭉해지면 몇 시간이고 좀처럼 풀어지지 않는다는 사실을 깨달았다.

"피트가 지난주에 매일 밝은 모습으로 일찍 나오라고 했다 하지 않았어?"

그녀가 말했다.

"아, 피트에 대해서라면 걱정 마. 그냥 무시해도 돼."

"하지만 당신을 지켜보고 있는 게 분명해. 그냥 출근…"

"여호와 샬럿이시여. 나 아픈 사람이야. 안 보여? 이건 돌에서 피 뽑는 꼴이라고."

둘리를 다루는 일이 과연 그렇게 간단하고 손쉬울까. 샬럿은 망설이다가 이내 몸을 돌렸다.

"알았어. 달걀 프라이 해줄게."

그녀가 말했다.

"난 소파에 잠깐 누워 있을게. 다 되면 불러."

그녀는 그가 나가는 모습을 지켜보았다. 시간이 죄다 어디로 가버린 것일까? 방금 전까지만 해도 샬럿은 고작 열한 살이었다, 스물여덟이 아니라. 방금 전까지만 해도 그녀는 널따란 대초원의 여름 햇살에 그을린 채로 그녀의 허리만큼 자란 나도기름새와 지팽이풀 사이를 맨발로 달리고, 레드버드강의 높다란 제방에 올라 물속에 포탄처럼 떨어지곤 했다. 부모님들은 아이들에게 강의 마을 쪽 얕은 수심을 조심하라고 늘 잔소리를 했지만, 샬럿은 친구들 중 가장 수영을 잘했고, 물살에도 웬만해서는 휩쓸리지 않았다. 덕분에 누구도 모르는 가장 먼 지점까지 아무런 문제 없이 헤엄쳐 갈 수 있었다.

샬럿은 그런 후 햇살 아래 누워 뉴욕의 마천루와 할리우드의 영화 시사회, 그리고 아프리카 대초원의 지프 등 그녀를 기다리고 있는 밝고 이국적인 미래에 대한 백일몽에 빠져들곤 했다. 무엇이든 가능했다. 모든 것이 가능했다.

그녀는 조앤의 접시로 손을 뻗다가 주스를 넘어뜨리고 말았다. 유리잔이 바닥에 떨어지면서 산산조각이 났다. 개가 흠칫 놀라 다시금 얼굴을 일그러뜨렸다. 이번에는 좀 더 강하게.

"엄마? 우는 거야, 웃는 거야?"

로즈메리가 말했다.

샬럿은 무릎을 꿇고 개의 머리를 쓰다듬었다. 그리고 한 손으로는 날카롭게 빛나는 주스 잔의 파편들을 모았다.

"그게, 우리 예쁜 아기. 아무래도 둘 다인 것 같아."

그녀가 말했다.

그녀는 8시 15분에 마침내 시내에 도달할 수 있었다. '시내'라고 하기에는 매우 조촐한 곳이었다. 세 블록 정도의 크기에, 빅토리아풍의 둥근 지붕과 표면이 거친 석회암으로 이루어진 붉은 벽돌 건물 몇 개가 가장자리에 자리하고 있을 뿐이었다. 그마저도 3층 이상으로 높은 건물은 없었다. 식당, 옷가게, 철물점, 빵집. 오클라호마 우드로의 퍼스트 은행(유일하기도 하다).

사진관은 메인과 오클라호마가 만나는 모퉁이, 빵집 옆에 자리하고 있었다. 샬럿은 그곳에서 벌써 5년째 일하고 있었다. 호치키스 씨는 특히 증명사진을 잘 찍었다. 카메라를 쏘아보는 예비 신부들, 세일러복을 입은 아이들, 갓 태어난 아기들. 샬럿은 암실용 화학 용액을 섞어 밀착 인화지에 필름을 인화하고 흑백의 증명사진에 색조를 더했다. 지루한 시간들 뒤에 그녀는 테이블 앞에 앉아 아마씨 기름과 물감으로 머리카락에 금빛 광채를 더하고, 홍채에 푸르스름한 빛을 찍어 넣었다.

그녀는 담뱃불을 붙이고 리처드슨가(家)의 아기들 사진 작업을 시작했다. 산타 모자를 쓴 쌍둥이들은 굳은 표정이었다.

호치키스 씨가 슬그머니 다가와 그녀의 작업을 내려다보았다. 60대의 홀아비인 그에게서는 사과 맛 파이프 담배와 광화학 접착제 냄새가 났다. 그는 그 어떤 중요한 알림의 서문처럼 매번 입을 열기 전 바지를 추켜올리는 습관이 있었다.

그는 바지를 추켜올렸다.

"흠, 좋군."

"고맙습니다. 모자의 빨간 색감을 어느 것으로 할지 결정을 못 하겠어요. 계속 고민하는 중이에요."

샬럿이 말했다.

호치키스 씨는 선반에 놓인 그녀의 트랜지스터라디오를 흘끗 쳐다보았다. 그녀가 좋아하는 AM 주파수는 캔자스시티에서 보내는 것이었기 때문에 전파가 우드로에 다다랐을 때는 매우 지지직거렸다. 샬럿이 다이얼과 안테나를 수없이 조정해보았지만, 밥 딜런은 〈돈 싱크 트와이스, 이츠 올 라이트(Don't Think Twice, It's All Right)〉를 마치 우물 바닥에서 부르는 듯했다.

"그거 알아, 샬럿? 저 올드 보이는 보비 빈턴과 달라."

호치키스 씨가 말했다.

"전적으로 동의해요."

샬럿이 말했다.

"중얼, 중얼, 중얼. 뭐라고 하는지 하나도 못 알아듣겠어."

"세상이 변하고 있어요, 호치키스 씨. 새 언어로 이야기하는 거라고요."

"이곳 로건카운티에서는 아니야. 어림도 없지. 하느님, 감사합니다."

그가 말했다.

그래, 아니지. 로건카운티는 결코 아니야. 샬럿 역시 그 사실만큼은 인정하는 바였다.

"호치키스 씨. 혹시 제가 드린 새 사진 살펴보셨어요?"

그녀가 말했다.

그는 사진관을 운영할 뿐만 아니라, 지역 신문사《우드로 트럼펫》의 포토에디터로도 활동하고 있었다. 샬럿은 프리랜서 사진작가 자리를 노리고 있었다. 몇 달 전 그녀는 호치키스 씨를 설득해 그의 카메라들 중 덜 비싼 것 하나를 빌릴 수 있었다.

사진작가로서의 그녀의 초기 결과물들은 한심하기 짝이 없었다. 그래도 그녀는 계속해서 카메라를 잡았다. 점심시간이나 작업 사이사이 짬이 날 때마다, 이른 아침 아이들이 일어나기 전에도 연습을 했다. 토요일이면 아이들과 함께 도서관에 가서 잡지나 미술 작품집을 살펴보았다. 사진을 찍노라면, 색다른 관점에서 보는 세상에 대해 생각하노라면 밥 딜런과 루스 브라운의 활기찬 음악을 들을 때와 똑같은 기분이 들었다. 그녀의 별 볼 일 없는 인생도 순간이나마 좀 더 원대한 무언가의 일부가 되는 듯한 기분 말이다.

"호치키스 씨?"

그녀가 말했다.

그는 아침에 온 우편물들을 확인하는 데에 정신이 팔려 있었다.

"흠?"

그가 말했다.

"지난번에 드린 새 사진을 살펴보셨는지 여쭤봤어요."

그는 바지를 추켜올리고는 목청을 가다듬었다.

"아, 그래. 흠, 봤지."

그녀가 그에게 보여준 것은 앨리스 히바드와 크리스틴 쿠리거가 하루의 해가 질 무렵 오클라호마애비뉴의 횡단보도 앞에 서 있는 사진이었다. 역광, 대조… 샬럿의 시선을 끈 것은 그들의 그림자가 두 사람의 실재보다 얼마나 더 단단하고 현실적으로 보이는지였다.

"어떠셨어요?"

샬럿이 말했다.

"아, 내가 3분할의 법칙을 설명해줬던가?"

수십 번은 들었다.

"네, 잘 알고 있어요. 근데 이번 사진에서 제가 담으려고 했던 건…"

"샬럿, 자넨 사랑스럽고 똑똑한 여자야. 자네를 곁에 둘 수 있어서 얼마나 행운인지 몰라. 전에 데리고 있었던 여직원들은… 흠, 모두 일이 서툴고 머리에 든 게 없었지. 딱하게도 말이야. 자네 없었으면 내가 어쩔 뻔했어."

그는 그녀의 어깨를 토닥였다. 그녀는 최후통첩을 날리고픈 유혹을 느꼈다. 《우드로 트럼펫》에 사진을 실을 기회를 주든지—아무리 하찮은 일거리라도 기꺼이 받을 것이다—아니면 정말로 내가 없으면 이 사진관이 어떻게 돌아갈지 겪어보든지. 그녀에게 사진작가의 재능이 있을까? 샬럿은 확신이 들지는 않았지만, 소질이 있을지도 모른다고 생각했다. 적어도 흥미로운 사진과 밋밋한 사진을 구분할 수는 있었다. 《라이프》와 《내셔널 지오그래픽》에 실렸던 사진들과 바닥에 시체 널브러지듯 널린, 따분한 《우드로 트럼펫》의 사진들을 분간

할 수도 있었다.

"호치키스 씨."

그녀가 말했다.

그는 고개를 돌리며 괜히 시간을 끌기 시작했다.

"흐음?"

하지만 당연하게도 그녀는 형편상 사진관을 관둘 수 없었다. 이곳에서 매주 받는 급여 덕분에 생활이 가능했다. 그리고 어쩌면 호치키스 씨가 옳을지도 모른다. 샬럿은 여전히 사진에 관해서라면 아무것도 모르는 초짜일지도. 어쨌든 그는 오클라호마 언론인 협회에서 공인한 자격을 갖춘 전문가였으니 말이다. 어쩌면 그가 샬럿에게 현실을 깨우쳐준 것일지도 모른다. 하느님, 감사합니다. 그녀는 앞으로 수년간 지금 이 순간을 돌아보며 이렇게 말할지도 모른다. 하느님, 감사합니다. 더 이상 쓸데없는 것에 시간 낭비하지 않아도 되게 해주셔서요.

"아니에요. 신경 쓰지 마세요."

그녀가 호치키스 씨에게 말했다.

그녀는 다시 리처드슨가의 아기들 사진 작업에 몰입했다. 아기들의 부모는 해럴드와 버지니아였다. 해럴드의 누나인 비니는 초등학교 시절 샬럿의 가장 친한 친구였다. 그의 아버지는 중학교 때 샬럿의 합창단 단장이기도 했고, 어머니는 파인애플로 만든 업사이드다운 케이크*를 좋아해서 매년 샬럿은 그녀의 생일 때마다 그 케이크를 만들곤 했다.

버지니아 리처드슨(결혼 전 성은 노턴이었다)은 샬럿과 함께 고등학

---

* Upside-Down Cake: 밑에 과일을 놓고 구운 후 과일이 위로 오도록 엎어서 내는 케이크.

교 졸업 앨범을 만들었더랬다. 그녀는 샬럿에게 자신이 달아놓은 모든 캡션의 오탈자를 이중으로 확인하라고 고집을 부렸다. 버지니아의 큰 오빠 밥은 학교의 육상, 야구, 축구 대표팀에서 뛰는 근사하고 잘생긴 스타 선수였다. 그는 호프 커비와 결혼했는데, 그녀는 졸업 1년 후 미운 오리 새끼에서 아름다운 백조로 탈바꿈했다. 호프 커비의 어머니인 아이린은 샬럿 어머니의 들러리였다.

샬럿은 평생 그들을 알고 지냈다. 리처드슨가와 노턴가와 커비가의 사람들 말이다. 이제 보니 평생 마을 사람들 전부와 알고 지냈다. 그리고 마을 사람들 전부가 그녀를 알고 있었다. 앞으로도 늘 그럴 것이다.

그녀의 인생에서 좀 더 나은 것을 바라는 건 이기적인 생각일까? 로즈메리와 조앤 그 이상의 것을 바라는 것은? 우드로는 여러 면에서 목가적인 곳이었다. 예스럽고 안전하고 친근했다. 하지만 호치키스 씨처럼 새로운 문물이나 생각을 환영하지 않는 편협하고 고집스러운 사고에 매여 있어 지루하고 따분하기 짝이 없었다. 샬럿은 과거는 과거고 미래는 미래라고 거침없이 이야기할 수 있는 곳에서 살고 싶었다.

몇 달 전, 그녀는 둘리에게 멀리, 캔자스시티나 시카고로 이사를 가면 어떻겠느냐고 이야기했다. 둘리는 그녀가 나체로 길거리를 뛰어다니자고 제안하기라도 한 것처럼 어이없는 얼굴로 그녀를 쳐다보았다.

오늘 점심시간에 샬럿은 사진에 대해 생각할 시간이 없었다. 화급히 샌드위치를 먹고 수의사에게서 개에게 먹일 약을 탄 다음, 서둘러 은행으로 향했다. 둘리는 이번에는 꼭 짐 피니와 이야기해보겠노라고 했지만, 유쾌하지 않은 일에 선뜻 나설 남편이 아니었다. 불행하게도 샬럿은 잠자코 기다리고만 있는 호사를 부릴 여유가 없었다.

"아, 이런. 내가 또 잊어버렸네?"

둘리는 이렇게 말할 것이다. 미안한 기색도 없이 수줍은 미소로 말이다. 그간 많은 것들을 대충 넘기며 살았고, 어느덧 그게 익숙해진 남자아이처럼.

은행에서 샬럿은 자리에 앉아 짐 피니의 전화 통화가 끝나길 기다렸다.

꼬맹이 지미 피니. 그와 샬럿은 유치원 때부터 같이 학교를 다녔다. 초등학교 때 그는 산수 때문에 1년 유급했고, 고등학교 때는 소를 뒤집으려다가 팔이 부러지고 말았다. 하지만 지금은 부팀장 자리에 앉아 있었다. 왜냐하면 그는 남자이기 때문이다. 그리고 그녀는 그의 책상 반대편에 앉아 있었다. 남자가 아니기 때문에.

"안녕, 샬럿. 오늘은 또 무슨 일로 왔어?"

그가 말했다.

저 태도는 뭐지? 샬럿은 짐이 그녀의 굴욕을 즐기고 있거나, 그도 아니라면 그저 눈치가 없는 것일 거라 생각했다.

"안녕, 짐. 미안하지만 이번 달 대출상환금 지급 일자를 연기할 수 있을까 해서."

"그렇군."

전화 상담원 부스에 앉은 보니 버블리츠가 두 사람을 쳐다보고 있었다. 수표를 세고 있는 버넌 핍스도 마찬가지였다. 호프 노턴(결혼 전 성은 커비였다)이 사뿐사뿐 다가와 짐에게 서류철들을 건넸다.

애원하지 않을 거야. 샬럿은 생각했다. 하지만 그녀는 이미 애원할 준비가 되어 있었다.

"며칠만 더 연기해주면 돼, 짐. 한두 주 정도."

그녀가 말했다.

"그러면 내가 좀 난처해져, 샬럿."

그가 말했다.

"미안해."

"올해만 벌써 세 번째 연기잖아."

"알고 있어. 요즘 상황이 좀 좋지 않아서. 하지만 조금씩 나아지고 있어."

짐은 장부의 가장자리 위로 만년필을 톡톡 두드렸다. 생각 중이거나 생각해보려 하고 있거나.

"최대한 절약해야지."

그가 말했다. 둘리에 대해 알고 있으면서, 그들의 경제적 어려움의 근원에 대해 아주 잘 알고 있으면서도 말이다.

"자잘한 지출을 아끼는 게 큰 도움이 될 수 있어. 생활비 같은 것 말이야."

"2주만 여유를 줘. 부탁할게, 짐."

샬럿이 말했다.

그가 펜을 치는 소리가 점점 잦아들었다. 다-다-다, 다-다, 다. 희미해지는 심장 박동처럼.

"흠, 그렇다면 한 번만 더 기회를…."

얼 그린들이 팀장 사무실에서 모습을 보였다. 그는 은행에 있는 모두가 계속 앉아 있거나 차분하게 서 있는 것이 이해가 되지 않는다는 듯 거칠게 주변을 두리번거렸다.

그는 안경을 벗었다가 다시 썼다.

"누군가 총을 쐈어. 케네디 대통령을 쐈다고."

샬럿은 사진관으로 돌아왔다. 호치키스 씨는 대통령 암살사건에 대해 아직 모르고 있었다. 그녀는 암실을 살짝 들여다보았다. 그는 세상일에 무심한 채 베셀러 확대기의 램프하우스*를 어설프게 손보고 있었다.

그녀는 자기 자리에 앉아 새 사진의 색조 작업을 시작했다. 태어난 지 3개월 된, 무어가의 아기였다. 아이는 카네이션 모양으로 꾸며놓은 새틴 위에 올라앉아 있었다. 샬럿은 상아색에 살짝 음영을 더하기로 결정했다.

대통령이 저격당했다. 샬럿은 그 사실을 자신이 제대로 이해한 것인지 확신이 들지 않았다. 은행에서 그녀는 호프 노턴이 들고 있던 서류철 한 무더기를 바닥에 떨어뜨리는 모습을 보았다. 전화 상담원 부스의 보니 버블리츠는 울음을 터뜨렸다. 버넌 핍스는 카운터 자리에 5달러짜리 지폐를 가득 쌓아둔 채 그대로 은행을 나가버렸다. 지미 피니는 계속해서 물었다.

"농담이죠? 얼, 농담하는 거죠?"

아마씨 기름과 사과 맛 파이프 담배의 냄새. 라디오의 지지직 소리. 샬럿은 일을 했다. 댈러스에서 전해진 소식에 지독하게도 냉정한 자세와 지독하게도 먼 거리를 유지했다. 잠시 오늘이 며칠인지, 몇 년도인지 생각이 나지 않기도 했다. 며칠이든, 몇 년이든 무슨 상관일까.

전화벨이 울렸다. 호치키스 씨가 사무실에서 나와 전화를 받는 소리가 들렸다.

"뭐라고? 뭐? 아, 그럴 수가! 아, 이런!"

---

* Lamphouse: 필름을 영사하는 데 필요한 광원을 갖고 있는 영사기의 장치.

그가 말했다.
무어가의 셋째 아기의 부모는 팀과 앤 무어 부부였다. 샬럿은 팀의 줄줄이 딸린 남동생들을 돌보는 것으로 처음 보모 일을 시작했다. 앤의 언니가 바로 버지니아 리처드슨의 큰 오빠인 밥과 결혼한 호프 노턴이었다. 그리고 맞다, 또 다른 고리도 있었다. 앤의 외가 사촌이 철물점에서 일하는 둘리의 상사, 즉 피트 와인밀러였다.
"아, 말도 안 돼. 믿을 수가 없어."
그녀는 호치키스 씨의 통화 소리를 들었다.
대통령이 저격당했다. 샬럿은 왜 사람들이 그토록 놀라고 속상해하는지 이해할 수 있었다. 그들은 불확실한 미래가 두려운 것이다. 그들의 삶이 전과 같지 않을까 봐 우려하는 것이다.
그리고 어쩌면 그들의 삶은 정말로 전과 같지 않을지도 모른다. 하지만 샬럿은 그녀의 인생만큼은—그리고 딸들의 인생만큼은 변함없을 거라는 걸 알고 있었다. 수백 킬로미터 밖에서 날아온 총알도 바꾸지 못할 인생들이었다.
그녀는 붓을 들어 아기의 흑백 볼을 장밋빛 분홍색으로 칠했다. 어렸을 적 좋아하던 영화가 〈오즈의 마법사〉였는데, 도로시가 흑백의 농가 문을 열고 나와 기이하고 환상적인 땅에 발을 내딛는 순간이 그녀가 가장 좋아하는 장면이었다.
운 좋은 도로시. 샬럿은 다시 붓을 담그고 또다시 하늘에서 토네이도가 일어 그녀를 저 멀리, 다채로운 색상으로 가득 찬 세계로 데려가는 상상에 잠겼다.

3

햇살이 기드리 위로 쏟아졌다. 영사기에서 톱니바퀴가 튕겨 나가듯 간밤의 꿈이 흔들리고 희미해졌다. 그리고 5초 후 그는 꿈이 거의 기억나지 않았다. 다리. 금방이라도 무너질 것 같은 다리 한가운데에 자리한 집. 기드리는 그 집 창문 앞에 혹은 발코니에 서서 수면에 떠오르는 잔물결을 포착하려는 듯 아래를 내려다보고 있었다.

그는 침대에서 일어났다. 그의 머리는 썩은 호박처럼 거대했고 부드러웠다. 아스피린. 물 두 잔. 이제 바지를 걸쳐 입고 복도를 지날 준비가 되었다. 아트 페퍼.* 기드리가 좋아하는 숙취해소제였다. 그는 판지 커버에서 〈스맥 업(Smack Up)〉 LP판을 꺼내 턴테이블에 올렸다. 〈하우 캔 유 루스(How Can You Lose)〉는 그 앨범에서 그가 가장 좋아하는 곡이었다. 그는 벌써 기분이 나아지는 듯했다.

오후 2시, 프렌치쿼터에 사는 사람들이 새벽녘이라고 부르는 시간이기도 했다. 기드리는 커피를 뜨겁게 끓여 머그잔 두 개에 따랐다. 그리고 자신의 잔 위로 매캘런을 조금 따랐다. 스카치는 그가 애정하는 또 다른 숙취해소제였다. 그는 커피를 한 모금 마시고는 차들 사

---

* Art Pepper: 미국의 재즈 색소폰, 클라리넷 연주자.

이를 요리조리 피해 다니는 개처럼 멜로디 사이를 오가는 페퍼의 색소폰 연주에 귀를 기울였다.

빨간 머리는 여전히 인사불성이었다. 그녀가 누운 침대의 시트는 이미 달아나 없었고, 그녀는 머리 위로 한쪽 팔을 걸쳐놓았다. 하지만 잠깐. 지금 보니 여자는 갈색 머리다, 빨간 머리가 아니라. 도톰한 입술에, 주근깨는 없었다. 어떻게 된 거지? 그는 혼란스러웠다—아직 꿈을 꾸고 있는 건가?—그제야 오늘이 목요일이 아닌 금요일이라는 사실이 떠올랐다. 빨간 머리는 그저께였다.

안된 일이다. 그 이야기를 몇 주는 떠들 수 있었는데. 그가 그 여자의 주근깨를 얼마나 많이 털어냈는지 한 자루는 그득히 담을 수 있을 정도였다고 말이다.

제인? 제니퍼? 기드리는 갈색 머리의 이름을 잊어버리고 말았다. 트랜스월드 항공사에서 일한다고 했었다. 아니, 그건 빨간 머리 얘기였던가? 줄리아?

"어서 일어나요, 선샤인."

그가 말했다.

그녀는 나른한 미소를 지으며 그를 돌아보았다. 입술의 립스틱은 뭉개져 있었다.

"몇 시예요?"

그는 그녀에게 머그잔을 건넸다.

"그만 일어날 시간이죠."

샤워 도중 그는 면도 거품을 바르며 하루 일정을 계획했다. 우선 세라핀을 만나 그에게 전할 소식이 있는지 알아봐야겠다. 그런 뒤에 지난 밤 샘 사이아의 소년이 캐루젤로 가져온 거래 건에 착수할 것이다. 사이아의 소년은 안전한 거겠지? 들은 이야기들로는 아무런 문제가 없었지만, 그래도 일을 시작하기 전에 여러 사람들에게 물어보며 제대로 확인하는 편이 나았다.

또 뭐가 있더라? 법원 건너편에 있는 술집에 들러 술 몇 잔 돌리며 거리에 도는 가십거리들을 수집하는 것이다. 알 라브루초와의 저녁 식사, 신이 우리 모두를 도와주시길. 라브루초는 도박장을 매수하기로 마음을 정한 상황이었다. 기드리는 그를 조심스럽게 다루어야 할 것이다. 그는 샘의 형이었고, 샘은 카를로스의 운전기사였다. 식사가 끝날 쯤에 기드리는 알이 스스로 기드리의 돈은 원치 않는다고, 기드리가 무릎을 꿇고 제발 받으라고 해도 절대 거절할 것이라 생각하게끔 만들어야 했다.

기드리는 면도를 하고 손톱을 다듬은 다음 옷장을 둘러보았다. 그리고 얇은 나치드 라펠*의 갈색 격자무늬 컨티넨털 정장을 골랐다. 크림색 셔츠에 초록색 넥타이. 초록색 넥타이? 아니야. 추수감사절이 일주일도 채 남지 않았으니 시즌에 맞는 넥타이를 고르는 것이 좋겠다. 그는 초록색 넥타이를 가을 석양빛의 주홍색 넥타이로 바꿔 맸다.

거실로 나오자 갈색 머리가 여전히 그곳에 있었다. 그녀는 소파에 몸을 말고 앉아—아직 옷도 걸치지 않았다. 아, 이런—TV를 보고 있었다.

그는 창가로 다가가 바닥에 떨어져 있는 그녀의 치마와 블라우스를 주웠다. 어젯밤 벗어놓은 그곳에 그대로 놓여 있었다. 그녀의 브래지어는 바 카트에 걸려 있었다. 그는 그녀에게 옷을 던졌다.

"하나, 둘. 다섯까지 셀 거예요."

그가 말했다.

---

* Notched Lapels: 일반적인 신사복에서 볼 수 있는 전통적인 깃 모양.

"그가 죽었어요. 믿을 수 없어."

그녀는 기드리를 쳐다보지도 않았다.

기드리는 그녀가 울고 있다는 사실을 깨달았다.

"누가요?"

"총을 쐈대요."

그녀가 말했다.

"누구를요?"

그는 TV를 쳐다보았다. 화면에는 한 뉴스 진행자가 책상 뒤에 앉아 담배를 깊게 빨고 있었다. 그는 누군가에게 냉수 한 동이를 맞은 것처럼 지치고 멍해 보였다.

"차량 퍼레이드가 댈러스 시내에 있는 텍사스 교과서 보관소 옆을 지나고 있을 때였습니다. 랄프 야보로 상원의원이 우리 쪽 기자에게 전한 바로는, 자신이 프레지던트가 탄 차에서 뒤로 세 번째 차에 타고 있었는데, 멀리서 세 발의 총 소리가 들렸다고 하는군요."

뉴스 진행자가 말했다.

무슨 프레지던트? 기드리가 처음 든 생각은 그것이었다. 어떤 정유 회사의 회장인가? 아니면 누구도 들어본 적 없는 어느 정글 국가의 대통령? 그는 갈색 머리가 왜 그토록 충격을 받았는지 이해할 수 없었다.

그때 깨달음이 번득였다. 그는 자세를 낮춰 그녀의 옆에 앉아 대본을 읽는 진행자를 바라보았다. 딜리 광장에 있는 한 건물의 6층에서 한 저격수가 총을 쐈다는 것이다. 링컨 컨티넨털 컨버터블에 타고 있던 케네디가 그 총에 맞았고, 그는 파크랜드 병원으로 이송됐다. 신부가 종부성사를 거행했고, 오후 1시 30분, 그러니까 한 시간 반 전에 의사들은 대통령이 사망했음을 선고했다.

진행자에 따르면, 저격수는 경찰에 검거되었다고 했다. 교과서 보관소에서 일하던 사람이었다면서 말이다.

"믿을 수가 없어요. 대통령이 죽었다니 믿을 수가 없어."

갈색 머리가 말했다.

잠시 기드리는 움직일 수 없었다. 숨도 쉬지 못했다. 갈색 머리가 그의 손을 꼭 잡아 쥐었다. 그 역시 이 소식에 충격을 받았다고 생각한 듯했다. 잭 케네디의 머리에 총알이 관통했다는 사실에 말이다.

"옷 입어요. 옷 입고 어서 나가요."

기드리가 자리에서 일어나 그녀를 일으켰다.

그녀는 그를 쳐다볼 뿐이었다. 그래서 그는 그녀의 팔에 억지로 블라우스를 끼워 넣었다. 브래지어를 잊었다. 그녀가 소동을 피우거나 경찰에게 달려가 법석을 부리지 않을까 하는 염려가 들지 않았다면 당장에라도 그녀를 발가벗은 그대로 문 밖으로 내쫓았을 것이다.

힘이 하나도 들어가지 않은 그녀의 다른 쪽 팔에 블라우스를 마저 끼워 넣자 그녀가 다시 울기 시작했다. 그는 스스로에게 진정하자, 진정하자고 되뇌었다. 기드리는 아무리 흔들어도 쉽게 흥분하지 않는 남자로 동네에서 유명했다. 그러니 아직은 아니다, 형제여.

"선샤인, 미안해요. 나도 믿지 못하겠어요. 그가 죽다니요."

그는 손등으로 그녀의 뺨을 쓸었다.

"그러니까요, 그러니까요."

그녀가 말했다.

그녀는 아무것도 알지 못했다. TV의 뉴스 진행자는 댈러스의 딜리 광장이 휴스턴가, 엘름가, 그리고 커머스가 사이에 자리한 곳이라고 설명하고 있었다. 그 빌어먹을 곳이 어디인지는 기드리도 잘 알고 있었다. 일주일 전 커머스에서 두 블록 떨어진 곳의 주차장에 59년산 하늘색 캐딜락 엘도라도를 세워두고 왔기 때문이다.

세라핀은 그에게 그런 일은 잘 시키지 않았다. 그의 지위에 맞지 않는 잡무였기 때문이다. 하지만 기드리는 카를로스가 정기적으로 뇌물을 먹이고 있는, 신경질적인 부보안관을 달래주느라 이미 시내에 나와 있었기 때문에… 안 될 것 있나? 그러지, 뭐. 상관없었다. 하나는 모두를 위해, 모두는 하나를 위해.

아, 근데, 몽 셰. 댈러스에 가면 작은 심부름 하나만 해줘요….

아, 젠장, 젠장. 도주를 위한 차량 대기는 카를로스가 큰 건을 터뜨릴 때마다 일반적으로 준비하는 과정 중 하나였다. 총잡이가 제 일을 끝내면, 안전한 곳에 세워둔 차로 곧장 달려가 가뿐하게 도주하는 것이다. 하늘색 엘도라도를 딜리 광장에서 두 블록 떨어진 곳에 주차했을 때, 기드리는 어느 불운한 영혼의 어두운 미래를 상상했더랬다. 돈의 합을 맞추지 못한 물주나 기드리가 그렇게 달랬음에도 불구하고 소용이 없었던 부보안관일 것이라고.

그런데 미국 대통령이라니….

"집으로 돌아가요. 알았어요? 일단 씻고, 그런 다음에… 뭐 하고 싶어요? 우리 둘 다 당장은 혼자 있으면 안 될 것 같은데."

그가 갈색 머리에게 말했다.

"맞아요, 나는… 모르겠어요. 우리 그냥…."

그녀가 동의했다.

"일단 집에 가서 씻어요. 그런 다음에 멋진 점심을 먹읍시다."

그가 말했다.

"알았어요? 집 주소가 어디예요? 한 시간 내로 데리러 갈게요. 점심 먹은 후에 교회에 가서 그의 영혼을 위해 같이 촛불을 밝혀요."

그가 말했다.

기드리는 그녀가 마침내 고개를 끄덕일 때까지 계속해서 고갯짓을 했다. 그녀가 치마를 입는 것을 도와주며 그녀의 신발을 찾아 두리번거렸다.

딜리 광장에서 두 블록 떨어진 곳에 도주용 차를 세워둔 것은 어쩌면 우연일지도 모른다. 그는 스스로에게 말했다. 카를로스가 지구상에서 가장 증오하는 사람이 케네디 형제들이란 사실도 그저 우연에 불과할지도 모른다. 잭과 보비는 상원의원 앞에서 카를로스를 질질 끌고 가 세상 모두가 보는 앞에서 그에게 모욕을 줬다. 그 일이 있은 지 2년여 후 그들은 그를 과테말라로 강제 추방하려고까지 했다.

어쩌면 카를로스는 그 모든 일을 용서하고 잊었는지도 모른다. 당연하지. 어쩌면 창고 주변에서 책 상자 나르는 일이나 하며 생계를 유지하는 몇몇 얼간이들 중 하나가 정말 그런 총격 사건을 벌인 것일지도 모른다. 6층, 움직이는 목표물, 바람, 그 사이에 자리한 나무들. 기드리는 갈색 머리를 달래 엘리베이터에 태운 다음 다시 엘리베이터에서 내리게 한 뒤 그의 아파트 로비를 통과해 택시 뒷좌석에 태웠다. 그리고 라디오 뉴스를 듣는 데 정신이 팔린 나머지 그들의 존재도 눈치채지 못한 택시 운전기사를 향해 손가락을 딱딱 튕겼다.

"집에 가서 씻어요. 한 시간 내로 데리러 갈게요."

기드리는 갈색 머리의 볼에 키스했다.

쿼터에는 성인 남자들이 인도에 서서 울고 있었다. 여자들은 갑자기 눈이 멀기라도 한 듯 거리를 서성였다. 럭키 핫도그 노점상의 상인은 구두닦이 소년과 기꺼이 라디오를 나눠 듣고 있었다. 문명사회 역사상 이러한 전례가 있었던가?

그들은 칼을 쳐서 보습을 만들리라. 표범이 새끼 염소와 함께 지내리라.*

기드리에게는 15분간의 여유가 있었다. 그래서 그는 가스파 술집으로 들어갔다. 낮에는 한 번도 들러본 적 없는 곳이었다. 밝은 빛 아래서 목격한 그곳은 우울하기 짝이 없었다. 바닥과 천장에 가득한 얼룩들이 한눈에 들어왔고, 벨벳으로 만든 무대 커튼에는 테이프가 덕지덕지 붙어 있었다.

TV의 푸르스름한 진동에 이끌려 안으로 들어온 기드리처럼 한 무리의 사람들이 바에 옹송그리며 모여 있었다. 뉴스 진행자는―아까 보았던 진행자와는 다른 사람이었지만, 그 역시 혼란스러워 보였다―존슨 부통령의 성명서를 읽고 있었다. 이제는 존슨 대통령이라고 해야겠군.

"전 세계가 케네디 영부인 및 그 가족과 슬픔을 함께하고 있습니다. 제가 할 수 있는 한, 정국 수습에 최선을 다하겠습니다. 국민 여러분들과 신의 가호를 바라는 바입니다."

존슨이 말했다.

바텐더가 바에 있는 모두에게 무료로 위스키 한 잔씩을 따라주었다. 기드리 옆에는 늙고 눈송이처럼 가냘픈 가든디스트릭트의 한 미망인이 있었는데, 그녀는 잔을 집더니 단숨에 마셨다.

TV는 댈러스 경찰서를 비추고 있었다. 정복 차림에 흰색 카우보이 모자를 쓴 경찰들과 기자들, 구경꾼들을 비롯한 모두가 서로 밀치거나 떠밀리고 있었다. 그 모든 광경의 중심에는 이리저리 밀쳐지고 있는 한 얼간이가 서 있었다. 자그마한 체구에 쥐상을 한 그의 한쪽 눈은 심하게 부풀어 올라 있었다. 아나운서는 그의 이름이 리 하비 오

---

* 성경(이사야)의 구절들.

즈월드라고 했다. 그는 한밤중에 침대에서 막 끌려나온 아이처럼 멍하고 어리둥절해 보였다. 이 모든 것이 악몽이길 바라는 것처럼.

경찰들이 오즈월드를 안으로 연행하는 동안 한 기자가 기드리가 도저히 알아들을 수 없는 질문을 외쳤다. 또 다른 기자가 카메라 앵글 안으로 들어와 카메라를 보고 말하기 시작했다.

"누군가에게 위해를 가할 의도는 아니었다고 합니다. 그 어떤 폭력 전과도 없고요."

기자가 말했다.

가든디스트릭트의 미망인은 두 번째 위스키 잔을 내려놓았다. 그녀는 당장 침이라도 뱉을 것처럼 분노에 가득 차 보였다.

"어떻게 이런 일이 있을 수 있지?"

그녀는 계속해서 중얼거렸다.

"어떻게 이런 일이 있을 수 있어?"

기드리는 그 질문에 확실히 답할 수 없었지만, 나름의 의견은 이러했다. 전문적인 명사수, 카를로스가 고용한 프리랜서 킬러의 짓일 것이다. 텍사스 교과서 보관소의 6층에 자리를 잡았거나 오즈월드에게 혐의를 뒤집어씌우기 위해 그 아래층에 자리를 잡았거나, 어쩌면 군중들과 멀리 떨어진, 광장의 반대편 어딘가의 상위 지점에 포진하고 있었는지도 모른다. 진짜 저격수는 총격을 가한 뒤 자신의 라이플을 챙겨 커머스가를 유유히 지나 하늘색 엘도라도로 향했을지도 모른다.

기드리는 가스파에서 나와 잭슨스퀘어로 향했다. 신부가 성당 계단에서 신자들을 위로하고 있었다. 무언가를 심을 시간, 심었던 것을 추수할 시간. 늘 그렇듯 헛소리였다.

기드리는 너무 빨리 걷고 있었다. *진정해, 친구.*

경찰들이 카를로스의 명사수를 검거하고, 그를 엘도라도와 엮는다면, 엘도라도와 기드리를 연결 짓게 될 것이다. 기드리는 댈러스의 유색인종 거주 지역의 한 슈퍼마켓 주차장에서 차를 찾았더랬다. 차 문은 잠겨 있지 않았고, 열쇠는 선바이저 아래에 숨겨져 있었다. 차에는 기드리의 지문이 남아 있지 않을 것이다―그는 바보가 아니었다. 당연히 운전용 장갑을 꼈다―하지만 누군가 그를 기억할지 모른다. 하늘색의 캐딜락 엘도라도와 유색인종 지역을 서성이던 백인 남자. 누군가가 그를 기억하고 있을지 모른다.

왜냐하면 이건 그렇고 그런 살인 사건이 아니기 때문이다. 뒷골목의 마피아들 건이었다면 이미 관련 경찰과 검찰들이 카를로스의 수중에 들어왔을 것이다. 이건 미국 대통령의 사건이다. 보비 케네디와 FBI는 돌 하나도 그냥 지나치지 않고 샅샅이 뒤질 것이다.

끈끈한 이슬비가 바람에 날렸고, 구름 사이로 태양이 빼꼼 고개를 내밀었다.

세라핀은 '완고한 늙은이'* 동상 옆에 서 있었다. 앞발을 치켜든 말에 탄 앤드류 잭슨의 모자가 기울어졌다. 동상의 그림자가 세라핀을 반으로 가르고 있었다. 그녀는 기드리를 향해 미소를 지었다. 밝고 촉촉한 한쪽 눈에는 장난기가 어려 있었고, 다른 한쪽 눈은 짙은 초록색의 돌 같았다.

그는 그녀를 움켜쥐고 동상 아랫부분으로 밀친 다음 왜 자신을 이런 세기의 범죄 한가운데로 끌어들였는지 묻고 싶었다. 그러나 현명하게도, 대신 그는 그녀에게 미소로 화답했다. 세라핀을 대할 때는 신중해야 했다. 그러지 않았다간 얼마 못 가 발각되고 말 것이다.

"안녕, 꼬맹이. 숲은 어둡고 늑대들이 울부짖고 있으니 내 손을 잡

---

* Old Hickory: 미국 대통령 앤드류 잭슨의 별명.

아. 집까지 무사히 갈 수 있도록 도와줄게.”

그녀가 말했다.

“늑대들은 내가 알아서 할게. 고마워.”

기드리가 말했다.

그녀가 입을 뿌루퉁하게 내밀었다. 날 그 정도로밖에 안 보는 거야? 그러더니 이내 웃음을 터뜨렸다. 물론 그는 그녀에 대해 그렇게 생각하고 있었다. 그렇지 않다면 기드리야말로 바보가 아닌가.

“난 가을을 사랑해. 상쾌한 공기에 우울감 어린 향기에. 가을은 우리에게 이 세상에 대한 진실을 말해주거든.”

그녀가 말했다.

세라핀은 예쁘다고는 할 수 없었다. 장대함. 큰 키에 넓은 이마, 극적으로 우뚝 솟은 콧날, 짙은 색의 굽슬굽슬한 머리카락은 가르마를 타고 양옆으로 갈라져 있었다. 피부는 기드리의 피부보다 약간 더 짙었다. 뉴올리언스가 아닌 다른 곳에서였다면 그녀를 당연히 백인으로 여겼을 것이다.

그녀는 학교 선생님처럼 잘 차려 입곤 했다. 오늘 그녀는 모헤어 스웨터에 딱 달라붙는 스커트를 입고 손에는 깨끗한 흰색 장갑을 끼고 있었다. 그 장갑은 그녀 특유의 농담이었을 것이다, 아마도. 그녀는 모두에게 늘 미소를 짓는 것 같은 인상을 주었다.

“헛소리 집어치워.”

기드리가 말했다. 미소만 제대로 곁들인다면, 그녀에게 그런 말들 정도는 던질 수 있었다. 심지어 카를로스에게도 가능했다.

그녀는 미소를 지으며 담배를 피웠다. 디케이터가에 있는 바싹 마른 마차 말들 중 하나가 히힝 하며 울었다. 그 날카롭고 어두운 울음소리는 거의 비명에 가까웠다. 듣자마자 귀를 막아버리고 싶은 그런 소리.

"대통령에 관한 소식 들었겠네."

그녀가 말했다.

"얼마나 놀랐는지 알아?"

그가 말했다.

"걱정 마, 몽 셰. 가자, 내가 술 한 잔 살게."

"겨우 한 잔?"

"가."

그들은 샤르트르가를 걸었다. 나폴레옹 하우스는 오픈 시간까지 한 시간가량 남았다. 그러나 바텐더는 그들을 들여보내 준 뒤 술을 내주고는 사라져버렸다.

"젠장할, 세라핀."

기드리가 말했다.

"뭘 걱정하는지 알아."

그녀가 말했다.

"감옥에 면회라도 올 생각인가."

"걱정 말라니까."

"한 번만 더 말해봐. 그러면 그 얘기가 믿어질지도 모르니."

그녀는 장갑을 낀 손의 나른한 손짓으로 담배의 재를 털어냈다.

"우리 아버지가 여기서 일했었지. 알고 있었어? 바닥에 걸레질을 하고, 화장실 청소도 하고. 내가 어렸을 때 아버지가 종종 여기 데려오기도 했어. 저거 보여?"

그녀가 말했다.

나폴레옹 하우스의 벽면은 새로 회반죽 덧칠을 하지 않은 지 한 세기는 되었다. 앤틱한 유화 초상화 속 모두가 조금씩 뒤틀려 있었다.

못되고 짓궂은 얼굴들이 어둠속에서 아래쪽을 쏘아보고 있었다.

"어렸을 때 나는 저 그림 속 인물들이 전부 나를 보고 있는 줄 알았어. 내가 눈을 깜박이기라도 하면 나를 확 덮칠 것만 같았다니까."

"정말 지켜보고 있었는지도 몰라. 후버*가 고용한 이들이었는지도."

"우린 오랜 친구 사이니까 한 번 더 얘기할게. 걱정 마. 당국에서 이미 범인을 검거했잖아, 안 그래?"

"그건 고작 댈러스의 경찰들 생각이잖아. 그들 생각이 그럴 뿐이라고."

기드리는 FBI가 오즈월드를 수긍할 리 없다는 것을 잘 알고 있었다. 어림도 없는 일이었다. 그렇지 않은가. 그들은 사건을 파기 시작할 것이고, 그는 슬슬 입을 열기 시작할 것이다. 아니, 정확히 말하자면, 그들은 이미 사건을 파고들기 시작했고, 오즈월드는 이미 여러 얘기들을 지껄이고 있었다.

"그 사람은 문제될 거 없어."

세라핀이 말했다.

오즈월드. 그 조그마한 쥐새끼 같은 얼굴이 어딘가 모르게 낯이 익었다. 기드리는 그를 동네 어딘가에서 몇 번 봤을지도 모르겠다고 생각했다.

"이제 미래까지 내다보는 거야?"

그가 말했다.

"그의 미래지."

"엘도라도는 지금 어디 있어?"

---

* John Edgar Hoover: 미국 연방수사국(FBI) 국장. 1924년 법무부 수사국 국장으로 임명되어 1935년 연방수사국 창설에 중요한 역할을 했다. 1924년부터 죽을 때까지 절대적 권력을 누리며 국장으로 재직했다.

기드리가 말했다. 그 차가 영원히 사라지지 않는 이상 그는 연방 수사국으로부터 안전할 수 없었다. 엘도라도는 그가 저격 사건과 연관이 있다는 걸 증빙할 단 하나의 물리적 증거였다.

"휴스턴으로 가는 길이야, 우리가 말했듯이."

그녀가 말했다.

"그 매서운 눈의 당신 사람이 경찰에 끌려가기라도 한다면…."

"그럴 일 없어."

그녀의 이번 미소는 다소 불안정해 보였다. 엘도라도는 카를로스를 저격 사건과 연결시킬 수 있는 단 하나의 물적 증거이기도 했다.

"휴스턴에 도착하면?"

기드리가 말했다.

"믿을 만한 사람이 바다에 가라앉힐 거야."

기드리는 스카치 병으로 손을 뻗었다. 기분이 나아졌다, 조금은.

"사실이야? 아버지가 여기서 일했다는 게?"

그가 말했다.

그녀는 어깨를 으쓱했다. 그 의미는 이러할 것이다. 그럼, 물론이지. 혹은 아니, 그 말을 믿다니 어이가 없네.

"누가 그 차를 휴스턴에 수장시킨다는 거야? 그 차를 몰고 간 작자?"

기드리가 말했다.

"아니, 그 사람은 다른 볼일이 있어."

"그럼, 누가?"

세라핀보다 한두 단계 정도 낮긴 하지만, 조직 내의 높은 지위 덕분에 기드리는 카를로스의 사람들 대부분을 알고 있었다. 그들 중 일부는 꽤 믿을 만했다.

"누가 그 일을 맡았는지는 몰라도 정말, 확실히 믿을 만한 사람이어야 할 거야."

"당연히, 카를로스 삼촌이 전적으로 신뢰하는 남자야. 우릴 단 한 번도 실망시킨 적 없지."

그녀가 말했다.

누구지? 기드리는 다시 궁금해지기 시작했다. 그러나 대신 그는 고개를 돌려 그녀를 쳐다보았다.

"설마 나야? 아니, 난 그 망할 차 근처도 가지 않을 거야."

그가 말했다.

"정말?"

"그 망할 차 근처도 가지 않을 거라고, 세라핀. 지금은 안 돼, 향후 100년 동안은 절대."

기드리는 이번에는 잊지 않고 미소를 지었다.

그녀는 다시 어깨를 으쓱했다.

"하지만, 몽 셰. 이 문제에 있어 당신보다 더 믿을 만한 사람이 누가 있어? 우리가 누굴 더 믿을 수 있겠느냔 말이지."

그녀가 말했다.

고생스러운 등반을 마무리하며 간신히 정상에 올라 숨을 헐떡이는 가운데 기드리는 깨달았다. 세라핀이 처음부터 자신을 이곳으로 이끌었다는 사실을. 처음부터 끝까지, 이 모든 것이 그녀의 계획이었다. 그는 깨닫고 말았다. 저격 사건 전에 그를 시켜 도주용 엘도라도를 은닉하게 한 것은 사건 후에 그 스스로 그걸 없애야 하는 동기가 충분하게끔 하기 위해서였다. 그 차가 눈에 띄면 제대로 똥줄 타는 건 기드리일 테니 말이다.

"빌어먹을."

그가 말했다. 하지만 그 현란한 발재간, 술책의 우아함에 감탄할 수밖에 없었다. 미래를 내 손으로 창조할 수 있는 판국에 예지력이 뭐가 필요하단 말인가?

거리로 나서자 세라핀이 그에게 항공권을 건넸다.

"내일 출발하는 휴스턴행 비행기야. 안됐지만, 토요일 아침 만화영화는 못 보겠네. 차는 시내에 있을 거야. 라이스 호텔 건너편 거리의 유료 주차장에."

"그런 다음에?"

그가 말했다.

"휴스턴 운하에 버려진 탱크 터미널이 있어. 거기서 라포트로드 동쪽으로 가. 험블 정유소를 지나 계속 가다보면 1.6킬로미터 앞으로 따로 표시가 없는 길을 만나게 될 거야."

연방 수사국에서 벌써 엘도라도를 찾았으면 어쩌지? 그렇다면 그 차를 깔고 앉아 있을 것이다, 당연히도. 웬 가련한 얼간이가 나타나 자기 것이라고 순순히 불기를 기다리고 있겠지.

"저녁에는 어느 정도 은밀히 움직일 수 있을 거야. 휴스턴 운하는 깊이가 12미터야. 라포트에서 800미터 정도 올라가면 주유소가 한 곳 나오는데 거기에 공중전화가 있어. 거기서 택시를 불러 타고 가. 나에게도 전화하고."

그녀는 그의 볼에 키스했다. 수년째 쓰고 있는 그녀의 값비싼 향수는 늘 같았다. 신선한 재스민과 주철 팬 바닥에 눌러 붙은 향신료의 냄새. 그녀와 기드리는 한때 연인 사이이기도 했으나 아주 잠깐이었고 오래전 일이었다. 또한 그는 그때의 일을 별다른 감회 없이 아주 가끔씩만 떠올릴 뿐이었다. 더군다나 세라핀은 그걸 기억이나 하고 있는지 의심스러울 정도였다.

"당신과 카를로스는 절대 물증을 남기지 않겠지, 그렇지?"

기드리가 말했다.

"그러니까 이제 알겠지, 몽 셰? 걱정 말라니까."

기드리가 쿼터로 돌아가는 동안 세라핀의 향기는 희미해졌고, 그는 계속해서 생각했다. 세라핀과 카를로스가 물증 같은 건 절대 남기지 않는 사람들이라는 건 사실이었다. 하지만 기드리가 그 물증들 중 하나라면? 지금 그에게 연방 수사국보다 더 큰 위험—카를로스, 세라핀—이 도사리고 있는 것이라면?

엘도라도를 제거한다.

그리고 엘도라도를 제거한 남자를 제거한다. 댈러스에 대해 알고 있는 자를 제거한다.

세인트루이스 성당 계단에 선 신부는 여전히 건재했다. 그는 그저 신학대를 갓 졸업한 아이일 뿐이었다. 통통하고 볼이 발간. 그는 행운의 숫자가 나오길 희망하며 곧 주사위를 던질 사람처럼 그의 앞에서 두 손을 맞잡았다.

"여러분이 물 한가운데를 지난다 해도 하느님께서 우리와 함께할 것입니다. 여러분이 불 한가운데를 걷는다 해도 타지 않고 불꽃이 여러분을 태우지 못할 것입니다."

신부는 군중들을 위로하고 있었다.

그건 기드리의 경험과는 달랐다. 그는 신부의 말에 잠시 귀를 기울이다가 이내 몸을 돌렸다.

4

바로네는 9시에 전화를 받았다. 기다리던 전화였다. 세라핀은 그에게 30분 내로 콜브에서 만나 저녁식사를 하자고 했다. 늦지 말라며.
미친년.
"내가 늦은 적 있어?"
바로네가 말했다.
"놀려본 거예요, 몽 셰."
세라핀이 말했다.
"말해봐. 내가 언제 늦은 적 있냐고?"
콜브는 캐널가에서 조금 벗어난 세인트찰스애비뉴에 있는 독일 레스토랑이었다. 짙은 색 목재 패널 벽에는 맥주 얼룩이 가득하고, 절인 무와 함께 슈니첼이 나오는 곳이었다. 카를로스는 이탈리아 사람이었지만 독일 음식을 좋아했다. 그는 모든 종류의 음식을 사랑했다. 바로네는 뉴올리언스에서 카를로스만큼 많이 먹는 사람을 보지 못했다.
"앉아. 뭣 좀 먹겠어?"
카를로스가 말했다.
레스토랑 안은 황량했다. 모두가 집의 TV 앞에 앉아 있는 모양이었다.

"아뇨."

바로네가 말했다.

"뭐라도 먹어."

카를로스가 말했다.

콜브의 천장에는 팬이 달려 있었는데, 끽끽거리거나 삐걱거리는 소리를 내는 가죽 벨트와 연결되어 있었다. 무릎까지 오는 가죽 바지를 입은 자그맣고 단단한 남자가 벨트를 지탱하고 있던 크랭크를 돌려 팬을 가동시켰다.

"저 사람 이름은 루트비히예요. 지칠 줄 모르는 믿을 만한 사람이죠, 당신처럼."

세라핀이 말했다.

그녀는 바로네에게 미소를 지었다. 그녀는 자신이 상대방의 마음을 읽고 있고, 당신의 모든 행동을 예측할 수 있다는 인상을 주는 것을 좋아했다. 어쩌면 진짜 그게 가능한지도 모르겠다.

"칭찬이에요, 몽 셰. 인상 쓰지 말아요."

그녀가 말했다.

"이것 좀 먹어봐."

카를로스가 말했다.

"아뇨."

"왜 이래. 독일 음식 안 좋아해? 지난 일은 잊자고."

"배 안 고파요."

바로네는 독일인에 아무 감정 없었다. 전쟁은 오래전 일이다.

세라핀 역시 아무것도 먹지 않았다. 그녀는 담뱃불을 붙이고는 성냥갑을 자신의 앞 테이블에 내려놓았다. 그리고 이렇게, 저렇게 자세를 바꿔가며 다양한 각도에서 담뱃불을 바라보았다.

"이제 당신이 나설 때예요. 우리가 의논했던 문제들 말이에요."

그녀가 바로네에게 말했다. 그가 너무도 어리석어 스스로의 힘으로는 도저히 알 수 없을 거라는 듯.

"휴스턴?"

그가 말했다.

"네."

"매키 파가노는? 그거 처리할 시간도 없어."

"걱정 말아요. 그건 이미 알아서 했으니까."

세라핀이 말했다.

"내가 걱정된다고 말했나?"

바로네가 말했다.

"휴스턴에서의 약속은 내일 저녁이에요. 우선은, 우리가 얘기한 대로 아르망부터 만나야 할 거예요. 오늘 밤이에요."

그녀가 말했다.

카를로스는 여전히 한마디 말 없이 먹고 있을 뿐, 세라핀에게 모든 것을 맡기고 있었다. 대부분의 사람들은 카를로스가 그녀—늘 잘 차려 입고, 언변 또한 화려한 흑인 여자—를 가까이에 두고 있는 것은 구강 섹스 파트너 혹은 기록할 사람이 필요해서라고 생각했다. 그러나 바로네는 그 이상의 것을 볼 줄 알았다. 카를로스에게 문제가 생길 때마다 해결책을 제시해주는 건 세라핀이었다.

"알았어."

바로네가 말했다.

그의 임팔라는 버번에서 한 블록 떨어진 듀메인에 주차되어 있었다. 금요일 밤이었고, 주변에 사람이 별로 없었다. 아래쪽 모퉁이에서 한 흑인 노인이 몇몇 관광객들을 위해 알토 색소폰으로 〈'라운드 미드나이트('Round Midnight)〉를 연주하고 있었다. 바로네는 그곳으로 다가가 음악에 귀를 기울였다. 그 정도의 짬은 있었다.

흑인 노인은 제대로 연주할 줄 알았다. 그는 D장조를 누른 다음 음계를 길게 뽑았다. 그 소리는 마치 제방을 넘는 물결처럼 멀리까지 울려 퍼졌다.

바로네 옆에 서 있던 남자가 그를 살짝 밀쳤다. 바로네는 자신의 주머니에 손길이 스치는 것을 느꼈다. 그는 아래로 손을 뻗어 그 손을 움켜잡았다. 그 손은 곰보 얼굴에 빼빼 마른 펑크족 남자의 것이었다. 그의 창백한 팔 안쪽에는 위아래로 주삿바늘 자국이 널려 있었다.

"뭔 일이래요? 누군가와 손을 잡고 싶으면, 가서…."

약물중독자가 순진한 척 물었다.

바로네는 손을 뒤로 꺾었다. 사람의 손목은 연약했다. 나뭇가지로 만든 새집과 힘줄로 이루어진 그것. 그는 약물중독자 친구의 얼굴이 변하는 것을 지켜보았다.

"아."

약물중독자 친구가 작게 신음을 냈다.

"쉬잇. 저 남자 연주가 끝날 때까지 기다리지."

바로네가 말했다.

바로네는 〈'라운드 미드나이트〉를 처음 들었던 때가 정확히 기억나지 않았다. 아마 피아노 연주였던 것 같다. 여러 해 동안 그는 50번도 넘게, 100가지 버전의 그 곡을 들었다. 피아노, 색소폰, 기타, 트롬본으로도 한두 번. 그러나 흑인 노인이 연주하는 오늘 밤의 곡은 완전히 새로웠다.

연주가 끝났다. 약물중독자 친구의 무릎에 힘이 풀리기 시작했고, 바로네는 그를 풀어주었다. 그는 뒤도 돌아보지 않고, 금방이라도 꺼져버릴 것만 같은 불빛처럼 손을 감싼 채 비틀거리는 걸음으로 멀어졌다.

바로네는 색소폰 케이스에 1달러 지폐를 떨어뜨렸다. 노인은 쉰 살일 수도, 혹은 여든 살일 수도 있다. 그의 눈동자의 흰자위는 오래된 큐볼처럼 노랬고, 그의 팔에도 주삿바늘 자국이 널려 있었다. 어쩌면 저 노인과 약물중독자는 동업 관계일 수도 있다. 한 명이 사람들의 주의를 끄는 동안 다른 한 명은 소매치기를 하는 것이다. 아마도.

노인은 1달러 지폐를 내려다보더니 다시 고개를 들었다. 그는 자신의 색소폰의 마우스피스를 매만졌다. 그는 바로네에게 할 말이 없었다. 바로네 역시 그에게 할 말이 없었다. 그는 자신의 임팔라로 걸어가 운전석에 올라탔다.

뉴올리언스의 강 건너편인, 미시시피의 서쪽 제방은 고철 하치장과 차체 공장, 임대주택들이 너저분하게 늘어서 있었고, 거기서 새어 나온 폐수로 나무들은 썩어갔다. '잡터'. 사람들은 그곳을 그렇게 불렀다. 바로네는 그 이유를 알 것 같았다. 악취도 그 이유에 한몫했다. 정유소들은 밤낮으로 불을 땠고, 탄내가 옷과 피부에 들러붙었다. 배들은 뉴올리언스 방면으로 쓰레기를 버렸고, 그 쓰레기들이 해안까지 쓸려왔다. 갈매기조차 거들떠보지 않는 죽은 물고기도 함께였다.

그는 주도로에서 벗어나 기차선로와 평행하게 나 있는 굴 껍질 무더기의 협소한 길을 따라 임팔라를 몰았다. 타이어 아래로 으드득 소리가 났고, 전조등의 불빛은 부서진 앞 유리창과 내려앉은 그릴 위로 일렁거렸다. 크롬 범퍼들이 3미터 높이로 쌓여 있었다.

자정이 넘은 시간이었지만, 사무실의 불빛은 여전히 환했다. 그럴 것이라 예상했었다. 사람들에게는 저마다 습관이 있게 마련이다. 그는 아직 그곳에 있었다.

아르망의 사무실은 사각 벽면에 물결 모양의 철제 지붕을 얹은 허름한 건물이었다. 앞쪽 방에는 책상과 소파가 놓여 있었는데, 소파는 한쪽 팔걸이를 잘라낸 덕분에 간신히 공간에 들일 수 있었다. 그리고 아르망이 커피를 끓일 때 사용하는 휴대용 난로도 놓여 있었다. 뒤쪽 방은 여느 방문과 똑같은 모양의 문으로 연결되어 있었다. 단단한 철제 문. 발로 한 번이라도 찼다가는 남은 평생을 절름발이로 보내야 할 법한 문이었다.

아르망은 바로네를 향해 활짝 웃어 보였다. 그는 바로네를 만난 것이 반가웠다. 어찌 안 그렇겠는가? 바로네는 선반의 가장 상위에 놓인 고가품을 구입하는 사람이었고, 지나친 흥정도 하지 않았다.

"잘 지냈나, 친구? 오랜만이야. 마지막으로 온 게 언제였더라? 세 달 전이었나?"

아르망이 말했다.

"두 달."

바로네가 말했다.

"마실 것 줄까? 너 좀 봐. 완전 멋지고 세련됐어. 난 결코 너처럼 되지 못할 거야, 친구. 난 그저 동네 구석탱이에서 콩과 쌀 요리나 먹고 있으니 말이야. 갈수록 살만 찌지."

그는 두 손으로 복부를 움켜쥔 뒤 바로네를 향해 흔들어 보였다.

"보이지? 그래, 요즘에는 어디 머물고 있어? 아직도 버건디가 근처에 살아?"

"아니."

"댈러스 상황은 어때? 정말 말도 안 되지, 안 그래? 내 생각에는 배후에 러시아인들이 있는 것 같아. 100퍼센트 확실해. 두고 보라고. 러시아인들 짓이야."

"새 작업이 있어."

바로네가 말했다.

아르망은 웃음을 터뜨렸다.

"다시 일 얘기로군. 매번 똑같아."

"오늘 밤에 필요한 게 있어."

"뭘 찾는데?"

"뭐가 있지?"

아르망은 열쇠꾸러미를 꺼냈다.

"흠, 스너비가 여럿 있지. 필요한 걸로 골라, 5센티미터 아니면 10센티미터. 깨끗한 거야, 보장하지. 뭔가 효과 좋은 것을 원하면 22구경 매그넘도 있고. 재고 소진도 할 겸."

"22구경은 얼마야?"

바로네가 말했다.

"지난번 것보다 5센트 더."

바로네는 의심스러워졌다.

"깨끗해?"

"보장하지."

"5센트는 더 못 내겠어."

"아, 친구. 나보고 장사 접으라는 거야?"

"한번 구경이나 하지."

바로네가 말했다.

아르망은 뒤쪽 방의 문을 열었다. 그곳은 앞쪽 방의 반 정도 크기였지만, 상자 몇 개와 납작한 트렁크 몇 개 들여놓기에는 충분한 공간이었다. 그는 쭈그리고 앉아 트렁크의 잠금장치를 풀었다. 그 과정에서 신음이 흘러나왔다.

"라브루초와 그 사람들은 어떻게 지내? 내가 지난번에 우연히 누굴 봤는지 알아? 컬리의 체육관에서 봤던 그 덩치 좋은 못난이 호모. 그 남자 기억하지? 온통 근육질이었던. 분명 기억할 거야. 그 사람이 지금 누구 밑에서 일하는지 알아? 내가 알려주지. 그가…."

아르망이 말하며 어깨 너머를 돌아보다 바로네의 손에 총이 들린 것을 깨달았다. 35.7구경 블랙호크.

그 총을 알아보는 데 시간이 다소 걸렸다. 그리고 이내 아르망의 얼굴은 가면을 벗은 것처럼 얼이 빠지고 말았다. 그는 뒤로 물러섰다.

"그건 나한테 사간 거잖아, 안 그래? 38구경 콜트식 권총에 덤으로 붙여줬지."

"몇 년 전 일이지."

바로네가 말했다.

이 시간대에는 길에 차가 없었고, 이 허름한 건물은 이웃 필지와 멀리 떨어져 있었다. 하지만 바로네는 가급적 모험을 하지 않기로 했다. 그는 바지선이 지나가며 경적을 울릴 때까지 기다리기로 결정했다.

"일단 내 말부터 들어봐, 친구. 지금 잘못 짚은 거야. 카를로스 짓이야. 난 이게 다 무슨 난리인지 전혀 모른단 말이야."

아르망이 말했다.

그는 한쪽 손을 허리에 다른 한쪽 손을 자신의 배에 올린 채 천천히 몸을 돌렸다. 바로네는 걱정하지 않았다. 아르망은 평소에 총을 지니고 다니지 않았다. 트렁크에 있는 총들도 장전되어 있지 않았다.

"제발. 아무에게도 물건 잘못 판 적 없어. 댈러스에서 무슨 일이 있었든 난 아니야. 예수 그리스도 앞에서 맹세하라면 맹세할 수 있어."

아르망이 말했다.

그렇다면 아르망은 이게 무슨 일인지 충분히 알고 있단 말이군. 바로네는 전혀 놀랍지 않았다.

"제발, 친구. 내 입 무거운 거 알잖아. 늘 그랬고, 앞으로도 그럴 거야. 카를로스와 직접 얘기할게. 내가 직접 설명할게."

아르망이 말했다.

"맨디나에서 있었던 성대한 크리스마스 파티 기억나? 전쟁이 끝나고 몇 년 후 일이었지."

바로네가 말했다.

"그래, 물론."

아르망이 말했다. 그는 바로네가 왜 그토록 오래 전의 크리스마스 파티 이야기를 꺼내는지 이해할 수 없었다. 바로네가 왜 아직 자신을 쏘지 않았는지도 모를 일이었다. 그는 목숨을 건질 기회가 있을지도 모른다고 생각하기 시작했다.

"물론이지, 물론이야. 그 파티 기억하지."

1946년 혹은 1947년 겨울이었다. 바로네가 카를로스 밑에서 막 일을 시작한 때였다. 그는 루즈벨트 호텔 아래쪽에 위치한 아파트에 살았는데, 온수조차 나오지 않는 집이었다.

"거기에 피아노 연주자가 있었어. 모자를 쓴 연주자."

바로네가 말했다. 그는 맨디나에서의 크리스마스 파티 때 〈라운드 미드나이트〉를 처음 들었을지도 모르겠다는 생각이 들었다.

"크리스마스트리도 있었지."

아르망이 말했다. 고갯짓과 미소, 그리고 마침내 희망에 굴복한 달콤한 포옹.

"그래, 제일 꼭대기에 천사를 달아둔 커다랗고 오래된 크리스마스트리가 있었지."

바로네는 흑인 노인이 알토 색소폰으로 연주했던 〈'라운드 미드나이트〉에 대해 생각했다. 그의 손가락은 키 위를 날아다녔다. 선천적으로 재능을 타고난 사람들이 있었다.

마침내 바지선이 경적을 울렸다. 그 크고 나지막한 소리에 바로네는 어금니로 진동을 느낄 수 있었다. 그리고 그는 방아쇠를 당겼다.

아르망의 고철 하치장에서 동쪽으로 400미터쯤 차를 달려 다리를 다시 건넌 바로네는 반대 방향에서 차 한 대가 다가오는 것을 보았다. 선바이저를 야구모자의 챙처럼 덮은 낡은 허드슨 코모도어였다. 운전대 뒤에는 여자가 앉아 있었다. 바로네의 차가 그 옆을 지나며 비춘 전조등 불빛에 그녀의 얼굴이 떠올랐다. 그녀의 전조등 불빛에 마찬가지로 그의 얼굴이 떠올랐다.

그는 브레이크를 몇 번 밟은 다음 차를 돌렸다. 코모도어를 따라잡자 그는 전조등을 번쩍였다. 코도모어는 갓길에 차를 세웠다. 바로네 역시 그 뒤에 차를 세웠다. 코모도어의 운전석으로 다가가는 길에 그는 잭나이프를 꺼내 재빨리 뒷바퀴의 타이어를 긁었다.

"망할, 너무 놀라 심장 떨어질 뻔했잖아요."

운전석의 여자는 머리에 컬 핀을 말고 있었다. 누구지? 이 밤에 왜 여기 있는 것일까? 바로네는 여자가 누구든, 왜 이곳에 있든 상관없다고 생각했다.

"망할 경찰인 줄 알았어요."

"아뇨."

그가 말했다.

그녀는 앞니가 하나 빠져 있었다. 그녀의 미소는 친근했다.

"지금 당장 피해야 할 사람들이 경찰들이거든요."

"타이어가 펑크 났어요."

바로네가 말했다.

"제기랄. 경찰들과 마주치는 것 다음으로 가장 최악의 상황이 그건데."

"와서 봐요."

그녀는 차에서 내려 뒤편으로 돌아갔다. 그녀는 더러운 구정물 색깔의 낡은 실내복을 입고 있었다. 뒷바퀴에서 쉭쉭거리는 소리가 들리자 그녀는 웃음을 터뜨렸다.

"하, 이건 뭐 아이스크림 위에 올린 체리 격이네요."

그녀는 다시 웃음을 터뜨렸다.

그녀의 웃음에는 주머니에서 짤그랑거리는 동전처럼 경쾌한 울림이 있었다.

"오늘 일진을 생각하면 말이에요. 완전 끝내줬거든요."

"트렁크 열어봐요. 내가 갈아줄게요."

바로네가 말했다.

"나의 영웅."

그녀가 말했다.

그는 길이 비어 있는지 다시 확인한 다음 잭나이프로 그녀의 목을 그었다. 그리고 자신의 옷에 피가 묻지 않도록 그녀를 살짝 돌렸다. 잠시 뒤 그녀는 옷걸이에 걸린 실크 드레스처럼 축 처졌다. 바로네는 그 어떤 수고도 들이지 않고 그녀를 트렁크 안에 넣을 수 있었다.

5

 모두가 거실 TV 앞에 모여 앉은 동안 샬럿은 뭔가 잊은 것이 없는지 저녁식사 테이블을 둘러보았다. 그녀는 새벽 5시 30분부터 일어나 무언가를 굽고, 육즙을 끼얹고, 갈고, 으깼다. 어젯밤에는 은식기에 광을 내고, 둘리의 부모님에게서 결혼 선물로 받은 아이리시 레이스의 식탁보를 다림질하느라 자정이 되어서야 잠이 들었다.
 아니, 뜬눈으로 밤을 샜던가? 그녀도 확신이 들지 않았다. 어느 순간엔가 밤의 가장 어두운 허공에 등을 대고 누운 채로 개의 까슬한 주둥이가 그녀가 여전히 숨을 쉬는지 확인하기 위해 그녀의 입가를 킁킁거리는 것을 느꼈던 것 같다.
 둘리의 어머니인 마사가 부엌으로 들어왔다.
"도와줄까, 샬럿?"
 그녀가 말했다.
"괜찮아요. 거의 다 됐어요."
 샬럿이 말했다.
"정말 괜찮겠어?"
"네."
 마사와, 둘리의 아버지인 아서는 사랑스러운 사람들이었다. 너그럽고 한결같이 인자했다. 샬럿이 만약 은식기에 광을 내지 않고, 식탁보를 다림질하지 않거나 롤이나 크랜베리소스 만드는 것을 잊었다고 한들, 두 사람이라면 아무도 눈치채지 못할 정도로 넌지시 이야기하고 지나갔을 것이다.

그게 더 힘든 일이었다. 샬럿은 시부모님이 덜 너그럽고 덜 사랑스러운 사람들이길 바랐다. 잔인한 저격자, 차가운 타박꾼. 그들이 명백한 적이었다면 더 좋았을 것이다. 그렇다면 샬럿이 좀 더 단호하게 행동할 수 있었을 텐데. 둘리 아버지의 세심한 관찰과 샬럿의 손을 토닥이는 그의 어머니의 손—그 동정심에 그녀는 마음이 괴로웠다.

거실의 분위기는 고요하고 암울했다. TV는 대통령의 관이 마차에 실려 백악관에서부터 국회의사당으로 이동하는 모습을 비추고 있었다. 기자는 침묵을 깨고 그날 아침 저격을 당했던 리 하비 오즈월드가 죽었다고 보도했다.

샬럿은 조앤과 로즈메리가 몰래 숨어서 TV를 보고 있는 것을 뒤늦게 발견했다.

"로즈메리, 조앤."

그녀가 말했다.

로즈메리는 항변했다.

"하지만, 엄마…."

"아니, 엄마가 밖에서 사촌들이랑 놀라고 했잖아."

샬럿이 말했다.

아이들은 어린 나이에 보기에는 적절하지 않은 TV 뉴스에 이미 긴 시간 노출되었다. 그들은 그저 나쁜 사람이 미국의 대통령을 죽였다고 이해하면 되었다. 그 외의 끔찍한 상세 이야기들은 알 필요가 없었다.

"하지만 걔네들은 지금 요새 놀이 하고 있단 말이야."

로즈메리가 말했다.

"그래서?"

샬럿이 말했다.

"걔네들이 여자애들이랑은 같이 요새 놀이 못 한다고 했단 말이야."

샬럿이 미처 대답하기도 전에 둘리의 형인 빌이 샬럿에게 빈 맥주병을 건넸다.

"한 병 더 마시면 좋겠는데, 샬럿."

그가 말했다.

눈을 감고 머리를 숙인 샬럿은 17년 전 겁 없이 단숨에 강을 건넜던 열한 살의 소녀를 떠올렸다. 그다음 해 겨울 샬럿의 아버지는—이제 막 서른둘의 나이에, 건강한 혈색을 지녔었다—심장 마비로 세상을 떠났다. 그의 죽음으로 그녀는 큰 충격을 받았다. 처음으로 샬럿은 인생의 물결은 그녀의 생각보다 더 위험하다는 사실을 깨달았다. 수영하듯 순조롭게 헤엄쳐 지날 수 없다는 사실을 말이다.

그 후로… 무슨 일이 있었더라? 소극적이고 소심한 샬럿의 어머니는 전보다 더 위축되었다. 그녀는 샬럿이 돋보이거나 뭔가 많은 것들을 바람으로써 벌어지는 모험들을 감수하고 싶어 하지 않았다. 오래지 않아 샬럿은 스스로 단념하는 데에 꽤 소질이 있다는 것을 증명해 보였다. 그녀는 집 근처의 작은 전문대학 대신 오클라호마 대학에 입학했다(사실 엄마는 별로 좋아하지 않았다). 샬럿이 캠퍼스에 발을 들인 순간, 그녀는 그 분위기에 완전히 압도되고 말았다. 막 열일곱 살이 된 터였고, 우드로에서 이토록 멀리 와본 적이 없어 외지에 대해 아는 것이 전혀 없었다. 학기가 시작된 지 고작 6주 뒤인 10월, 그녀는 짐을 싸서 집으로 돌아왔다.

그리고 그녀는 빵집에 일자리를 구했다. 어느 오후 그녀는 잘생긴 손님과 수다를 떨었다. 둘리는 샬럿보다 세 살이 더 많아서 학창 시절에 그녀는 그를 전혀 몰랐다. 하지만 그는 다정하고, 재밌었다. 마을의 다른 남자아이들처럼 점잔을 떨지 않았다. 그는 그녀에게 데이트 신청을 했고, 곧 두 사람은 사귀기 시작했다. 그와 결혼을 한 뒤 얼마 지나지 않아 그녀는 자신이 자란 곳에서 세 블록 떨어진 집으로 이사했다. 곧 조앤을 가졌고, 또 로즈메리를 가졌다. 그리고 바로 다음의 순간이 지금이었다.

"엄마, 엄마 차례야."

로즈메리가 속삭였다.

"내 차례?"

샬럿이 말했다.

그녀의 차례. 인생도 이와 같을 수 있다면 얼마나 좋을까. 샬럿은 생각했다. 매 회 회전 바퀴를 다시 돌려 새 카드를 뽑을 수 있는 기회를 얻는 게임과 같을 수 있다면. 물론 새로 바퀴를 돌려 새 카드를 뽑는다고 해서 게임판 위 당신의 위치가 더 나아지리라는 보장이 있을까마는.

어디든 지금의 길보다 더 거칠고 험한 길이 있게 마련이야. 샬럿의 어머니는 항상 그렇게 경고했다. 다른 말로 하면, 현재 가진 것에 만족하라는 것이었다. 그 대체 안이 더 절망스러울 수도 있으니. 그녀의 어머니는, 이를테면 샬럿이 8학년 때 수학 선생님이 반 여학생들이 질문을 하는 것을 허용하지 않는다고 불평했을 때 이런 말을 했다. 빵집 사장이 샬럿을 창고로 불러 벽면에 몸을 밀착시켰을 때나 샬럿이 둘리에 대해, 당시 약혼자였던 그가 술을 너무 많이 먹는다고 걱정하기 시작했을 때도 그러했다.

"감사한 일이 뭔지 엄마가 얘기할 차례야."

로즈메리가 말했다.

"흠, 어디 보자. 우리 아리따운 두 딸이 있어 감사하고, 오늘 이렇게 다 함께 모일 수 있는 가족들이 있어 행복하고, 이 멋진 일요일 저녁 식사에도 감사해."

샬럿이 말했다.

둘리는 로스트를 썰었다. 그의 손에 들린 칼은 굳건했다. 고기 한 조각, 한 조각이 접시 위에 먹음직스럽게 올려졌다. 그의 부모님이 저녁식사를 위해 집을 방문할 때마다 둘리는 맥주 한 잔이나 와인 한 잔 정도로 최대한 절주했다. 그의 부모님도 알고, 모두가 알고 있듯, 마지막 손님이 떠난 뒤 5분 후에는 둘리도 외출을 하곤 했다. 담배를 사러 가야 한다거나 편지를 보내야 한다거나 차에 기름을 넣어야 한다거나 하는 핑계를 둘러대며 잠깐이면 된다고 했다.

이른 오후에 다이닝 룸의 창문에서 흘러나온 불빛은 근엄하고 냉랭했으며 단호하기도 했다. 테이블의 반은 밝았지만, 나머지 반은 그늘이 졌다. 흥미로운 불빛이었다. 로즈메리는 소금으로 손을 뻗었고, 둘리의 아버지는 롤로 손을 뻗었으며, 둘리는 그레이비소스 그릇을 어머니에게 건넸다. 여러 개의 팔들이 서로 얽히고 교차하며, 틀 안에 새로운 틀들을 만들었다. 그 각각은 완벽한 미니 정물화였다. 눈, 목걸이의 진주, 넥타이의 스트라이프. 샬럿은 손에 카메라가 있으면 좋겠다고 생각했다. 자세를 낮춰, 테이블에서 위쪽으로 각도를 잡아 사진을 찍는 것이다.

"세상이 미쳐 돌아가고 있어. 거친 말 미안합니다, 숙녀분들. 하지만 그게 사실이니까. 케네디, 오즈월드, 루비, 시민권. 여자들은 남자들이 할 수 있는 일이면 자기들도 얼마든지 할 수 있다고 생각하니까."

"하지만 적어도 시도는 해보게 할 수 있잖아요? 피해 갈 것이 뭐가 있어요?"

샬럿이 말했다.

빌은 그녀의 말을 듣지 못했고, 점점 더 격하게 포크질을 하며 강한 어조로 말했다.

"이건 문명 전쟁이야. 영화에서처럼. 아파치 요새 같은 거지. 우드로가 딱 그렇잖아. 우리가 인디언과 맞서 싸울 수 있는 유일한 사람들이라고. 세상을 뒤집으려는 사람들에 의해 정말로 세상이 뒤집히기 전에 마차를 둘러싸고 우리나라가 내세운 가치들을 지켜내야 해. 예를 들면, 검둥이들 말이야. 사람들은 잘 모르는 것 같은데, 검둥이들은 여기 모인 사람들이나 나만큼이나 인종 구분을 선호한다니까!"

둘리와 그의 아버지는 고개를 끄덕였다. 샬럿은 흑인들이 정확히 언제 빌에게 이런 이야기를 털어놓았는지 궁금했다. 하지만 물어볼 기력이 없었다—기력이 아니라 용기가 없는 건가? 빌은 로건카운티에서 두 번째로 잘나가는 변호사였고, 재판에서 단 한 번도 진 적이 없었다. 그리고 둘리의 아버지는 로건카운티에서 첫째가는 변호사였다. 샬럿이 감히 정치 이야기에 발가락이라도 들이밀려 든다면, 남자들은 정중하게, 그러나 무자비하게 그녀 논리의 다양한 오점들을 꼬집어낼 것이다. 생선 가시를 발라내듯.

샬럿의 손윗동서는 자신의 팔을 매만지며 잡지에서 막 발견한 새 모자 패턴의 라인 없는 오버블라우스에 대해 호들갑을 떨기 시작했다.

"정말 끔찍한 비극이지, 그 일은. 하지만 존슨이 케네디보다 나아서 그나마 다행이야. 존슨은 진보주의자가 아니거든. 남부 출신이라

조정의 중요성을 잘 알고 있어."

둘리의 아버지가 말했다.

"자잘한 격자무늬 울이랑 겹침 무늬의 바둑판 코튼 중에서 결정을 못 하겠어."

샬럿의 손윗동서가 그녀에게 말했다.

"동서는 뭐가 좋아?"

샬럿은 저편을 흘끗 보다가 조앤이 자신을 쳐다보고 있는 것을 깨달았다. 뭘 보는 거지? 샬럿은 의아했다. 뭘 관찰하고 있는 거야?

저녁식사 뒤 남자들은 거실로 물러갔고, 아이들은 놀이를 위해 밖으로 나갔다. 그리고 샬럿은 설거지를 하기 시작했다. 둘리의 어머니가 그녀를 따라 부엌에 들어왔다. 샬럿은 더러운 접시들로부터 그녀를 멀리 쫓으려 했지만, 마사는 그녀를 무시하고 접시들을 모으기 시작했다.

"요즘은 어떠니, 얘야?"

샬럿이 알기로, 그 말뜻은 곧 이것이었다. 둘리는 어떠니?

"괜찮아요."

샬럿이 말했다.

"아이들이 정말 천사 같구나."

"그런 셈이죠."

마사는 설거지 그릇이 잔뜩 쌓인 위로 접시를 올렸다.

"우리가 그 애를 망쳤어."

그녀가 잠시 후 다시 말을 이었다.

"알겠지만, 막내라서."

샬럿은 고개를 가로저었다.

"아니에요, 어머님."

그녀가 말했다. 지금 현재의 둘리라는 남자에 대해 비난받을 사람이 있다면, 그것은 곧 샬럿이었다. 여자친구로서 그녀는 그의 단점들에 대해 어리석을 정도로 무지했다. 아내로서 그녀는 그를 기꺼이 받아주고 있었다. 왜냐하면 그렇게 하지 않을 경우의 대안들이라는 것이 생각만 해도 골치가 아프기 때문이었다.

"우리가 언제든 도와줄게, 아서와 내가."

마사가 말했다.

샬럿은 다시 고개를 가로저었다. 익숙한 의례였다.

"이미 많이 해주셨어요."

"젊은 부부가 얼마나 힘들지 잘 알고 있단다."

샬럿의 눈가가 그 어떤 예고도 없이 불거졌다. 뜨겁고 따가운 수치심. 그녀는 마사가 보지 못하도록 화급히 몸을 돌려 스토브 위를 닦았다. 그때 마사가 작게 접힌 지폐들을 그녀의 앞치마 주머니에 넣었다.

"정말이에요. 필요 없어요."

샬럿이 말했다.

"주고 싶구나. 더 챙겨주면 좋겠는데."

마사가 말했다.

30분 뒤, 모두, 둘리의 부모님과 형, 형수, 그리고 두 사람의 세 아들 모두 집으로 돌아갔다. 그로부터 5분 뒤 샬럿이 로스팅 팬에 뜨거운 물을 채우고 세제를 붓고 있을 때 둘리가 부엌으로 들어왔다. 이미 코트와 모자와 장갑을 착용하고 있었다.

"내일 아침에 먹을 우유 필요하지?"

그는 그녀의 볼에 키스했다.

"가게 문 닫기 전에 빨리 갔다 올게."

"어머님이 또 300달러를 주고 가셨어."

샬럿이 말했다.

그는 뒷목을 문질렀다. 둘리는 나무에 대해 알아가거나 과실을 따는 수고를 들이지 않고도 얻어지는 결실을 기꺼이 즐겼다.

"아, 젠장, 샬럿. 부모님 돈은 받고 싶지 않아. 필요 없다고."

그가 말했다.

그녀는 웃고 싶었다. 그러나 대신 뜨거운 물에서 몸을 돌려 수증기로부터 물러났다.

"계속 고집하셨어."

"휴, 다음에는 안 받겠다고 해, 샬럿. 알았지?"

그는 점차 문가로 향하기 시작했다.

"암튼 난 어서 가서 우유 사 올게."

"금방 올 거란 말이지? 술 딱 한 잔만 하고?"

그녀가 말했다.

그 말에 그가 걸음을 멈췄다. 그의 표정을 보니 오후 내내 TV에 방영되었던 장면 하나가 떠올랐다. 잭 루비가 리 하비 오즈월드의 복부에 총격을 가하자 놀란 그가 입을 동그랗게 벌리고 푹 수그러지는 장면 말이다.

샬럿 스스로도 놀랐다. 하지만 시작한 이상 끝을 보리라.

"이렇게는 못 살아."

그녀가 말했다.

"무슨 소리야?"

그가 말했다.

"앉아서 얘기 좀 해, 여보. 진지하게, 단 한 번이라도."

"무슨 얘기를 하자는 거야?"

"무슨 얘긴지 알잖아."

그의 낯빛이 어두워졌다. 의분의 폭풍이 밀려오고 있었다. 그는 술에 취했을 때면 다시는 입에 술 한 방울 대지 않겠다고 맹세했으며, 정신이 말짱할 때도 입에 술 한 방울 대지 않을 거라고 맹세했다.

"내가 아는 건, 내일 아침 우리 아가씨들한테 시리얼과 함께 먹을 우유가 필요하다는 거야."

그가 말했다.

"둘리…."

"대체 왜 그래, 샬럿? 왜 가족들의 휴일을 망치려고 하는 거야?"

그녀는 몸에서 에너지가 모두 빠져나가는 것을 느꼈다. 그는 계속 이런 식일 것이다. 가능한 한 그녀에게도 계속 이런 식일 것이다. 둘리와 술병 사이를 가로막고 서 있자면, 그는 마치 절벽에 계속해서 부딪혀 절벽을 결국 한 줌 모래로 만들어버리려 드는 파도처럼 굴었다. 이런 상황에서는 항복만이 유일한 해법이었다.

"다녀와."

그녀가 말했다.

"내일 아침에 애들 먹일 우유 필요 없어?"

"다녀와. 미안해."

그는 자리를 떴고 그녀는 식탁보를 접었다. 그리고 다이닝 룸 바닥에 떨어진 음식물 부스러기들을 청소한 다음, 방에 있는 아이들을 확인했다. 로즈메리는 진정한 삶을 찾아 떠나는 디즈니의 트루 라이프 어드벤처 책 세 권을 갖고 있었다. 《프롤러 오브 디 에버글레이드(Prowlers of the Everglades)》, 《더 배니싱 프레리(The Vanishing Prairie)》, 그리고 《네이처스 하프 에이커(Nature's Half Acre)》. 조앤은 색도화지를 뜯어 조심스럽게 사각형으로 접고 있었다. 개는 둘 사이, 원래의 제자리인 침대 바닥에 몸을 말고 앉아 있었다.

"뭐 하고 있어, 우리 애기?"

샬럿이 조앤에게 물었다.

"지금 언니가 게임을 만들고 있어. 완성하는 대로 어떻게 하는 건지 알려준대. 아빠는?"

로즈메리가 대신 대답했다.

"급히 가게에 갔어."

샬럿이 말했다.

조앤이 고개를 들었다. 그녀와 로즈메리 사이에 시선이 교차했다. 아니면 샬럿이 그렇게 착각한 것일까? 아이들은 아직 이 상황을 이해하기에는 어렸다, 물론.

"게임 규칙이 뭐야, 조앤?"

샬럿이 말했다.

"되게 복잡해. 그렇지, 언니?"

로즈메리가 말했다.

"응."

조앤이 말했다.

"엄마? 케네디 부인은 대통령이 죽어서 너무너무 슬프겠지?"

로즈메리가 말했다.

"그럴 거야, 그래."

샬럿이 말했다.

"그럼 이제 부인은 어떻게 해?"

"어떻게 하느냐고? 글쎄, 그 말은…."

"케네디 부인은 이제 누구랑 살아? 누가 돌봐줘?"

로즈메리가 말했다.

그 질문에 샬럿은 놀라고 말았다.

"아, 그녀는 혼자 힘으로도 잘 지낼 수 있을 거야."

로즈메리는 의심스러운 표정이었다. 로즈메리와 조앤 사이에 또다시 시선이 교차했다.

"엄마?"

로즈메리가 말했다.

"질문은 이게 마지막이야. 어두워지기 전에 엄마는 빨래 걷어야 하거든."

샬럿이 말했다.

"아빠가 죽으면 엄마도 무지무지 슬프겠네. 그렇지?"

로즈메리가 말했다.

"아빠는 안 죽어."

"어쨌든 엄청엄청 슬플 거잖아."

"당연히 그렇겠지."

샬럿이 말했다. 진심이었다. 둘리는 나쁜 사람이 아니었다—나쁜 사람과는 거리가 멀었다. 그는 샬럿을 사랑했고, 딸들을 사랑했으며, 아무리 화가 나도 가족에게 손찌검을 한 적은 단 한 번도 없었다. 술 문제는… 마음속 깊은 곳에서는 그도 진심으로 끊고 싶을 것이다. 그녀도 알고 있었다. 어쩌면 언젠가는 정말로 술을 끊을 수 있을지도 모른다.

하지만 그가 술을 끊었다고 치자. 그런 다음엔? 샬럿의 인생은 좀 더 쉬워질 것이다, 분명히. 하지만 더 행복해질 것인가? 매초, 매분, 매시는 똑같이 흘러갈 것이다. 매주, 매달, 매년도 마찬가지. 그녀에게 주어질 수도 있었던 미래, 그녀가 완성할 수 있었던 모습, 그 유령들은 차츰 저 멀리로 한데 희미해져 갈 것이다. 운이 좋다면, 그러한 것들이 그녀 안에 도사리고 있었다는 사실을 잊게 될 수도.

그리고 딸들. 로즈메리와 조앤 역시 언젠가 스스로에게 같은 질문을 던지게 될지도 모른다. 이제 우리는 어쩌지? 누가 우리를 돌봐주지?

로즈메리는 다시 책으로 고개를 돌렸고, 조앤 역시 다시 종이 접기에 심취했다. 샬럿은 문가에서 머뭇거렸다. 그녀는 저격 사건의 소식을 들었을 때 자신의 첫 반응에 대해 떠올렸다. 그 소식을 접했을 때의 감정이 그녀의 삶에 얼마나 영구적으로 박히게 되었는지 말이다. 하지만 그 생각에도 다소 수정이 필요할지 모른다. 아니, 그녀의 세계는 결코 바뀌지 않을 것이다―그녀 스스로 나서서 무언가 하지 않는다면 말이다.

〈오즈의 마법사〉에서 도로시를 날려버린 것은 캔자스에 불어 닥친 토네이도였지만, 농가의 현관문을 열고 밖으로 나온 것은 도로시 자신이었다.

샬럿은 손가락으로 앞치마 주머니에 담긴 지폐를 만지작거렸다. 300달러. 은행에 아이들 대학 학자금으로 모아놓은 돈이 이것의 두 배쯤 될 것이다. 둘리는 모르는 돈이라 그가 함부로 쓸 일도 없었다.

그렇다면 900달러다. 충분하지는 않았지만, 샬럿은 한번 든 생각을 멈출 수 없었다.

"얘들아, 어서 짐 싸."

그녀가 말했다.

"어디 가? 언제 가는데?"

로즈메리가 신이 나 말했다.

때때로 샬럿은 날아다니는 꿈을 꾸곤 했다. 다시 아이로 돌아가 학교까지 팔랑팔랑 뛰어가다가 어느 순간 가볍게 차와 나무, 집들 위로 날기 시작하는 것이다. 이것을 가능하게 해주는 비법은 당신에게 일어난 일, 당신이 지금 하고 있는 일에 대해 생각하지 않는 것이다. 그저 여느 날과 다름없는 척하는 것이다. 그렇게 하지 않았다간 마법이 풀려 지상으로 추락하고 말 것이다.

"엄마. 언제 떠나?"

로즈메리가 말했다.

"지금. 5분 안에."

"아빠도 같이 가?"

조앤이 말했다.

"아니. 우리만 가는 거야."

"럭키는?"

로즈메리가 말했다.

개. 아, 맙소사. 하지만 샬럿은 그 불쌍한 것을 두고 갈 수 없었다. 둘리는 개에게 밥을 주거나 약을 먹이는 일도 잊고 말 것이다. 개가 있다는 사실조차 잊을지 모른다.

"럭키도 같이 가야지. 이제 서둘러. 어서 짐 싸."

샬럿이 말했다.

"인형 한두 개 가져가도 돼?"

로즈메리가 말했다.

"하나만."

"작은 인형 두 개면 큰 인형 하나랑 같지 않아?"

"아니."

"하지만 언니도 인형 하나 가져갈 거잖아. 책도 한 권씩 들고 갈 거고."

"알았어. 이제 서둘러."

로즈메리는 자리에서 폴짝 일어났다. 조앤은 샬럿을 유심히 쳐다

87

보았다.

"어디로 가는데, 엄마?"

조앤이 말했다.

샬럿은 더 이상의 손길이 필요 없는 금발의 머리카락을 부드럽게 쓸어주었다.

"한번 찾아보자."

6

알 라브루초와 함께하는 금요일 밤 저녁식사는 끝날 줄 몰랐다. 고맙게도 기드리는 평소처럼 밝고 화려했지만, 그러기 위해서는 다소 노력이 필요했다. 어쩌면, 정말로 어쩌면, 세라핀과 카를로스가 자신을 죽이려 하는지도 모르겠다는 생각이 머릿속에서 떠나지 않았다.

아니, 말도 안 된다.

맞아, 그 계산이 합리적이다. 기드리는 도주용 엘도라도와 그것이 저격 사건과 연계가 있다는 것을 알고 있었다. 그러니 위험하다.

하지만 그는 카를로스의 믿음직한 최측근 중 하나였다. 세라핀의 친구이기도 했다. 그는 틈만 나면 충성심을 증명해 보였다. 그 횟수만 몇 번이던가! 손가락 몇 개가 달아난 알 라브루초에게는 그 셈을 시킬 수 없었다.

그리고 현실적인 관점에서 한번 살펴보자. 기드리는 조직을 위해 중요한 일을 했다. 그는 현금과 영향력을 융통시키는 문을 연 장본인이었다. 기드리가 아니었다면 카를로스는—얼마나 짠돌이인지 걷는 중에도 끽끽 소리가 날 정도였다—자산을 이만큼 불리지 못했을 것이다. 낭비하지 말고, 바라지도 말고. 카를로스는 언제나 그렇게 이야기했다.

저녁식사 뒤에 기드리는 택시를 잡아타고 운하를 따라 오르페움으로 향했다. 그리고 영화 상영 중간에 입장했다. 존 웨인과 모린 오하라가 목장에서 말을 타고 다니는 서부 코미디 영화였다. 상영관 안은 거의 비어 있었다.

엘도라도를 제거할 것.

그런 다음 엘도라도를 제거한 남자를 제거할 것. 델러스에 대해 알고 있는 남자를 제거할 것.

영사기가 달가닥거렸다. 담배 연기가 피어오르고, 부스에서 쏜 불빛이 부드럽게 번졌다. 상영관에는 세 커플이 흩어져 앉아 있었고, 기드리처럼 홀로 온 관객도 두 명 있었다. 그가 입장한 이후로 더 들어온 사람은 없었다. 그는 자신의 뒤를 밟는 사람이 없다고 확신했다.

기드리는 내키는 대로 상상해보았다. 가능한 일이다. 오랜 세월 동안 주변 사람들에게 실제로 그런 일이 벌어지는 것을 보았다. 인생에 있어 스트레스란 부드러운 나무에 소금을 치는 것과 같다. 이제 그것이 무너지기 시작하고 있는 것이다.

내가 미쳤는지도 모르지. 매키 파가노는 카를로스가 자신을 죽이려는 것인지 알아봐 달라며 기드리에게 간청할 때 그렇게 말했다. 내가 미쳤는지도 모르지. 하지만 매키는 미치지 않았다, 그렇지 않은가? 카를로스는 실제로 매키를 죽이고 싶어 했다. 그리고 현재 그 바람대로 매키는 거의 죽었다고 보는 것이 맞을 것이다.

수요일 밤 몬텔레오네에서 매키가 또 무슨 얘기를 했더라? 기드리는 기억을 떠올려보았다. 샌프란시스코에서 온 남자와 1년 전 카를로스가 마침내 등을 돌리기로 결심한 한 판사에 대한 저격 사건에 대해 뭔가 얘기했던 것 같은데.

지난 몇 년간 매키가 해온 일들은 그런 것이었다. 카를로스가 자신의 일을 대신 처리해줄 사람을 인근에서 구하지 못할 경우 외지의 전문가들을 수소문해 연결해주는 것 말이다.

전문가들, 독립 계약자들, 이를테면 미국 대통령을 저세상으로 보낸 뒤 하늘색 엘도라도를 타고 도주할 저격수 같은 이들 말이다.

기드리는 상영관 화면에 등장하는 배우들의 우스꽝스러운 연기를 더 이상은 견딜 수 없었다. 그는 영화가 끝나기 전에 상영관에서 나와 자신의 아파트를 향해 걷기 시작했다. 그를 따라오는 이는 없었다. 99퍼센트 확실했다.

작년에 화급히 취소됐던 판사 저격 건. 어쩌면 그건 세라핀이 공들여 준비한 연막 중 하나일지도 모른다. 기드리는 그녀가 작업하는 방식에 대해 잘 알고 있었다. 그녀는 카를로스가 오늘 딜리 광장으로 보낸 스나이퍼에게 어둠의 망토를 씌웠을 것이다.

매키는 며칠 전 퍼즐의 몇몇 구석 조각들을 발견했던 것이 분명하다. 자신이 너무 위험한 정보를 갖고 있다는 사실을 깨달았던 것이 틀림없다.

그리고 이제 기드리도 그 구석의 퍼즐 조각들을 알아차렸다. 이제 그도 똑같은 위험한 정보를 갖고 있다. 과연 장작 하나를 더 불 속에 던질 것인가? 아, 맙소사. 기드리의 날은 점점 더 엉망이 되고 있었다.

하지만 여전히 희망은 있었다. 매키에게 일어난 일은 그저 우연일 수도 있다. 카를로스는 저격 사건과는 전혀 상관없는 다른 이유로 매키를 제거했는지도 모른다.

기드리는 이 문제의 실마리를 던져줄 정보원을 알고 있었다. 그는 아파트에 도착하자마자 로비를 지나 곧장 주차장으로 향했다. 칙은 부스 자리에 푹 주저앉아 라디오를 응시하고 있었다. 댈러스에서 저격당한 사람이 자신의 다정한 엄마라도 되는 양 말이다. 이런 사실을 알리게 되어 미안하지만, 칙, 잭 케네디는 영리한 고양이 같은 인간이었어. 그는 자신을 사랑했고, 오로지 자신만 사랑했다고."

"내 차 좀 가져다주겠어, 칙?"

기드리가 말했다.

"네, 기드리 씨. 소식 들으셨죠? 맙소사, 맙소사."

"성경에 뭐라고 쓰여 있는지 알아, 칙? '네가 불 한가운데를 걷는다 해도 너는 타지 않을 것이다.'"

"네, 맞아요. 맞는 말이에요."

칙은 손수건으로 코를 풀었다.

기드리는 다리를 건너 서쪽 제방으로 향했다. 그는 우선 고철상부터 들렀다. 놀랍게도 아르망은 그의 누추한 사무실에 있지 않았다. 기드리는 손가락 관절이 얼얼해질 때까지 노크하고 또 노크했다. 뭐, 괜찮다. 아르망의 집이 어디인지 알고 있으니까. 그는 여기서 멀지 않은, 알제포인트의 자그마한 총잡이들 마을에 살고 있었다.

아르망의 아내가 문을 열었다. 한때는 번성했지만 이제 그 명맥을 잃어가고 있는 케이준 미녀 에스메랄다. 기드리는 언젠가 알고 싶었다. 아르망 같은 땅딸막한 수다쟁이 총포상이 어떻게 이런 미녀를 손에 넣었는지 말이다. 이것이야말로 풀리지 않는 수수께끼였다.

하지만 지금 당장은 또 다른 수수께끼가 우선이었다. 기드리는 아르망이 부디 앞선 수수께끼를 푸는 데 도움을 줄 수 있기를 기도했다. 아르망은 매키와 반세기는 서로 알고 지낸 사이였다. 거의 함께 자란 셈이다. 아르망이라면 매키가 무슨 일을 한 것인지 알고 있을 것이다.

"늦은 시간에 미안해요, 에스메랄다."

기드리가 말했다. 늦은 시간이었지만, 집 안의 불은 모두 켜져 있었고, 갓 내린 신선한 커피 냄새가 부엌에서 풍겨오고 있었다. 이상한 일이다.

"안녕하세요, 프랭크."

에스메랄다가 말했다.

"아르망을 찾고 있어요. 사무실에 없어서요."

"집에 없어요."

"아르망에게서 당신을 뺏을 수 있다면 좋겠어요, 에스메랄다. 결혼한 지 좀 된 건 알고 있지만, 내게 희망을 보여줘 봐요. 그러면 뭐든 할게요."

기드리가 능청스럽게 말했다.

"그 사람은 집에 없어요."

그녀가 다시 말했다.

"없어요? 그럼 어디 있는지 알아요?"

에스메랄다가 기드리를 안으로 들여 커피 한 잔 내주지 않는 것도 이상한 일이었다. 지금껏 몇 년 동안 기드리가 집에 들를 때마다 그녀는 그를 안으로 끌고 들어가 소파에 앉혀놓고는 열일곱 살 소녀처럼 수다를 떨곤 했다. 그녀에게서 달아나기 위해 기드리는 거의 후디니*가 되어야 했을 정도였다.

그리고 어째서 이토록 늦은 시간까지 잠자리에 들지 않고 있으면서 TV나 라디오를 켜놓지 않은 것일까? 에스메랄다는 재키 케네디를 위해서라면 세인트찰스의 전차에 기꺼이 몸을 던질 만한 사람이었다.

"아차팔라야강으로 며칠 낚시 다녀온댔어요. 그이가 아차팔라야강

---

* Harry Houdini: 미국의 마술사. 탈출 마술에 능했다.

을 좋아하잖아요."

배스가 많이 잡히는 봄에는 당연히 그러했다. 하지만 11월에?

"언제 돌아온대요?"

기드리가 말했다.

"모르겠어요."

그녀는 미소를 지었다. 긴장하고 있는 것 같진 않았지만, 기드리는 느낄 수 있었다. 뭔가가 있다. 두려움? 그는 그녀의 뒤로 펼쳐진 집 안을 흘끗 쳐다보았다. 부엌 문 옆에 여행가방이 놓여 있었다.

"슈리브포트에 여동생이 있어요. 이번 주말에 버스 타고 동생 집에 가기로 했어요."

기드리가 미처 묻기도 전에 에스메랄다가 대답했다.

"아르망에게 어떻게 연락할 수 있을까요?"

기드리가 말했다.

"글쎄요. 모르겠네요. 잘 가요, 프랭크."

그녀는 문을 닫았다. 기드리는 천천히 자신의 차로 돌아갔다. 아르망은 죽었다. 기드리는 그러한 결론을 받아들이고 싶지 않았지만, 추측해볼 수 있는 유일한 가정은 그것이었다. 아르망도 매키처럼 제거된 것이다. 에스메랄다는 그 사실을 알고 있었다. 카를로스가 자신이 그 일을 발설할지도 모른다고 생각해, 찾아와 죽일까 봐 잔뜩 겁을 먹은 것이다.

영리한 여자였다.

매키가 제거된 것은 저격수를 대주었기 때문이다.

아르망이 제거된 것은… 간단하다. 그는 무기 방면에 있어 카를로스의 가장 신중하고도 믿음직한 조달원이었기 때문이다. 아르망을 보면, 특히 그의 다 쓰러져가는 사무실을 보면 믿을 수 없겠지만, 그는 어떤 종류의 총이든, 원하는 곳이 어디든 자유롭게 조달할 수 있었다.

증거들은 산적했다. 카를로스는 저격 사건과 연결된 고리들을 끊어내고 있었다. 다음 차례가 기드리가 아니면 누구겠는가?

아니다, 말도 안 된다. 기드리는 값진 자산이었다. 조직에서의 그의 지위는 세라핀보다 한두 단계 정도 아래였다. 사실 그게 생각보다 그렇게 도움이 되는 조건은 아닐지도 모르겠지만 말이다. 지금의 상황에 이르자 그는 모든 것을 한눈에 볼 수 있었다. 필요 이상으로 보고 조각들을 한데 맞춰볼 수 있었다.

댈러스 경찰서의 부보안관은 뭐지? 세라핀이 처음에 기드리를 댈러스로 보낸 이유는 뭘까? 그것도 기드리를 공격할 또 다른 이유가 되는 것일까?

미시시피강 위로 놓인 다리를 다시 건너며 아래로 흐르는 검은색 물결을 보니 그는 어젯밤 꿈이 떠올랐다. 전조와 징후.

카를로스와 세라핀은 댈러스에 도주용 엘도라도를 준비시키는 일쯤 다른 조직원에게 시킬 수도 있었다. 언제든 쓰고 버릴 수 있는 인간으로. 근데 왜 기드리를 골랐을까? 왜냐하면, 어쩌면 그들은 이미 그가 제 효용 가치를 다했다고 생각했는지도 모른다.

그는 케너에 있는 싸구려 모텔을 빌렸다. 그가 휴스턴에 가서 엘도라도를 제거하기 전까지 세라핀은 움직이지 않을 테지만, 그래도 만약을 위해서였다. 기드리는 늘 차에 여행가방을 싣고 다녔다. 칫솔과 여벌옷 몇 벌, 2,000달러의 현금. 토요일 아침 그는 모아상*에 서서 출국장을 살펴봤다. 세라핀이 예약해준 휴스턴행 비행기는 10시에 출

---

* Moisant: 루이 암스트롱 뉴올리언스 국제공항의 전신을 뜻하는 말.

발이었고, 마이애미로 가는 비행기는 30분 뒤에 출발이었다.

마이애미로 날아가 그곳에서 은신을 시도해볼 수도 있다. 물론 그건 기드리가 카를로스의 제거 명단에 올라 있지 않을 경우에만 가능한 일이다. 지금 기드리가 도망친다면, 그는 당장에 그 명단의 상위 자리를 차지하게 될 것이다. 축하합니다.

지금 도망치면 모든 것을 버려야 한다. 그의 삶. 몬텔레오네에서 재빨리 문을 열어주던 보이들과 사람들의 미소와 고갯짓, 바의 저편에서 그를 바라보고 있는 아름다운 빨간 머리 여자와 갈색 머리 여자.

그의 비상금은 드디어 제 구실을 하게 되었다. 하지만 고작 2,000달러로 언제까지 버틸 수 있을 것인가? 세라핀은 공항에 사람을 보내 그를 감시하게 할지도 모른다. 기드리는 그 가능성도 간과하지 않았다. 그래서 그는 어슬렁어슬렁 술집에 가서 블러디 메리를 주문한 뒤 칵테일 웨이트리스와 잡담을 나누었다. 이러니저러니 신경 쓰지 않는다는 듯. 그게 바로 프랭크 기드리였다.

게이트에서 마지막 탑승 안내가 끝나자, 그는 휴스턴행 비행기에 올랐다. 카를로스는 그를 버리지 않을 것이다. 세라핀이 그렇게 하도록 두지 않을 것이다. 아르망과 매키는, 그들은 짐스러운 여분의 부품들일 뿐이었다. 기드리는 왕의 오른팔의 오른팔이었다. 적어도 그는 그렇기를 바랐다.

메인과 텍사스 모퉁이에 자리한 라이스는 휴스턴에서 제일 고급스러운 호텔이었다. 지하에는 수영장이 있었고, 꼭대기 층에는 댄스홀이 자리하고 있었다. 추수감사절 장식들도 내걸려 있었다 — 순례자 모자를 쓴 종이 칠면조가 달려 있었고, 뿔에 자바사과*와 호박이 넘칠 듯 담겨 있기도 했다. 하지만 로비는 마치 장례식장 같았다. 모든 걸음들이 잔잔했고, 모두가 나지막한 목소리로 이야기했다. 케네디는 저격 사건이 있기 전날 밤을 이곳 스위트룸에서 묵었다. 기드리가 그에 대해 들은 바로 비춰봤을 때 아마도 꽤 즐거운 밤이었을 것이다.

기드리의 방은 9층이었다. 길 건너 유료 주차장이 내려다보이는 곳이었다. 하늘색의 캐딜락 엘도라도는 뒤쪽 구석에 세워져 있었다. 햇빛에 크롬이 반짝였다. 기드리는 한동안 엘도라도를 바라보았다. 주차장을 바라보았다. 그리고 다시 현금을 세었다. 2,174달러. 그는 로비에 전화해 룸서비스로 클럽 샌드위치와 매캘런 한 병, 얼음 버킷을 주문했다. 마지막 만찬일 거라는 생각은 하지 말자. 그러지 말자. 그는 정장 코트를 욕실 문 뒤편에 걸고 울의 구김이 다 펴지도록 뜨거운 물로 샤워를 했다.

4시 30분에 그는 거리를 가로지른 다음 이탈리아산 소가죽 운전 장갑을 끼고 엘도라도 운전석에 올라탔다. 라포트를 향해 남쪽으로 차를 몰며 창문을 내리고 남아 있던 땀과 캐멀 담배와 머릿기름의 채취를 날려버렸다. 그는 지금 어디에 있을까? 샌프란시스코에서 온 그 전문가. 케네디를 저격한 뒤 댈러스에서 엘도라도를 타고 이곳까지 도주했을 그 사람은? 이미 멀리 사라져버렸겠지. 어떤 식으로든. 그는 생각했다.

그는 제한 속도를 지키며 후미 쪽을 살펴봤다. 라포트에 도착하기 몇 블록쯤 전 그는 차들이 붐비는 어느 한 멕시코 레스토랑 주차장에 차를 세웠다.

---

* Wax Apple: 자바 지역이 원산지인 사과 같은 과일.

뒷좌석은 깨끗했다. 그는 트렁크를 열었다. 왜냐고? 기드리도 뭐라 확실히 말할 수 없었다. 그저 가능한 한 모든 것을 알고 싶을 뿐이었다. 기저귀를 차고 기어 다니던 시절부터 그는 그렇게 살아왔다.

트렁크에는 낡은 군인용 배낭이 있었다. 올리브색 캔버스 천으로 만든 드로스트링 백이었다. 기드리는 배낭을 열었다. 안에는 작업용 데님 셔츠와 4배율 스코프가 달린 볼트액션 라이플이 들어 있었다. 그리고 6.5밀리미터의 총탄 한 상자. 작업용 셔츠에는 '댈러스 시립 운송 기관'이라고 수가 놓여 있었다.

기드리는 배낭끈을 다시 조인 뒤 트렁크를 닫았다. 라포트에서 동쪽으로 몇 킬로미터를 달렸다. 재채기만 해도 무너져버릴 것 같은 새 조립식 규격 주택들이 줄지어 서 있었다. 주택 단지는 정유소와 화학약품 공장들, 조선소들로 이어졌고, 험블 정유소를 지나자 천연 습지와 소나무 숲이 길게 뻗어나갔다. 길 없는 숲에는 즐거움이 있다. 어떤 정신 나간 영국 신사가 이런 글을 썼더라? 기드리는 기억이 나지 않았다.

콜리지나 키츠, 바이런이나 셸리. 그들 중 하나겠지. 난 사람을 사랑하지 않은 게 아니라, 자연을 더 사랑한 것이다.

그의 뒤로 해가 가라앉고 있었다. 작업에 착수하기에 충분한 빛은 아니었다. 어두운 잿빛 하늘에 싸구려 재킷의 닳아빠진 팔꿈치처럼 반짝이는 잿빛이 군데군데 드러나 있을 뿐이었다.

험블 정유소를 지난 이후로 오가는 차는 없었다. 표지가 없는 길은 협소한 1차선 도로였는데, 아스팔트는 깨지고 나무들 사이로는 검은 진흙이 삐져나와 있었다.

기드리는 그 길에 올랐다가 이내 멈췄다. 계속 가? 아니면 돌아갈까? 그는 생각에 잠겨 머뭇거렸다. 그의 아버지는 약간 취했을 때나 많이 취했을 때 혹은 취하지 않았지만 다소 따분해질 때면 그에게 게임을 제안하곤 했다. 그의 앞에 주먹을 쥐고 서서는 기드리나 그의 여동생에게 어느 손인지, 오른손인지 왼손인지를 골라보라고 하는 것이다. 게임에서 이길 수는 없었다. 한 손을 고르면 주먹이 날아오고, 다른 한 손을 고르면 뺨을 맞았기 때문이다. 겁을 먹고 제시간에 고르지 않으면, 주먹질도 당하고 뺨도 맞았다. 그런 뒤 그는 거칠게 웃어 젖혔다.

도로 끝에는 늘어진 사슬 담장이 서 있었다. 문은 열려 있었다. 문에 부착되어 있는 나무 간판의 아래 절반은 부서져 있었다. 남은 글자라고는 커다란 붉은색의 'NO'뿐이었다.

전조와 징후. 기드리는 부식된 철제 드럼통이 두 줄로 늘어선 곳 가운데로 계속해서 나아갔다. 부두에 도달하자 그는 엘도라도를 주차한 뒤 차에서 내렸다. 탱크 바닥에 무수하게 쌓인 비료 또는 분뇨 같은 것들 때문에 그는 눈이 따가웠다. 독성의 진한 화학 물질이 스며드는 기분이었다.

기드리는 일곱 살인가 여덟 살 되던 때에 아버지의 게임을 거부했다. 왼손인지 오른손인지 고르지 않겠다고 했다. 그 작은 반항에 대한 대가는 혹독했지만, 기드리는 깜짝 선물을 좋아하지 않았다. 주먹과 손바닥 중에서 어느 것이 튀어나올지 모르는 것보다 그냥 처음부터 둘 다 맞는 편이 나았다.

그는 주변을 둘러보았다. 철제의 반짝임도 없었고, 그 어떤 움직임 소리도 들리지 않았다. 하지만 눈치채지 못한 것일 수도 있다, 그렇지 않은가?

밧줄걸이용 철 기둥 사이로 무거운 사슬이 늘어져 있었지만, 열쇠는 잠금장치에 그대로 꽂혀 있었다. 세라핀이 기드리를 위해 조처해놓은 것일 테다. 아니면 그를 죽이라고 보낸 남자에게 좀 더 작업이 쉽도록 해준 것이거나. 작업이 끝나면 기드리를 트렁크에 넣고, 그대로 바다에 수장시켜.

그는 사슬을 한쪽으로 치운 다음 엘도라도를 부두 끝으로 밀었다. 커다란 차는 가장자리에 잠시 걸려 있다가―물 아래로 잠수할 태세를 갖춘 사람처럼 코를 아래로 향한 채―이내 별다른 물결도 없이 미끄러지듯 아래로 빠져들었다.

그는 나무들 사이를 걸어 라포트로 되돌아갔다. 깊이 숨을 들이마셨다가 내뱉기를 반복하며. 한 걸음씩 뗄 때마다 기드리의 심장 박동은 그 속도가 조금씩, 조금씩 느려졌다. 술과 스테이크와 여자가 필요했다. 갑자기 바로 화장실에라도 달려가야 할 것처럼 배가 아파왔다.

그는 살아남았다. 아무 일도 일어나지 않았다.

라포트에 있는 주유소에서 주유원이 기드리를 새초롬하게 쳐다보았다.

"차는 어디 있어요, 선생님?"

"2킬로미터쯤 위에요. 65킬로미터 속도로 서쪽으로 향하고 있어요. 우리 집사람이 운전대를 잡고 있고요. 그쪽은 결혼하지 않았기를 바라요, 친구. 곡예 운전이 따로 없거든요."

기드리가 말했다.

"결혼할 생각 없어요. 뭐, 결혼해도 상관은 없지만."

"똑바로 서요."

"네?"

"여자들이랑 잘해보고 싶으면 고개를 들고, 어깨를 펴요. 자신감 있게 행동해요. 여자들이 한눈에 주목하도록. 혹시 전화 좀 쓸 수 있을까요?"

기드리가 여유로운 태도로 말했다.

건물 옆쪽에 공중전화가 있었다. 기드리는 10센트 동전으로 택시를 불렀다. 그리고 또 다른 10센트 동전으로는 세라핀에게 전화를 걸었다.

"깔끔하게 처리했어."

그가 말했다.

"당연히 그랬겠지, 몽 셰."

"알았어, 그럼."

"라이스 호텔에서 하루 더 묵을 거야?"

그녀가 말했다.

"카를로스가 비용을 처리해주겠지?"

"당연하지. 편히 즐겨."

안으로 들어간 기드리는 주유원이 거울 앞에 서서 자세 연습을 하고 있는 것을 보았다. 고개 들고 어깨 펴고. 어쩌면 그는 기드리의 말을 제대로 이해했는지도 모르겠다. 기드리는 화장실이 어딘지 물었고, 주유원은 그를 다시 밖으로 내보냈다. 화장실은 건물 뒤편에 있었다.

백인 전용. 기드리는 화장실의 단일 칸으로 들어가 변기에 앉았다. 지난 24시간 동안 복부 주위로 축적해왔던 산성의 소용돌이가 조금씩 잦아들기 시작했다. 옆의 콘크리트 벽면에 누군가 칼끝으로 몇 개의 단어를 새겨놓았다.

부서진 마음으로 나, 이곳에 앉다
노력했지만

그게 다였다. 영감이 제명을 다했거나 시인이 제 볼일을 끝냈거나.

기드리가 화장실에서 나왔을 때 이미 택시가 도착해 있었다. 택시는 그를 라이스 호텔에 내려주었고, 그는 곧장 캐피털 클럽으로 향했다. 매혹적인 텍사스 블루보닛* 몇몇이 여기저기 눈에 띄었지만, 그보다 더 시급한 일이 있었다. 기드리는 바에 앉아 더블 매캘런을 니트** 로 주문했다. 또다시 더블 매캘런 니트, 크림소스에 버무린 시금치를 곁들인 립아이도 주문했다.

바텐더 중 한 명이 그에게 다가와 복화술을 구사하듯 마리화나 필요하냐고 물었다. 그의 머리카락은 흰색에 가까운 금발이었다. 마리화나 좋지. 세라핀이 편히 즐기라고 하지 않았던가? 바텐더는 기드리에게 10분 뒤 호텔 뒤편 골목에서 만나자고 했다.

기드리는 매캘런을 마저 마셨다. 라이스 호텔에서 하루 더 묵을 거야? 세라핀은 전화로 그렇게 물어보았다. 왜 물어봤을까? 호텔을 예약한 것도 그녀였고, 집으로 돌아가는 항공편이 내일 아침에 있다는 것도 알고 있을 텐데 말이다. 왜 물어봤을까, 그리고 기드리는 왜 지금에서야 이런 생각이 든 것일까?

"난 바보야."

그가 말했다.

바텐더가 그를 쳐다보았다.

"네?"

"방에 지갑을 두고 왔어요. 5분 뒤에 봐요."

기드리는 그에게 윙크를 했다.

그는 술집을 나와 호텔 로비를 가로질렀다. 그리고 엘리베이터를

---

* Texas Bluebonnet: 청담색 꽃이 피는 식물로 미국 텍사스주의 주화.

** Neat: 희석하지 않고 마시는 술 등을 뜻하는 말.

지나 회전문을 통과해 밖으로 나왔다. 정문 차양 아래 서 있던 보이가 기드리를 위해 택시를 잡아주겠다고 했다. 잠깐이면 된다고 말이다. 하지만 기드리에게는 그 잠깐의 시간이 없었다. 그는 블록 끝까지 걸어서 모퉁이를 돌아 뛰기 시작했다.

7

 토요일 오후 바로네는 휴스턴으로 가는 비행기에 올랐다. 비행기에서 그는 지난 달 《라이프》를 들춰보았다. 나사에서 열네 명의 새 우주인을 선출했다. 모두가 아주 짧은 머리에 밝은 두 눈, 사각 턱을 하고 있어 바로네는 누가 누구인지 구분할 수 없었다. 신과 엄마와 국가를 위해. 그들이 자발적으로 폭탄에 몸을 묶고 우주로 날아가겠다면 바로네는 그들을 말릴 생각이 없었다.
 그의 옆에 앉은 남자는 댈러스에서 온 이였다. 그는 바로네에게 자기 사무실에 있는 모두가 케네디 소식을 듣고 환호했다고 말했다. 잘 없어졌다면서. 그 남자는 케네디만큼 최악의 인물도 없다고 했다. 케네디는 가톨릭 신자에 진보주의자인 데다가 검둥이들을 지나치게 사랑했다고 말이다. 그리고 분명 케네디에게는 유대인의 피도 흐르고 있을 것이라고 했다. 자기가 들은 믿을 만한 정보에 의하면 백악관의 대통령 집무실에는 바티칸과의 직통 전화가 놓여 있으며, 잭과 보비가 교황으로부터 바로 명령을 받고 있는데, 신문사들이 그러한 사실을 기사화하지 않는 것은 신문사의 소유주가 유대인들이기 때문이라고도 했다. 바로네에게 그 이야기들이 어떻게 들렸을까?
 "나도 가톨릭 신자예요."

바로네가 말했다. 그건 사실이 아니었다. 아니, 더 이상은 사실이 아니었다. 하지만 그는 남자의 표정을 보고 싶었다.

"아… 아…."

남자가 말했다.

"그리고 내 와이프는 흑인이에요. 공항으로 마중 나오기로 했는데, 괜찮으면 이따 인사 나누겠어요?"

남자는 다소 뻣뻣해졌고, 입술은 가늘어졌다.

"나한테 시비 걸 거 없잖아요, 친구. 괜한 문제 일으키고 싶지 않아요."

그가 말했다.

"난 상관없어요. 문제 일으킨다고 해도 상관없다고요."

바로네가 말했다.

남자는 바로네의 무례한 태도를 이를 요량으로 스튜어디스를 찾아 두리번거렸다. 그러나 시야에 들어오는 이가 없자 헛기침을 하며 신문을 펼쳤다. 그는 휴스턴으로 가는 여정 내내 바로네의 존재를 무시했다.

5시 45분. 비행기는 공항에 도착했다. 바로네는 터미널 밖으로 나왔다. 마침 수평선으로 석양의 마지막 빛이 이글거리고 있었다. 아니면 정유소에서 가스 화염이 이글거리는 것일 수도 있겠다. 휴스턴의 공기는 뉴올리언스의 그것보다 더 습하고 무거웠다.

카를로스의 요정들 중 하나가 그를 위해 공항 주차장에 차를 세워두었다. 바로네는 뒷좌석에 서류가방을 던져 넣었다. 운전석 밑에는 22구경 브라우닝 챌린저가 놓여 있었다. 바로네는 그게 필요할 거라 생각하지 않았지만, 신중하게 행동해서 나쁠 것 없었다. 그는 나사로 고정된 뚜껑을 열어 총신에 불순물이 없는지 확인했다. 그리고 탄창과 슬라이드도 확인했다. 브라우닝은 정확도가 높고 소리 또한 조용했다.

비행기에서 만났던 남자가 주차장을 가로지르고 있었다. 바로네는 그를 전면에 두고 그 뒤를 따라갔다. 그리고 마침내 남자는 자신의 차를 찾아 운전석에 올라탄 뒤 멀리 사라져버렸다. 다음에 보자고, 친구.

교통 체증. 바로네는 서서히 움직였다. 그 탓에 올드 스패니시 트레일까지 가는 데 20분이 걸렸다. 발리 하이 모텔은 L자 모양의 2층짜리 콘크리트 건물이었다. 옆에는 수영장이 있었다. 수영장에서 나오는 빛은 몇 초마다 한 번씩 초록색에서 보라색으로, 보라색에서 노란색으로, 다시 노란색에서 초록색으로 바뀌었다.

바로네는 거리 맞은편, 불도저로 밀어버린 옛 바비큐 레스토랑 자리 앞에 차를 세웠다. 90번 고속도로의 이쪽 편은 대부분 공사장으로 변해 있었다. 도로변 술집이나 주유소, 모텔들은 새로운 경기장과 주차장 조성을 위해 철거되었다. 공사가 모두 끝나면 경기장에는 수 킬로미터 밖에서도 볼 수 있을 만큼 거대한 돔 지붕이 올라갈 것이다. 아스트로넛(우주 비행사)과 아스트로돔, 미래. 지금은 곡선의 철제 교량 몇 개만 올라왔을 뿐이었다. 그 모습이 마치 지표면에서 솟구치는 손의 손가락처럼 보였다.

발리 하이에는 2층 옥외 통로로 이어진 계단이 두 곳 있었다. 바로네는 지난주에 와서 장소를 둘러본 터였다. 계단 하나는 건물의 북쪽 끝에 있었고, 다른 하나는 건물의 L자에서 구부러진 중간 지점 뒤편에 있었다. 그 계단은 메이드들만 이용했다. 수영장이나 고속도로, 혹은 모텔 사무실에서는 보이지 않았다.

표적은 중간 계단에서 가장 가까운 방에 묵고 있다고 했다. 207호.

세라핀은 표적이 5시쯤 체크인을 할 거라고 했다. 바로네는 그가 지금 방에 있는지 없는지 알 수가 없었다. 방에 불은 켜져 있었지만, 커튼은 내려져 있었다.

바로네는 자리를 잡았다. 운이 좋다면 표적이 바깥 공기를 쐬러 잠시 밖에 나올 수도 있을 것이다. 즉흥적인 공격을 좋아하는 사람들도 있었다. 하지만 바로네는 아니었다. 그는 최대한 준비를 갖춘 뒤 뛰어들었다. 세라핀은 표적이 덩치 큰 소년이라고 했다. 바로네는 과연 그의 덩치가 얼마나 큰지 두 눈으로 직접 보고 싶었다.

표적은 샌프란시스코에서 온 독립 계약자로 피스크라는 이름으로 통한다고 했다. 그리고 원거리 저격에 능하다는 것. 바로네가 그에 대해 아는 것은 그게 전부였다. 원거리 저격수는 괴짜들이 많았다. 바로네는 몇 년 전 알고 지내던 한 남자가 떠올랐다. 스스로 신발 끈도 제대로 묶지 못하는 사람이었지만, 풀숲에서 900미터 너머에 있는 독일군의 머리를 날렸다.

30분이 지났다. 한 시간. 바로네는 여전히 전쟁에 대해 생각하며 하품을 했다. 벨기에서 언젠가 한번 전우들과 숲속에서 독일군들이 뛰어나오기를 기다리다가 참호에서 깜빡 잠이 든 적이 있었다. 병장이 그를 흔들어 깨우며 어디 나사라도 하나 풀린 거냐고 물었다. 어떻게 그렇게 태평할 수 있느냐며.

어쩌면 바로네는 정말 어딘가의 나사가 풀렸을지도 모른다. 그는 그 가능성에 대해 생각해보았다. 하지만 그런다고 한들? 그것에 관해 그가 할 수 있는 건 없었다. 그렇게 태어났으니 그대로 살뿐이었다. 모두가 타고난 대로 살지 않던가.

비가 오기 시작했다. 발리 하이 간판의 네온 잔디를 입은 훌라 걸이 엉덩이를 실룩이며 춤을 췄다. 비와 간판의 빛과 지나는 차들이 쏘는 전조등 불빛이 한데 어우러져 바로네의 앞 유리창에 기이한 모양을 만들어냈다. 천천히 물결치는 댄서들. 그는 콜트레인의 솔로 곡 〈체로키(Cherokee)〉를 흥얼거렸다.

8시 45분, 비가 멈췄다. 잠시 후 207호 문이 열리더니 표적인 피스크가 외부 통로에 모습을 보였다. 덩치 큰 소년, 그렇군. 세라핀의 말은 과장이 아니었다. 떡 벌어진 가슴에 186~189센티미터의 키. 판판한 복부 탓에 그의 팔과 다리가 되레 가늘어 보일 정도였다. 나이는 쉰 정도. 그는 평범한 관광객처럼 짧은 팔의 겨자색 반론 셔츠에 체크무늬 바지를 입고 있었다.

그는 담뱃불을 붙이고 나무로 만든 발코니 난간에 기댔다. 수영장의 깊은 쪽 끝이 그의 객실 바로 아래에 자리하고 있었다. 그 반영이 그의 위로 빛의 잔물결을 이루고 있었다. 보라색, 노란색, 초록색. 담배를 다 피우자 그는 꽁초를 던져버리고는 빗을 꺼냈다. 그는 가느다란 머릿결에 빗질을 했다. 왼손잡이. 봤나? 세라핀이 얘기해주지 않은 것이었다. 이것이 바로 바로네가 시간을 들여 자신만의 정보를 수집하는 이유였다.

멀리서는 표적의 표정을 읽을 수 없었다. 초조해 보이지는 않았다. 강한 돌풍에 수영장 옆의 야자수 나뭇잎이 흔들거렸지만, 피스크는 쳐다보지도 않았다. 그는 바로네보다 18킬로그램 정도 더 나가 보였다.

피스크는 빗질을 끝내고 빗으로 이빨을 쑤신 다음 안으로 다시 들어갔다.

수영장은 황량했고, 외부 통로 역시 텅 비어 있었다. 간판의 훌라걸이 실룩실룩 춤을 췄다. L의 기다란 작대기 복도에는 207호만 불을 밝히고 있었고, 짧은 쪽 작대기 복도에는 불빛이 보이지 않았다. 1층에는 몇몇 객실에 불이 들어와 있었지만, 모두 커튼이 내려져 있었다.

모텔 사무실은 올드스패니시트레일을 마주하고 있었다. 접수처의 야간 당직 직원은 거리와 수영장, L의 짧은 작대기 부분과 주차장을 볼 수 있었다. 하지만 주차장 전면을 모두 볼 수 있는 건 아니었다. 올드스패니시트레일에서 모텔로 들어서는 부분과 주차장의 북동쪽 구석은 보이지 않았다.

계기판의 시계가 틱틱거렸다. 피스크가 좀 더 걱정하도록 내버려두자. 꼭지가 돌도록 내버려두자.

9시 15분. 15분 늦게 바로네는 올드스패니시트레일에서 유턴을 해 발리 하이 주차장의 북동쪽 구석에 차를 세웠다. 그는 뒷좌석에서 서류가방을 집어 들고 수명이 거의 다 된 전구를, 코트 주머니에 넣었다. 그리고 중간 계단을 올랐다. 똑똑.

문이 열렸다. 피스크의 두피의 가느다란 머리카락은 엄지손가락 지문의 나선형 선 같았다. 그는 바로네를 유심히 쳐다보았다.

"가져왔어?"

"어떨 것 같아요?"

바로네가 말했다.

피스크는 바로네를 안으로 들인 뒤 등 뒤로 문을 닫았다. 그는 38구경 폴리스 포지티브를 든 손으로 침대를 가리켰다.

"확인하는 동안 앉아 있어."

피스크가 말했다.

"마실 것 없어요?"

"없어."

"아무것도? 뭐, 나눠 먹을 것이라도?"

바로네가 말했다.

피스크는 서류가방을 열었다. 그리고 봉투부터 꺼내 뜯었다. 여권.

그는 엄지손가락의 손톱으로 여권의 페이지를 한 장 한 장 넘겨보았다.

"얼마나 걸려요? 난 그저 가방만 전해주면 된다고 들었는데."

바로네가 말했다.

"입 닥쳐."

피스크가 말했다.

그는 침실용 협탁에 여권을 내려놓고 두 번째 봉투를 뜯었다. 비행기표. 그는 그것 역시 꼼꼼히 들여다본 뒤 현금으로 손을 뻗었다. 두꺼운 다발 두 개.

"댈러스에서의 저격은 정말 멋졌어요. 얼마나 멀리서 쏜 거예요? 185미터 정도?"

바로네가 말했다.

피스크는 돈 세던 손을 멈추고 멍한 눈길로 바로네를 쳐다보았다.

"무슨 말인지 모르겠군."

"그렇겠죠. 실수했네요."

바로네가 말했다.

피스크는 잠시 더 멍한 눈빛으로 있다가 다시 돈을 세기 시작했다.

피스크가 두 번째 돈 다발까지 세고 나자 바로네는 자리에서 일어났다.

"됐죠, 그럼."

"잠깐."

피스크가 말했다.

"즐거운 여행 되길 바라요."

"1,000달러가 비잖아."

"난 모르는 일이에요."

바로네가 말했다.

"선수금 1만, 일이 끝나면 1만 5,000을 주기로 했잖아."

피스크가 말했다.

"난 그냥 배달꾼이에요. 그건 위에다 말해요."

바로네는 문 밖으로 나서 외부 통로에 서서 말했다.

"기다리라니까, 개자식."

바로네는 계속 걸었다. 그는 피스크가 쫓아오는 것을 느꼈다. 덩치에 비해 가벼운 발걸음이었다. 계단의 제일 위에서 피스크는 바로네의 어깨를 움켜쥐었다. 그 첫 접촉에 대비하고 있던 바로네는 아래로 미끄러져 내려가 왼쪽으로 두 계단 아래에 서서 손 뒤꿈치로 그의 턱 아래를 가격했다. 피스크가 좀 더 작은 체구의 사내였다면, 나가떨어졌을 것이다. 바로네로서는 그를 완전히 때려눕힐 필요가 없었다. 피스크의 머리가 뒤로 넘어가더니 외부 통로의 콘크리트 벽에 부딪히고 말았다.

피스크는 비틀거리며 공중에 손을 휘휘 저었다. 바로네는 피스크의 손목에 자신의 벨트를 단단히 묶고 그의 발을 걸어찼다. 그러자 피스크가 계단 아래로 굴러 떨어졌다. 고기는 천천히 음미하는 것이 아니다. 바로네는 이 모든 동작들을 머릿속에서 수백 번 그려보았다. 그랜드스탠드*에 앉아 지켜보는 것처럼 이미 일어난 일을 반복적으로 돌려보는 것이다.

피스크는 세게 엉덩방아를 찧었다. 바로네는 계단 아래로 내려가 자신의 벨트를 걷었다. 피스크는 등을 대고 완전히 뻗어 있었다. 상체는 왼쪽으로 달아나려는 것 같고, 하체는 오른쪽으로 달아나려는 것 같았다. 간신히 숨을 쉬고 있었다. 한쪽 눈은 뜨고 있었지만, 다른

---

* Grandstand: 야외 경기장의 지붕이 씌워져 있는 관람석.

쪽 눈은 피로 가득했다. 바로네는 그의 위로 몸을 숙였다. 이제 조심해야 한다. 흔적이 남지 않도록 단번에 끝내야 한다. 머리를 들고 프라이팬 가장자리에 달걀을 깨듯 바닥에 세게 내리치는 것이다. 바로네는 이제 피스크의 두 귀를 잡았다.

칼이 느껴졌다. 운이 좋았거나 수호천사 덕분이다. 바로네는 갈비뼈로 치고 들어오려는 칼날을 손으로 막았다, 칼날은 그의 손바닥을 찢고 반대편까지 미끄러져 나갔다.

아직 고통은 없었다, 놀라움만이 있을 뿐. 바로네는 손을 홱 치워버리고 싶은 충동을 가까스로 참아냈다. 손을 치우고 칼이 제 주인에게 돌아가도록 내버려둔 뒤, 한 방 더 날리는 것이다. 피스크는 주머니칼을 회수하려 애썼다. 바로네는 잠자코 있었다. 이제 고통이 몰려왔다. 쇼가 시작되기 전 밴드가 워밍업을 하듯이 점점 더, 처음에는 하나의 악기부터 시작해 나중에는 모든 합주가 이루어지듯. 바로네는 잠자코 있었다. 그는 멀쩡한 손으로 피스크의 머리카락을 움켜쥐었다. 피스크는 피로 가득 찬 눈으로 그를 쳐다보았다. 바로네는 피스크의 머리를 들었다가 다시 아래로 내리쳤다. 빛이 사라졌다.

이제 바로네는 피가 성가셨다. 손에서 칼날을 뽑으면 그의 피가 사방으로 흐를 것이다. 그래서 그는 손에 박힌 칼을 그대로 두고 위층으로 올라갔다. 피스크의 방 욕실 세면대에서 칼날을 뽑은 그는 차가운 물로 손을 씻고 수건으로 가급적 꽁꽁 손을 싸맸다. 제대로 치료할 여유 같은 건 없었다.

그는 서류가방에 전부 다시 챙겨 넣었다. 여권, 비행기표, 현금, 피스크의 38구경 총, 주머니칼. 너무 서두르지 말자. 생각보다 시간은 충분하다.

바로네는 방에서 나와 문을 잠갔다. 그리고 피스크의 머리가 부딪

했던 외부 통로의 벽면을 살폈다. 핏자국은 없었다. 다행이었다.

그는 계단 위쪽에 달린 전구를 미리 챙겨 온 오래된 전구와 바꿔 달았다. 이렇게 해야 피스크의 시체를 발견한 사람이 이 가련하고 불운한 작자가 어둠속에서 발을 헛디뎌 떨어졌다고 생각할 테니 말이다. 그가 어떻게 죽었는지 혹은 왜 죽었는지 아무도 의문을 갖지 않을 것이다.

계단 아래쪽에도 바로네의 손에서 흐른 피는 전혀 묻지 않았다. 좋아. 그는 차 뒷좌석에 서류가방을 던지고 올드스패니시트레일로 나섰다. 왼손으로만 운전이 가능했기 때문에 그는 기어를 넣거나 깜박이를 켤 때마다 운전대 너머로 손을 옮겨야 했다. 수건으로 감싼 오른손은 허벅지 사이에 넣고 최대한 압박했다.

고통이 계속되었다. 밴드 전체가 연주를 시작한 것이다. 바로네는 그 고통을 무시했다. 휴스턴의 멕시코인 거주 지역에 카를로스가 아는 한 약쟁이 의사가 있다. 주사와 약, 적절한 붕대면 된다. 바로네에게 필요한 것은 그뿐이었다. 그런 뒤 다음 작업을 준비해야 했다.

8

거의 한 시간가량 샬럿은 하늘을 나는 기분이었다. 머리는 가벼웠고, 현기증까지 날 정도였다. 난 떠나고 있다. 떠났다. 아이들도 엄마의 기분을 눈치챈 듯했다. 셋은 함께 노래를 불렀다. 〈온 탑 스파게티(On Top Sphagetti)〉, 〈더 발라드 오브 데이비 크로켓(The Ballad of Davy Crockett)〉. 그리고 외지 번호판을 달고 있는 차들과 원유 시추기들, 말들의 숫자를 셌다. 로즈메리의 무릎에 머리를 기댄 개는 잠에 빠져든 채 만족스러운 한숨을 쉬거나 제 입술을 핥았다.

하지만 오클라호마시티에 가까워질수록 샬럿이 저지른 일의 무게가 점점 더 그녀를 짓누르기 시작했다. 떠났다. 왁스로 만든 날개가 녹아내리고 이카루스는 추락하고 말았다.

이혼. 오늘까지 그녀는 그게 가능할 것이라 상상조차 해보지 않았다. 우드로 같은 곳에서 누가 그런 일을? 남자를 만나고, 남자와 결혼을 하고, 죽는 날까지 그 남자 곁에 머무르는 것이다. 남편을 버리고 리노나 멕시코 같은 곳으로 달아나는 지저분한 대도시 여자들은 싸구려 잡지에나 나오는 이야기일 뿐이었다.

샬럿의 친구들이 이 일을 알게 된다면, 큰 충격을 받을 것이다. 샬럿이 알고 있는 모든 사람들이 깜짝 놀라겠지. 다시 말해, 우드로에 살고 있는 모든 사람들이 고개를 설레설레 저을 일이었다.

그녀는 이내 수많은 질문에 휩싸였다. 이혼 신청을 하려면 리노나 멕시코에 가야 하는 걸까? 변호사가 필요할까? 변호사 비용은 얼마나 들까? 아이들을 데리고 어디서 살지? 돈은 어떻게 벌지?

그들은 66번 고속도로의 교차로에 도달했다. 되돌아가기에 그리 늦진 않았다. 지금, 여기서 차를 돌린다면, 둘리가 비틀거리는 걸음으로 밤길을 더듬어 집으로 돌아오기 전에 무사히 집에 도착할 수 있을 것이다. 아무 일도 없었던 것처럼 다시 침대로, 그녀의 인생으로 되돌아가는 것이다.

"엄마? 초록 불이야."

로즈메리가 말했다.

"알아. 잠깐 생각할 시간이 필요해."

샬럿이 말했다.

뒷차가 경적을 울렸다. 성난 남자가 그녀의 차 옆을 지나며 창밖으로 팔을 휘둘렀다. 샬럿은 66번 고속도로에서 우회전을 해 서쪽으로 향했다.

"캘리포니아에 있는 마거리트 이모 집에 갈 거야."

머릿속에 그 이름이 제대로 떠오르기도 전에 그 말이 입 밖으로 툭 튀어나왔다.

"누구?"

로즈메리와 조앤이 동시에 말했다.

"엄마 이모. 너희한테는 이모할머니. 할머니의 여동생."

백미러로 그녀는 뒷좌석의 아이들이 서로를 쳐다보는 모습을 볼 수 있었다. 갑작스러운 침묵에 개는 커다란 머리를 들고 눈치를 살피다가 다시 잠이 들었다.

"엄마한테 이모가 있다고?"

로즈메리가 말했다.

"그래, 물론이지. 내가 얘기했을 텐데. 마거리트 이모. 로스앤젤레스에 살아. 바다 옆 산타모니카에."

샬럿이 말했다.

아니, 한때 그곳에 살았었다. 그녀는 샬럿이 여섯 살인가 일곱 살 때 캘리포니아로 떠나서는 두 번 다시 오클라호마에 돌아오지 않았다. 방문조차 하지 않았다. 샬럿이 엄마에게 그 이유를 물을 때마다 엄마는 얼굴을 찌푸렸다.

"몰라. 알고 싶지도 않고."

샬럿의 엄마는 그렇게 말했다. 그리고 그 문제에 대해서는 더 이상 얘기하지 않으려 했다.

매년 마거리트는 샬럿에게 형식적인 생일 카드를 보냈다. 인사말이나 그 어떤 글줄도 없었고 그저 아무렇게나 갈겨 쓴 마거리트의 전체 이름만 적혀 있을 뿐이었다. 이런 카드들이 너무나 많아서 가급적 빨리 소진해버리고 싶은 사람처럼 말이다.

5년 전 샬럿의 엄마가 세상을 떠났을 때 마거리트는 장례식에도 오지 않았다. 되는 대로 보내오던 생일 카드도 오래전에 중단되었다. 샬럿이 마거리트의 소식을 마지막으로 들었던 때가… 정확히 언제인지 기억이 나지 않았다. 둘리와 결혼하기 전이었다.

마거리트에 대한 기억도 또렷하지 않았다. 오래전 일이라 단편의 조각들이 좀처럼 하나로 합쳐지지 않았다. 마거리트는 검은색 옷을 입고 있었다. 손이 차가웠고, 좀처럼 웃는 법이 없었다. 칼날처럼 마르고 깜짝 놀랄 정도로 키가 컸다. 샬럿의 어머니보다 머리 하나는 더 컸다. 끝이 올라간 검은색 뿔테 안경을 썼고, 언젠가 한번 샬럿의 엄마에게 이렇게 얘기한 적이 있었다.

"아, 하느님, 맙소사, 돌로레스."

마거리트는 아직도 같은 주소지에 살고 있을까? 여전히 캘리포니아에 있을까? 아직 살아 있기는 한 걸까? 살아 있다면, 오래전 잊고 산 조카가 어린 딸 둘과 간질을 앓고 있는 개를 데리고 현관 앞에 나타나면 과연 어떤 기분일까?

질문들, 점점 더 많은 질문들이 쏟아졌다.

"노래 하나 더 부를까?"

샬럿이 말했다.

"엄마? 캘리포니아까지 얼마나 걸려?"

로즈메리가 말했다.

"모르겠어, 우리 박새들."

"하루?"

"〈오즈의 마법사〉 같은 거야. 노란색 벽돌길만 따라가면 되는 거지."

샬럿이 말했다.

샬럿은 역설적인 상황에 연연하지 않았다. 〈오즈의 마법사〉의 도덕률, 도로시가 마침내 깨달은 교훈은 집만 한 곳이 없다는 것이었다.

"난 허수아비가 되고 싶어. 언니는 양철 나무꾼이나 겁쟁이 사자 해."

"조앤도 허수아비가 되고 싶을 텐데."

샬럿이 말했다.

"언니. 허수아비가 되고 싶어? 아니면 양철 나무꾼이나 겁쟁이 사자가 낫겠어?"

"양철 나무꾼이나 겁쟁이 사자."

조앤이 말했다.

"봤지, 엄마?"

로즈메리가 말했다.

9시에 그들은 텍사스주 매클레인에 차를 세웠다. 이보다 더 늦은 시간까지 밖에 나다니고 싶지 않았고, 아이들도 지쳐 있었다. 이쯤 되자 샬럿은 자신의 인생에 있어 가장 무모하고 끔찍한 결정을 내린 것이 아닐까 두려워지기 시작했다. 난 떠났다. 누군가의 친절한 얼굴과 응원의 말이 필요했다.

대신 그녀는 모텔 카운터에서 시어빠진 피클과도 같은 침례교 신자와 마주했다. 여자는 샬럿을 뚫어져라 쳐다보았다. 그리고 아이들도 쳐다보았다. 개도 쳐다보았다. 샬럿은 모텔 여자에게 넷 중 누가 제일 달갑지 않을지 알 수가 없었다.

"벼룩 들끓는 개는 안 돼요. 어떤 이유든."

여자가 말했다.

"이해해요."

샬럿이 말했다.

"개는 차에 두고 오든지, 아니면 다른 곳을 알아봐요."

"차에서 재울게요. 괜찮아요."

샬럿이 말했다.

"다른 데 알아봐도 돼요. 난 아무래도 좋으니까요. 그리고 어떤 경우든 남자 손님의 방문은 안 돼요."

진심인가, 샬럿은 생각했다. 그녀는 오후 5시 30분에 집을 박차고 나와 지금껏 세 시간 반을 달렸다. 이런 그녀가 정말 남자를 기다리는 것처럼 보였단 말인가?

"알았어요."

샬럿이 말했다.

여자는 그녀에게 방 열쇠를 건넸지만, 여전히 줄을 잡은 채 샬럿을 전보다 더 매섭게 쳐다보았다.

"개랑 같이 누웠다가는 벼룩이 들끓고 말 거예요."

그녀가 말했다.

방은 좁고 음울했으며, 욕실에서는 누군가 양배추를 끓인 것 같은 냄새가 났다. 모텔에 한 번도 묵어본 적이 없는 로즈메리와 조앤은 그래도 이 경험을 신기해했다—조그마한 비누나 투쿰카리 인디언들의 전투 무용 안내 책자 같은 것들이 매력적으로 느껴졌나 보다.

샬럿은 샤워를 하고 집에서 가져온 로스트비프 샌드위치의 포장을 벗겼다. 세 사람은 침대 한곳에 양반다리를 하고 앉아 샌드위치를 먹었다.

"엄마, 럭키는 벼룩이 없잖아."

로즈메리가 말했다.

"그건 그냥 표현일 뿐이야."

샬럿이 말했다.

"무슨 뜻인데?"

"그러니까… 음, 그건 친구를 잘 골라 사귀어야 한다는 의미일 거야."

"벼룩이 있는 친구가 있을지도 모르니까? 그 친구한테서 벼룩이 옮을지도 몰라서?"

로즈메리가 말했다.

"그래, 그런 거야. 맞아."

샬럿이 말했다.

아이들이 목욕을 하는 동안 샬럿은 코트를 입고 젖은 머리카락을 깃 아래에 감춘 채 부스러기들을 털어내기 위해 침대보를 들고 밖으로 나갔다. 그리고 개에게 그녀의 샌드위치 반쪽을 먹인 뒤 모텔 뒤편의 바퀴 자국으로 울퉁불퉁한 길로 산책을 시켰다. 밤새 녀석을 어둡고 춥고 외로운 차 안에 홀로 두고 싶지 않았다. 모텔 사무실의 불은 꺼져 있었고, 시어빠진 피클 같은 침례교 여자도 보이지 않았다. 샬럿은 평소 규칙을 잘 따르는 사람이었지만, 이렇게 쉽사리 아이들만 데리고 남편 곁을 떠나 캘리포니아로 향할 사람 또한 아니었다. 일단 시작했으니 끝을 보자, 그녀는 결심했다.

"어서, 서둘러."

그녀는 개에게 말했다.

개는 그녀를 미심쩍게 쳐다보았다.

"마지막 기회야."

샬럿이 경고했다.

아이들은 기도를 했고, 샬럿은 아이들 위로 이불을 덮어주며 이마와 코와 볼에 키스해주었다. 개는 또 다른 침대 중앙에 떡하니 자리를 차지하고 누운 탓에 샬럿은 침대에 오르기 전 녀석을 옆으로 밀어야 했다.

그녀는 에소* 도로 지도를 한 번 더 훑어보면서 엄지손가락으로 거리를 가늠해보았다. 매클레인에서 로스앤젤레스까지는 1,600킬로미터도 더 되었다. 내일 아침 일찍 출발해 중간에 많이 정차하지 않고 달린다면 해가 넘어갈 때쯤엔 뉴멕시코 갤럽에 도착할 수 있을 것이다. 거기서 밤을 보내면서 마거리트 이모에게 전화를 하는 것이다. 화요일 또한 긴 하루가 될 터였다. 역시나 종일 달려야 할 테니 말이다.

---

* Esso: 미국의 정유 브랜드.

그 모든 과정이 순조롭게 진행된다면, 화요일에는 제시간에 산타모니카에 도착해 태평양으로 해가 지는 모습을 볼 수 있을지도 모른다.

샬럿은 침대 옆 탁자의 램프를 껐다. 로즈메리는 코를 골기 시작했지만, 어둠속에서 샬럿은 조앤이 생각하는 소리를 들을 수 있었다.

"왜 그래, 우리 아기?"

샬럿이 속삭였다.

"아빠한테 전화할 거야?"

조앤이 속삭였다.

"아빠한테는 쪽지로 내일 전화할 거라고 했어."

조앤은 의아해했다.

"아빠가 쪽지를 못 봤으면 어떡해?"

"분명히 볼 수 있는 데 뒀어."

샬럿이 말했다.

욕실 선반 위, 감기약 통 옆이었다. 오늘 밤 만취 상태로 집에 돌아왔을 것이 뻔한 둘리는 양치질을 할 정신도 없어 욕실의 쪽지를 보지 못했을 수도 있다. 하지만 내일 아침이면 분명 감기약부터 찾아 나설 것이다.

샬럿의 대답에 조앤은 만족한 듯 보였다. 아이의 숨소리가 느려졌다. 샬럿은 둘리가 쪽지를 발견했을 때의 반응을 상상해보았다. 아내와 아이들이 떠났다는 사실을 깨달았을 때 그의 반응을. 그녀가 어느 날 집으로 돌아왔는데 아이들이 사라졌다면 자신의 반응은 어떠할 것인가도 상상해보았다. 그녀는 아마도… 자멸해버리고 말 것이다. 성경에서 말하듯 까마귀들이 파먹을 것도 없이, 손바닥이나 발가락 하나조차 남지 않고 소멸해버릴 것이다.

둘리는 그렇게 다정다감한 아버지는 아니었지만, 그래도 아이들의 아버지인 건 사실이었다. 그에게서 로즈메리와 조앤을 빼앗을 권리가 샬럿에게 있던가? 모두로부터, 그들이 알고 있던 모든 것으로부터 두 아이를 낚아챌 권리가 샬럿에게 있던가? 그녀는 아이들에게 우드로에서는 결코 누리지 못할 기회들을 주고 싶었다. 하지만 그녀가 아이들을 구하는 것이 아니라, 망치고 있는 것이면 어떡하지?

그때 주차장에서 차 문이 닫히는 소리와 함께 속삭임이 들렸다. 그녀는 다시금 엄마의 경고를 떠올렸다. 어디든 *지금의 길보다 더 거칠고 힘한 길이 있게 마련이야.* 그녀는 침대에서 일어나 문의 잠금장치가 제대로 걸려 있는지 확인했다.

9

기드리는 알고 있었다. 세라핀이 그의 재빠른 움직임을 예측하리란 것을. 마이애미나 로스앤젤레스에 도착하는 모든 비행기와 시카고와 캔자스시티로 들어가는 모든 기차와 리틀록과 루이빌, 앨버커키에 정차하는 모든 그레이하운드 버스에 사람을 붙여 그를 기다리게끔 했을 것이다. 아예 국외로 나가야 했다. 멕시코. 어쩌면 중앙아메리카. 하지만 그러려면 현금과 여권이 필요했다. 세상은 넓고 넓었다. 감쪽같이 사라지는 게 뭐 그리 어려울까? 아, 하지만 그 추격자가 카를로스 마르첼로라면 얘기가 다르다.

돌리 카마이클이 이곳 휴스턴에 살고 있었다. 그녀라면 이 지역에 아는 사람들도 많을 것이다. 어쩌면 보트를 갖고 있는 친구도 있지 않을까? 이 바닥을 떠난 지 몇 년 됐으니 세라핀도 그녀의 존재를 간과하고 있을지 모른다. 돌리라면 세라핀도 예상하지 못할 것이다.

과연 이 결정에 기드리의 인생을 걸어도 괜찮을 것인가? 돌리에게? 그녀의 집 건너편의 그림자 아래 서서 그는 곰곰이 생각해보았다.

안 돼. 그는 마침내 결심했다. 위험을 감수할 수는 없었다. 어느 순간 세라핀은 돌리를 떠올릴 것이다. 그리고 돌리는 기꺼이 그를 그녀에게 넘길 것이다. 인간의 마음이란 무릇 썩은 고기와도 같다. 돌리의 것은 그보다 더하면 더했지, 덜하진 않았다.

결국 그는 돌아섰다. 스콧가의 그날 밤 마지막 버스는 그를 올드스패니시트레일에 떨구어놓았다. 10여 군데의 모텔들이 줄지어 서 있었다. 그는 우주비행사를 테마로 한 모텔을 골랐다. 점원은 그에게 방 열쇠를 건네주었는데, 열쇠에는 발사나무로 만든 미니 로켓이 달려 있었다. 달나라까지 데려다줄 로켓! 기드리는 유머 감각 같은 건 지금 같은 때에는 좀 넣어두는 것이 좋겠다고 생각했다.

그는 아기처럼 잠들었다. 바람에 창문이 덜컥거리거나 파리가 윙 소리를 내며 지나갈 때마다 화들짝 놀라 깼지만 말이다. 아침에 그는 모텔 바로 옆에 있는 싸구려 식당까지 걸어가 달걀 프라이 두 개를 얹은 콘비프 해시를 주문했다. 뜨거운 블랙커피도 주세요. 계속 리필 부탁드려요. 옆 테이블에 앉은 남자가 그에게 《선데이》 신문을 권했다. 고맙지만 괜찮아요. 당장의 기드리는 더 이상의 나쁜 소식을 소화할 자신이 없었다.

기드리는 친구를 사귀는 법을 잘 알고 있었다. 그것은 그의 타고난 재능이자 위대한 자산이었다. 카를로스 밑에서 몇 년간 일하면서 그는 수천 잔의 술을 샀고, 수천 번 뇌물을 건넸으며, 수천 개의 몹쓸 농담에 웃음을 터뜨렸다. 또한 수천 개의 호소력 짙은 슬픈 사연에 귀를 기울였다. 그리고 항구마다 여자가 있었다. 여자와 버스보이*와 부키**와 검사보가 있었다. 하지만 카를로스의 반대편에 서게 된 지금 과연 그들 중 어느 누가 그에게 도움의 손길을 내밀 것인가? 그들 중 누구라도 눈 깜짝할 사이에 기드리를 배신한다고 해도 놀랄 일이 아니었다.

---

* Bus Boy: 식당에서 보조 일을 하는 사람을 뜻하는 말.
** Bookie: 카지노에서 한 게임에 여러 가지 베트를 가지는 사람을 뜻하는 말.

차가운 지옥의 물에 턱까지 잠긴 채 목이 말라 죽어가는 탄탈루스의 모습이 떠올랐다.

비행기도 안 된다. 기차도, 버스도 안 된다. 흠, 그렇다면 기드리의 다음 선택지는 간단했다.

"근처에 차를 구입할 수 있는 곳이 있을까요? 중고차요, 새 차 말고."

그가 웨이트리스에게 물었다.

"직접 나가서 찾아보지 그래요? 먹던 건 식지 않게 해줄게요."

웨이트리스가 말했다.

"당신의 그 따스한 햇살 한 줄기면 되겠군요, 그렇죠?"

"횡단보도 두 개 위, 왼편에 있어요. 그건 다 먹은 거예요?"

"화이트 브레드 토스트 추가로 주문할게요."

기드리는 해시 접시를 옆으로 치웠다. 그의 불편한 위장은 어제 그대로였다. 어쩌면 앞으로도 계속 나아지지 않을지도 모르겠다.

라스베이거스의 거구 에드 징걸. 아, 하느님! 기드리의 인생이 결국 여기에 이르렀다. 에드는 기드리를 좋아했다. 타이밍만 잘 잡는다면 그는 기드리에게 관대할지도 모른다. 그리고—이게 가장 중요한 사실이었다—에드는 카를로스가 케네디가(家) 사람들을 싫어하는 것만큼이나 마르첼로 형제들을 싫어했다. 그러니 그에게 기드리를 도움으로써 카를로스를 엿 먹일 수 있는 기회를 제공하면 어떨까. 기드리는 그저 그에 편승하기만 하면 된다.

아닐 수도 있고.

기드리는 인생에 있어 늘 간단한 접근법을 택해왔다. 쉽게 쉽게 살자, 되는 대로 넘어가자. 뭐, 요즘 들어서는 그저 말이 쉬운 이야기들이 되어버렸지만, 그런 상황에 대해 곰곰이 생각해보고 싶지는 않았다. 자신의 처지가 얼마나 한심해졌는지에 대해 말이다.

다른 쪽 테이블에 앉은 남자가 읽고 있던 신문을 내려놓았다. 헤드라인 하나가 기드리의 눈에 들어왔다. 댈러스에 있는 파크랜드에서 케네디를 치료한 의사의 이야기였다.

댈러스 의사 왈, "그는 뭐에 맞았는지도 몰랐을 겁니다."

중고차 매장은 일요일에도 문을 열었다. 멀대같이 큰 판매원이 천천히 다가왔다. 어쩌면 기드리가 주말에 방문한 최초의 손님인지도 모르겠다.

"안녕하세요? 전 보비 조 헌트예요."

판매원이 말했다.

"피츠버그 파이어리츠의 투수, 그 보비 조 헌트요?"

기드리가 말했다.

"훨씬 낫죠?"

판매원이 말했다.

"설마."

"실물이."

기드리는 몇 년 전 보비 조 헌트가 월드 시리즈에서 폭행당하는 모습을 본 적이 있었다.

"은퇴했어요?"

"아뇨."

보비 조 헌트가 말했다.

"시즌 오프일 때만 일하고 있어요."

"연봉이 충분치 않은가 보네요, 그렇죠?"

기드리가 말했다.

"별로요. 뭘 도와드릴까요?"

기드리는 주변을 둘러보다가 1957년산 닷지 코로넷에 시선이 꽂혔다. 표면이 마모된 타이어에 시동 장치가 있는 핸들에는 햄스터 인형이 올라앉아 있었다. 어쩌면 그렇게 나쁘지 않을지도 모르겠다. 기드리는 얼마간의 흥정 뒤에 200달러가량 깎을 수 있었다. 보비 조 헌트는 양키스를 상대로 공을 던질 때보다 흥정에 더 소질이 있었다. 그는 코로넷의 타이어를 거의 새 것에 가까운 것으로 교환해주고, 낡은 벨트를 깨끗한 것으로 교체해주기로 했다.

기드리는 차를 몰고 다시 모텔로 돌아가 짐을 쌌다. 에어라인 고속도로 바깥쪽에 위치한 사무실에 있을 세라핀의 모습을 그려볼 수 있었다. 커튼을 내려 빛을 차단하고, 책상의 램프를 켜두었겠지. 밤새 그러고 있었을 것이다. 지금쯤 필요한 전화 통화는 모두 마쳤겠지. 담배를 피우고 그를 떠올리며 생각하고 있을 것이다. 어디 있는 거예요, 몽 셰? 어디로 가려고요?

라스베이거스의 거구 에드 징걸에게까지 가는 길은 북쪽 길과 남쪽 길, 두 가지가 있었다. 댈러스에서 75번 고속도로를 타고 올라가다가 287번으로 갈아타 아마릴로를 향해 달린 뒤 66번 고속도로로 갈아타는 것이다. 아니면 90번 고속도로를 따라 달리다가 샌안토니오와 엘파소 서쪽의 새 주간 고속도로를 타도 된다. 동전을 던졌다— 카를로스에게 텍사스는 제 손바닥과도 같았다. 동전 뒷면이 나왔다. 북쪽으로 가자, 친구. 안 될 것 있나?

일요일 오후 댈러스 시내는 황량했다. 경찰이 여전히 딜리 광장을 통제하고 있었기 때문에 기드리는 먼 길을 돌아야 했다. 아마릴로 동쪽으로 65킬로미터를 달려, 그는 닷지에 주유도 하고 저녁도 먹기 위해 차를 세웠다. 정차한 마을의 이름은 굿나이트였다. 그는 그 이름이 마음에 들지 않았다. 전조와 징후.

주유소 옆에 식당이 있었다. 기드리는 카운터 자리에 앉아 치킨프라이드 스테이크를 주문했다. 과연 음식은 홍보하는 그대로, 치킨처럼 튀긴 다진 스테이크 위로 마치 범죄 현장을 덮듯 그레이비크림이 덮여 있었다. 기드리는 어쩌면 이제는 진짜 루나 냄비에서 종일 끓인 붉은 콩 요리는 두 번 다시 맛보지 못할지도 모르겠다는 생각이 들었으나, 애써 물리쳤다. 우스운 일이다. 이제는 그런 사소한 것들까지 신경이 쓰이다니.

"정말 감당이 안 돼요."

웨이트리스가 그에 커피를 리필하며 말했다. 그녀는 휴스턴에 있는 웨이트리스보다 더 어리고 사근사근하고, 더 예뻤다.

"케네디요? 아, 정말 끔찍한 일이죠."

기드리가 말했다.

웨이트리스가 그를 쳐다보았다.

"못 들으셨어요?"

"뭘요?"

"댈러스에서 아침에 있었던 일요. 잭 루비."

그녀가 말했다.

잭 루비? 댈러스에서 제일 천박한 스트립 클럽을 운영하던 작자? 기회가 있을 때마다 은근슬쩍 다가와 기드리의 은혜를 입고자 했던 그 작자? 대관절 잭 루비가 이 모든 일과 무슨 연관이 있단 말인가?

"그 사람이 오즈월드를 쐈대요."

웨이트리스가 말했다.

"잭 루비가요?"

기드리가 말했다.

"복부에 바로요. 경찰서에서 경찰들이 오즈월드를 아래층으로 데리고 내려가는데, 그 사람이 다가오더니 그를 총으로 쐈대요."

기드리는 적절한 신음으로 놀라움을 표현하면서 실제 받은 충격과 고통을 숨겼다. 세라핀은 오즈월드의 날이 얼마 남지 않았다는 것을 암시했었다. 하지만 이건… 경찰서에서? 무수히 많은 경찰과 기자들이 오즈월드를 둘러싸고 있는 가운데? 이건 기드리에게 결코 필요하지 않은, 또 하나의 불길한 암시였다. 카를로스는 언제 어디서 누구에게든 접근할 수 있다는 것.

문이 열렸다. 한 경찰이 들어와 카운터 자리에 앉았다. 두 스툴 옆이었다. 그는 카우보이모자의 테두리를 매만졌다. 그레이비크림의 지저분한 흰색과 똑같은 색깔이었다.

기드리는 고갯짓으로 인사했다.

"보안관님."

경찰의 커다란 두 귀가 발그레해졌다. 그는 그저 빼빼 마른 몸에 볼이 앙상한 어수룩한 청년일 뿐이었다.

"보안관 대리예요."

"보안관 대리는 뭐예요?"

기드리가 말했다.

"보안관이 아니라, 보안관 대리라고요."

"실례지만 조만간 보안관님이 되실 거잖아요, 그저 기다리기만 하면."

경찰은 미소를 지을지 말지 혼란스러워했다. 그리고 다시 제 나이프와 포크, 냅킨에 집중했다. 기드리는 치킨프라이드 스테이크를 고작 두 입밖에 먹지 못했다. 처음에는 루비에 대한 소식 때문이었고, 이제는 망할 보안관 대리가 2미터 떨어진 자리에 앉아 있기 때문이었다.

일어서서 밖으로 나갈 수는 없었다. 아직은. 잠깐 기다리자, 천천히 여유를 갖고 편안하고 행복한 남자의 인상을 남기는 것이다. 보안관 대리로서는 기드리를 의심할 이유가 전혀 없었다. 그는 그저 고급 정장을 입은 도시 남자처럼 보이는 외지인을 대충 훑어보는 전형적인 경찰일 뿐이었다.

"지나가는 길이신가요?"

보안관 대리가 말했다.

"맞습니다."

기드리는 그에게 명함을 보여주었다.

"보비 조 헌트예요. 휴스턴에 있는 그린리프 중고차 매장에서 일하고요. 아마릴로에 있는 자동차 경매장에 가는 길이에요."

웨이트리스가 얼굴을 찌푸렸다.

"일요일에요? 그거 이상한데요, 안 그래요? 일요일에 경매라니요?"

그것 참, 알려줘서 고맙군, 예쁜이. 기드리는 생각했다. 그쪽이 없었으면 어쩔 뻔했나?

"아, 경매는 내일부터예요. 아마릴로에서 하룻밤 묵을 생각이에요. 일찍 일어나는 새와 벌레에 대한 교훈을 좋아해서요."

"이상하네. 일요일에도 일을 해야 한다니. 일요일에는 사랑하는 사람들과 교회에 가거나 집에서 시간을 보내야 하잖아요."

웨이트리스가 말했다.

"들어봐요, 들어봐."

기드리가 말했다.

보안관 대리는 눈을 가늘게 뜨고 명함을 살펴보았다.

"보비 조 헌트라면, 파이어리츠의 투수잖아요. 휴스턴 출신인 것도 같고, 그 사람 맞죠?"

기드리는 여유 있게 스테이크를 먹었다. 너무 천천히도 아니고, 너무 빨리도 아니고. 커피 잔의 손잡이를 쥔 그의 손가락에 점점 더 힘이 들어가기 시작했다.

"야구를 잘 아시네요, 보안관 대리님. 네, 그 사람은 그렇죠. 유감이지만, 저랑 아무 관계 없어요."

기드리가 말했다.

"그 사람 야구 카드가 있거든요. 1957년부터 1963년까지의 야구 카드를 전부 갖고 있어요. 탑스 카드요. 플리어에서 나온 건 관심 없어요. 플리어 것에는 테드 윌리엄스 같은 선수만 있으니까요. 굳이 테드 윌리엄스 카드를 사러 가게를 찾아다닐 이유가 없죠."

보안관 대리가 말했다.

"식사나 해요, 프레드. 우리 가련한 신사분은 그만 괴롭히시고."

기드리가 스테이크를 거의 다 먹은 사실을 깨닫고 파이 스탠드를 가져오며 웨이트리스가 말했다.

"갓 구운 것처럼 맛있는 피칸 파이예요."

"아, 고마워요."

기드리가 말했다.

보안관 대리는 스툴에서 자세를 고쳐 앉으며 기드리를 뜯어보았다.

"지나가는 길이라고 하셨던가요?"

"그렇다잖아요, 프레드."

웨이트리스가 기드리에게 파이를 먹을 깨끗한 포크를 가져다주었다.

"신경 쓰지 마세요, 손님. 원래 제정신 드는 데 시간이 좀 걸리는 사람이니."

기드리는 고개를 돌려 보안관 대리를 똑바로 쳐다보았다.

"야구도 좀 하시나 봐요."

"네, 맞아요."

보안관 대리가 말했다.

"실력이 좋으신가요?"

보안관 대리의 두 귀가 다시 발그레해졌다.

"카운티 전체를 통틀어 2년 연속 3루수였어요."

"이곳 카운티에 고등학교가 몇 곳이나 되는지 물어보세요."

웨이트리스가 말했다.

"하느님, 맙소사. 애너벨. 정말 피도 눈물도 없군."

기드리는 포크질 네 번 만에 파이를 다 먹었다. 그는 카운터에 돈을 놓고 자리에서 일어섰다. 전혀 서두를 것이 없었다. 아트 페퍼에 대한 이야기를 들은 적이 있었다. 그가 캐주얼 상의 주머니에 마약 꾸러미를 넣고 어떤 식으로 경찰서 밖을 서성였는지 말이다. 그는 기드리의 영웅이었다.

"흠, 이만 일어서야겠군요. 곧 다가올 추수감사절 잘 보내세요. 모두에게 축복이 있기를."

기드리가 말했다.

보안관 대리는 기드리를 좀 더 살피더니 이내 모자 가장자리를 매만졌다.

"또 보죠."

그가 말했다.

비바람에 씻기고 무두질을 당한 끝없는 대초원. 하느님이 창조의 시기에 손보려 했지만, 기력이 다해 미처 접근하지 못한 것만 같은. 30킬로미터 밖에서 지평선에 맞닿은 태양이 붉은 황금빛으로 가라앉고 있었다. 기드리는 보안관 대리 탓에 바짝 곤두섰던 신경을 차츰 느슨하게 풀어놓았다. 처음부터 그렇게 걱정할 필요는 없었는데 그랬다. 800미터쯤 달렸을 때 그는 백미러로 순찰차가 빠른 속도로 접근하고 있는 것을 보았다. 차는 사이렌을 번쩍이고 있었다.

10

 카를로스의 약쟁이 멕시코인 의사의 치료는 자정이 가까운 시간에야 끝이 났다. 그래서 바로네는 토요일 밤을 휴스턴에서 보내야 했다. 그는 별로 자지 못했다. 칼날이 쓸고 지나간 손이 계속해서 두근거리며 여전히 통증을 상기시키고 있었기 때문이다. 약쟁이 의사가 그에게 진통제를 주었지만, 별다른 효과가 없었다. 바로네는 의사가 알려준 대로 진통제 분량을 두 배 늘려서 먹었지만, 그래도 차도가 없었다. 그는 의사에게 받은 약이라는 것이 어쩌면 그냥 설탕 덩어리고 진짜 진통제는 자기가 먹을 요량으로 아껴두고 있을지도 모르겠다고 생각했다.
 의사는 바로네에게 운이 좋았다고 말했다. 칼날이 힘줄이나 그 외 중요한 조직들을 건드리지 않은 것 같다고 말이다. 의사는 손바닥의 자상을 꿰매기 전 코로 마약을 흡입했다. 그는 마약을 해야 신경이 안정된다고 설명했다. 자신의 아버지도 의사라면서, 치와와주에서 산적 판초 비야*의 다리에서 총알을 제거한 적도 있다고 말했다. 바로네는 의사에게 입 닥치고 하는 일에나 집중하라고 말했다. 의사는

---

* Pancho Villa: 멕시코의 혁명가.

비야의 악명 높은 친구 로돌포 피에로가 수술 과정 내내 그 옆에 서서 아버지의 머리에 총을 겨누고 있었다고 했다. 로돌포 피에로는 후에 '엘 카르니케로*'로 알려진 자였다.

바로네는 의사에게 당신도 머리에 총부리를 겨눠야 제대로 치료할 수 있겠느냐고 물었다. 의사는 키득거렸다. 아뇨, 아뇨, 친구. 그가 말했다. 그리고 또다시 코로 약을 흡입했다.

일요일 아침 바로네는 공항으로 향했다. 그의 비행기는 1시 출발이었다. 바로네는 빨리 집으로 돌아가고 싶었다. 뉴올리언스에서는 제대로 된 의사를 만날 수 있을 테니 말이다. 뉴올리언스에 있는 카를로스의 의사는 캐널가에 멋들어진 병원을 갖고 있었다. 가든디스트릭트에 있는 저택에 살며, 마르디 그라** 축제에서 퍼레이드 마차를 타곤 했다. 그러면 바로네에게 제대로 된 진통제를 줄 것이다.

바로네는 남자 화장실로 들어가 붕대 아래를 살펴보았다. 손의 봉합은 괜찮아 보였다. 손등과 손바닥에 모두 두 개의 봉합흔이 나 있었다.

탑승장에서 그는 TV와 멀리 떨어지지 않은 곳에 앉아 루비가 오즈월드를 저격하는 모습을 지켜보았다. 그 뒤 경찰들이 루비에게 달려들었다. 경찰 본부 한가운데서 루비는 일순간의 도망갈 기회조차 얻지 못했다.

루비도 경찰서에 들어서면서부터 알고 있었을 것이다. 도망은 꿈도 꾸지 못하리라는 것을. 그런데도 왜 저런 짓을 했을까? 전기의자 행이 분명한 저 짓을 왜 한 것일까? 카를로스가 전기의자보다 더한 무엇인가로 그를 협박했음이 분명하다.

---

* El Carnicero: '푸줏간 주인' 등을 뜻하는 말.

** Fat Tuesday: 사순절 시작 전날의 사육제. 프랑스어로 Mardi Geas. '기름진 화요일' 등의 뜻이다.

비행기 탑승이 시작되기 몇 분 전, 한 남자가 바로네 옆에 앉았다. 그 남자는 그의 쪽을 쳐다보지도 않았다.

"그녀에게 전화해요. 지금 당장."

남자가 말했다.

그리고 그는 자리에서 일어나 저쪽으로 사라져버렸다. 바로네는 자리에서 일어나 공중전화로 향했다.

"어젯밤에 전화 달라고 했잖아요."

세라핀이 말했다.

"별다른 문제가 없으면 전화 안 해. 문제는 없었어."

바로네가 말했다.

"샴록에 묵기로 했고요."

"내가 어디 묵는지는 알아서 뭐 하게?"

그는 성냥 긋는 소리와 화르륵 불꽃이 타오르는 소리를 들을 수 있었다.

"계획이 바뀌었어요."

세라핀이 말했다.

"다른 사람 알아봐. 난 집으로 갈 거야."

"일단 휴스턴에 있어요."

바로네는 그의 비행기 편의 스튜어디스가 탑승 안내를 하기 위해 필박스 모자를 매만지며 게이트 주위로 모여든 사람들을 향해 미소를 짓는 모습을 보았다. 티켓 확인 부탁드립니다.

바로네는 다친 손을 공중전화 위에 올렸다. 잠시 두근거림이 가라앉았다.

"바빴던 거 알아요, 몽 셰. 피곤한 것도 알고요. 하지만 지시가 내려왔잖아요."

그녀가 말했다.

"막 비행기 타려던 참이야."

바로네가 말했다.

"미안하다니까요."

"아니, 미안한 건 네가 아니지. 휴스턴에 머무르길 바라는 건 카를로스일 텐데, 아닌가?"

"그는 지금 낮잠 중인데, 깨울까요? 직접 얘기해볼래요?"

세라핀이 말했다.

나쁜 년.

"이번엔 누군데?"

"프랭크 기드리. 그 사람 알아요?"

"몇 번 본 적 있지. 그 사람이 명단에 오를 줄은 몰랐군."

바로네가 말했다.

"원래는 레미가 처리하기로 했었어요. 당신은 다른 일을 맡고 있으니. 어젯밤 라이스 호텔에서 제거할 계획이었는데, 우리 친구가 나타나질 않았다네요. 레미 말이."

세라핀은 바로네와 똑같은 생각을 하고 있는 것 같았다. 레미는 둘러댄 것일 테다. 멍청하기 짝이 없는 그는 분명 기드리를 만났지만, 표적 처리에 실패했을 것이다.

"아주 깨끗하게 처리해야 해요. 이게 지금으로선 최우선 임무예요."

레미한테 물먹고 레미 대신 날 배치했으니 당연히 그럴 테지. 하지만 바로네는 그렇게 말하진 않았다. 세라핀은 이미 알고 있었다. 카를로스가 이미 알고 있다는 사실 또한 알고 있을 것이다. 잘됐군, 식은 땀 좀 흘려보라지.

"무슨 말인지 알겠어요, 몽 셰?"

그녀가 말했다.

"기드리한테 부인이 있나?"

바로네가 말했다.

기드리에게 부인이 있다면, 바로네의 작업은 쉬워질 것이다. 부인을 찾아서 기드리에게 전화가 올 때까지 기다리는 것이다. 기드리는 언젠가 전화를 할 것이다—남편들이 늘 그렇듯. 그러면 바로네는 전화기를 부인의 입 가까이로 붙인다. 자기 부인에게 무슨 일이 벌어진 것인지 기드리가 마음껏 상상하도록. 빨리 이곳으로 오지 않으면 그녀에게 어떤 일이 생길지에 대해서도 상상의 나래를 펼치도록.

"부인은 없어요."

세라핀이 말했다.

"전 부인은? 여자친구나 형제, 자매?"

"아무도."

"공항에는 그 사람 감시로 몇이나 붙였지?"

"어젯밤 이후로 둘. 기차역에 둘, 시내의 버스 터미널에도 둘 있어요. 모든 조직원들에게 공지했고요."

"새 차가 필요해."

바로네가 말했다.

"주차장 뒤편에 검은색 폰티악이 있어요."

바로네는 차를 몰고 다시 시내로 나갔다. 라이스 호텔의 객실 담당 직원은 그에게 야간 당직 교대 시간이 4시라고 알려주었다. 바로네는 술집에서 기다렸다. 차가운 맥주와 함께 마지막 남은 진통제 두 알을 삼켰다.

견장이 달리고 황동 단추 두 줄이 가지런히 난 재킷을 입은 야간 당직 지배인은 그렇다고 했다. 바로네가 말하는 남자를 안다고 말이다. 잘생긴 신사, 멋쟁이, 짙은 색 머리카락에 밝은 눈동자. 그래, 어젯밤에 그를 봤다고 했다. 8시쯤. 마치 제 꼬리를 밟은 악마처럼 부리나케 로비 밖으로 달려 나갔다고 말이다.

바로네의 생각이 옳았다. 레미는 기드리를 놓쳤다. 안녕, 레미. 만나서 반가웠네.

"택시에 태웠어요?"

바로네가 지배인에게 물었다.

"택시는 타지 않겠다고 했어요."

"어느 방향으로 가던가요?"

바로네는 패닝가의 모퉁이를 향해 걸었다. 왼쪽을 쳐다봤다가 오른쪽을 쳐다보았다. 패닝에서 남쪽으로 두 블록 내려가면 텍사스 스테이트 호텔이 있었다. 그가 제 꼬리 밟은 악마처럼 달아났다면 이곳에서 화급히 택시를 잡았을 것이다.

텍사스 스테이트 호텔 바깥에서 제일 처음 이야기한 택시 기사는 아무것도 몰랐다. 두 번째 택시 기사는 그를 세 번째 택시 기사에게 보냈다.

"네, 어젯밤에 내가 그 사람을 공항까지 태워줬어요."

세 번째 택시 기사가 말했다.

"그 사람이 확실해요?"

바로네가 말했다.

"그럼요, 확실해요. 팁을 5달러나 줘서 기억하고 있어요. 수입이 짭짤한 양반인가 보다 생각했죠."

그렇다면 기드리는 택시를 타고 공항으로 가서 휴스턴을 빠져나가는 첫 번째 비행기에 올랐을 것이다. 공항에 포진해 있던 세라핀의 사람들이 그를 놓쳤음이 분명하다. 하지만 그녀라면 기드리가 어떤 비행기를 탔는지, 어디로 향하는 비행기를 탔는지 충분히 알아낼 수 있을 것이다.

"공항에 내려준 게 몇 시예요? 정확히 몇 시였어요?"

바로네가 말했다.

"허, 글쎄요. 어디 보자, 8시 반쯤이었나."

하지만 천천히 생각해보자. 바로네는 스스로에게 말했다. 되돌아가 보는 거다. 기드리는 5달러를 팁으로 남겼다. 그야말로 엄청난 금액이다. 그건 기드리가 어리석거나 똑똑하거나 둘 중 하나라는 증거였다. 택시 기사가 그 일을, 자신을 기억하게 하려는 의도였을지도 모른다.

"공항 안으로 들어가는 걸 봤어요?"

바로네가 말했다.

택시 기사는 어리둥절했다.

"내가, 뭐요?"

"그 사람이 문을 통과해서 터미널 안으로 들어가는 걸 봤냐고요."

"당연히 안으로 들어갔겠죠. 몰라요. 거기 머물지 않았으니까. 손님 내려주고 난 뒤에는 거기에 정차하면 안 돼요. 픽업 라인에서 대기하려면 따로 허가를 받아야 한다고요."

택시 기사가 말했다.

바로네는 텍사스 스테이트 호텔 로비에 있는 공중전화로 세라핀에게 전화를 걸었다.

"공항에 붙여놓은 애들 중 하나 시켜서 택시 대기 줄에 선 기사들한테 어젯밤 탑승 터미널에서 다시 시내로 돌아간 택시가 있는지 물어보라고 해."

바로네가 말했다.

"탑승 터미널에서 되돌아간 택시요?"

세라핀이 말했다.

"그렇게 말했어."

그녀는 더 이상 묻지 않았다. 20분 뒤 그녀가 회신했다.

"한 기사가 그랬던 것 같다고 했대요. 근데 확실하지 않다고."

"어디서 내려줬대?"

바로네가 말했다.

"락우드와 셔먼이 만나는 모퉁이요."

너절하고 낡은 빅토리아풍 건물들이 들어선 시내의 남동쪽 동네였다. 바로네는 이제야 감이 잡히는 듯했다.

"정말 확실한가요, 몽 셰? 마이애미행 비행기가 9시에 출발했어요. 그러니…."

"똑똑한 친구인가? 기드리는?"

바로네가 말했다.

"네."

"그럼, 아직 휴스턴에 있을 거야. 그 친구가 신세질 만한 사람으로는 누가 있지?"

그녀는 생각에 잠겼다.

"흠."

"누구?"

"돌리 카마이클이 세컨드워드에 살아요. 일이 년 전까지 그 여자가 빈센트 그릴리의 클럽을 관리했었죠."

세라핀은 그녀의 주소를 갖고 있었다. 에지우드. 어디서부터 걸어서 10분 거리라고? 공항에서 그를 태운 택시가 그를 내려준 락우드와 셔먼 모퉁이에서. 바로네는 주소를 받아 적은 뒤 전화를 끊었다. 그는 밖으로 나와 주변을 둘러보았다. 거리 맞은편의 버스 정류장에 빼빼 마른 흑인 아이가 어슬렁거리고 있었다. 그는 아이에게 다가갔다.

"운전할 줄 알아?"

바로네가 말했다.

"젠장, 운전할 줄 아냐고요."

흑인 아이가 말했다.

바로네가 멀쩡한 왼손으로만 깜박이를 켜고, 핸들을 돌리고, 기어를 바꾼다면 얼마 못 가 폰티악을 벽에 처박고 말 것이다.

"세컨드워드까지 운전해주면 1달러 주지. 차는 나한테 있어."

바로네가 말했다.

"젠장, 1달러라고요."

"2달러. 싫으면 말고."

흑인 아이는 몸을 한껏 곧추세우며 그를 노려보았다. 왜소한 체구로 열여섯 살도 되지 않아 보였다.

"난 그런 일 안 해요. 원하는 게 그런 거라면 당장 말해요."

"날 세컨드워드까지 데려다주면 돼. 그게 내가 원하는 거야. 그나저나 몇 살이야?"

"열여덟요."

거짓말.

"가자."

"손은 왜 그래요?"

흑인 아이가 말했다.

"손바닥 면도하다가 베었어. 가자."

흑인 아이는 운전할 줄 알았다. 그 이상도 이하도 아니었다. 바로네는 제한 속도를 지키고, 차선을 바꿀 때마다 깜박이를 켜며, 노란 불 신호에서는 무조건 서도록 했다. 그들은 에지우드의 주소지 건너편 길가에 차를 세웠다.

기둥 사이사이 및 가장자리에 흰색의 멋들어진 장식을 붙인, 푸른색의 2층짜리 빅토리아풍 건물이었다. 화분 상자에 담긴 꽃들과 마당은 적당히 정돈되어 있었다. 흰색의 장식을 새긴 노란색의 옆집에는 멕시코 여자가 현관 테라스에 앉아 아기를 품에 안고 흔들고 있었다.

"지겨운 멕시코인들."

흑인 아이가 말했다.

"멕시코인들이 왜?"

바로네가 말했다.

"젠장, 멕시코인들이 왜라뇨?"

"멕시코인들한테 해코지당한 적 있어?"

"아뇨. 그쪽도 멕시코인이에요? 멕시코인처럼 보이지 않는데."

"아니, 아니야. 그리고 그게 무슨 상관이야?"

바로네가 말했다.

잠시 후, 현관 테라스의 아기는 잠이 들고, 멕시코 여자는 집 안으로 들어갔다. 돌리 카마이클의 집은 2층의 한 곳만 빼고는 모두 불이 꺼져 있었다. 바로네는 아이에게 기다리라고 말했다.

돌리의 집 옆문은 커다란 느릅나무에 가려져 있었다. 바로네는 자물쇠를 집었다. 문은 사슬로 잠겨 있었지만, 그의 지갑에 고무줄이 있었다. 그는 지갑에서 고무줄을 꺼내 그 끝을 문손잡이에 걸고, 다른 한쪽은 사슬의 끝에 달린 버튼에 걸었다. 그런 다음 손잡이를 돌렸다. 간단했다. 사슬이 걸쇠에서 떨어져 나갔다.

돌리는 앞쪽 침실에서 귀고리를 빼고 있었다. 그녀는 몸을 돌려 그를 발견했지만 비명을 지르지는 않았다. 바로네는 입술에 손가락을 대고 등 뒤로 부드럽게 문을 닫았다.

"앉아."

그가 말했다.

그녀는 침대 가장자리에 앉았다.

"가운을 입어도 될까?"

"아니."

바로네가 말했다. 그녀는 생각보다 나이가 많았다. 적어도 일흔은 되어 보였다. 눈만 반짝거리는 그저 그런 늙은이.

"그 사람 어디 있어?"

"뭐라고 했지?"

그녀가 말했다.

"그 사람 어디 있냐고."

바로네가 말했다.

"누구?"

그는 그녀에게 다가가 그 옆에 앉았다.

"어느 침실이지? 복도 왼쪽, 아니면 오른쪽?"

"집에는 나 말고 아무도 없어. 직접 찾아봐."

그녀가 말했다.

"말해."

"난 당신이 무섭지 않아."

바로네는 그 말을 전에도 들어본 적 있었다. 물론 처음에만, 나중이 아니라. 그는 귀고리 구멍이 뚫린 그녀의 귓불을 만졌다. 그녀는 움찔하지 않으려 애썼다. 바로네에게 기술을 가르쳐줬던 한 선배가 이런 말을 한 적이 있었다. "고통의 두려움은 그 어떤 두려움보다 강력하지." 그리고 그는 윙크를 했었다. "네가 무엇을 하고 있는 건지 제대로 모르고 있을 때는 말이야."

구석의 테이블에는 휴대용 축음기와 앨범들이 한 무더기가 놓여 있었다. 무더기의 제일 위는 〈'라운드 어바웃 미드나이트('Round About Midnight)〉였는데, 〈'라운드 미드나이트('Round Midnight)〉가 제일 첫 번째 곡이었다.

"마일스 데이비스 좋아하나?"

바로네가 말했다.

"그냥 끝내든지, 아니면 내 집에서 나가."

그녀가 말했다.

바로네는 신을 믿느냐고 물어볼 생각이었다. 아마도 그녀는 믿지 않는다고 답할 것이다. 아니면 이렇게 답하거나, 하! 바로네는 신을 믿고 있는지도 모르겠다. 흰색의 수염을 한 신은 아니더라도, 삶이 이토록 다채롭고 시끄럽고 고통스럽다면, 거기에는 배경이 있을 거란 생각이었다. 그림을 그리기 위한 캔버스처럼 말이다. 금요일 밤 그는 뉴올리언스에서 한 노인이 〈'라운드 미드나이트〉를 연주하는 걸 들었다. 맨디나에서 있었던 크리스마스 파티를 떠올리게 했던 그 곡은 이제 프랭크 기드리를 언제, 어디서 처음 봤는지 생각하게끔 만들었다. 또 다른 노인의 집에서 마일스 데이비스 버전의 그 곡을 다시금 발견하다니.

"그 사람이 여기 왔었잖아. 어디로 갔어?"

바로네가 말했다.

"대관절 누가 왔었다는 거야?"

"기드리."

그녀의 당혹스러움은 진심이었다. 그는 확신할 수 있었다. 이마, 눈썹 사이의 주름, 입술이 당겨 올라가는 모양새가 그러했다. 그것 또한 옛날 그 선배에게 배운 것이었다.

"프랭크 기드리? 프랭크 기드리를 말하는 거야?"

그녀가 말했다.

바로네는 일어섰다.

"가운 입어."

"하느님, 맙소사. 프랭크 기드리를 마지막으로 본 게 언제인지도 모르겠군. 적어도 3년은 됐을 거야."

그는 만약을 위해 침실들을 확인했다. 그가 다시 돌아왔을 때 그녀는 유리잔에 라이 위스키를 따르고 있었다. 그녀의 손이 떨렸고, 위스키가 조금 흘렀다.

"아스피린 있나?"

그가 말했다.

"침실 약품 캐비닛에."

그는 아스피린 네 알을 씹어 삼킨 뒤 위스키를 조금 마셨다.

"그 사람이 갔을 만한 곳 어디 아는 데 없어? 도와주면 카를로스가 고마워할 거야."

"국외로 뜨려고 할 텐데, 아마도."

그녀가 말했다.

바로네의 생각도 그러했다.

"신세질 만한 사람은?"

그녀는 돌과 돌이 부딪히는 듯한 소리를 내며 웃었다.

"프랭크 기드리의 그 망할 인생을 통틀어 누구에게든 은혜를 베푼 일은 결코 없을걸."

바로네는 다시 밖으로 나설 채비를 했다.

"잠깐."

그녀가 말했다.

"왜?"

"그 손은 오르테가 박사에게 가보는 게 좋을 거야. 내비게이션 대로 외곽에 살고 있어."

"이미 다녀왔어."

바로네가 말했다.

그는 스콧가의 공중전화로 세라핀에게 전화를 걸었다.

"기드리는 돌리 카마이클에게 가지 않았어. 똑똑한 친구야."

바로네가 말했다.

"괜찮아요, 몽 셰. 좋은 소식이 있어요. 이제 먼 길을 달려야겠어요."

세라핀이 말했다.

"어디로 가야 하는데?"

바로네가 말했다.

"텍사스요."

"좋은 소식이란 건 뭐고?"

"잃었던 것을 방금 찾았거든요."

그녀가 말했다.

11

경찰차가 기드리 뒤에 정차했다. 카우보이모자를 쓴 나이 많은 경찰이 차에서 내렸다. 따분하기 짝이 없는 텍사스 보안관. 그는 말에서 내리는 것처럼 뻣뻣한 자세로 움직였다. 식당에서 만났던 보안관 대리 프레드는 기드리의 차 반대편에 와 섰다. 그의 손에는 엽총이 들려 있었다.

기드리는 창문을 내렸다.

"안녕하세요, 보안관님."

보안관은 몸을 숙이고 안을 들여다보았다. 그는 잿빛의 팔자수염을 하고 있었는데, 그 수염에 입과 볼 대부분이 가려져 있었다. 그는 보안관 대리를 쳐다보았다.

"이번 일은 자네 말이 옳은지도 모르겠어, 프레드."

"안녕하세요, 프레드."

기드리는 보안관 대리에게 손을 흔들었다. 그는 화답 인사를 하려고 엽총에서 손을 잠시 뗐지만, 이내 인사 대신 코를 긁적였다.

"무슨 일이시죠, 보안관님? 제가 너무 빨리 달렸나요?"

기드리는 그저 일상적인 검문이기를 기도했다. 도시 깍쟁이들이 시골 마을을 지날 때면 으레 한 번씩 건드려서는 지갑을 탈탈 털고 돌려보내는 그런 관행들 말이다. 하지만 이 보안관이 카를로스 밑에서 일하는 사람 하수의 그 하수라면, 특출한 도시 깍쟁이를 주시하라는 지시가 내려왔다면….

"당신, 그거요?"

보안관이 기드리에게 물었다.

"제가 뭐요?"

"속담에 나오는 살 속의 가시. 옥에 티. 물 흐리는 미꾸라지."

정확히 기드리가 듣고 싶지 않은 말들이었다. 하지만 그는 계속해서 미소를 지었다.

절박하게, 누군가는 그리 얘기할 수도 있겠다.

"제 이름은 보비 조 헌트예요. 휴스턴에서 중고차를 팔고 있고요. 이게 다 무슨 일인지 말씀해주셨으면 하는데요, 보안관님."

그가 말했다.

"차에서 내려요, 친구. 손은 보이는 곳에 두고."

보안관이 말했다.

"그러죠."

"지갑은 이리 던져요."

보안관이 기드리의 지갑을 펼쳤다.

"운전면허증은 어디 있죠?"

휴스턴의 모텔 뒤편 철제 덤프스터 안에 있겠지. 갈기갈기 찢긴 채 다른 쓰레기들과 뒹굴며.

"거기 없어요? 있을 텐데. 명함도요. 제 이름은 보비 조 헌트예요. 아까도 말했지만, 휴스턴에서 왔고, 차 경매 건으로 아마릴로에 가는 길이에요. 저기 프레드에게 물어봐요."

보안관은 명함을 멀리 튕겨버리고는 권총집에서 총을 뽑아 들었다.

"뒤로 돌아. 두 손은 등 뒤로."

그가 기드리에게 말했다.

기드리는 자신의 끝이 이토록 빨리 온 것에 대해 몹시 화가 났다. 최선을 다한 결과로 자유를 맛본 지 24시간도 채 지나지 않았는데 말이다. 그리고 그의 끝이 이런 식으로, 이런 곳에서 온 것에도 매우 화가 났다. 최악의 텍사스주, 모래바람 날리는 벌거벗은 황야에서, 영광스러운 석양이 진다고 한들 결코 나아질 것이 없는 이 흉측한 땅에서 촌뜨기 양아치 보안관의 손에 이렇게 가게 되다니.

보안관은 그에게 수갑을 채운 뒤 몸수색을 했다.

"프레드. 이 친구 차를 몰고 내 뒤를 따라 경찰서로 가지."

그가 말했다.

보안관은 운전을 하며 휘파람을 불었다. 기드리는 무슨 노래인지 알아챌 수 없었다. 그는 앞좌석을 발로 차볼 수도 있었다. 발로 찬 뒤에 보안관이 차를 도로 밖에 세우기를 바래볼 수도 있었다. 하지만 그런 다음에? 보안관은 그의 머리를 아작 낼 수 있지만, 기드리는 그럴 수 없었다. 그는 여전히 수갑을 찬 채 갇힌 신세일 것이다. 보안관 대리는 엽총과 함께 그들의 뒤를 30미터 간격으로 따라오고 있었다.

"아까 그건 코린토서였던 것 같은데요, 보안관님. 속담이 아니라. 바오로의 옆구리에 박혔던 가시 있잖아요. 아까 보안관님이 말씀하셨던."

기드리가 말했다.

"그쪽 말이 맞는 것 같군요."

보안관이 말했다.

"제 기억이 맞다면, 가시는 사탄의 메신저였죠. 바오로가 너무 자만해질 때면 그를 고문하는."

보안관은 휘파람을 불며 운전을 했다.

"사람 잘못 봤어요, 보안관님."

기드리가 말했다.

"정말 그렇다면, 내, 정중히 사과하고 진심 어린 악수를 나누죠."

굿나이트의 경찰서는 단칸에 불과했다. 가짜 나무판자에 멀미가 날 것 같은 초록색 반점의 리놀륨이 깔린 바닥이었다. 책상 뒤쪽 벽에는 숫자에 맞게 물감을 칠해 완성하는 그림 액자가 열댓 개 걸려 있었다. 유치장의 쇠살대 사이로 기드리는 그 모든 그림들을 볼 수 있었다. 등대, 가을날 낙엽 쌓인 다리, 연못 위의 청동오리. 최후의 만찬의 서로 다른 두 가지 버전, 하나는 예수 뒤로 성령의 빛이 드리워져 있었고, 다른 하나는 그런 것이 없었다.

"난 길 건너에서 전화 좀 하고 올게, 보안관 대리. 코만치족 잘 감시해."

보안관이 말했다.

"넵."

보안관 대리가 말했다.

기드리가 도주한 지 얼마나 됐더라? 보안관은 댈러스에 있는 누군가에게 연락할 것이다. 기드리에 대한 소식은 연꽃 위를 타고 넘어 뉴올리언스의 세라핀에게까지 도달했겠지. 그가 굿나이트에 있다는 사실을 알게 되는 대로 그녀는 지체 없이 사람을 보낼 것이다.

"프레드."

기드리가 말했다.

아무 대꾸도 없다.

세라핀은 분명 댈러스에 누군가를 심어두었다. 하지만 그녀가 보낸 '뒤처리 전문가'는 지금 휴스턴에 있을지도 모른다. 여기서 여덟 시간 떨어진 거리다. 그때가 몇 시였더라? 7시 반. 세라핀이 기드리에 대한 소식을 들은 건 저녁 10시쯤이었을 것이다.

내일 아침 6시. 그것이 바로 기드리의 데드라인이었다.

틱톡틱톡.

"그, 식당에 애너벨 있잖아요. 당신한테 관심이 있는 것 같던데. 아니면 왜 그렇게 짓궂게 굴겠어요?"

아무 대꾸도 없다.

"누굴 그렇게 경계하는 거예요, 프레드? 도시에서 온 악랄한 마피아 조직원? 신께 맹세컨대, 난 심지어 이탈리아인도 아니에요. 아일랜드 피가 약간 섞인 케이준이란 말이에요. 루이지애나주 어센션 패리시의 세인트어맨트라는 작은 마을 출신이라고요. 당신처럼. 아마 처음 들어봤을 거예요. 고등학생 때 유격수였고요."

진실에 거짓말을 살짝 보탰다. 기드리는 고등학생 때 유격수 친구를 두었더랬다.

"보안관님이 뭐라고 하던가요, 프레드? 내가 도주 중인 수배자라고? FBI에서 나온 친구들이 이리로 와서 날 연행해 갈 거라고?"

기드리가 말했다.

보안관 대리는 자리에서 일어나 냉장고로 가더니 조그마한 종이컵에 물을 따랐다. 그는 물을 마시고는 손으로 컵을 구긴 뒤 다시 자리에 돌아가 앉았다.

"스스로에게 물어봐요, 프레드. 보안관님이 바로 눈앞에 전화기를 두고 왜 굳이 길 건너 공중전화를 찾아 나갔겠어요? 왜 통화 내용을 당신이 들으면 안 되는 걸까요?"

보안관 대리는 책상에 발을 얹어놓고 하품을 했다.

"난 연방 정부에서 보호하는 증인이에요, 프레드. 날 죽이려는 무리들이 있어요. 이곳에 몇 시간 내에 도착할 남자들은 FBI 사람들이 아니에요. 내 말을 믿지 않아도 좋아요. 두고 보면 알 거예요."

"그거 알아요?"

보안관 대리가 말했다.

"뭘요?"

"그녀가 나한테 관심이 있든 말든 상관없어요. 길을 건너가 애너벨 퍼거슨에게 치근덕거릴 생각 같은 건 추호도 없다고요."

잠시 후, 보안관이 통화를 마치고 돌아왔다. 그는 보안관 대리에게 주말 비번을 주고는 커피를 올린 뒤 책상 뒤에 앉았다. 기드리는 유치장 안을 살펴보았다. 창문이 있었지만, 너무 높았고 크기도 쥐구멍만 했다. 회반죽에서 어떻게든 녹슨 철망 기둥을 뽑아볼 수는 있겠지만, 그래도 그가 통과하기에는 무리였다.

"보안관님의 지성을 모욕하진 않겠어요."

그가 말했다.

"고맙군요."

보안관은 한 다스의 미니 물감통을 앞에 늘어놓았다. 그런 뒤 통을 열어 붓을 담갔다. "보안관님이 별로 부럽지 않네요. 곤경에 처하신 거죠, 그렇죠?"

보안관의 팔자수염이 묘한 즐거움으로 뒤틀렸지만, 그는 그림에서 고개를 들지 않았다.

"그런가."

"이게 다 케네디와 관련된 일이라는 걸 알고 있겠죠."

보안관은 여전히 고개를 들지 않았지만, 순간 붓을 들고 있던 손이 멈칫했다.

"그런 일이라면 아는 거 없어요."

"오즈월드의 짓이 아니라는 건 알고 있겠죠. 평범한 사람이 그런 저격을 성공하기란 0.001퍼센트의 확률이에요. 6층에서, 움직이는 목표물을, 그것도 나무들에 가로막혀 있는데도 탕탕, 두 번이나 황소 눈을 맞추다니요? 그건 전문가 솜씨예요."

"잘 수 있을 때 눈이나 붙이는 게 좋을 거예요. 담요가 더 필요하면 가져다주죠."

보안관이 말했다.

"방아쇠를 당긴 후로 그 전문가는 더 이상 해결사가 아니게 되었죠. 그 사람 자체가 그를 고용한 사람들에게는 문젯거리가 된 거예요, 안 그렇겠어요? 이유를 이해하겠죠."

보안관은 아무 말도 하지 않았다. 그는 물감통에 붓을 기대어놓고는 손가락을 주물렀다.

"그를 고용한 사람들은 문젯거리를 제거해야 했고요. 보안관님도 지금은 해결사예요. 저를 넘겨줄 때까지는. 하지만 그다음에는 어떻게 될까요?"

기드리가 말했다.

기드리는 호흡을 가다듬었다. 시간은 느리게 흘렀다. 낚싯줄을 풀어야 할 때와 당겨야 할 때를 제대로 알아야 한다. 어센션 패리시 출신 남자아이들은 어렸을 적부터 낚시를 하며 자랐다.

보안관은 똑똑한 남자였다. 어쨌든 기드리는 그가 그런 사람이길 바랐다. 똑똑하지만, 지나치게 똑똑하지는 않기를. 그것만이 기드리의 유일한 기회였다. 그가 날릴 수 있는 0.001퍼센트 확률의 저격.

한 시간이 흘렀다. 두 시간. 기드리의 시간이 점점 줄어들고 있었다.

"이런, 빌어먹을. 또야."

보안관이 그림을 그리다 말고 냅킨 가장자리를 커피 머그잔에 넣었다가 캔버스에 톡톡 찍었다.

"조심할수록 실수가 더 나온단 말이야."

"그들이 보안관님도 죽일 거예요. 내 말이 무슨 말인지 알겠다고만 해주면, 입 다물게요. 보안관님도 너무 많은 걸 알고 있어요. 저처럼 골칫거리가 되고 말 거라고요."

"그건 그쪽 생각이죠."

보안관이 말했다.

"카를로스 밑에서 얼마나 있었죠?"

"그런 개념으로는 생각해보지 않았는데."

"당연히 그랬겠죠. 그냥 뒤치다꺼리 조금 해주는 정도라고 생각했을 테니까. 살짝 재미만 보고 아무한테도 해가 가지 않을 그런 일이라고 생각했을 거예요. 그러니 뭐 어떠냐고."

"담요는 더 없어도 돼요? 곧 쌀쌀해질 텐데."

보안관이 말했다.

"그들이 당신도 죽일 거예요. 프레드도 찾아서 죽이겠죠."

기드리가 말했다.

"아내가 있다면, 아내도 죽일 거예요. 보안관님이 아내에게 무언가라도 이야기했을 경우를 대비해서요. 사안이 중대한 만큼 그들이 죄다 훑는 것도 무리는 아니에요. 아마 그 식당에서 일하는 여자도 죽일 거예요, 애너벨이라고 했나요? 뭘 알고 있는지 확인한 뒤에 말이에요. 아내분이 예뻐요? 그렇지 않기를 바라는 바예요. 이 사람들이 어떤 사람들인 줄 알아요? 영혼의 일부만 내주면 나머지 부분은 아무 문제 없을 거라 생각하다니, 보안관님 바보 아니에요?"

보안관의 손이 다시 멈칫했다. 잠시 뒤 그는 붓을 내려놓고 물감통의 뚜껑들을 하나씩 닫기 시작했다.

"방법이 있어요, 보안관님. 제가 알려줄게요."

기드리가 말했다.

"눈이나 붙여요, 친구."

보안관이 말했다.

"댈러스의 누구 밑에서 일하는 거예요? 하위 플렉? 그 사람한테 전화해서 실수했다고 해요. 보안관 대리가 사람을 잘못 데려왔다고. 아마릴로에 사는 이 남자 아내가 와서 집으로 데러갔다고. 허위 경보였다고요."

보안관은 부츠를 신은 발을 책상 위에 올렸다. 그는 삐걱거리는 의자 등받이에 몸을 기대고 얼굴 위로 모자를 살짝 내렸다.

"잠깐, 더 좋은 생각이 있어요. 근처에 저 닮은 사람 누구 없어요? 키나 머리카락 색깔이나. 완벽하게 똑같지 않아도 대략 비슷하기만 하면 돼요. 그 사람들이 직접 와서 찾던 사람이 아니라는 걸 확인하게 하는 거죠. 그럼 미안하게 됐다고 얘기해요. 미안한 것보다 무사한 게 낫잖아요."

보안관은 꿈쩍하지 않았다. 기드리는 간이침대에 몸을 뉘었다. 이제 기다려보는 거다. 그가 할 수 있는 건 그것뿐이었다. 그는 일생일대의 연극과 연설을 했다. 주사위는 던져졌으니 이제 결과를 기다리는 수밖에 없다.

그는 마음을 비우려 애썼다. 독초를 먹기 전날 밤의 소크라테스처럼. 인도의 어떤 샤먼과 성자들은 자신들의 호흡을 늦출 수 있다고 어딘가에서 읽은 적이 있었다. 심장 박동이 아주 찔끔찔끔 뛸 때까지 그 빈도수를 낮춘다는 것이다. 어쩌면 기드리도 가능할지 모른다. 세라핀의 사람들이 도착할 때쯤에는 이미 그의 숨이 끊어져 있도록.

소크라테스, 아니 소포클레스였나? 기드리는 그들의 죽음이 어떠

했는지 정확히 기억나지 않았다. 한 명은 독을 먹었고, 다른 한 명은 아주 긴 시를 숨 한 번 쉬지 않고 낭송하다가 죽었다. 그의 동료들 중 한 명이 그를 부추긴 결과였다.

기드리는 아침에 보안관이 자신을 넘길 때 어떻게 하면 좋을까 생각했다. 보안관의 엉덩이께에 있는 총을 노려볼 수도 있겠지. 희망적이지 않지만, 세라핀의 사람들이 그를 생포하도록 둘 순 없었다.

리놀륨이 끽끽거렸다. 기드리는 눈을 떴다. 깜빡 잠이 들었던 모양이다. 그는 얼마 동안이나 여기에 누워 있었을까 궁금해졌다. 보안관이 유치장 저편에서 일어섰다.

"그들이 언제쯤 도착할 것 같아요?"

보안관이 말했다.

기드리는 자리에서 일어섰다. 그리고 손목시계를 내려다보았다. 월요일 새벽 5시였다.

"한 시간쯤 뒤요."

보안관이 구치소 문을 열었다. 그는 기드리에게 지갑과 차 열쇠를 건넸다.

"가요."

"행운을 빌어요, 보안관님."

기드리가 말했다.

"지옥에나 떨어져요."

보안관이 말했다.

기드리는 아침 내내 달렸다. 뉴멕시코주 투쿰카리 서쪽으로. 진눈깨비가 휘날리기 시작했다. 그는 고장 난 차 옆을 지났다. 한 여자가 비에 흠뻑 젖은 채 그 옆에 서 있고, 차 안 뒷좌석에는 두 명의 아이들이 창문에 매달려 있었다. 그는 속도를 늦추지 않았다. 미안, 얘들아. 기드리는 지금 자신의 문제만으로도 버거웠다.

12

 일요일 아침 샬럿과 아이들은 동이 튼 직후 매클레인을 출발했다. 아마릴로에 가까워졌을 때 부드럽게 빗발이 날리기 시작하더니 이내 세찬 소나기로 변했다. 반대편 차선 차들의 전조등이 하나의 촛불 덩어리처럼 어른거리기 시작했다. 빗줄기는 사방에서 날아오는 것 같았다. 앞과 뒤, 그리고 아래에서. 도로에서 튄 물방울들이 그녀의 발아래 바닥을 두드렸다.

 주유를 하기 위해 차를 세우자 주유원이 다가와 유류를 확인하면서 음흉한 눈길로 샬럿을 쳐다보았다. 그는 주유기를 뽑아 혀로 그것을 핥는 척했다. 샬럿은 무릎에 올려놓은 자신의 손만 쳐다보았다. 아이들이 지도를 보면서 저들만의 여행 이야기로 수다를 떠느라 정신이 없는 것이 다행이었다.

 그녀는 주유원에게 주유비로 5달러를 건넸다. 그는 그녀에게 거스름돈을 주고는 또다시 음흉한 눈길로 쳐다보았다. 그녀는 뭐라 말해야 좋을지 몰랐다.

 "고맙습니다."

 그녀가 말했다.

 차를 몰고 나오며 그녀는 떨고 있었다. 괜찮아. 그녀는 스스로에게 말했다. 괜찮을 거야. 텍사스에서 뉴멕시코로 넘어가면서 비는 진눈깨비로 바뀌었고, 아스팔트는 잔디처럼 번들거렸다. 그러다 예상치 못한 커브 길에서 차가 배수로로 미끄러지고 말았다.

순식간에 일어난 일이었다. 샬럿은 차가 붕 뜨는 것을 느꼈고 이내 운전대가 말을 듣지 않았다. 조앤은 로즈메리 위로 엎어졌고, 로즈메리는 개와 부딪혔다. 개는 놀라 일어나 딱 한 번 짖었다.

배수로는 30센티미터 정도의 깊이였지만 차의 머리는 하늘을 향하고 말았다. 샬럿이 앞 유리창을 통해 볼 수 있는 것이라곤 검은색의 차 후드와 정확히 그것과 똑같은 색깔의 텅 빈 하늘뿐이었다. 엔진이 나가자 고요가 몰려왔다.

"괜찮아?"

샬럿이 아이들에게 물었다.

"무슨 일이야?"

로즈메리가 말했다.

"얘들아! 괜찮은 거야?"

"응."

로즈메리가 말했다.

"조앤은?"

"괜찮아."

아이들은 좌석으로 올라와 밖을 내다보았다. 그들은 신이 나고 들떠 있었다.

"우리, 차 사고가 났어!"

로즈메리가 말했다.

샬럿은 차 문을 열었다. 그리고 배수로의 제방으로 올라서서 상황을 살폈다. 좋지 않았다. 차는 제대로 처박힌 듯했다. 뒤 타이어는 진흙에 묻혔고, 앞 타이어는 땅에서 30센티미터 정도 떠서 느릿하게 공회전을 하고 있었다.

심호흡을 하자. 괜찮다. 괜찮아질 거다.

"차가 빠졌어, 엄마?"

로즈메리가 말했다.

"거기서 기다려. 코트 입고 럭키 옆에 붙어 있어. 숲속에서 친구 곰을 만난 것처럼."

샬럿이 말했다.

차들은 물을 튀기며 지나갔다. 한 대, 또 한 대. 속도도 늦추지 않았다. 길옆에 선 샬럿은 뼛속까지 찬 기운이 스며들어 몸이 떨렸다. 또다시 심호흡을 하자. 이곳은 주 고속도로인 데다 지금은 오후 1시였다. 결국에는 누군가가 멈춰줄 것이다. 지도를 보면 다음 마을은 뉴멕시코주 산타마리아였다. 몇 킬로미터 떨어져 있지 않았다.

마침내 견인 트럭이 쿠릉거리며 지나다가 브레이크를 밟고 길가에 멈춰 섰다. 산타마리아 수리 센터. 무뚝뚝한 얼굴의 수리공이 트럭에서 내렸다. 그는 여러 각도에서 차를 살펴보며 여러 번 끙 소리를 내더니 고개를 설레설레 저었다. 그는 볼 안쪽에서 씹는담배를 꺼내 그 어둡고 울퉁불퉁한 덩어리를 배수로에 퉤 뱉었다.

"운 나쁜 날이군요."

그가 말했다.

샬럿은 너무 추워서 이빨이 달달 떨리기 시작했다. 그녀는 이빨이 달달 떨린다는 게 그저 비유적 표현인 줄로만 알고 있었다.

"꺼내줄 수 있나요?"

그녀가 말했다.

"사람들은 커브 길에서 늘 속도를 낸다니까요. 덕분에 먹고 살지만."

그가 말했다.
"꺼내줄 수 있어요?"
"15달러."
농담이겠지.
"15달러요?"
그녀가 말했다.
"더 저렴한 데를 찾거든 연락 줘요."
그는 몸을 돌려 자신의 트럭으로 돌아가기 시작했다.
"잠깐만요."
수리공은 트럭을 후진시킨 뒤 샬럿의 차에 체인을 감았다. 그는 시동을 걸었고, 샬럿의 차가 흔들리기 시작했다. 마침내 차는 질척거리는 소리와 함께 진흙탕에서 빠져나왔다.
샬럿은 뒤쪽 범퍼가 심하게 찌그러진 것을 발견했다. 한쪽 미등은 부서졌고, 배기관도 파손되었다.
수리공이 뱉은 씹는담배가 누군가의 몸에서 찢겨 나가 마지막 호흡을 내뱉은 조직처럼 길바닥에 붙어 있었다. 수리공은 차 주위를 천천히 돌았다. 그리고 고개를 가로저었다.
"역시나 운 나쁜 날이네요, 그렇죠?"
그가 말했다.
그들은 그와 함께 좁은 트럭 좌석에 몸을 구겨 넣었다. 샬럿과 아이들과 개까지. 시내에 도착하자 그는 그들을 한 모텔에 내려주었다. 텅 빈 수영장 주위로 흰색의 어도비 점토를 바른 단층집들이 모여 있는 곳이었다. 그는 그녀에게 수요일이나 되어야 차 수리가 끝날 것 같다고 말했다.

"수요일요? 그럼 이틀이나 뒤잖아요. 혹시 더 빨리는…."
샬럿이 말했다.
"수요일쯤이 될 것 같아요. 그날 오후에 들러요. 그럼 확실히 말해 줄 테니. 그렇지 않으면 다음 주 월요일이 될 수도 있어요. 추수감사절 때문에."

그는 차를 타고 사라졌다. 거의 2시가 다 된 시간이었다. 아이들은 배가 고팠다. 샬럿은 자판기에서 초콜릿 우유 두 개를 뽑아 마지막 남은 로스트비프 샌드위치와 함께 요기를 했다. 구름은 창백했고, 비는 멈췄다. 모텔 방은 매클레인에서 묵었던 곳보다 나았다. 적어도 삶은 양배추 냄새 같은 건 나지 않았다. 아이들이 디즈니의 트루 라이프 어드벤처 책에 빠져들자 샬럿은 자신 외에는 아무에게도 문을 열어주지 말라고 당부했다("아무도 안 돼. 내 말 알겠지, 로즈메리?"). 그리고 돌이 깔린 길을 따라 사무실 건물로 향했다.

모텔 사무실 앞 현관 테라스에 공중전화가 있었다. 샬럿은 전화번호부를 넘기며 로스앤젤레스에 있는 마거리트 이모의 전화번호를 찾았다. 그리고 수화기를 들고 교환원에게 장거리 통화를 요청했다. 교환원은 50센트를 주입하라고 안내했다.

샬럿은 찾은 번호를 돌리고 기다렸다. 신호음을 세며. 하나, 둘, 셋. 샬럿은 걱정하지 않았다. 넷, 다섯, 여섯. 마거리트는 쇼핑을 나갔는지도 모른다. 아니면 친구들과 점심을 먹으러 나갔거나 장미 덤불을 손보느라 마당에 있을지도 모른다. 충분히 가능성 있는 일들이었다. 일곱, 여덟, 아홉.

열두 번째 신호음 중간에 그녀는 전화를 끊었다. 그리고 담배를 찾아 가방을 뒤적였다. 뉴멕시코는, 아니, 적어도 뉴멕시코의 이 지역은 황갈색 빛으로 밋밋하고 황량했다. 흰색의 어도비 점토 건물과 모텔

진입로 옆에 서 있는 선인장 모양의 장식과 지평선 위로 희미하게 보이는 산맥 같은 것들을 제외하면 여전히 오클라호마에 있는 것 같은 기분이었다.

그녀는 다시 수화기를 들어 교환원에게 수신자 부담 통화를 하겠다고 말했다.

"샬럿?"

둘리가 전화를 받았다.

"안녕, 여보."

샬럿이 말했다.

"맙소사, 샬럿! 어젯밤 집에 왔는데 당신도 없고 애들도 없어서 얼마나 놀랐는지 알아? 심장 마비가 오는 줄 알았어."

"알아, 미안해. 쪽지 남긴 거 봤어?"

"애들 침실에도 가봤는데 침대도 텅 비어 있잖아. 내가 어떤 기분이었는지 당신은 상상도 못 할 거야, 샬럿."

복부 깊은 곳에 나지막하게 숨겨두었던 죄책감이 일렁이더니 조금씩 차올라 이내 흘러넘치기 시작했다.

"그래, 미안해. 쪽지는 봤어?"

그녀가 말했다.

"오늘 아침에 봤어. 어젯밤에는 너무 걱정이 돼서 잠도 거의 못 잤어."

그가 말했다.

"우린 괜찮아. 애들은 괜찮아. 지금 뉴멕시코야. 차 사고가 조금 있긴 했는데…"

샬럿이 말했다.

"뉴멕시코! 대체 무슨 생각이야, 샬럿?"

둘리가 말했다.

"이게 최선이라고 생각해, 여보. 정말이야. 우리 모두를 위해서, 내 생각에는…"

"차는 또 어떻게 된 거야? 샬럿, 설마 이혼하고 싶은 건 아니겠지. 아닐 거라고 생각해."

"이대로는 안 되겠어, 둘리. 이건…."

샬럿은 스스로에게도 제대로 설명할 수가 없었다. 그러니 어떻게 그에게 설명할 수 있을까?

"나는… 지금의 나는 내가 원하는 모습이 아니야. 나한테는 기회가 필요해. 우리 딸들에게도 기회를 주고 싶어. 원하는 모습대로 살 수 있는 기회. 이렇게 떠나지 않으면, 아무래도…"

"떠나? 그럼 휴식이 필요하단 거야?"

"아니, 난…"

"나한테 이럴 순 없어, 샬럿. 이혼을 이런 식으로 뜬금없이 내뱉다니. 나한테 의논 한마디 없이?"

둘리가 말했다.

"둘리…."

"이건 옳지 않아, 샬럿. 나한테 말 한 마디 없이 혼자서 이런 결정을 내린 것 말이야. 이건 내 등 뒤로 몰래 다가와서 별안간 각목으로 머리를 날린 거나 마찬가지야. 부부라면 문제점에 대해 서로 의논을 해야지."

수년 동안 그녀는 수백 번도 넘게 그와 그런 의논을 해보려 했다. 하지만 그럼에도 불구하고 지금 이 순간 그녀는 그의 말에도 일리가 있지 않나 자문해볼 수밖에 없었다. 그녀는 겁쟁이처럼 그가 없을 때 집을 빠져나왔다. 그가 그녀를 말릴 시도조차 할 수 없을 때. 적어도 그가 집에 올 때까지 기다렸어야 했다. 아니면 별거를 제안해볼 수도 있었다. 지금이라도 제안해보면 어떨까.

이혼은 그야말로 벼랑 끝이었다. 저 광활한 푸른빛에 몸을 던지고 나면, 되돌릴 수 있는 방법은 없는 것이다….

그것이 샬럿을 격분하게 했다. 그녀의 모든 생각과 모든 결정에 어김없이 의심이 스며드는 것이. 샬럿이 방금 전 했던 말 그대로가 그녀의 진심이었다. 지금의 나는 내가 원하는 모습이 아니야.

"둘리, 내 생각에는…"

"당신 생각에는. 당신 생각에는, 샬럿. 바로 그거야. 당신은 아무것도 몰라. 당신이 확실히 아는 걸 말해봐. 큰 소리로 말이야. '이혼하고 싶어. 100퍼센트 확실하게.'라고 말해보라고. 할 수 있어?"

"나는… 나는 인생에서 100퍼센트 확실한 게 있을까 싶어. 안 그래?"

그녀가 말했다.

"결혼이 그렇지. 우리가 신부님 앞에서 맹세한 것도 그런 내용이고, 아니야? 죽음이 우리를 갈라놓을 때까지. 우리는 서로에게 고개를 숙여 맹세했어…."

그녀는 그가 캐비닛 문 여는 소리를 들을 수 있었다.

"커피에 넣을 설탕 어디 있어, 샬럿?"

"냉장고 옆 선반에."

그녀가 말했다.

그는 울기 시작했다.

"아, 하느님, 샬럿. 당신 없으면 난 어떡해? 당신이랑 우리 딸들, 당신이야말로 내 인생 최대의 행운이란 말이야."

"아이들은 볼 수 있을 거야. 확실해, 약속할게. 난…"

그녀가 말했다.

"내가 망할 개자식이기 때문이지. 나도 알아."

"아니야, 둘리. 내 말 듣지 않고 있구나."

하늘은 다시 어두워지고 있었다. 거대하고 평평한 회색 먹구름이 몰려들기 시작했다. 샬럿은 허물어진 요새의 성벽과 고대 무덤의 덮개를 떠올렸다. 갑자기 피로가 몰려왔다. 너무나 지쳐 생각할 기운조차 나지 않았다.

머리 위 철제 지붕에 빗방울 몇 알이 톡톡 내리꽂히더니 그 어떤 서두도 없이 폭우가 쏟아지기 시작했다. 모텔 투숙객인 듯한 정장 차림의 남자가 때맞춰 지붕 아래로 몸을 피했다.

"내가 개자식이라 미안해. 하지만 당신을 사랑해. 아무도 나만큼 당신을 사랑하지 못할 거야. 왜 그걸 버리려고 하는 거야?"

둘리가 말했다.

"그만 끊어야겠어, 여보. 뒤에 다른 사람이 전화 쓰려고 기다리고 있어."

샬럿이 말했다.

"이혼을 원하는 게 아니잖아, 샬럿. 모든 걸 버리고 싶지 않을 거야. 그냥 집으로 돌아와. 와서 얘기하자. 내가 원하는 건 그것뿐이야."

"곧 다시 전화할게."

"그러니까 그냥 집으로 돌아와, 샬럿. 당신도 집에 돌아가게 될 거라는 거 알잖아. 당신도 알고 있어. 나 화 안 났어. 그러니까…"

샬럿은 그가 혹은 자신이 뭐라 더 말하기 전에 전화를 끊어버렸다. 정장 차림의 남자가 그녀에게 친근한 미소를 지어 보였다.

"비가 한번 내리기 시작하니까, 완전히 쏟아붓네요, 그렇죠?"

남자가 말했다.

그녀는 고개를 끄덕이며 간신히 미소를 지어 보였다.
"네, 정말 그러네요."

13

그들은 11시쯤 휴스턴을 출발해 밤새 달렸다. 아니, 흑인 아이가 밤새 운전을 했다. 바로네 역시 아이가 제대로 깨어 운전하는지 확인하기 위해 잠을 자지 않았다. 시어도어(Theodore). 그게 아이의 이름이라고 했다. 시어도어, 날 테드(Ted)라고 부르지 말아요. 테디(Teddy)라고도 부르지 말아요. 그는 폰티악 운전대에 대해 불평하고, 날씨와 도로와 휴스턴의 고등학교와 이미 열여섯 살의 다 큰 남자인데도 불구하고 여전히 자기를 아기 취급하는 넷째 누나에 대해 불평했다. 그는 배가 고프다고 불평했고, 피곤하다고 또 불평했다. 그들은 흑인들의 소울 음악을 틀어주는 댈러스 외곽 라디오 방송국의 방송을 들었다. 바로네는 샘 쿡도 괜찮았다. 재즈가 나오는 주파수는 찾을 수 없었다.

"누굴 쫓는 거예요?"
아이가 말했다.
"남자."
바로네가 말했다.
"왜요? 여자 빼앗겼어요?"
"나한테 돈을 빌렸거든."

"얼마?"

아이가 말했다.

"많이."

바로네가 말했다.

"난 변호사가 되고 싶어요."

"변호사라."

"흑인 변호사도 있어요."

아이가 말했다.

"없다고 얘기 안 했어."

"무슨 일 해요?"

"난 흑인 변호사야."

바로네가 말했다.

"무슨, 아저씨는 세일즈맨이잖아요. 아니면 어떤 회사에서 일하거나."

아이가 말했다.

"맞아."

"마음에 들어요? 하는 일이?"

바로네는 그런 생각은 한 번도 해보지 못했다. 이런 질문과 마찬가지가 아닐까, 자신이 마음에 들어요? 이 질문에는 아무도 답하지 못할 것이다.

"흑인 변호사를 한 명 알아. 변호사 같은 여자."

바로네가 말했다.

아이는 고개를 돌려 휘둥그레진 눈으로 그를 쳐다보았다.

"여자요? 여자 흑인 변호사?"

"변호사 같은 여자라고 했지."

"헐."

월요일 아침 7시, 그들은 마을에 도착했다. 텍사스주 굿나이트였다. 밖은 여전히 어두웠다. 바로네는 아이에게 작은 경찰서 건너편에 차를 세우고 있으라고 일렀다.

"금방 올게."

바로네가 말했다.

"젠장, 금방 온다고요. 금방이라고 했어요."

아이가 말했다.

"그런 다음에 아침 먹으러 가자."

"좋아요."

아이가 말했다.

바로네는 차갑고 습한 바람 속으로 발을 내딛었다. 좁고 길게 뻗어 있는 텍사스의 11월이었다. 그의 꿰맨 손은 나아졌지만, 여전히 손가락을 구부릴 수 없었다. 문제가 되지는 않을 것이다. 여유가 있다면 왼손으로도 총을 쏠 수 있었다. 그는 바지 한쪽 주머니에서 브라우닝 22구경을 꺼내 다른 쪽 주머니로 옮겼다. 필요할 때 깔끔하게 뽑을 수 있도록 하기 위해서였다.

경찰서에는 경찰이 두 명 있었다. 하나는 늙었고 하나는 젊었다. 보안관과 보안관 대리. 보안관은 부츠를 신은 발을 책상에 올리고 있었고, 그 반대편, 그러니까 바로네 왼쪽의 보안관 대리는 코르크 게시판에 붙은 근무명단표 같은 것들을 정리하고 있었다. 보안관의 책상에는 팔이 닿을 거리에 2연발 엽총이 기대서 있었다.

보안관이 고개를 끄덕였다.

"좋은 아침이오."

"그 사람 어디 있어요?"

바로네가 말했다.

"저기. 감방에."

유치장이 하나 있었다. 그곳에는 한 남자가 간이침대에 벽 쪽을 보고 누워 울 담요를 덮고 있었다. 바로네는 그쪽으로 다가가 쇠살대 사이로 그를 쳐다보았다. 남자는 자고 있거나 자는 척하고 있었다.

바로네는 보안관 대리에게 손짓했다.

"커피 한 잔 줄 수 있어요?"

그가 말했다.

바로네는 그를 보안관이 있는 쪽으로 몰고 싶었다. 같은 쪽 벽면으로. 보안관의 책상 뒤에는 등대와 다리와 종교적 형상 같은 것을 그린 그림들이 여러 점 걸려 있었다. 바로네는 경찰서를 여러 군데 가보았지만, 그림이 한 점이라도 걸려 있는 경찰서는 처음이었다.

보안관 대리는 보안관을 쳐다보았다. 보안관은 커피포트를 향해 고갯짓을 했다. 보안관 대리는 느릿느릿 공간을 가로질렀다. 이 구역에서 누가 상위인지 바로네에게 보이고 싶어 했다.

바로네는 유치장 안의 남자에게 휘파람을 불었다.

"일어나."

그가 말했다. 담요가 살짝 흔들렸다.

"여기 우리 보안관 대리가 어제 과속으로 붙잡았어요."

보안관이 말했다.

"마을에서 동쪽으로 3킬로미터쯤 지점에서. 자기 이름이 왓킨스라는데, 신분증이 없더군요. 몰고 있던 차는 왓킨스라는 이름으로 등록되어 있었지만, 아무래도 도난 차량인 것 같고요."

"크림이든 설탕이든 원하는 걸로 직접 넣어 마셔요."

보안관 대리가 바로네에게 말했다. 그는 으스대며 테이블에 머그

잔을 내려놓았다.

바로네는 아까보다 더 크게 휘파람을 불었다. 유치장 안의 남자는 자는 척을 하고 있었다.

"일어나."

바로네가 말했다.

남자는 자리에서 일어나 하품을 하고는 담요를 더 포근히 둘렀다.

"나 좀 꺼내줘요. 당신이 누군지는 모르겠지만, 난 이 얼간이들이 생각하는 그 사람이 아니란 말이에요."

남자는 기드리가 아니었다. 바로네는 바로 알 수 있었다.

"자, 찾는 사람 맞아요?"

보안관이 바로네에게 물었다.

"내 망할 이름은 멜빈 왓킨스라고요. 누굴 찾는지는 모르겠지만, 난 여기서 28킬로미터 떨어진 텍사스주 클래런던에 사는 사람이에요. 클래런던에 가서 아무한테나 물어봐요. 그럼 증명이 될 거예요."

바로네가 이성을 잃는 일은 거의 없었다. 하지만 여덟 시간을 달려왔는데 헛수고가 되어버렸고, 다시 휴스턴까지 여덟 시간을 달려야 하게 생겼다. 그는 22구경 브라우닝을 꺼내 유치장의 남자를 겨눴다. 바로네는 보안관의 부츠가 바닥을 딛는 소리와 그가 일어서면서 의자가 뒤로 밀리는 소리를 들었다.

"거기, 진정해요, 친구."

보안관이 말했다.

유치장 안의 남자는 금방이라도 튀어나올 것 같은 놀란 토끼눈으로 바로네를 쳐다보았다. 그는 기드리와 같은 나이에 같은 키였다. 머리카락 색깔과 눈동자 색깔도 비슷했다. 심지어 눈초리가 살짝 올라가기도 했다. 인도 쪽 피가 섞여 있는지도 모르겠다. 눈동자는 질었지만, 바로네는 누군가가 명백하게 오판했다는 사실을 깨달았다.

바로네는 총을 치웠다.

"이 사람이 아니에요."

그가 말했다.

유치장 안의 남자는 눈을 껌벅거렸다. 보안관 대리는 한 손에 머그잔을, 다른 한 손에는 커피포트를 든 채 제자리에 얼어버렸다. 보안관은 천천히 다시 제 의자에 앉았다.

"확실해요?"

보안관이 말했다.

방금 전까지만 해도 바로네는 제대로 열이 받았었다. 그러나 이내 다시 얼음 같은 냉정을 되찾았다.

"이 사람이 아니에요."

그가 말했다.

"비교해볼 사진도 없으니, 최대한 신중하게 살펴보라더군요, 댈러스에 있는 당신 쪽 사람들이."

"저 사람이 아닌 게 확실해요? 더 자세히 살펴봐요."

보안관 대리가 나섰다.

보안관은 고개를 돌려 보안관 대리를 쏘아보더니 이내 다시 바로네를 쳐다보았다.

"먼 길 왔을 텐데, 괜한 수고를 하게 해 미안하군요."

보안관이 바로네에게 말했다.

바로네는 차로 돌아갔다. 아이는 차를 몰고 몇 블록을 더 올라갔고 바로네가 마침내 식당을 발견했다. 아이는 스크램블드에그와 베이컨, 소시지 패티, 그레이비를 뿌린 비스킷과 동그란 팬케이크를 주문했다. 주문하는 내내 아이는 바로네에게 감히 무슨 말이라도 건넬 것처럼 계속해서 그를 곁눈질했다.

"초콜릿 우유 큰 거 한 잔도요."

아이가 말했다.

"그냥 우유밖에 없어요."

웨이트리스가 말했다.

"초콜릿 믹스 가루도 없어요?"

"그냥 우유만 있어요."

웨이트리스는 카운터에 흑인 아이가 앉은 것에 그다지 유쾌하지 않았다. 바로네는 그녀의 얼굴 씰룩임으로 알 수 있었다. 그러면서도 분명 그녀는 스스로 기독교인이라 말하며, 매주 일요일 아침에는 교회에 가겠지.

식당에 손님은 둘뿐이었다. 아침식사 시간이 끝나고 점심식사가 시작되기 전의 한가한 짬이었다. 라디오에서는 워싱턴 DC에서의 생방송 뉴스가 흘러나오고 있었다. 백악관에서부터 성마태오 성당까지 케네디의 관을 뒤따르는 세계 지도자들의 행렬을 보도하고 있었다.

아이는 식사를 하면서 아무런 불평거리도 찾지 못했다. 바로네는 달걀 프라이 두 개에 블랙커피 두 잔을 마셨다. 다시 열이 오르기 시작했다. 감기인 모양이다. 타이밍이 좋지 않지만, 감기쯤 걸린다고 죽지는 않는다.

웨이트리스가 다가왔다.

"전국적인 애도의 날이네요. 그래도 일은 해야죠."

"다 먹었어?"

바로네가 아이에게 물었다.

"젠장, 백인이 총 맞으면 애도의 날이고, 흑인이 총 맞으면, 그저 월요일 아침이죠."

175

"세상에, 많이 먹는데도 어쩜 그렇게 빼빼 말랐니?"

웨이트리스가 말했다. 그녀는 그의 접시를 정리하면서 팔꿈치로 장난스럽게 아이를 쿡 찔렀다. 어쩌면 바로네가 그녀에 대해 잘못 판단했는지도 모르겠다.

"다들 아마릴로의 자동차 경매장에 가는 거예요?"

"아뇨."

바로네가 말했다.

그녀는 자리를 뜨기 시작했다.

"잠깐, 다시 와봐요."

그가 말했다.

"커피 더 드려요?"

웨이트리스가 말했다.

바로네는 자신의 컵 위를 손으로 덮었다.

"그건 왜 물어봤어요? 자동차 경매장은?"

"다른 사람은 거기로 간대서요. 어제 왔던 손님인데, 여기는 외지인이 많이 오지 않거든요. 그래서 손님들도 거기에 가나 했죠."

그녀가 말하는 손님이 유치장의 그 남자일지도 모른다. 하지만 보안관은 보안관 대리가 마을에서 동쪽으로 몇 킬로미터 떨어진 지점에서 멜빈 왓킨스를 검거했다고 말했다. 식당은 마을의 서쪽에 있었다. 그리고 아마릴로 역시 마을의 서쪽에 있었다. 어쩌면 보안관이 또다시 단순 착오를 일으킨 것인지도 모른다.

"어떻게 생긴 사람이었어요?"

바로네가 말했다.

"어제 손님요? 글쎄요. 엄청 사근사근했죠."

웨이트리스가 말했다.

"잘생겼고."

그녀의 얼굴이 발그레해졌다.

"아마도요."

바로네는 미처 생각하지 못했다. 카운티의 보안관 대리가 어떻게 바로 옆 마을에 사는 남자 얼굴도 알아보지 못했는지 말이다. 적어도 이름이라도 알고 있었어야 하는 게 아닌가. 혹은 어떻게 클래런던 쪽에 전화해 확인해볼 생각도 하지 않았을까. 바로네는 유치장의 남자가 기드리가 아니라는 사실에 너무 열이 받은 나머지 다른 생각을 해볼 여유가 없었다.

"짙은 갈색 눈동자였죠. 나처럼?"

바로네가 말했다.

"갈색? 아니요. 유리알 같은 초록색이었어요. 모르겠네요. 어쩌면 갈색이었을 수도 있죠. 또 다른 거 필요하신 게 있나요?"

그녀는 다시 얼굴이 발그레해졌다.

바로네가 다시 경찰서로 돌아갔을 때 멜빈 왓킨스는 유치장에서 풀려나 커피를 마시며 보안관 대리와 즐겁게 잡담을 나누고 있었다. 보안관은 퇴근하려는 듯 누비 재킷을 입고 있었다.

바로네는 보안관 대리가 엉덩이에 걸쳐진 권총을 빼어 들 생각조차 하기 전에 그를 쐈다. 총알이 그의 머리를 벽면에 걸린 그림들 위로 날려버렸다. 보안관은 자신의 권총을 집을 시간은 있었지만, 그것을 뽑아 들 시간까지는 없었다. 바로네는 그의 복부에 두 발을 쏘았다. 왼손을 사용했기 때문에 집중해야 했다. 보안관은 벽에 기댄 채 왼쪽 다리를 앞으로 뻗으며 스르르 주저앉았다. 그의 카우보이모자가 일그러졌다.

멜빈 왓킨슨은 머리 위로 손을 들고 뭐라고 이야기하고 있었는데,

너무 빨리 이야기하고 있는 탓에 바로네는 그의 말을 알아들을 수가 없었다. 바로네는 바지춤에 브라우닝 22구경을 넣고 보안관 대리의 총집에서 총을 꺼냈다. 콜트 트루퍼 리볼버였다.

"보안관이 전화해서 어떤 친구와 비슷하게 생긴 사람이 필요하다고 했어요. 하고 싶지 않았지만 보안관이 당장 나오지 않으면 강제로 끌어내겠다고 해서. 이게 다 무슨 일인지 저는 아무것도 몰라…"

바로네는 보안관 대리의 총으로 그를 쏘았다. 그리고 보안관에게 다가가 그의 위로 섰다. 피 웅덩이에 발이 빠지지 않도록 조심하면서. 보안관은 총집에서 총을 빼보려 했지만, 그만한 기력을 내지 못했다. 그의 두 손과 총자루는 전부 피로 물들어 있었다.

가련한 작자. 바로네를 똑바로 쳐다보고 있는 그는 애원할 생각 같은 건 없었다.

"돈 받았나?"

바로네가 말했다.

"지옥에나 떨어져."

보안관이 말했다.

"얼마 받았지? 얼마를 줬든 충분한 돈은 아니었을 텐데. 어디로 간다고 했어?"

바로네가 말했다.

"지옥…에나… 떨어져. 망할… 당신들… 모두."

단어 하나하나가 물에 빠진 시체를 제방 위로 끌어올리듯 힘에 겨웠다.

"그놈이 당신을 죽인 거야. 주변을 둘러봐, 이 모든 상황들. 프랭크 기드리가 한 짓이라고, 내가 아니라. 내가 그자를 제대로 찾았으면 마땅한 보상을 받았을 텐데, 그걸 원치 않았던 건가?"

보안관은 쉭쉭 소리를 내고 껵껵거리다가 마침내 권총 뽑기를 단념했다.

"어디로… 갔는지 몰라."

그가 말했다.

"서쪽으로 갔나?"

바로네가 말했다.

보안관은 턱을 움직였다. 그래.

"다른 건?"

"닷지. 파란색… 흰색."

"구형, 신형?"

"57년이나… 58년 형. 닷지… 코로넷."

"언제 떠났어?"

"몇… 시간 전."

어쩌면 기드리는 차를 버렸을지도 모른다. 아니면 계속 타고 있을지도 모르고. 기드리는 자신의 계획이 성공했다고 생각하고 있을 것이다. 바로네가 미끼를 물고 다시 휴스턴으로 돌아가는 중이라고 생각할 것이다. 바로네가 세라핀에게 전화해 굿나이트에서의 일은 수포로 돌아갔다고 보고할 것이라고.

"다른 건?"

바로네가 말했다.

보안관이 다시 턱을 움직였다. 없어.

"벽에 저 그림들은 다 뭐야?"

바로네가 말했다.

"지옥…에나… 떨어져."

보안관이 말했다.

바로네는 다시 브라우닝을 집었다. 그리고 피가 튀는 것을 방지하기 위해 뒤로 물러난 다음 보안관의 머리를 쏘았다. 그리고 브라우닝을 멜빈 왓킨슨의 손에 쥐여주고 보안관 대리의 총은 보안관 대리의 손에 들려놓았다. 그리고 꾸민 상황에 맞게 탄약통을 돌려놓았다. 아니, 이걸로는 모든 텍사스 경관들을 속이진 못할 것이다. 하지만 이 사건을 맞게 될 담당자만큼은 속일 수 있을지도 모른다. 적어도 그들이 어리둥절해할 만큼의 시간은 벌 수 있을 것이다.

그는 기드리가 만졌을지도 모를 유치장 안의 모든 것들을 닦아놓았다. 바로네는 장갑을 끼고 있었기 때문에 그의 지문은 걱정할 필요가 없었다.

바로네가 다시 차로 돌아왔을 때 아이는 잠들어 있었다. 바로네는 팔꿈치로 그를 깨웠다.

"가자."

그가 말했다.

"이번엔 필요한 걸 찾았어요? 아니면 차를 돌려서 다시 돌아가야 되는 거예요?"

아이가 말했다.

"가자고."

바로네가 말했다.

웨이트리스는 어쩐다? 바로네는 생각해보았다. 안 돼. 곧 점심시간이다. 손님들이 몰려들 것이다. 그녀가 퇴근할 때까지 기다릴 시간적 여유도 없었다. 그는 그녀를 그냥 내버려두기로 했다. 기드리가 그를 기다리고 있었다.

14

 이제야 오후 1시, 굿나이트로부터, 이미 정해지다시피 한 그의 운명으로부터 640킬로미터 떨어진 곳까지 달려왔다. 기드리는 마침내 좀 더 편하게 숨 쉴 수 있게 되었다. 그는 뉴멕시코주 산타마리아의 시내 고속도로에 차를 세웠다. 시내? 끝없이 펼쳐진 목초지에 옹기종기 모여 있는 건물들은 어떤 남자가 면도를 하던 중 깜빡하고 놓쳐버린 수염 그루터기 같았다.
 차에서 내리는 기드리의 무릎은 여전히 뻣뻣했다. 정말 간발의 차였다. 얼마나 아슬아슬했는지.
 시내에 모텔이라고는 올드멕시코 모토 코트가 유일했다. 기드리는 사무실로 가서 빈방이 있는지 물었다. 접수대 뒤의 남자아이는 그를 쳐다보지도 않았다.
 "방갈로가 있어요. 어쨌거나 그렇게 부르는 방이에요."
 남자아이가 말했다.
 "그 방갈로라는 게 방이라는 말이지?"
 기드리가 말했다.
 "네."
 "좋아, 그럼. 하지."

기드리가 말했다.

남자아이는 기드리가 불러주는 이름을 받아 적었다. 프랭크 웨인 라이트. 그는 여전히 기드리에게 눈길도 주지 않았다. 기드리는 남자아이를 유심히 쳐다보았다. 굿나이트에서 그런 일이 있었으니 최대한 경계를 늦추지 말아야겠다는 생각이었다. 여기서부터 라스베이거스까지 얼마나 많은 사람들이 그를 주시하도록 지시를 받았을까? 혼자 여행하는 30대 후반의 남자. 중간 키에 중간 체격, 짙은 색 머리카락과 초록색 눈동자, 두 볼을 부어 보이게 만드는 보조개?

라스베이거스에서는 또 얼마나 많은 사람들이 그를 주시할 것인가? 라스베이거스는 기업 도시였다. 소문은 돌고 돌 것이다. 기드리는 모든 버스보이들과 그에게 눈길을 주는 모든 쇼걸들 때문에 초조해해야만 할 것이다.

세라핀은 그가 라스베이거스나 마이애미로 갈 거라 짐작할 것이다. 아니면 로스앤젤레스나. 시카고나 뉴욕은 확실히 아니다. 어떻게 해야 그녀의 짐작을 그 방향대로 붙잡아둘 수 있을까? 그 점이 고민이었다.

샤워기의 온수는 지나치게 뜨거웠고, 수건은 러시모어산*에 얼굴을 새기는 것처럼 거칠거칠했다. 기드리는 이런 형편없는 거주 환경에 지쳐가고 있었다. 싸구려 모텔 방, 유치장, 그리고 방갈로. 남은 평생 두 번 다시 겪고 싶지 않은 며칠이었다.

그는 깨끗하게 장을 비워냈다. 태평양에서 18개월을 보냈을 때에도 이질 한 번 걸리지 않았던 그였다. 그의 부대 소속 군인들이 전부 무릎을 꿇을 때도 전혀 흔들리지 않았다. TV에서는 장례 행렬이 나

---

* Mount Rushmore: 미국 사우스다코타주 남서부 블랙힐스 산지에 있는 산봉우리로 미국 역사상 위대한 대통령 네 명의 두상이 조각되어 있다.

오고 있었다. 수척하고 얼빠진 모습으로 흐느끼는 재키가 보였다. 기드리는 그녀의 기분을 잘 알고 있었다. 사흘 전만 해도 그녀의 세상은 질서정연하고 바람직했을 것이다. 미래는 장밋빛 전망만을 보여주었겠지.

그는 몇 시간가량 낮잠을 잤다. 모텔 직원이 1달러를 동전으로 바꿔주었다. 그는 첫 번째 10센트 동전을 공중전화에 넣고 마이애미에 있는 옛 친구 클라우스의 번호를 눌렀다. 서반구에 사는 교활한 다람쥐 같은, 전적으로 신뢰할 수 없는 옛 가톨릭 신자이자 옛 공산주의자이자 옛 나치당원인 클라우스. 그는 산토 트라피칸테 밑에서 일했지만, 돈을 주겠다는 사람이라면 누구에게든 정보를 팔았다.

"클라우시 베이비."

기드리가 말했다.

"어이, 뭐야?"

클라우스가 말했다. 그리고 이내 깨달았다.

"아, 기드리인가?"

"통화 가능해? 혼자야?"

"어이, 물론. 기드리. 안녕, 안녕, 오랜 친구."

클라우스는 뜻밖의 전화에 대한 놀라움에서 금세 벗어나 즉각 기회를 포착했다. 그는 턱의 긴장을 풀고 최대한 빨리 기드리에게 매끄럽게 접근했다.

"반가워, 오랜 친구."

"클라우시, 자네의 분별력을 믿어도 될까?"

기드리가 말했다.

"어이, 물론."

"환경을 좀 바꿔볼까 해. 이해하지? 따뜻한 열대 지방으로 옮겨보려고."

스스로의 거짓을 믿어야 한다. 거기에 빠져들어야 한다. 기드리는 한때 귀엽고 자그마한 여배우를 알고 지낸 적이 있었다. 그녀는 현재 할리우드에서 활동하고 있는데, 아류 TV 드라마 같은 것에서 단역의 팜므파탈 역 등을 맡고 있었다. 그런 그녀가 한 번은 그에게 스스로를 속일 수 없다면, 대중들도 속일 수 없다고 말한 적이 있었다. 그녀 외에는 아무도 기드리에게 그런 말을 할 필요가 없었디.

"교통수단은 이미 준비돼 있어. 파병 나갔을 때 모시던 병장인데 그 사람이 지금 플로리다키스 제도에서 어장을 운영하고 있거든. 뼛속까지 아주 지랄 맞은 사람이지만, 그래도 믿을 만해. 그 사람한테 배가 있는데, 그걸 타면 온두라스까지 갈 거야."

기드리는 그 남자와 그의 배가 눈앞에 선했다. 소금기 어린 바람의 냄새도 났다.

"근데 서류가 필요해. 남쪽에 도착했을 때 필요한 소개장 몇 개랑."

그가 말했다.

"지금 마이애미인가?"

클라우스가 말했다.

"내가 지금 어딘지는 자네가 알 필요 없지, 클라우시."

그를 안달 나게 만들어보자, 적어도 조금은.

"서류 작업 도와줄 수 있나? 돈을 치르지. 그쪽 정글에 옛 전우들도 좀 있지, 안 그래?"

클라우스는 전쟁 이야기만 꺼내면 감성적이 되었다. 하지만 이번은 아니었다. 그는 느낄 수 있었다.

"어이, 어이, 물론, 기드리. 도와줄 수 있지. 얼마든지, 오랜 친구."

기드리는 클라우스에게 마이애미에서 만날 날짜를 정하기 위해 곧 다시 연락하겠다고 하고 전화를 끊었다. 클라우스가 세라핀에게 연락해 이 사실을 알린다고 해도 그녀는 쉽사리 믿지 않을 것이다. 일반적인 상황에서라면 기드리는 클라우스 같은 사람의 손에 결코 자신의 목숨 줄을 맡기지 않았을 테니까. 하지만 기드리는 지금 절박했다. 세라핀도 알고 있었다. 그녀는 이 가능성의 씨앗에 물을 주고 과연 꽃이 필지 지켜볼 것이다.

다음 전화는 진짜 연락이었다. 라스베이거스로의. 기드리가 클라우스 같은 사람 손에 자기 목숨 줄을 맡겼을지도 모른다고 세라핀이 믿지 않을 이유가 무엇일까? 왜냐하면 기드리는 이제 곧 거구 에드 징걸 같은 사람 손에 자신의 목숨 줄을 맡길 작정이었기 때문이다.

영국식 억양의 남자가 전화를 받았다.

"여보세요. 징걸가(家)입니다."

"에드 바꿔줘요."

기드리가 말했다.

"징걸 씨는 지금 안 계십니다. 메시지 남겨드릴까요?"

"뉴올리언스의 마르첼로가 부탁할 일이 있다고 전해요, 옛정으로."

기드리가 말했다.

그는 전화를 끊었다. 다시 비가 내리고 있었다, 구약성경에 나오는 대홍수처럼. 그는 방에 앉아 거센 비가 지나가길 기다렸다가 시내로 나왔다.

뉴멕시코, 산타마리아. 많이 들어본 곳이었다. 아이들이 크리스마스 아침에 갖고 놀 법한 자그마한 장난감 마을. 잡지의 마가린 광고 페이지에 나오는 색감과 유사했다. 두 명의 10대 소녀들이 포니테일 머리를 흔들거리며 인도를 걷고 있었다. 한 소녀의 플레어스커트에는 물방울무늬가 찍혀 있었고, 다른 소녀의 스커트에는 데이지 꽃무니가 찍혀 있었다. 1955년이 다시 시작되고 있었다. 왜 누구도 기드리에게 이 사실을 알려주지 않았을까.

두 블록 내에 교회가 세 곳이나 있었다. 가죽 재킷을 입은 10대 소년 두 명이 모퉁이를 서성이다가 그를 보더니 미소를 짓고 인사를 건넸다. 우리 마을은 이웃들 모두가 친절하답니다.

기드리는 한 칸짜리 '백화점'을 발견했다. 그 한 칸에 모든 것이 있었다. 남성복 코너가 바로 그가 찾던 것이었다. 그는 합성 섬유 바지(데이크론, 맙소사) 두 벌과 싸구려 플로쉐임 구두 두 켤레, 그리고 새 발 격자무늬의 스포츠 재킷을 하나 샀다. 쨍한 격자무늬의 회색 울 페도라도 하나 샀다.

거울을 들여다본 그는 울고 싶었다. 그는 더 이상 프랭크 기드리가 아니었다. 뉴멕시코주 산타마리아에 사는 생명 보험 판매원처럼 보였다.

흠, 하지만 바로 그게 포인트지, 안 그래? 그는 생각했다.

소규모 주류점에는 두 종류의 스카치가 있었다. 싸구려와 그보다 더 싸구려.

기드리는 불평할 처지가 못 되었다.

화요일 아침, 구름이 모두 사라졌다. 공기는 깨끗하고 청량했으며, 하늘은 쨍하게 푸르렀다. 그는 자판기에서 오래된 대니시 페이스트리를 뽑아 먹고 연한 커피와 함께 스카치를 마시며 창문 옆에 섰다. 두 명의 어린 소녀들이 텅 빈 수영장 가장자리에 걸터앉아 다리를 흔들고 있었다. 근처에는 소녀들의 엄마가 긴 의자에 누워 쉬고 있었다. 어제 시내로 들어오는 길에 기드리는 견인차가 세 명을 이곳 올드멕시코 모토 코트에 내려주는 것을 보았더랬다. 그는 그녀가 고속도로에서 고장 난 차 옆에 서 있던 그 여자인 것 같다고 추측했다.

화요일 아침 9시. 기드리는 또 하루를 살아남았다. 이것이 그가 현 상황을 짚어나가는 방식이었다.

수영장 옆의 여자는 그렇게 나쁘지 않았다. 어제 공중전화로 가는 길에서 서로 엇갈릴 때 유심히 살펴보았다. 크고 진지한 두 눈과 붉은 입술. 머리를 내리고, 립스틱도 좀 더 밝은 색으로 바꾸면 좋겠다. 지금 입고 있는 옷도 당장 벗어버리고, 도나 리드나 입을 법한 얌전한 하이웨이스트 상하의. 다른 때였다면, 지금보다 행복한 어느 시기였다면 기드리는 그녀를 기꺼이 달아오르게 만들고, 그의 손바닥 안에서 녹아드는 것을 즐겼을 것이다. 다른 생에서라면.

우스꽝스럽게 죄는 스포츠 코트에 페도라. 어쩌면 안경도 찾아 써야 할지 모르겠다. 머리카락도 염색할까? 좋지. 그래도 기드리는 여전히 기드리일 것이다. 그것이야말로 피할 수 없는 사실이었다. 그는 여전히 홀로 여행하는 30대 후반의 남자일 것이다. 중간 키에 중간 체격, 초록색 눈동자에 보조개. 그것까지는 바꿀 수가 없다.

정말 바꿀 수 없을까? 그때 어떤 아이디어 하나가 떠올랐다. 그는 모텔 사무실로 가서 자판기에서 대니시 페이스트리를 하나 더 뽑았다. 그리고 방으로 돌아가는 길에 수영장 옆에 멈춰 서서 사막의 광경에 감탄했다.

"아름다운 날이네요, 그렇죠?"

그가 말했다.

여자가 그를 올려다보았다. 그녀는 결혼반지를 끼고 있었지만, 가까이에 남편의 흔적은 전혀 느껴지지 않았다.

"그래요. 네."

그녀가 말했다.

"다시 인사드리죠. 우리 어제 공중전화 앞에서 지나쳤었죠. 제 이름은 프랭크예요. 프랭크 웨인라이트."

"네, 기억해요. 전 샬럿 로이예요."

샬럿 로이. 산타마리아 같은 곳에서 온 작은 마을 출신의 여자. 옥수수밭처럼 건설적이고 따분하며, 백에 넣어 다니는 성경의 곳곳에 모서리를 접어놓고 옳고 그름에 대한 개념이 단순한 여자. 기드리는 그녀를 겁주고 싶지 않았기에 매너 있고 편안하게 접근해야 했다. 그에게는 자신 있는 방법이었다. 그것이 무엇이든 지금 당장 필요한 것이라면 능히 해낼 수 있었다.

그는 모자를 이마 뒤로 살짝 젖힌 다음 수영장을 경계 짓고 있는 철제 담장에 기대어 섰다. 서늘한 바람이 불었지만, 햇빛은 온후하고 따스했다.

"어제보다 더 가깝게 느껴지네요. 산들 말예요. 밤새 우리 뒤를 쫓은 것처럼요."

그가 말했다.

여자는 손을 평평하게 펴서 눈 위를 가리며 지평선을 살폈다.

"분명 우리가 이길 거예요."

그녀가 말했다.

기드리는 웃음을 터뜨리며 그녀를 새로운 시선으로 쳐다보았다. 그는 재치 있게 말을 받아 넘길 줄 아는 여자를 좋아했다.

금발과 곱슬곱슬한 갈색 머리카락의 소녀들이 그를 쳐다보았다.

"난 로즈메리예요. 여기는 조앤이고요."

곱슬머리가 말했다. 제 엄마와 눈동자 색깔이 똑같았다. 금발 아이는 좀 더 크고 깊은 눈을 갖고 있었다.

"우리는 오클라호마에 살아요."

"들어본 적 있지."

기드리가 말했다.

"우리는 로스앤젤레스에 사는 마거리트 이모 집에 갈 거예요. 산타모니카의 바닷가 옆에 사신대요."

그렇다면 서쪽으로 간다는 거로군, 기드리의 바람대로였다. 그는 두 무리를 하나로 묶어보았다. 프랭크 웨인라이트, 보험 판매원, 아내와 두 딸과 함께 여행 중. 이 설정을 제대로 갖추기만 한다면 그는 실질적으로 비가시적인 인물이 될 수 있을 것이다.

"나도 거기로 가는 길이란다. 로스앤젤레스. 천사들의 도시. 옛날 스페인 사람들이 그곳을 그렇게 불렀던 거 알고 있니?"

"정말요?"

곱슬머리가 말했다.

그는 여자의 차가 과연 다 고쳐졌을까 궁금해졌다. 그는 낙관론자였다. 차는 꽤 심하게 상한 듯 보였고, 기드리는 지금껏 서둘러 수리를 마치는 수리공은 단 한 번도 만나보지 못했다.

"그래, 그럼. 난 이만 가봐야겠구나."

기드리가 말했다. 매너 있고 편안하게. 이번이 첫 대화이니 서두르지 말자. 그는 숙녀들을 향해 모자를 톡톡 두드렸다.

"모두 만나서 반가웠어요. 자주 보겠네요."

15

화요일 점심, 샬럿과 아이들은 고속도로를 넘어 산타마리아 공원으로 향했다. 아이들은 이틀 내내 차와 모텔 방 안에만 갇혀 있었던 터였다. 자유롭게 달리고 뛰고 머리가 어질어질해질 때까지 빙빙 돌 필요가 있었다. 그래서 그들은 그렇게 했다. 샬럿은 고등학생 때 선생님들이 보여주었던 교육용 만화를 떠올렸다("A는 아톰(Atom)의 A!"). 핵 주변으로 전기 섬광이 번쩍이던 그 만화.

"얘들아, 천천히!"

그녀가 외쳤다.

로즈메리와 조앤은 모든 아이들이 공통적으로 장착하고 있는 본능을 발휘해 샬럿을 놀이터가 딸린 공원으로 끌고 갔다. 아이들은 정글짐에 매달리기 시작했고, 샬럿은 벤치를 찾았다.

그녀는 오늘 기분이 좋았다. 아니면 적어도 조금은 나아졌다. 밤에 잠도 푹 잤고, 비도 멈췄으며, 해가 났고, 심중에서 전쟁 중이었던 적군들 사이에 일시적인 휴전 협정도 맺었기 때문이다. 차는 내일이나 돼야 수리가 끝난다. 그러니 오늘만큼은 과거에 대해 생각할 필요도, 미래에 대해 생각할 필요도 없었다. 캘리포니아로 갈 것인가, 오클라호마로 돌아갈 것인가? 지금 당장은 결정할 필요가 없었다.

"이리 와봐, 엄마!"

로즈메리가 말했다.

"엄만 그냥 여기 있을게."

샬럿이 말했다.

"엄마!"

조앤이 말했다.

샬럿은 놀이터 그네에 앉아본 게 거의 20년도 더 되었다. 하지만 아이들은 고집을 부렸고, 그녀는 그네를 타는 일이 여전히 재미있다는 사실을 깨달았다. 하늘이 달려들었고, 땅이 멀리로 기울어졌다. 아주 잠시지만 스스로에게서 벗어나는 느낌이었다. 아이들은 웃음을 터뜨렸고, 그녀도 따라 웃었다. 그 와중에 개는 소외감을 느꼈는지 앞발에 머리를 대고 성난 얼굴로 그들을 지켜보았다.

식료품점에서 그녀는 며칠 분량의 양식을 구입했다. 원더 브레드 한 덩어리, 치즈, 사과, 시리얼, 비엔나소시지 통조림, 그리고 초콜릿 칩 쿠키 한 꾸러미. 그들은 우드로에 있는 것보다 더 작은 제방 앞 벤치에 앉아 치즈 샌드위치와 사과를 먹었다. 샬럿은 자기 나이대의 여자가 화급히 인도를 걷는 모습을 바라보았다. 어쩌면 점심시간에 심부름을 다니느라 업무 복귀 시간에 늦었는지도 모르겠다.

모텔로 돌아가는 길에 그들은 중고 기계들이 엉망으로 진열되어 먼지가 잔뜩 쌓인 쇼윈도 옆을 지나쳤다. 토스터기, 라디오, 진공청소기, 퍼컬레이터, 전기 그릴 팬. 수리를 기다리는 건가, 판매하는 건가? 아마 일부는 판매하기도 할 테지만, 어느 것이 판매용인지 알 수 없었다. 샬럿은 제일 아래 선반에 놓인 카메라를 포착했다. 저렴한 가격의 조그마한 코닥 브라우니 크레스타였다. 그녀는 자세히 보기 위해 걸음을 멈췄다.

가게 주인이 물건들 사이로 샬럿의 모습을 눈치채고는 그녀에게 손을 흔들었다. 그녀는 개의 목줄을 로즈메리에게 건넨 뒤 가게 안으로 들어갔다.

"안녕하세요. 쇼윈도에 있는 카메라요, 제일 아래 칸에 있는 것. 판매하시나요?"

그녀가 말했다.

"그 낡은 것?"

가게 주인은 허리가 굽고 대머리에 주름이 쪼글쪼글했다. 송곳니처럼 솟은 회색의 긴 이빨을 보니 샬럿은 아이들 이야기에서 나오는 어떤 캐릭터가 떠올랐다. 다리 밑에 사는 트롤이었는데, 그건 그래도 귀여웠다.

"작동하는지는 모르겠지만, 여윳돈이 얼마나 되지? 되는 대로 받아 볼까 하는데."

샬럿은 사실 여윳돈 같은 건 전혀 없었다.

"1달러? 죄송해요. 돈이 별로 없어서요."

"괜찮아. 오늘만 특별히야."

가게 주인이 말했다.

그는 필름을 공짜로 얹어주었다. 샬럿은 이 넓은 세상의 모두가 늘 못되고, 추잡하고, 인색한 것만은 아니라는 사실이 반가웠다. 이 가게 주인 같은 남자도 있고, 모텔에서 이웃하고 있는 웨인라이트 씨 같은 사람도 있다. 모두가 친근하고 친절하고 완벽하리만큼 유쾌했다.

아이들과 개가 낮잠을 자는 동안 샬럿은 브라우니를 살펴보았다. 고정 셔터와 고정 조리개, 그리고 고정 포커스. 캠벨 통조림 수프의 라벨을 열다섯 개 모아 보냈을 때 받을 수 있는 사은품이었다. 그래도 상태는 괜찮아 보였다. 샬럿은 밖으로 나가 모텔의 마당을 찍어

보았다. 물이 없는 둥근 수영장, 구름 없는 둥근 하늘, 빈 로켓 절반씩을 경첩으로 연결해놓은 듯한 지평선.

빛의 변화가 대상에 미치는 영향력은 놀라웠다. 비에 젖은 방갈로의 회반죽 벽면들은 삭막한 잿빛이었지만, 이제 깊고 진한 크림색으로 바뀌었다. 빛바랬던 붉은색 토기 지붕도 이제 생생하게 색이 살아 올랐다.

저녁에 샬럿은 시내에 있는 식당에서 돈 걱정 없이 먹어보기로 했다. 웨이트리스는 그들을 창문 옆 자리로 안내했다. 그들 옆에는 모텔 이웃인 웨인라이트 씨가 앉아 있었다.

"계속 이렇게 만나네요."

그가 말했다.

그녀는 미소를 지었다. 아이들은 주크박스를 살펴보기 위해 달려 나갔다. 주크박스에서는 〈문 리버〉가 흘러나오고 있었다. 팻 분*이 감상적이고 육중하게 노래를 마무리하자 샬럿은 움찔했다.

웨인라이트 씨가 손바닥을 들어 올렸다.

"난 결백해요. 내가 왔을 때 이미 범죄는 진행 중이었거든요."

그가 말했다.

"목격자는요?"

그녀가 말했다.

"내 말을 믿어요. 성경을 찾아오면 그 위에 손을 올리고 맹세도 할 수 있어요."

웨이트리스가 샬럿에게 메뉴판을 가져다주었다. 웨인라이트 씨는 자신의 식사를 마쳤다. 그는 빈 파이 접시를 물리고는 커피를 마셨다.

---

* Pat Boone: 미국의 가수이자 영화배우.

"소문으로 들었는데, 오클라호마에서 왔다고요."

그가 말했다.

"로즈메리에게는 절반의 기회라도 주면 당장에 자기 인생 스토리를 줄줄 읊을 거예요. 아니, 절반의 절반에도 가능하겠네요."

샬럿이 말했다.

"어때요? 오클라호마에는 한 번도 안 가봐서요."

"가보셨다고 해도 기억에 남을 만한 곳이었을까 싶어요."

"여기로 오는 길에 지나온 것 같은데, 이제 기억이 나네요."

"그것 봐요."

아이들이 테이블로 돌아왔다.

"엄마, 주크박스에 넣게 5센트만 주면 안 돼?"

로즈메리가 말했다.

"예의 바르게 행동해야지. 웨인라이트 씨에게 인사드려."

샬럿이 말했다.

"안녕하세요, 웨인라이트 씨."

"안녕하세요, 웨인라이트 씨."

"내가 줄게."

그가 말했다. 그리고 주머니에서 5센트를 꺼냈다.

"결정은 했니? 어떤 노래를 들을지?"

샬럿은 허락의 뜻으로 고개를 끄덕였고, 로즈메리는 그에게서 5센트를 건네받았다.

"감사합니다. 언니가 글자를 고르고, 내가 숫자를 고를 거예요. 숫자 7을 고를 거예요. 난 일곱 살이고 언니는 여덟 살이니까요. 정확히 열한 달 차이예요. 매년 9월 한 달 동안 우리는 나이가 같아져요. 언니는 J를 고를 건데, 언니 이름이 J로 시작하기 때문이에요. 맞지, 언니?"

"응."

조앤이 말했다.

"로즈메리와 조앤. 이름들이 마음에 드는구나. 있잖아, 우리 할머니 이름은 애글링턴이었단다. 프랑스어로 장미라는 뜻이야. 옛날 프랑스의 오랜 마을에서 공중곡예사로 활동했지. 진짜란다. 근데 어느 날 밤 공연을 하다가 미끄러져서 떨어졌어. 아래 그물에 떨어졌지만, 밖으로 튕겨 나가고 말았지. 그물은 최대한 반동 없이 만들어야 한다고 생각하지 않니, 그렇지?"

아이들은 넋을 놓고 듣고 있었다.

"어쨌든, 우리 할머니는 그물 밖으로 떨어져서 서커스 텐트를 받치는 기둥 한 곳에 부딪혔지. 다리가 모두 부서졌어. 하지만 그 일 때문에 할아버지를 만나게 되었지. 할아버지는 관중석에서 서커스를 보고 있다가 무대로 내려와서 할머니의 다리를 조각조각 붙여주었단다."

샬럿은 웃음을 터뜨렸다.

"그래서 벌떡 일어나셔서 쇼를 마치셨어요?"

"의심이 많네요. 탓할 일은 아니죠. 할머니는 엄청난 거짓말쟁이였거든요. 하지만 한때 공중곡예사였던 건 사실이었어요. 직접 사진들을 봤거든요. 의상만 그렇게 입고 찍은 것들이었는지도 모르지만."

샬럿은 아이들에게 가서 노래를 고른 다음에 식사 전에 손을 씻고 오라고 일렀다. J와 7의 조합은 샤를스*의 〈윌 유 러브 미 투모로(Will You Love Me Tomorrow)〉였다. 팻 분의 노래에 비해 엄청난 발전이었다.

---

* Shirelles: 미국 최초의 여성 보컬 그룹.

"로스앤젤레스에는 무슨 일로 가세요, 웨인라이트 씨? 혹시 물어보는 게 실례가 되지 않는다면요."

샬럿이 말했다.

"프랭크라고 불러요."

그가 말했다.

"로스앤젤레스에는 왜 가세요, 프랭크?"

"보험 팔러요. 회사가 뉴욕시티에 있는데, 계속해서 시장을 개척하라네요. 그래서 갑니다. 하지만 걱정 말아요. 어제 이후로 일주일간은 보험 따위 생각 안 할 거니까요. 아무것도 팔지 않을 거예요."

"훌륭한 판매원이라면 할 수 없는 말 아닌가요?"

그녀가 말했다.

"지금 그렇게 말이 나왔으니 얘긴데, 단기 보장과 평생 보장의 차이에 대해 설명해줄까요? 말만 잘하면, 보험료를 할인해줄 수도 있어요. 잘해줄게요."

웨이트리스가 지나가며 샬럿에게 능글맞은 윙크를 보냈다. 샬럿은 무시했다. 대부분의 여자들은 웨인라이트 씨를 대어라고 생각할 것이다. 신비로운 눈동자와 보조개와 짙은 색 머리카락. 하지만 샬럿은 남자를 낚을 생각 같은 건 추호도 없었다.

"그럼 뉴욕시티에서 오셨다고요?"

그녀가 말했다.

"원래는 메릴랜드죠. 근데 어퍼웨스트사이드에서 20년을 살았어요."

"뉴욕에 정말 가보고 싶어요. 그 박물관들이랑 공연장들."

"그렇다면, 나쁜 소식을 전하게 돼서 유감이지만, 지금 방향이 틀렸는데요."

그가 말했다.

"아, 캘리포니아도 가보고 싶었어요. 로즈메리가 오늘 아침에 알려 줬듯이, 지금 당장은 발이 묶인 상황이고요."

"어제 차가 견인되는 걸 봤는데, 당신이었던 것 같더군요. 견인차가 배수로에서 끌어 올렸죠."

"맞아요."

샬럿이 말했다.

"안됐네요. 언제 다시 출발할 수 있어요?"

그가 말했다.

"내일은 가능했으면 좋겠는데. 일단 오후에 정비소에 가보려고요."

"추수감사절을 뉴멕시코 산타마리아에서 보내고 싶진 않겠죠?"

"그렇다고 할 수 있겠네요."

"카르마라고 들어봤어요?"

그가 말했다.

"카르마요?"

샬럿이 말했다.

"동양의 불교 신자들이 그렇게 불러요. 보험 영업을 하다가 알게 된 건데, 불교 신자들은 균형을 믿어요. 무게 중심이 이리저리 옮겨 다니면서 우주가 기울어지거나 흔들리는데 카르마가 항상 그것을 바로잡아 준다고 해요. 그래서 그른 일이 있으면 옳은 일도 있게 마련이라고요. 이해가 돼요?"

"모르겠어요."

"당신은 캘리포니아로 가는 길에 차가 주저앉았고, 지금 이렇게 뉴멕시코 산타마리아에 며칠간 발이 묶였어요. 운이 나빴죠. 하지만 이제 우주가 당신에게 빚을 진 셈이란 말이에요."

"아, 그래요?"

샬럿은 눈썹을 치켜올렸다. 카르마라는 개념이 참으로 매혹적이긴 했다. 그녀는 온도계에 있는 액체형 수은을 떠올렸다. 행복한 중간 지점을 찾기 위해 오르락내리락하는.

"제가 우주의 관심을 한 몸에 받고 있다니 우쭐해지네요. 하지만 우주에게는 생각해보아야 할 더 중요한 문제들이 있지 않을까요?"

"불교 신자들이 하는 말을 알려준 것뿐이에요."

그가 말했다.

"그럼 믿지 않는 거예요? 그 카르마요?"

그는 질문에 잠시 골몰했다. 그녀는 그의 그런 모습이 마음에 들었다. 대부분의 사람들은 저마다 생각들이 공고하여 모든 대답들이 즉각 나오곤 한다. 적어도 오클라호마 우드로의 사람들은 거의 다 그러했다.

"믿는지 안 믿는지 모르겠네요. 하지만 믿고 싶은 마음이 있는 건 확실해요."

그가 말했다.

아이들이 돌아왔고, 음식이 나왔다. 먹는 동안 로즈메리와 조앤은 1부터 10까지의 순서로 그날의 인상 깊은 일들 목록을 만들었다. 아이들은 목록 만들기를 좋아했다. 웨인라이트 씨, 아니, 프랭크는 계산을 하고, 웨이트리스를 위한 팁을 두둑하게 남기고는 자리에서 일어섰다.

"또 봐요."

그가 말했다.

샬럿은 아이들을 침대에 눕혔다. 로즈메리는 공중곡예사와 프랑스와 부러진 다리에 대해 궁금한 것이 많았다. 의사가 웨인라이트 씨의

할머니와 사랑에 빠진 것이 그녀의 공연을 보면서였는지, 아니면 다리를 조립해주면서였는지도 물어봤다. 조앤은 말이 없었다. 식당에서는 묻고 싶은 것이 많은 얼굴이었는데 말이다.

"왜 아빠는 우리랑 같이 캘리포니아에 안 가? 왜 우리랑 같이 마거리트 이모 집에 안 가?"

조앤이 말했다.

"쉿. 어서 자. 나중에 얘기하자."

샬럿이 말했다.

"아빠는 일을 해야 하니까 못 가지, 언니."

로즈메리가 팔꿈치를 짚고 몸을 일으키며 말했다. 로즈메리는 제 딴에 자신 있는 말을 할 때는 조금도 망설이는 법이 없었다.

"당연히 그래서 그런 거지."

"아."

조앤이 말했다.

그럼에도 불구하고 샬럿이 보기에 조앤은 수긍하지 못했다. 그러니 조심해야 했다. 조앤은 한번 의심하기 시작하면, 끈질기게 물고 늘어졌다.

아이들이 잠이 들자, 샬럿은 개를 데리고 나가 밤 산책을 시켰다. 반달보다 더 통통하게 배가 부른 달은 매끈했고, 하늘에는 구름 한 점 없었다. 모든 표면들이 은을 칠한 듯 반짝거렸다.

웨인라이트 씨, 아니, 프랭크가 수영장 담장 옆에 서서 달을 바라보고 있었다. 그녀는 살짝 의심이 들었다. 그가 그녀를 기다리며 그곳에 서 있었던 건 아닐까 하는. 하지만 그건 당연히 바보 같은 생각이다.

그녀는 그에게 다가갔다.

"필연이네요, 그렇죠?"

그녀가 말했다.

"올드멕시코는 작은 동네니까요. 불평하는 건 아니에요."

그가 말했다.

"그래요?"

"우리, 단기 보장과 평생 보장에 대한 대화를 아직 제대로 마무리 하지 못했잖아요, 알겠지만."

그녀는 미소를 지었다. 그는 자연스럽게 접근할 줄 알았다. 그의 따스함은 진심인 듯 보여 그녀는 그가 불편하지 않았다. 하지만 그에게 이 모든 노력이 무용지물이라는 사실을 알리게 되면 과연 어떻게 될까.

"뉴욕에 살면, 하늘이 어떻게 생겼는지 잊게 되죠."

그가 말했다.

"그 말 믿을게요."

그녀가 말했다.

"오클라호마에는 하늘이 무척 많겠군요."

"꼭 가서 보세요."

그는 허리를 숙여 개의 귀를 긁어주었다. 그의 어깨가 그녀의 엉덩이게를 스쳤다. 난잡한 전기 섬광이 타다 타오르듯 갑작스러운 욕망이 치밀어 그녀는 깜짝 놀라고 말았다. 그녀는 그의 복부에 손을 미끄러트리고 그의 바지 아래로 들어가 그의 것을 잡아 쥐고 그녀의 손바닥 안에서 그것이 단단해지는 것을 상상했다. 입술이 서로 포개지고 담장에 등을 기댄 채 그의 허리에 두 다리를 두르는 것이다. 담장의 철제 기둥이 어깨뼈 사이를 파고들겠지. 그는 오래 버티지 못할 것이다. 놓아달라고 애원할 것이다. 그런 뒤 내일 그녀는 떠나는 것이다. 샬럿은 그를 기억할 수도 있고, 기억하지 못할 수도 있다.

개는 눈을 감고 고개를 기울이며 행복에 겨워 그르렁거렸다.

"개들은 날 좋아한다니까요. 뭐라 설명할 수가 없어요."

그가 말했다.

"사람들이 변할 수 있다고 생각해요?"

샬럿이 말했다.

그녀의 질문에 그는 깜짝 놀랐다.

"변화요?"

"그들의 본질, 이를테면 성격 같은 거요. 행동하는 방식이나 믿음의 방식 같은 것. 수년 동안 이런 유의 사람으로 살다가 다른 유의 사람으로 변해야겠다는 결심이 가능할까요?"

그는 생각에 잠겼다. 샬럿은 다시금 의심이 들었다. 미소 뒤로 그는 그녀를 재보고 있는 것이다. 여러 가지 답안들 중 그녀가 듣고 싶어 할 것을 고르면서.

"대부분의 사람들이 변하지 않죠."

그가 말했다.

"맞아요, 동의해요."

샬럿이 말했다.

"하지만 정말 간절히 원한다면 가능할지도 몰라요."

순간 그녀는 그가 자신에게 키스할지도 모른다고 생각했다. 그러나 대신 그는 개를 마지막으로 토닥여주었다.

"이만 들어가 봐야겠네요. 그럼, 잘 자요."

그가 말했다.

16

그 여자, 샬럿은 기드리의 예상보다 조금 더 어려웠다. 그 속을 읽기가 쉽지 않았다. 하지만 기초 작업은 마쳤다. 계속해서 두 사람의 경로가 얽히게 만들었고, 그녀의 인생 한가운데에 자신을 떨어뜨리며, 계속해서 그를… 친숙하게 만들었다. 이제 전투의 절반쯤에 도달한 셈이다. 그런 다음 매력을 보여주고, 열기를 끌어올리는 것이다. 하지만 지나쳐서는 안 된다. 그녀의 신뢰를 얻어야만 했다. 로맨틱한 달밤에 기회가 왔을 때, 혹은 그보다도 기드리 스스로 기회를 만들 수 있었을 때도 그는 그녀에게 섣불리 다가서지 않았다. 어째서인지 그녀에게 수작을 부릴 생각조차 들지 않았다. 그는 완벽한 신사였다.

그는 밤잠을 설쳤다. 잠에 빠져들려 할 때마다 집요한 근심이 그의 어깨를 톡톡 두드리며 그를 다시 현실 세계로 끌어들였다. 그의 판단이 틀렸으면 어쩐다? 세라핀의 사람들이 굿나이트에서 속아 넘어가지 않았다면? 그가 66번 고속도로의 서쪽 방향으로 달리고 있다는 것을 알아차렸으면? 추격자가 지금 이 순간에도 천천히, 하지만 확실히 그와 가까워지고 있는 것은 아닐까?

수요일 아침 그는 머그잔에 스카치를 붓고 커피를 살짝 탔다. 그리고 모텔 사무실에서 앨버커키 신문을 집었다 ―"캐롤린이 아버지의 묘소를 참배하다"—그리고 공중전화로 가 교환원에게 라스베이거스, 에버그린 6-1414와의 연결을 부탁했다.

이번에도 영국식 억양의 집사가 전화를 받았다.

"징걸가입니다."

기드리는 망설였다. 이건 어떨까. 전화를 끊고 대신 세라핀에게 거는 것이다. 그리고 뭐라고 하지? 지난 일은 모두 잊고 용서하자고? 그러면 그녀가 뭐라고 할지 그는 알 것 같았다. 그녀는 기드리에게 이렇게 말할 것이다. 당연하죠, 몽 셰. 집으로 돌아와요. 두 팔 벌려 환영할게요. 그런 다음 사람을 시켜 비행기에서 내리는 그를 기다리게끔 할 것이다. 세라핀은 기드리를 좋아했다. 그도 알고 있었다. 하지만 그런 사실은 고작 5센트 동전 하나로 주크박스에서 노래 한 곡 겨우 들을 수 있을 정도의 효과일 뿐이었다.

"또 저예요, 지브스. 어제도 전화했었죠."

기드리가 말했다.

"아, 네. 마르첼로 씨. 잠시만 기다리세요."

에드의 집사가 말했다.

잠시 후, 거구 에드가 전화를 받았다.

"내 말 잘 들어, 등 뒤에서 칼 맞을 새끼야. 이 재수 옴 붙은 인사야. 네 부탁을 들어달라고? 모든 인류가 원할 일을 내가 해줄 수 있지. 총구를 네 그 더러운 엉덩이에 대고 방아쇠를 당기는 거야. 아니, 아예 총구 두 개를 대고 방아쇠 두 개를 당겨버리지."

"안녕, 에드."

기드리가 말했다.

"부탁? 옛정을 생각해서? 그걸 농담이라고 한 건가, 이 망할…"

에드는 말을 멈췄다. 기드리는 그가 입으로 거칠게 숨을 내쉬며 방

안을 서성이는 소리를 들을 수 있었다.

"프랭크?"

"그 정도 메시지면 관심 있어 할 줄 알았죠."

기드리가 말했다.

"프랭크 기드리. 빌어먹을."

기드리는 에드가 카를로스를 그렇게 싫어하는 줄 몰랐다. 그 사실을 확인하고 나니 안심이 되었다.

"어떻게 지냈어요, 에드?"

"빌어먹을, 애송이. 너무 흥분해서 심장 마비가 올 뻔했잖아. 아무래도 총구는 자네 엉덩이에 꽂아야겠어."

"난 잘 지냈어요. 물어봐 줘서 고마워요."

기드리가 말했다.

기드리는 에드가 집사에게 나가보라고 말하는 소리를 들었다. 문이 딸칵 닫혔다. 이제 댄스가 시작되었다. 기드리는 거짓말을 할 것이다. 에드도 거짓말을 할 것이다. 두 사람은 맨살—진실 혹은 그 일부라도— 이 드러나는 순간을 포착하기 위해 서로를 경계하며 빙빙 원을 돌겠지. 박자를 놓치지 말아야 할 것은 물론이거니와 발밑도 조심해야 했다.

"자, 말해봐. 대체 뭘 했기에 그 기름 질질 흐르는 개자식을 벌벌 떨게 만든 거야? 자네가 죽을 때까지 멈추지 않을 거야. 자넨 총애를 받던 놈이니까."

"쿠키 단지에 손이 걸리고 말았죠."

기드리가 말했다.

"젠장. 고작 푼돈 때문에 이 난리야? 젠장. 카를로스가 제 부하들을 죄다 풀어서 자넬 찾고 있어. 정말 무슨 일이야?"

"쿠키 단지에 돈이 들어 있었다고 누가 그래요?"

에드는 잠시 그의 말을 곱씹더니 이내 웃음을 터뜨렸다.

"그놈 딸년이라도 건드렸나?"

"그 여자가 날 건드린 거죠. 신께 맹세해요, 에드. 그녀가 움직이는 내내 난 무서워서 꼼짝없이 누워 있기만 했다니까요. 도망치려고도 해봤어요. 설마 내가 그 생각도 안 했을까 봐."

에드는 오랫동안 웃었고, 너무 심하게 웃는 바람에 기침이 터지기 시작했다. 어쩌면 그는 기드리의 이야기를 믿지 않는지도 모른다. 하지만 재미난 이야기이긴 했다. 에드에게는 그것 또한 중요했다.

"그 사실을 알았을 때의 그 개자식 얼굴을 봤어야 하는데. 임신도 시켰어? 자네가 임신시켰다고 하면 내, 당장 1만 달러 주지. 지금 서랍에서 수표책을 꺼내고 있다고."

"임신시키지 않았어요. 절대. 그런 흉한 소문은 퍼트리지 말아줬으면 좋겠군요."

기드리가 말했다.

"그는 자넬 단번에 죽일 거야."

에드가 말했다.

"죽기 전에 걱정될 부분이 바로 그거예요."

"어디야?"

"마이애미요."

"지랄."

"국외로 떠야겠어요, 에드. 도와줄 거예요, 말 거예요?"

"도와주겠다고 했잖아, 안 그래?"

"그래요? 내가 못 들었나 보군요."

기드리가 말했다.

"도와줄게, 애송이. 당연히 그래야지."

에드가 말했다.

"대가는요?"

"날 모욕하지 말라고. 그런 거 없이 기꺼이 베풀 테니."

그럴 리가. 물론 에드는 카를로스를 싫어했고 기드리는 좋아했다. 하지만 그것으로는 충분하지 않았다. 기드리는 마지막 남은 동전까지 탈탈 털어줘야 할 것이다.

"마르첼로가 계획하고 있는 몇 가지 사업 아이템들을 알고 있어요. 상세하게. 카를로스는 제국을 확장하고 있어요. 측근이 방해 인사들 청소에 나선 것 같고요, 에드."

"흠."

흠. 두 사람의 언어로 이건 곧 이런 뜻이었다. 다른 건? 문제는 기드리에게 그 외 다른 건 없다는 것이었다.

"에드…."

"됐네, 애송이. 자네를 위해 나한테 더 큰 계획이 있어."

통화한 지 얼마 되지 않았는데도 불구하고 에드가 이미 계산을 마친 것이 기드리는 놀랍지 않았다. 에드는 기드리가 처음 메시지를 남겼을 때부터 이미 계산에 들어갔는지도 모르겠다. 그 메시지를 남긴 사람이 카를로스가 아닌, 기드리였다는 것을 그는 알고 있었던 것이다. 기드리가 왜 전화를 했는지 정확히 추측해낸 것이다.

"그것 참 반가운 얘기로군요, 에드."

기드리가 말했다.

"인도차이나."

에드가 말했다.

"인도차이나?"

"지금은 라스베이거스로 돈이 몰리지만, 앞으로는 어디가 되겠나? 내가 관심 갖고 있는 질문이 바로 그거야. LBJ*가 이제 대통령이 됐으니 그 거대한 텍사스 물건을 휘두르고 싶어 할 거란 말이지. 쿠바는 옛 이야기고, 베트남이야말로 새로 부상하는 핫 스팟이라고. CIA는 진짜 전쟁이 필요해. 휴스도 그렇지. 군 계약 건이 그냥 성사되는 건 아니니까."

지금까지 기드리는 단 하나의 계획만 생각했다. 살아남는 것. 카를로스에게서 멀리 떨어질 수 있는 국외로 나가는 것. 그것이 아니라면, 기드리는 냄비 밖으로 튀어나와 맞닥뜨린 불구덩이에 대해 걱정해야 할 지경이 되었다.

"에드 밑에서 일하라고요?"

기드리가 말했다.

"같이 일하자는 거야. 자넨 영리하고 수완이 좋잖아. 친모도 능히 집시에게 팔아넘길 인사지. 내 관심사를 대변할 인물이 필요해. 뉴올리언스의 그 얼간이 뚱땡이는 자네 재능을 낭비하기만 했어. 베트남에서 게임장을 운영하는 거야. 듣기로, 사이공은 아주 재미있는 곳이라더군. 그러니 자네한테 아주 딱이야. 자네가 일을 착착 진행시킨 다음에 우리한테 제일 좋은 자리를 마련해보는 거야. 어떤가?"

솔깃한 얘기였다. 아름답기까지 했다. 아트 페퍼의 색소폰 솔로 연주 혹은 여자가 기쁨의 탄성을 내지르는 소리 같았다. 그렇게 되면 기드리는 에드에게 큰 빚을 지게 될 테고 평생 그 빚을 갚으며 살아야겠지. 하지만 그게 어때서? 그는 기드리에게 삶을 되찾아주겠다고 하고 있는 것이다. 뉴올리언스에서의 삶이 아닌, 어쩌면 그보다 더

---

* 린든 B. 존슨. 케네디 대통령 피살 후 부통령이었던 그가 대통령직을 승계받았다.

크고 화려할 삶을.

그러니 물론, 솔깃한 이야기다. 아니면 지나치게 솔깃한 것이 문제일까?

"에드, 당신이 내 구세주예요. 고마워요."

기드리가 말했다.

"라스베이거스까지 얼마면 도착하겠어? 여권은 갖고 있나?"

에드가 말했다.

"며칠이면 돼요. 금요일쯤. 여권은 없어요."

"알았어. 그건 문제도 아니지. 여기 도착하거든 바로 내게 전화해. 나머지는 내가 다 알아서 하지."

기드리는 전화를 끊었다. 전화를 하기 전의 불안한 불확실성이 여전히 자리하고 있었다. 오히려 그 긴장감이 더 팽팽해지고 말았다. 바닥이 보이지 않는 구덩이로 떨어지는 물방울을 내려다보고 있는 기분이었다.

에드를 믿어. 에드를 믿으라고? 더 나은 선택이 없다는 것은 기드리도 잘 알고 있었다. 라스베이거스여, 내가 간다. 이제 그가 할 일은 누구의 눈에도 띄지 않고, 살해당하지 않고 여기서부터 그곳까지 무사히 도착하는 것뿐이었다.

아침 8시 반. 시내에서 샬럿과 우연히 마주치고 싶지 않았다. 그래서 그는 그녀가 방에 있는지 확인하기 위해 그녀의 객실로 다가갔다. 마침 금발의 아이가 문을 열었다.

"안녕, 조앤."

기드리가 말했다.

아이는 첫 말마디를 엄중하게 떼었다.

"안녕하세요."

곱슬머리 아이, 로즈메리가 조앤 앞으로 문을 밀고 나왔다.

"안녕하세요, 웨인라이트 씨. 우리는 뉴멕시코에 있어요."

"그래, 그렇구나. 우리 모두가 그렇지."

기드리가 말했다.

아이들 뒤로 샬럿이 미소를 지으며 나타났다. 그녀는 기드리의 손에 들린 차 열쇠를 알아차리고는 다시금 미소를 지었다. 그는 그녀가 살짝 흔들리는 모습을 눈치챌 수 있어 기분이 좋았다.

"아, 떠나시는 거예요?"

그녀가 말했다.

"떠나요? 아뇨, 내일이나 금요일에 출발할 거예요. 시내로 가서 먹을 것 좀 살까 하고요. 누군가 날 도와서 함께 먹어주겠다고 하면 젤리 도넛도 한 꾸러미 사고요."

"네!"

로즈메리가 말했다.

"친절하시네요."

샬럿이 말했다.

"다들 꼼짝 말고 있어요. 다녀올 테니."

기드리가 말했다.

그는 산타마리아로 향했다. 작은 마을이라 시내에서 정비소를 찾는 데 그리 오래 걸리지 않았다. 기름 범벅의 수리공이 차의 후미에서 새 후미등을 조립하고 있었다. 고속도로 배수로에 빠졌던 차였다. 샬럿을 올드멕시코 모토 코트 모텔에 내려준 견인차에 매달려 있던 그 차였다.

기름 범벅의 수리공이 고개를 들었다. 기드리는 그의 반응을 살폈다. 특별한 것은 없었다. 적당한 짜증과 당연한 무관심이 엿보였다.

다행이군. 그는 기드리를 특별히 경계하고 있지 않았다.

"바빠요."

수리공이 그에게 투덜댔다.

"내일 다시 고속도로로 나서기 전에 닺지 점검 좀 받고 싶은데요. 적어도 벨트 확인만이라도."

기드리가 말했다.

"바쁩니다."

"정말요? 지금 무슨 작업 중인데요?"

기드리는 지갑에서 10달러를 꺼내 공구함 위에 놓았다. 그러자 주변의 공기가 달라졌다. 기름 범벅의 수리공이 몸을 곧추세우고 돈을 똑바로 쳐다봤다.

"엊그제 견인차로 끌어온 그 차인 것 같네요. 한 숙녀분과 두 딸이 타던?"

기드리가 말했다.

"맞아요."

수리공이 말했다.

"그때 봤을 때는 상당히 처참하던데. 상태가 어때요?"

"그렇게 나쁘지 않았어요. 몇 시간이면 끝납니다."

기드리는 지갑을 손에 계속 든 채였다.

"그것 참 좋은 소식이네요."

그가 말했다.

17

점심으로 샬럿과 아이들은 비엔나소시지와 크래커를 먹었다. 디저트는 프랭크가 그날 아침 문 앞으로 가져다주어 먹고 남은 도넛이었다. 그런 후 그들은 다시 시내로 나갔다. 오늘도 날은 화창했다. 마치 봄 날씨 같았다. 샬럿은 캘리포니아의 겨울은 어떨까 궁금해졌다. 햇살이 내리쬐고 온후한 바닷바람이 부는 가운데 에메랄드빛의 풍경이 빛나겠지. 우드로는 12월이 돌아오면 한기가 하늘의 모든 색채를 빨아들였고, 매서운 바람이 나무들을 헐벗게 했다.

정비소 문에 메모가 붙어 있었다. '5분 뒤에 올게요.' 그래서 샬럿은 아이들을 길 건너에 있는 공원에서 놀게 했다. 그리고 모퉁이에 있는 공중전화에서 마거리트 이모의 번호로 다시 전화를 걸어보았다.

"50센트입니다."

교환원이 말했다.

샬럿은 동전을 넣었다. 그리고 신호음을 세기 시작했는데, 어떤 여자의 목소리가 거의 바로 전화를 받았다.

"여보세요?"

"마거리트?"

샬럿이 말했다.

"그런데요. 누구세요?"

"마거리트 이모. 샬럿이에요."

"샬럿이라니."

"조카 샬럿요. 오클라호마에 사는."

"아, 그래. 그렇구나. 누군지 알겠다, 샬럿. 뜻밖이구나."

마거리트가 말했다.

그녀의 목소리는 딱 부러지고 차가웠다. 망치로 끌 머리를 때리는 소리 같았다. 샬럿은 이제야 기억이 났다. 엄마가 언젠가 한 번 이런 얘기를 한 적이 있었던 것을. 음료에 넣을 얼음이 필요하거든 마거리트에게서 두 조각 얻으면 될 거야. 아주 얼음장 같은 여자니까.

"이렇게 통화가 돼서 반가워요, 이모. 꽤 오랜만이잖아요."

샬럿이 말했다.

"그래."

그리고 침묵이 흘렀다. 샬럿은 대화를 좀 더 부드럽게 이어나가고 싶었다. 그래야 어렵게나마 전화를 건 진짜 목적을 이야기할 수 있을 테니 말이다. 50센트의 마지막 페니까지 아깝지 않게끔. 하지만 그런 운은 찾아올 것 같지 않았다.

"이모, 전화를 드린 건 우리 딸들이랑 곧 캘리포니아에 가게 될 것 같아서요. 로스앤젤레스에요. 그래서 생각에, 혹시 큰 부담이 되지 않으신다면, 이모 집에 방문하면 어떨까 하고요."

"나랑 지내겠다는 거냐?"

마거리트가 말했다.

"큰 부담이 되지 않으신다면요."

샬럿이 말했다.

"그건 좋은 생각이 아니구나. 집도 작은 데다가 난 집에서 일을 하거든. 시끄러운 아이들이 주변에 있으면 곤란해."

샬럿은 마거리트 이모가 거절할 가능성도 대비를 했지만, 나뭇가지가 반으로 뚝 하고 부러지듯, 갑작스럽고도 단호한 이모의 반응에 놀라고 말았다.

"여보세요? 듣고 있니?"

마거리트가 말했다.

"네, 죄송해요. 당연히 이해해요."

샬럿이 말했다.

"대신 괜찮은 호텔을 알려줄 수 있어. 로스앤젤레스에 얼마나 머물 생각이지?"

"얼마나요? 사실, 제가… 남편이랑 제가, 둘리가… 그러니까, 우리가… 이혼을 하게 될 것 같아서요."

"이혼이라, 그렇구나."

"그래서 생각에… 캘리포니아요. 제가 늘 살아보고 싶던 곳이었거든요. 아이들이랑 그곳에서 새롭게 시작할 수 있지 않을까 하고요. 바보 같은 얘기처럼 들리시겠지만."

마거리트는 굳이 서둘러 공감하지 않았다. 대신 그녀는 한숨을 내쉬었다.

"로스앤젤레스는 어려운 도시야. 사람들이 상상하는 것처럼 황금빛 해변에 오렌지나무가 무성하고 영화사들이 즐비한 그런 곳이 아니란다."

"당연히 그렇겠죠."

사실 그런 풍경이 샬럿의 상상과 크게 다르진 않았다.

"그래, 그럼. 아까도 얘기했듯이, 네가 괜찮다면 좋은 호텔을 알려줄 수 있어. 내 조언이 필요하다면 네가 여기 도착하기 전에 아파트

마련하는 걸 도와주마. 이곳 호텔은 꽤 비싸거든."

대화가 이미 끝났다는 사실을 깨닫는 데에는 시간이 좀 필요했다. 이건 마치 또 다른 나뭇가지가 반으로 뚝 부러지는 것과 같았다.

"고마워요."

그녀가 말했다.

"행운을 빈다, 샬럿."

마거리트가 말했다.

샬럿은 수화기를 내려놓았다. 마거리트 이모와 함께 지내는 것은 불확실한 전망이긴 했다. 샬럿은 스스로를 그렇게 다독였다. 처음부터 알고 있었다. 그러니, 뭐. 그래도 일단 캘리포니아로 가면 또 다른 가능성이 있을 것이다. 분명 또 다른 가능성들이 있을 것이다.

그녀는 정비소로 돌아와 벨을 눌렀다. 다시 눌렀다. 마침내 수리공이 기름기 묻은 수건에 손을 닦으며 나타났다. 그의 입가에는 담배로 인해 갈변한 침이 흘러나오고 있었다.

"안녕하세요. 차 때문에 왔는데요."

샬럿이 말했다.

"넵."

그가 말했다.

"오늘 안에 수리가 끝날까요? 비용은 얼마나 될까요?"

그는 씹는담배를 한쪽 볼에서 다른 쪽 볼로 옮겼다. 그는 그녀를 똑바로 쳐다보지 않았다. 그녀는 나쁜 이야기가 나오려나 보다고 생각했다. 50달러? 75달러? 설마 100달러까지는 아니겠지.

"앞 차축이 두 동강 났어요. 서브프레임도 완전 망가졌고요. 그보다 더 심하게는 변속기가 완전 갔어요. 배수로에 완전 폭탄처럼 처박혔었나 봅니다. 완전 구제불능이에요."

"변속기가 나갔다고요?"

샬럿이 말했다.

"차가요. 차가 완전히 맛이 갔단 말입니다. 고치는 비용보다 새로 사는 비용이 더 쌀 거예요. 거짓말이 아니에요."

수리공이 담배를 또 다른 쪽 볼로 옮겼다.

샬럿은 손가락이 끝이 바들바들 떨렸다. 쇄골에서부터 열기가 번지기 시작하더니 협소한 사무실에서 나는 온갖 냄새들—담배와 기름과 땀 냄새, 수리공이 흘린 땀과 그녀가 흘린 땀—이 훅 올라와 머리가 어지러웠다.

"그러니까… 잠시 앉아도 될까요?"

그녀가 말했다.

그는 접이식 의자에 쌓여 있던 부품 카탈로그와 누드 잡지를 옮겼다. 그리고 종이컵에 물 한 잔을 담아 갖다주고는 그녀가 담배를 피울 수 있도록 성냥갑을 건넸다.

그는 여전히 그녀의 눈을 똑바로 보지 못하고 있었다.

"미안합니다, 부인."

그가 말했다.

샬럿이 다시 밖으로 나왔을 때, 아이들은 개를 시소에 태우기 위해 애쓰고 있었다. 그녀는 가만히 서서 그 모습을 지켜보았다. 텅 빈 매미 허물을 밟은 듯 온몸이 마비되고, 불안했다.

그녀는 또 다른 담배를 찾아 가방 안을 뒤졌다. 눈물방울이 볼을 타고 흘러 그녀의 주소 책 겉면의 잉크를 물들였다. 샬럿은 자신이 울고 있다는 것도 몰랐다. 어디서부터 다시 시작해야 할지 알 수가 없었다.

얼마나 바보 같았는지, 정말 이 모든 일을 해낼 수 있는 용기가 있다고 생각하다니, 오클라호마를 떠나, 둘리를 떠나 혼자 힘으로 새롭게 시작할 수 있으리라 생각하다니. 결국 용기는 그녀의 강점이 아니었다. 그녀의 재능은 항복이었다. 호치키스 씨가 그녀를 신문사의 사진작가로 고용하겠다는 이야기를 하지 않자 그녀는 포기했다. 둘리가 자신에게 술 문제가 있다는 점을 인정하려 들지 않았을 때도 그녀는 포기했다. 텍사스의 주유원이 그녀를 희롱했을 때도 그녀는 단지 고개를 숙이고 자신의 손만 쳐다보며 이렇게 말했을 뿐이었다. "고맙습니다."

그녀는 아이들이 어렸을 때 좋아했던 세 마리 돼지 이야기를 떠올렸다. 그녀의 인생 이야기에서 샬럿은 벽돌로 집을 짓지 못했다. 심지어 나무 집도 아니었다. 그녀는 짚으로 집을 지었다. 늑대가 바람 한 번만 불면 쉽사리 날아갈 가벼운 집.

둘리는 그녀에 대해 그녀보다도 더 잘 알고 있었다, 그렇지 않은가? *그러니까 그냥 집으로 돌아와, 샬럿.* 월요일 통화 끝에 그는 그렇게 말했다. *결국 돌아오게 될 거라는 거 당신도 알잖아.*

그녀는 아이들을 바라보았다. 몇 년이 지난 뒤에는 로즈메리와 조앤이 이 일을 조금이라도 기억할 수 있을까? 어떻게 하면 기억할 수 있을까? 어떻게 하면 그녀를 기억하게 할 수 있을까?

개는 시소에서 풀썩 뛰어내렸고, 아이들은 웃음을 지으며 그 뒤를 쫓느라 바빴다. 개는 죽은 잔디 위에 등을 대고 누워 행복하게 부비적거렸다.

녀석은 우드로를 떠난 뒤에는 한 번도 발작을 일으키지 않았다. 샬럿은 이제야 깨달았다. 새 약이 효과가 있는 것이다. 녀석이 좀 더 나은 컨디션으로 더 생생하게 살아 움직이며, 예전과 같은 모습으로 돌아왔다는 것을 샬럿은 알 수 있었다.

앞으로도 계속 이럴까? 아니, 수의사는 그녀에게 경고했었다. 상태가 아무리 좋다고 해도 어느 순간 또 발작이 올 수도 있다고. 그래도 전보다는 좀 더 경미하고, 빈도 또한 뜸해질 것이다. 삶이 태클을 걸어올 때마다 녀석은 재빨리 다시 일어나 회복할 것이다.

그래, 그것처럼. 샬럿은 다시금 결심이 섰다. 그녀는 오클라호마로 돌아가지 않을 것이다. 둘리에게 돌아가지 않을 것이다. 무슨 일이 닥치든. 차에 생긴 일은 시련이었다. 또 다른 시련이 잇따르겠지. 하지만 결코 단념해서는 안 된다. 그녀는 매번 다시 일어설 것이다.

캘리포니아까지 어떻게 가야 할지 알 수 없지만, 어쨌든 방법을 찾을 것이다. 그래서 그곳에 도착하고 나면? 그곳에서 어떻게 살아가지? 하지만 그것 또한 방법을 찾을 수 있을 것이다. 어쩌면 프랭크의 말이 옳을지도 모른다. 온 우주가 그녀에게 빚을 지고 있는 것이다.

잠시 후 프랭크가 이쪽 거리로 가볍게 걸어오고 있었다. 그녀가 마법을 부려 가벼운 공기에 그를 소환하기라도 한 듯. 그가 가까워졌을 때 그의 얼굴에 미소는 사라지고, 근심이 가득해졌다. 그녀는 자신의 모습이 분명 엉망일 것이라 생각했다. 마스카라가 전부 흘러내렸을 것이다.

"무슨 일이에요? 도움이 필요해요?"

그가 말했다.

18

바로네는 아이에게 굿나이트의 경찰서에서 곧장 아마릴로로 가자고 말했다. 기드리는 그곳에서 66번 고속도로를 탔을 것이다. 그의 뒤를 바짝 쫓는 것이다. 하지만 우선 폰티악을 없애야 했다.
"저쪽."
바로네가 말했다. 아마릴로의 중심 거리에서 벗어난 골목이었다. 거리에 늘어선 미터기에 주차 요금을 납부하고 싶지 않은 구두쇠 차량 몇 대가 골목에 주차되어 있었다. 아이는 폰티악을 그 사이에 세웠다.
"열쇠는 그냥 둬."
바로네가 말했다. 운이 따른다면, 어떤 불량배나 부랑자가 이 폰티악을 발견해 캐나다까지 몰고 갈 테지.
"뭘 어떻게 하라고요?"
아이가 말했다.
"묻지 말고 내가 시키는 대로 해."
"그냥 이렇게 가버리는 거예요?"
"그게 계획이야."
"젠장."

하지만 아이는 그에게 더 이상 대꾸하지 않았다. 지난 수년간 함께 일했던 소위 '전문가'라고 일컫는 사람들보다도 더 전문가다웠다.

그들은 고속도로를 달리는 버스에 올랐다. 66번 고속도로에서 몇 블록 올라가자 휴스턴의 발리 하이 모텔과 똑같은 외관과 배치의 모텔이 하나 나왔다. L자 모양의 콘크리트 블록, L자의 굽어진 지점에 위치한 계단. 샌프란시스코에서 온 저격수가 쓰러진 지점과 똑같았다. 하지만 이 모텔에는 열대풍의 분위기 같은 건 없었다. 이건 그저 아마릴로 66번 모텔일 뿐이었다.

"이제 쉴 땐가 보네요. 아침 먹을 때 깨워요."

아이가 말했다.

바로네도 피곤했다. 아프고 열이 올랐다. 지금이 월요일 오후 1시. 그가 깨어 있었던 시간은… 얼마나 오래였는지도 기억이 나지 않았다. 좀 쉬는 것이 좋겠다. 이곳에서부터 캘리포니아까지 자리한 모든 모텔들을 확인하다가 끝이 날지도 모르겠다. 괜찮다. 세라핀에게 새 차를 준비시킬 시간을 조금 주는 것도 좋겠다.

모텔로 들어가는 길에 바로네는 주차장에 있는 모든 차들을 살펴봤다. 하늘색과 흰색의 57년이나 58년식 닷지 코로넷은 보이지 않았다.

그는 직원에게 기드리에 대해 물어봤다. 그의 용모를 설명했다. 아내와 아이들을 버리고 떠난 얼간이를 찾는 것이라고 했다. 무슨 이름을 사용했을지는 모른다고. 바로네는 기드리가 아마릴로에서 멈췄을 거라 생각하지 않았지만, 그래도 확인하는 편이 나았다.

아뇨, 죄송해요. 직원은 어제 오후 이후로는 아무도 숙박하지 않았다고 대답했다. 그는 바로네와 아이에게 나란히 자리한 객실 두 개를 주었다. 바로네는 아이에게 세 시간 뒤에 만나자고 말했다. 그런 다음에 공중전화를 찾았다.

"네?"

세라핀이 말했다.

"없어."

바로네가 말했다.

"없다고요?"

"미꾸라지처럼 빠져나갔어."

"아."

그녀는 그리 놀란 것 같지 않았다.

"보안관 말로는 서쪽으로 향했다더군. 어떤 차를 타고 있는지는 알아냈어. 그걸 알아내느라 좀 거칠게 굴어야 했지만."

바로네는 그녀가 뭔가 대꾸하기를 기다렸다. 하지만 세라핀은 그를 짜증나게 하는 방법을 정확히 알고 있었다.

"최대한 빨리 달려간 거야."

그가 먼저 입을 열었다.

"당신 잘못이 아니에요, 몽 셰."

그녀가 말했다.

"내 잘못이라고 하지 않았어."

"적어도 우리는 이제 그가 어디로 가고 있는지 알아요. 라스베이거스 아니면 로스앤젤레스."

라스베이거스나 로스앤젤레스? 바로네는 기드리가 어디로 가고 있는 것인지 그들이 제대로 알고 있는 것 같지 않다는 느낌이 들었다.

어느 쪽이든 모두 먼 곳이었다. 바로네는 휴스턴에서의 기드리의 행적에 대해 생각했다. 어떻게 해서 세라핀을 속이고, 오던 길로 되돌아갔는지, 휴스턴을 빠져나가는 첫 번째 비행기에 오르지 않았는지에 대해서 말이다.

"그럼 라스베이거스나 로스앤젤레스에 당신 쪽 사람들을 배치해 놔. 하지만 어쨌든 그도 가는 길에 몇 군데에 묵을 수밖에 없겠지. 어쩌면 며칠 밤을 지내야 할지도 몰라. 그 과정에서 그를 덮칠 수 있길 바랄밖에."

바로네가 말했다.

그녀는 다시 조용해졌다. 이번에는 그녀도 바로네의 말이 옳다는 것을 깨달았기 때문이었다.

"아마도요. 네."

그녀가 말했다.

"새 차 대는 데 얼마나 걸려? 새 총도."

그가 말했다.

"지금 바로 전화해놓을게요."

그는 그녀에게 모텔 이름을 알려준 뒤 전화를 끊고 객실로 돌아갔다. 고열이 그를 공격하기 시작했다. 올려치기, 잽, 오한과 열감. 그는 걱정하지 않았다. 감기가 오래간 적은 한 번도 없었다. 아무리 심한 감기였어도 말이다. 샤워를 하면 도움이 될 것이다. 하지만 바로네는 일어나 앉을 수가 없었다. 세상이 너무도 빨리 빙빙 돌아 도저히 침대에서 일어날 수가 없었다. 침대에 누운 것도 기억이 나지 않았다. 그는 셔츠의 단추를 풀려고 애썼다. 그리고 다음 순간 그는 욕실의 타일 바닥에 무릎을 꿇고 앉아서 샤워기에서 뿜는 뜨거운 물줄기를 맞고 있었다. 거울 위로 김이 모락모락 올라왔다.

그런 뒤 그는 산 호숫가에 서 있었다. 경찰서의 벽면에 걸려 있던 그림들 중 하나에서 보았던 호수였다. 하지만 이제 그 호수에 불이 붙었다. 거기서 나오는 열기가 그를 잿더미로 만들었다. 바로네는 자신의 피부가 부풀어 올라 터지는 것을 느낄 수 있었다. 꿈이라는 것을 알고 있었다. 하지만 그 꿈이 현실보다 더 진짜처럼 느껴진다면, 현실과 다를 게 무엇일까?

얼음장같이 차가운 바람이 불었다. 그는 이제 달리고 있었다. 흑인 아이도 그의 옆에서 달리고 있었다. 시어도어, 날 테드라고 부르지 말아요. 테디라고도 부르지 말아요. 아이는 외치고 있었다. 서둘러요! 그와 아이는 무엇으로부터 달아나고 있는 것일까? 어디로 달아나고 있는 것일까? 바로네는 독일인들과 아무 상관이 없었다. 하늘에서 그들이 떨어트린 포탄의 쉭쉭 소리가 들렸다. 뛰어내려요! 아이가 바로네에게 외쳤다. 지금? 뛰어내려요!

방이었다. 붉은색의 모헤어 소파. 한 여자가 팔 받침에 다리를 올려놓고 있었다. 바로네는 다시 다섯 살 혹은 여섯 살로 되돌아갔다. 여자가 그를 향해 미소를 지었다. 가운 아래로 여자의 맨 허벅지가 드러났다. 그녀는 문가를 향해 고개를 기웃했다. 그건 거기 있어요. 그녀가 말했다. 뭐가? 그녀는 그에게 말하지 않았다. 직접 가서 봐요. 두려워하지 말아요.

바로네가 깨어났을 때 그는 아마릴로의 모텔 침대에 누워 이불을 덮고 있었다. 둥근 얼굴에 대머리, 동그란 안경을 쓴 남자가 침대 옆 의자에 앉아 성냥갑 모서리로 이를 쑤시고 있었다.

"안녕하세요, 로버츠 씨. 오늘 아침에는 기분이 어때요?"

남자가 말했다.

바로네는 창문으로 들어오는 햇빛에 렌즈가 반사되어 번쩍이는 바람에 그의 눈을 똑바로 볼 수가 없었다.

"누구예요?"

바로네가 말했다.

"확실히 더 생기 있어 보이는군요."

그는 바로네에게 물 한 잔을 건넸다. 바로네는 머리를 들 수가 없었다. 그는 두 손으로 컵을 꼭 붙들어야 했다. 하지만 기분은 나아졌다. 약간의 열감과 어지럼증이 있을 뿐이었다. 물 맛 또한 좋았다. 그는 물을 모두 마셨다.

"대체 누구예요?"

바로네가 말했다.

"나는 당신 목숨 구해준 의사입니다. 내 말이 허풍처럼 들리겠지만 사실이에요. 하!"

흑인 아이가 의사 뒤에서 나타나 바로네에게서 빈 컵을 받아 욕실로 가져갔다. 바로네는 물소리를 들을 수 있었다.

"손이 심하게 감염됐어요. 내가 처음 도착했을 때 열이 40도까지 올랐었습니다."

바로네는 물을 한 잔 더 마셨다. 방은 더 이상 틀어지지도 기울어지지도 않았다.

"여기 꼬마가 센스를 발휘해서 모텔 매니저를 불렀습니다. 매니저가 내게 연락했고. 그나저나 당신 손을 봉합한, 훈련받은 꼬리 감는 원숭이에게 경의를 표하는 바요. 상처를 소독부터 해야 하는데, 그러지 않은 것 같더군요. 하지만 이 봉합만큼은 내가 지금껏 본 원숭이들 솜씨 중 최상입니다."

"바닥에 쓰러져 있었어요. 완전히 뻗어서는 머리 위로 내의를 뒤집어쓰고요. 문은 열려 있었고요. 아저씨가 죽은 줄 알았어요."

바로네가 혹시 미쳤을까 봐 두렵기라도 한 듯 아이가 멀찍이 떨어져 말했다.

"몇 시지?"

바로네가 말했다.

"오전 11시입니다. 입을 벌려 봐요, 로버츠 씨."

의사가 말했다.

의사는 바로네의 혀 밑에 온도계를 넣었다. 오전 11시. 그럴 리 없다. 아마릴로에 도착한 것이 오후 1시였는데 말이다. 시간은 절대 뒤로 가는 법이 없다. 아무리 간절히 원해도.

"아주 좋아요. 이제 38도를 안 넘는군요. 호전되고 있어요, 로버츠 씨."

의사가 온도계를 살피며 말했다.

"무슨 요일이에요?"

바로네가 말했다.

"화요일이에요."

"아뇨, 월요일일 텐데요."

"화요일이에요. 1963년 11월 26일. 어제 항생제를 투여했고, 오늘 아침 일찍 상처를 소독하고 드레싱도 새로 했습니다."

의사가 말했다.

"또 뭘 할까요?"

아이가 말했다. 아이는 여전히 뒤로 물러나 있었지만, 아까의 경계심보다는 방어적인 태세가 더 강했다.

"찔러보기 전까지는 진짜 죽은 줄 알았어요. 이제 두 번 다시 시체놀이는 하지 말라고요."

"내 의학적 소견으로는, 봉합 부분을 제거하고 상처 부위를 충분히 세척한 다음에 바로 건조시켜야 할 것 같아요. 완전히 건조시킨 다음에 손을 쓸 수 없도록 고정시키는 겁니다. 그런 다음에 새로 봉합하고 깁스를 해야 해요. 내일 아침에 내 병원으로 오면 도와주죠."

"나가요."

바로네가 말했다.

"무엇보다도 충분한 휴식이 필요해요. 수분 섭취도 많이 해야 하고요. 알코올 종류는 당연히 멀리해야 합니다. 앞으로 2주간은 이 수칙을 반드시 지켜야 해요. 알겠어요?"

의사는 바로네에게 약병을 흔들어 보여주고는 침대 옆 협탁에 내려놓았다. 그는 두 번째 약병을 집어 흔들었다.

"통증이 있거든 이걸 먹어요. 꽤 강한 진통제니까 적당히 먹는 걸 권장합니다. 근데 어떻게 해서 상처를 입은 건지 물어봐도 될까요?"

"손바닥 면도를 하다가 베었대요."

아이가 말했다.

의사가 큭큭거렸다.

"멋지군요."

"이리 와. 일어나게 도와줘."

바로네가 아이에게 말했다.

바로네는 아이의 부축을 받아 절뚝거리며 욕실로 향했다. 그리고 소변을 보는 동안 아이의 어깨를 붙들고 있어야 했다. 전신의 뼈를 냄비에 넣고 흐물흐물해질 때까지 푹 삶은 듯 그는 좀처럼 힘을 쏠 수가 없었다. 다시 절뚝이며 침대에 돌아오자 그는 숨이 턱까지 차고 말았다.

의사는 성냥갑 모서리로 또다시 이를 쑤시고 있었다.

"나가요."

바로네가 말했다.

"그 전에, 로버츠 씨. 소소한 진료비 문제가 있습니다만."

의사는 돈을 받고 자리를 떴고 바로네는 아이에게 다시 침대에서 일어나는 걸 도와달라고 말했다.

"쉬어야 된대요. 의사가 그랬잖아요."

아이가 말했다.

"이리 와."

바로네가 말했다.

바로네는 옷을 입고 난 뒤 아이에게 담배와 위스키, 캔디 바를 사 오라고 시켰다. 바로네는 문가로 다가갔다. 그리고 호흡을 고르며 열까지 셌다. 그런 다음 문을 열고 밖으로 나섰다. 주차장이 보였다. 구석에 포드 페어레인이 홀로 서 있었다. 글러브박스에는 폴리스 포지티브 38구경이 들어 있었다. 피스크가 들고 다니던 것과 같았는데, 다만 이것은 나무로 된 손잡이 부분이 조금 닳아 있었다.

바로네는 방 뒤편으로 향했다. 간신히. 아이는 담배와 캔디 바를 사 가지고 돌아왔다. 위스키는 없었다. 바로네는 위스키에 대해 녀석에게 욕을 해댈 기운조차 없었다. 바로네는 거의 기다시피 해 다시 침대로 돌아갔다.

"쉬라고 했잖아요, 네?"

아이가 말했다.

"쉬잇."

바로네가 내뱉을 수 있는 말은 그게 전부였다.

"내가 그랬잖아요. 여기요. 약."

아이는 차가운 물에 수건을 적셔 바로네의 이마에 올려주었다. 바로네는 캔디 바를 절반가량 먹고는 진통제 두 알을 삼켰다. 그리고 잠이 들었다. 아이가 밤에 그를 다시 깨워 진통제를 또 한 알 주었다. 그리고 그는 물과 함께 약을 삼켰다.

바로네가 다시 눈을 떴을 때는 아침이었다. 아침 9시 15분.

"무슨 요일이지?"

바로네가 말했다.
"수요일이에요. 추수감사절 전날이고요."
아이가 말했다.
수요일. 바로네는 이틀 내내 뻗어 있었다.
바로네는 조심스럽게 일어나 앉았다. 그리고 바닥에 발을 디뎌보았다. 그리고 면도를 하고 샤워도 했다. 아이는 주변을 서성이며 바로네에게 계속 더 쉬어야 한다고 떠들어댔다. 의사가 그러라고 했다고, 의사가 그러라고 했다고.
"아직 성과가 없어. 그쪽은?"
세라핀이 전화를 받자 바로네가 말했다.
"없어요."
그녀가 말했다. 무미건조한 음성이었다.
"무슨 일이야."
"조금 거친 일이 있었을 뿐이에요."
"뭐?"
"텍사스에서 당신이 그랬잖아요. 좀 거칠게 굴어야 했다고."
세라핀이 말했다.
굿나이트 경찰서 일에 대해 들은 모양이군. 화가 난 것도 당연하다. 바로네 역시 스스로에게 화가 났다. 그 모든 건 열 때문이었다. 침착했어야 했는데. 보안관이 퇴근하기를 기다려 그 뒤를 밟았어야 했다. 그리고 기드리에 대한 정보를 신속하게, 그리고 좀 더 은밀하게 알아냈어야 했다.
하지만 엿이나 먹으라지, 세라핀. 그 편안한 사무실에 앉아 편안한 인생을 즐기며 매일 저녁 식전 칵테일을 즐길 테지. 한가롭게 공원을 산책하기도 하고. 무거운 작업은 늘 바로네의 몫이었다. 카를로스를 위해 목숨까지 걸고 있는 사람은 바로 나란 말이다. 세라핀은 계산기나 두드리며 손톱 광택제에 흠이 나진 않을지나 걱정하고 있겠지.

"그래서?"

그가 말했다.

"이게 지금 시급한 사안이라는 걸 당신이 제대로 이해하고 있는지 모르겠어요. 책임자를 색출할 때까지 당국에서는 수사를 멈추지 않을 거예요."

그녀가 말했다.

"그렇다면 과연 한시도 쉬지 않겠군, 안 그래?"

"얼마만큼 갔어요?"

바로네는 아마릴로에 멈춰서는 안 됐다. 그는 열을 탓할 수밖에 없었다. 아마릴로에서 고작 몇 시간만 쉬어 갈 생각이었는데 말이다.

"앨버커키."

그가 말했다. 그녀가 그의 거짓말을 알아차릴지는 알 수 없었다.

"좋아요. 그래도 계속 조심해야 해요. 그리고 어떤 이유로든 텍사스로는 다시 가지 말아요. 그 이유는 말하지 않아도 알겠지요. 우리 친구를 빨리 찾아낼수록 모두에게 좋아요."

다시 방으로 돌아오자 아이는 양말바람으로 TV를 보고 있었다. 바로네는 그에게 신발을 던져주었다.

"출발하자."

바로네가 말했다.

"지금요? 아침식사는요? 그리고 약부터 먹어야죠. 의사가…"

아이가 말했다.

"지금 당장."

19

추수감사절. 기드리는 고속도로에 오르며 뉴멕시코 산타마리아와 영원히 작별하고 다시 출발할 수 있게 된 데에 감사를 드렸다.
"출발합니다."
그가 청중들에게 말했다. 샬럿은 조수석에, 아이들과 개는 뒷좌석에 앉았다.
기름 범벅의 수리공은 여자에게 차가 완전히 망가졌다고 말해주는 대가로 기드리가 50달러를 제시하자 처음에는 내켜 하지 않았다. 그런 비열한 짓은 한 번도 해본 적이 없고, 특히 그 착한 숙녀와 두 딸들에게 그런 짓을 할 수는 없다고 말이다. 퍽이나. 그저 값을 더 올리고 싶은 거겠지. 발등에 불이 떨어진 기드리로서는 다른 선택지가 없었다. 좋았던 옛 시절에는 결코 흥정할 일이 없었는데 말이다. 네, 선생님. 뭐든지 말씀만 하십시오. 마르첼로 씨에게 제 안부 좀 전해주세요, 선생님.
하지만 긍정적으로 생각하자. 거구 에드 징걸이 자기 말을 지킨다면, 기드리는 라스베이거스에 도착하는 순간 더 이상 돈 걱정은 하지 않아도 될 것이다. 하지만 에드가 약속을 지키지 않는다면? 그래도 돈 걱정을 할 필요가 없는 건 마찬가지다. 스틱스강 건너편 저승으로 데려다주는 뱃사공 카론에게 지불할 푼돈만 있으면 될 테니 말이다.

기름 범벅의 수리공은 약속을 충실히 이행했다. 그리고 샬럿은 마치 버스에 치인 것 같은 모습으로 정비소에서 나왔다.

기드리는 제시간에 맞추어 급습에 들어갔다.

"도와줄까요?"

그녀는 차에 대해 이야기했다. 그는 공감하며 들어주었다. 방금 전까지만 해도 그녀는 울 것 같았지만, 지금은 아니었다. 그녀는 마치 챔피언처럼 주먹을 꽉 쥐고 있는 듯 보였다. 목소리도 갈라지지 않았고, 시선 역시 흔들림이 없었다.

"음, 샬럿. 그래도 대안이 있으니 다행이에요."

그가 말했다.

그녀는 간신히 미소를 지어 보였다.

"아, 프랭크. 무슨 말인지 모르겠는데요."

"나도 로스앤젤레스로 가잖아요, 안 그래요? 그리고 내 차에는 자리도 많아요. 내가 개들이랑 잘 지내는 것도 알고 있잖아요."

그녀는 그를 유심히 바라보았다. 그녀의 표정은 경계심이라기보다는 놀라움이었다. 하지만 찰나와 같은 순간 기드리는 깨달았다. 그녀가 기드리를 꿰뚫어보았다는 것을.

"정말 고마운 얘기예요. 하지만 그건…"

그녀가 말했다.

"안 될 이유가 뭔지 같이 얘기해볼까요. 그쪽부터 말해요."

"왜냐하면…."

"버스를 타면 사흘은 걸려요. 여기서부터 태평양까지 가는 길에 있는 모든 마을에 정차할 테니까요. 게다가 세 사람에 개까지 있으면 값이 싸지도 않을 거예요."

그가 말했다.

기드리는 그녀가 홀로 생각해보도록 잠시 여유를 두었다. 버스비는 얼마나 될까? 기사가 개를 태우는 걸 허락할까?

그는 턱을 문질렀다. 문득 영감이 떠올랐다.

"로스앤젤레스에서도 차가 필요할 거 아니에요, 안 그래요? 내 말 들어봐요. 라스베이거스에 에드라는 친구가 있는데, 그 친구도 바로 로스앤젤레스로 올 거예요. 에드가 그곳에서 몇 가지 일을 하고 있거든요. 그중 하나가 차 매매상이에요."

"차를 살 정도의 돈이 없어요."

샬럿이 말했다.

"빌릴 정도의 금액만 있으면 돼요. 에드는 그야말로 착한 사마리아인이에요. 그 친구도 딸들이 있다고요."

기드리는 빅 에드에게 자식이 있는지 없는지 알지 못했다. 뭐, 이 제는 있다고 치자. 딸들도 있고 차 매매상으로 일하며 따뜻한 마음씨를 지니고 있는 것이다.

"하지만 그건…"

그녀가 말했다. 스스로를 설득하려는 듯이. 스스로 그건 안 된다고 다짐하는 듯이.

그는 그녀가 거의 다 넘어왔다고 생각했다. 이제 조금 긴장을 늦추며 고삐를 풀면 될 것이다. 여자의 첫 번째 승낙은 쉽게 나와야만 했다. 승낙이 습관이 되도록 만드는 것이다.

"사과할게요. 보험 상품 얘기 같은 건 절대 하지 않겠다고 약속해요. 이건 어때요? 난 내일 떠나잖아요. 그러니 적어도 그 전까지 생각해볼 시간이 있어요. 충분히 생각해보는 거예요."

여전히 그녀는 망설였다. 기드리는 자신의 계획이 성공했는지 성공하지 않았는지 알 수가 없었다. 그녀는 그를 꿰뚫어보지 않았던가? 그의 어둡고 순수하지 못한 영혼의 깊은 곳까지? 아니, 당연히 그럴리 없다. 하지만 그녀는 지금 이 상황이 단순히 보이는 그대로가 아니라는 것을 인지할 수 있을 만큼은 예리했다.

"네, 생각해볼게요. 고마워요, 프랭크."

그녀가 말했다.

"아, 샬럿. 그렇게 생각해주다니 기뻐요."

그리고 지금 그들은 이렇게 66번 고속도로를 달리고 있다. 샬럿은 긴장하고 있었다. 무릎 위로 주먹을 꽉 쥐고, 또 쥐고 있었다. 그의 차를 타기로 한 것이 과연 현명한 선택이었을까 하는 점에 여전히 의심이 드는 듯했다. 하지만 그는 그녀가 조금씩 긴장을 풀기 시작했다는 신호를 눈치챌 수 있었다. 가끔씩 저 멀리 사막 쪽에 시선을 던진 채 하염없이 바라보기도 하고, 라디오에서 좋아하는 노래가 흘러나오면 살짝 미소를 짓기도 했다.

"우리, 지금 목록을 만들고 있어요."

곱슬머리 로즈메리가 말했다.

기드리는 아이가 자신에게 말한 것임을 깨달았다. 그의 어깨가 맞닿은 좌석의 바로 뒤에 볼을 찰싹 붙이고 있었기 때문이다. 그는 아이가 얼마나 오랫동안 그렇게 하고 있었는지 알지 못했다.

"로즈메리, 웨인라이트 씨를 방해하면 안 되지."

샬럿이 말했다.

"괜찮아요. 목록이라니 훌륭하네요. 체계적인 사고를 한다는 증거죠."

로즈메리는 그에게 디즈니 네이처 책을 보여주었다. 표지에는 부엉이, 거미, 코요테처럼 보이는 동물과 문어가 있었다. 《숨겨진 세계의 비밀》.

"밤에만 돌아다니는 동물들이랑 물고기들, 새들이랑 곤충들에 대한 책이에요. 책에서 우리가 좋아하는 동물들 목록을 만들고 있어요. 당연히 코요테가 첫 번째예요. 왜냐하면 너무 귀여운 강아지처럼 생겼거든요, 안 그래, 언니? 물고기랑 새랑 곤충 목록도 있어요."

로즈메리가 말했다.

샬럿이 기드리에게 즐거운 시선을 쏘아 보내며 말했다.

"'이곳에 들어오는 자는 모두 희망을 버려라.'"

"참, 오른쪽으로 눈을 커다랗게 뜨고 있는 게 좋을 거야. 낮 동안 코요테가 나올지도 모르니까. 한 마리 정도 볼 수 있을지도 모르거든."

기드리의 말에 아이들은 우르르 창문에 매달렸다. 그리고 유리창에 조그마한 손바닥들을 가져다댔다. 햇살이 쏟아지는 가운데 심각하게 집중하는 그 얼굴들은 매우 순수했다. 오래전 잊혔던 기억들이 기드리에게 다가왔다. 네 살 혹은 다섯 살의 여동생 애넷은 창문 옆 의자에 무릎을 꿇고 앉아 엄마가 집을 향해 걸어오는 모습을 지켜보았다. 그때 기드리는 여덟 살 혹은 아홉 살이었을 것이다. 엄마는 창문가에 서 있는 둘을 알아차리고는 미소를 지었다. 햇살이 쏟아지고 있었다. 눈을 깜박일 수도 없었다. 엄마가 영원히 사라져버릴까 봐.

불행했던 유년 시절에도 간혹 행복한 순간들이 있었다. 누릴 수 있었을지도 모르는 삶을 슬쩍 한번 맛볼 수 있었던 순간들 말이다.

"진짜 코요테를 볼 수 있을까, 언니? 난 볼 수 있을 것 같아."

로즈메리가 말했다.

아이들은 쿨리지에서 화장실에 다녀왔고, 점심을 먹기 위해 갤럽의 한 드라이브인 햄버거 가게에 들렀다. 웨이트리스는 수다스러웠다. 기드리는 그녀에게 평범한 가족의 가장의 인상을 남기려 애썼다. 나중에라도 세라핀의 사람들이 나타나 잘생긴 총각에 대해 묻고 다닐 것을 대비해서 말이다.

로스앤젤레스에 가는 길이에요. 우리 두 아이들이 디즈니랜드에 한 번도 안 가봤거든요. 여기 있다, 로즈메리. 여기, 조앤. 바닐라 우유가 누구 거지? 초콜릿 우유는? 출발하기 전에 개 산책 좀 시킬까?

개 산책 전략은 역효과를 낳았다. 녀석이 정원용 호스 길이의 똥을 다 쏟아내길 기다리고 서 있는 동안 웨이트리스가 다가와 허리를 숙이고는 이 귀여운 강아지는 이름이 뭐냐고 물었기 때문이다. 기드리도 그것이 몹시 궁금했다.

"아, 녀석은 자기 이름이 '디너타임'인 줄 알아요."

웨이트리스가 킥킥거렸다. 개는 똥을 누면서도 질책하는 듯한 시선으로 기드리를 쳐다보았다. 자네 번호 알고 있다고.

로즈메리는 럽턴에서 또다시 화장실을 다녀왔다. 조앤은 체임버스에서 화장실에 가고 싶다고 했다. 이 정도 속도면 기드리는 라스베이거스까지 걸어서 가는 것과 진배없다고 생각했다. 뭐, 서두르지 않는 것이 득이 될 수도 있다. 세라핀이 그보다 앞서서 온갖 도시와 항구들, 먼 수평선까지 죄다 뒤졌을지도 모르니 말이다.

아이들은 부드럽게 노래를 불렀다. 기드리는 앞으로의 경우를 대비해 개의 이름을 알아두었다. 럭키. 샬럿은 이제 스스럼없이 라디오 채널로 손을 뻗을 만큼 긴장을 풀고 있었다.

"괜찮아요?"

그녀가 말했다.

"그럼요."

그가 말했다.

몇 킬로미터가량 그들은 그녀가 선택한 라디오 채널에 잠자코 귀를 기울였다. 기드리는 가수 이름을 알지 못했다. 다소 거친 콧소리의 음성이었지만, 그래도 독특한 매력이 있었다.

"제목이 뭐예요?"

기드리가 말했다.

"〈돈 싱크 트와이스, 이츠 올 라이트〉. 흥미로운 메시지죠, 안 그래요?"

샬럿이 말했다.

"남자가 떠났군요. 아니면 여자가 뻥 차버렸거나. 어느 쪽인지는 모르겠네요."

기드리가 말했다.

"남자와 여자에 대한 얘기가 아닐 수도 있어요."

그는 호기심 어린 눈빛으로 그녀를 흘끗 쳐다보았다.

"설명해봐요."

"우리 모두에 대한 얘기일 수도 있어요. 개인으로서, 국가로서도 가능하고요. 스스로에 대해 확신과 용기를 갖자는 거예요. 대통령이 저격당했을 때, 우리 시동생은 세상이 엉망진창이 되어버릴 거라고 했어요. 그는 오랫동안 그런 신념을 갖고 있었던 거죠. 하지만 시동생 같은 사람들이 겁을 먹는 건 단지 댈러스에서 있었던 일 때문만이 아니에요."

"흑인들 말이군요. 시민권이라든가 그런 거요. 그쪽 시동생은 지니가 다시 램프로 들어가지 않을까 봐 걱정했던 거예요."

기드리가 말했다.

"흑인들뿐만이 아니에요. 여자들도요. 젊은이들. 오랫동안 소외되어 지치고 힘들었던 사람들 말예요."

그녀가 말했다.

"성경에서는 온유한 사람들이 땅을 차지할 것이라고 했지만, 난 늘 그 의견에 회의적이었죠."

기드리가 말했다.

"저도요. 밥 딜런도 그랬던 것 같아요. 온유한 사람들은 땅을 차지하지 못해요. 목소리를 내야만 하죠. 자기 것을 당당하게 주장해야 해요. 거저 얻어지는 건 없거든요."

기드리가 예상했던 답은 아니었다. 그녀는 그가 예상했던 여자들과는 달랐다. 그는 오클라호마에 있다는 그녀의 남편이 궁금해졌다. 밀농사를 짓는 농부인가? 정육점 주인, 제빵사, 촛대 장인? 샬럿에 관한 한 그 남자는 흥미로운 취향을 갖고 있었다. 어쩌면 그 사실을 모르고 있는지도.

말이 나와서 말인데, 왜 아빠는 이 가족 여행에 끼지 않은 걸까? 캘리포니아에 산다는 이모를 방문하기에 지금은 참으로 오묘한 때가 아닌가? 크리스마스는 아직 한 달가량 남았다. 로즈메리와 조앤은 지난 사흘간 학교에 출석했어야 옳다.

"로스앤젤레스에는 얼마나 머물 거예요?"

그가 말했다.

그녀는 망설이고 있었다. 기드리는 그 점을 눈치챘다. 그의 생각이 옳았다. 샬럿은 그와 마찬가지로 달아나고 있는 것이다.

"엄마, 지금 그 얘기 해도 돼? 우리 캘리포니아에 며칠 있을 거야?"

조앤이 물었다. 로즈메리 역시 귀를 쫑긋 세웠다.

"어머, 저기 봐, 얘들아!"

샬럿이 말했다.

그녀는 화석 공원과 오색 사막의 광고판을 가리켰다. 가장자리에 깃털이 달린 머리 장식물을 쓴 인디언이 자신의 앞에 펼쳐진 절벽과 메사*를 바라보며 서 있었다. 밝은 핏빛과 금빛의 울퉁불퉁한 풍광은 인디언의 피부처럼 부자연스럽고 불건전한 주홍색을 띠고 있었다. 아이들은 또다시 창문에 바짝 붙었다. 샬럿은 치마를 펴고 광고판에 압도당한 척했다.

그녀와 시선이 마주치자 기드리는 그녀에게 미안한 표정을 지어 보였다. 미안해요, 이제부터 이 방정맞은 주둥이는 닥치고 있을게요.

"엄마, 오색 사막은 진짜 누가 물감을 칠한 거야? 누가 물감을 칠했어? 숲이 전부 화석이야? 나무 위에도 올라갈 수 있어? 나무들은 왜 화석이 됐어? 사막에는 왜 물감을 칠했고? 거기에 인디언도 있어?"

로즈메리가 말했다.

화석 공원이 먼저 나타났다. 기드리는 풍광을 내려다볼 수 있게 마련된 지점에 차를 세웠다. 모두 가족 단위였다. 제 고물 트럭의 후드에 홀로 앉아 있는 외로운 늑대 한 명을 제외하고 말이다. 더러운 치노 바지에 역시나 더러운 플란넬의 체크 모직 외투, 흰 털이 군데군데 보이는 까칠한 수염. 기드리가 차에서 내리자 남자는 그를 유심히 쳐다보았다. 기드리는 그를 무시했다. 그리고 샬럿과 아이들을 따라 난간으로 다가갔다. 화석 공원은 실망스러웠다. 숲이라고? 아니, 그저 재떨이에 담배꽁초가 떨어져 있듯 자갈밭에 검은색 덩어리들 몇 개가 흩어져 있는 것일 뿐이었다. 하지만 아이들은 좋아했다. 적어도 로즈메리는 그랬다.

"봐봐, 언니! 숲이 전부 돌로 변했어! 마술사가 한 것처럼! 마술사

---

* Mesa: 꼭대기는 평평하고 등성이는 벼랑으로 된 언덕.

가 사랑한 공주가 그의 마음을 아프게 했기 때문이야. 그래서 이렇게 된 거야, 언니. 언니도 그렇게 생각하지 않아?"

로즈메리가 말했다.

기드리는 저 플란넬 체크 모직 외투의 지저분한 작자를 전에도 본 적이 있는 것 같았다. 그렇지 않나? 갤럽의 햄버거 가게에서도 저 고물 트럭을 보지 않았던가? 기드리는 확신이 들지 않았다. 저 남자가 자꾸만 그를 지켜보고 있는 것 같은 기분이 드는데도, 그것 역시 확실한 것인지 알 수 없었다.

오색 사막은 화석 공원보다도 더 볼 게 없었다. 구름이 잔뜩 낀 늦은 오후 시간이라 모든 것이 오래된 비누의 색을 띠었다. 로즈메리조차도 그 풍광에서는 주옥같은 말들을 뽑아낼 수 없었다. 하지만 몇 킬로미터를 더 가니, 300미터 높이의 거대한 인디언 석고상이 모습을 드러냈다. 인디언 추장 트레이딩 포스트 레스토랑이 자리한 곳이었다.

아이들은 매우 경이로워하며 인디언 추장 주위를 빙글빙글 돌았다. 추장은 자신보다 더 큰 추장과 싸움 열다섯 판은 족히 치른 듯 보였다. 그는 한쪽 귀와 손가락 몇 개가 달아나 없었고, 사막의 모래바람에 페인트칠이 대부분 벗겨졌다. 한쪽 눈은 공허하고, 혼란스러웠다. 가만 있자, 그를 보니 누군가 생각날 것 같은데? 흠, 어디 보자.

기드리는 샬럿이 미소를 지으며 아이들을 바라보는 모습을 지켜보았다. 그리고 순간 그 역시도 그녀에게서 시선을 뗄 수 없었다.

이번 여행, 이 '엑소더스'는 그녀에게 해가 될 터였다. 안 그렇겠는가? 두 명의 어린 딸과 고장 난 차, 불확실한 미래. 그녀의 얼굴에 실린 그 무게. 눈 밑의 피부는 너무도 여리고 투명했다. 희미한 주름들과 새로 생긴 주름들. 그녀는 아직 젊었지만, 한창때가 그리 많이 남지는 않았을 것이다. 그럼에도 불구하고 그녀는 여전히 매력적이었다. 어떤 미소는 나이 먹음에 따라 원숙해지기도 한다.

기드리는 지난 수년 동안 수많은 여자들에게 끌렸더랬다. 하지만 한 번도 판단력이 흐려졌던 적이 없었다. 근데 왜 이번은 다른 걸까? 고물 트럭이 털털 소리를 내며 주차장으로 들어왔다. 기드리는 트럭의 경로를 곁눈질했다. 플란넬 체크 모직 외투의 그 수상한 작자가 트럭에서 내렸다. 그는 기지개를 펴고 하품을 하며 엉덩이를 긁적였다.

긴장을 풀자. 저 남자는 기드리를 쫓는 것이 아니다. 인디언 추장 트레이딩 포스트 레스토랑은 사람들로 북적였다. 몇 킬로미터 반경 안에 요기를 할 수 있는 유일한 곳이었기 때문이다. 그자가 배가 고픈 걸 탓할 수는 없지 않은가.

그들은 야외 피크닉 테이블에 앉았다. 기드리는 추수감사절 저녁으로 타말레*를 주문했다. 나쁘진 않았다. 다진 고기는 눈곱만큼 들어가고 대부분이 옥수수 가루이긴 했지만 말이다. 핫소스 때문에 그는 딸꾹질이 났지만, 로즈메리가 딸꾹질을 멈출 수 있는 방법을 알고 있다며 그의 무릎에 손을 얹고 직접 지도해주었다.

눈을 감고, 숨을 참아요. 그리고 열까지 세요. 봐요, 저기 아주 아주 무서운 괴물이 나타났어요! 워우! 아저씨 바로 뒤에요!

먹혔어요. 어때요? 정말로 기드리의 딸꾹질이 멈췄다.

몇 테이블 옆에 자리한 수상한 작자는 겨자소스를 집다 말고 기드리를 좀 더 오래, 좀 더 면밀히 살펴보았다.

긴장을 풀자. 긴장을 풀자고? 신화에서처럼 기드리의 머리 위로 말의 꼬리털 하나에 검이 대롱대롱 매달려 있는 상황이다. 아차, 하

---

* Tamale: 옥수수 가루와 다진 고기, 고추로 만드는 멕시코 요리.

는 순간 이 세상 하직하는 것이다. 약간의 바람이나 우연한 만남, 순간의 인지에도 목이 날아갈 수 있다. 한 명의 사람과 뉴올리언스로의 한 통의 전화면 끝이다.

수상한 작자는 제 식사를 끝내고 안으로 들어갔다. 기드리는 자리에서 일어났다. 그는 빈 맥주병을 집어 들었다.

"디저트 좀 둘러보고 올까? 그래도 되겠지?"

그는 샬럿과 아이들에게 물었다.

안에 들어서자 남자는 관광객들 사이를 빠르게 지나쳐 기념품과 나바호족 담요, 진짜 화살촉 등이 진열되어 있는 진열장 옆을 지났다. 그리고 복도로 들어가더니 이내 사라졌다.

뭘 하려는 거야, 이 수상한 새끼.

공중전화를 찾고 있겠지. 바로 그거다.

기드리는 그의 뒤를 밟았다. 복도는 텅 비어 있었고, 뒷문이 열려 있었다. 기드리는 손에 들고 있는 빈 병의 무게를 가늠해보았다. 남자의 머리를 날리는 데는 무엇이라도 좋았다. 기드리는 그 사실을 태평양에서 배웠다. 솔기만 잘 찾으면, 그리고 제대로 겨냥만 하면, 두개골이 마치 꽃잎 벌어지듯 벌어질 수 있다는 것을 말이다.

그는 밖으로 나섰다. 건물 뒤편이었다. 남자가 몸을 돌려 그를 쳐다보았다.

"공중전화를 찾나?"

기드리가 말했다.

지금 공격해야 한다. 그가 깨닫기 전에. 기드리는 스스로에게 말했다. 불빛은 흐렸고, 근처에는 두 사람밖에 없었다. 시체를 끌고 쓰레기통 뒤에 숨기는 거다. 운이 따라준다면 몇 시간 정도는 아무도 발견하지 못할 것이다.

"뭐?"

남자가 말했다.

공중전화는 보이지 않았지만, 길을 따라 내려가다 보면 다음 정류장에 한 대쯤 있을지도 모른다. 혹은 그다음 정류장에라도. 남자는 그곳에서 전화를 걸 것이다. 세라핀은 기드리가 있는 곳을 지도에 표시하겠지. 그리고 그가 어디로 향하는지 정확히 예측할 수 있을 것이다.

"오줌 쌀 데를 찾고 있는 거야. 안에 화장실은 다 찼는데, 급해서. 그쪽이 신경 쓸 바는 아니지만."

남자가 말했다.

기드리는 위험을 무릅쓸 수는 없었다. 그의 인생에 있어 단 하나의 철칙이었다. 상대편과 나 중에 택해야 한다면, 친구, 반드시 나를 택할 것. 한 번의 예외도 없이.

그는 남자에게로 한 걸음 내딛었다. 남자는 그를 보고 있지 않았다. 대신 기드리의 왼편을 보고 있었다. 기드리는 몸을 돌리다가—대체 뭘 보고 있는 거야?—이내 눈치채고 말았다. 남자의 다른 쪽 눈은 그를 똑바로 바라보고 있다는 사실을 말이다.

아, 세상에. 기드리는 그제야 깨달았다. 아까도 그는 자신을 보고 있던 게 아니었다. 그는 사마귀처럼 외사시였던 것이다.

기드리는 빈 병을 멀리 던져버렸다.

"왜 웃어?"

남자가 말했다.

"아무것도 아니야. 사과하지."

"비웃을 테면 비웃어보라지, 개자식. 난 익숙하니까."

기드리는 샬럿과 아이들에게 줄 고구마 파이와 자신 몫의 맥주 한 병을 더 사서 자리로 돌아갔다. 맥주가 필요했다. 차로 돌아간 그들 뒤로 인디언 추장이 황혼 아래로 점차 가라앉았다. 기드리는 다시 웃기 시작했다. 로즈메리는 그의 어깨 쪽 좌석 뒤에 볼을 가져다 댔다.

"재미있는 얘기가 생각났어요?"

그녀가 말했다.

기드리는 맥주를 길게 한 모금 마셨다.

"아, 그래. 맞아."

그가 말했다.

20

도로는 끝이 없었고, 차는 쉼 없이 달렸다. 그들은 밤 9시가 조금 넘은 시각에 플래그스태프*에 도착했다. 너무 어두워서 주변을 둘러싼 소나무들은 보이지 않았지만, 기드리는 그 냄새를 맡을 수 있었다. 그는 바삭하고 차가운 공기로 간신히 폐를 채웠다. 달 혹은 또 다른 행성의 생명체처럼.

기드리는 시내에 접어들어 제일 먼저 보이는 호텔에 차를 세웠다. 개척자의 날 이래로 제멋대로 자란 듯 뒤틀린 소나무들이 낡은 벽돌 건물을 둘러싸고 있었다. 어쩌면 그날 이후로 외벽 청소를 한 번도 하지 않았는지도 모르겠다. 벽지는 말리고, 타일은 깨졌으며, 바퀴 모양의 샹들리에는 기울어졌다. 숙박부는 60센티미터 길이에 30센티미터 두께였다. 놋쇠로 만든 우리 안의 객실 직원은 두 손을 사용해 페이지를 넘겼다.

아이들은 완전히 곯아떨어졌다. 기드리는 로즈메리와 조앤을 안고 삐걱거리는 계단을 올랐다. 그에게 쏠리는 아이들의 무게, 열기, 숨결에서 느껴지는 달콤한 고구마의 향. 그는 또 다른 기억의 조각이 슬

---

* Flagstaff: 미국 애리조나에 있는 도시.

며시 그에게 깃들려는 것을 느꼈다. 무언가의 조각.

안 돼. 그만, 그만. 기드리는 기억하고 싶지 않았다. 스스로와 오래전에 타협한 사항이었다.

그는 샬럿에게 밤 인사를 한 뒤 자신의 객실로 들어가 등 뒤로 문을 잠갔다. 걸쇠도 걸고, 손잡이 밑에 의자도 괴어놓았다. 그의 새로운 잠자리 습관이었다. 잠금장치와 걸쇠와 의자로 카를로스가 보낸 자를 막을 수는 없겠지만, 3층 창문 밖으로 몸을 던질 시간은 벌 수 있을 것이다. 목이 부러져 그 자리에서 자비로운 죽음을 맞는 것이다. 그는 세라핀이 얼마나 가까이 왔는지 알고 싶었다. 마이애미에 최정예 조직원들을 포진해두었을까? 아니면 누군가 기드리의 뒤를 바짝 쫓고 있는 것일까?

객실은 냉장고 안처럼 추웠다. 기드리는 담요를 둘둘 싸고 창가에 섰다. 구름은 물러가고 토스트에 마가린을 바른 듯 하늘에는 별들이 짙게 반짝였다.

우리의 인생 여정 한복판에서 어두운 숲속에 선 나를 발견한다.
곧게 뻗었던 길이 사라졌기에.

단테에서 기드리가 기억하는 글줄은 이것이 유일했다. 단테는 그 길에서 몇 가지 두려움을 경험했지만, 결국 그는 불구덩이에서 빠져나와 안전하고 안락한 천국에 들었다. 그러니 기드리 역시 가능할지도 모른다. 비록 그 방향을 알려줄 버질의 그림자는 없지만.

사이공에서 자신만의 게임장을 운영한다라. 거구 에드는 크게 관여하지 않을 것이다. 수천 킬로미터 떨어진 곳에 있으니 말이다. 카를로스는 기드리를 상자 안에만 가두어놓았다. 그 뚜껑이 열리면 기드리가 어떤 일까지 할 수 있는지 에드에게 보여줄 수 있을 것이다. 정부, 군, 민간 도급업자. 돈, 속임수, 지글거리는 음식 소리, 100배는 더 붐비는 버번가.

그는 침대에 누웠다. 그리고 곧 침대 스프링이 끼긱거리는 소리가 들렸다. 바로 오른쪽 옆방에 있는 샬럿의 소리였다. 그는 그녀가 움직이는 소리에 귀를 기울였다. 그녀가 목청을 가다듬는 소리도 들렸다.

인생은 복잡하지 않았다. 여자들도 복잡하지 않았다. 그렇다면 어째서 기드리는 자신이 샬럿을 원하는지 원하지 않는지 분명하게 판단하지 못하는 것일까? 그녀를 갖고 싶은지 갖고 싶지 않은지, 아니면 어둠속에 그녀 옆에 조용히 누워 있기만 해도 행복할 것 같은지 아닌지 말이다. 밤새 호텔의 열기는 팽창했다 줄어들기를 반복했다. 아침이 되도 객실 안은 여전히 냉기가 돌았다. 기드리는 부들부들 떨며 일어나 뜨거운 커피 향을 따라 로비로 향했다. 스카치를 조금 더 하면 더할 나위가 없겠는데. 하지만 호텔의 바는 정오가 되어야 문을 열었다.

그는 난롯가 앞의 의자에 앉았다. 창문 밖으로 샬럿이 카메라를 들고 사진을 찍고 있는 모습이 보였다. 뭘 찍는 거지? 그도 알 수 없었다. 그녀는 인도 쪽으로 렌즈를 맞추고 있었다. 바람에 그녀의 머리카락이 이리저리 휘날렸다. 한 손으로 날리는 머리를 귀 뒤에 꽂고 난 뒤 그녀는 카메라를 안정감 있게 고정시켰다. 그리고 뷰파인더에서 조금도 눈을 떼지 않았다.

그는 그녀 몫의 커피를 한 잔 따라 밖으로 나갔다. 아침은 밝고 추웠다.

"맞출 수 있는 세 번의 기회를 줘요. 아니, 다섯 번이 낫겠네요."

그가 말했다.

"오른쪽으로 움직여봐요."

그녀가 아래쪽을 가리키며 말했다.

"내 그림자 사진을 찍으려고요?"

그가 말했다.

"내 거 찍는 건 이제 지겨워서요. 오른쪽으로 조금만 더 가봐요. 됐어요."

"평소에는 이렇게 순종적이지 않은데 말이죠."

"저도 평소에는 이렇게 강압적이지 않아요."

그녀는 사진을 찍은 다음 카메라를 아래로 내렸다. 기드리는 그녀에게 커피를 건넸다. 그녀는 잔을 잠시 볼에 가져다 대고 온기를 느낀 다음 커피를 한 모금 마셨다.

"설명할 수가 없어요. 제가 왜 그토록 그림자에 끌리는지요. 프랭크의 그림자를 좀 봐요. 도망가려는 것 같잖아요. 커피 고마워요."

아침 해는 여전히 하늘에 낮게 걸려 있었고, 잔뜩 눌린 기드리의 그림자는 인도 위를 가로질러 팽팽하게 늘어지며, 호텔의 벽돌 현관의 단에 맞춰 접혔다. 발을 들면 멀리 날아가 버릴 것 같았다.

"이제 사방을 봐도 그림자만 눈에 들어오네요. 나한테 무슨 짓을 한 건가요."

그가 말했다.

"감사 인사는 됐어요."

그녀가 말했다.

기드리는 옷깃을 세웠지만, 생각보다 밖이 그렇게 춥진 않았다. 얼굴 전체로 햇살을 쬐고 있어서 더욱 그러했다.

"일찍 일어났네요."

"저만 일어났어요. 로즈메리는 그냥 두면 정오까지도 잘 거예요."

"어제는 미안했어요. 눈치챘어야 했는데."

"아이들한테 오클라호마로 돌아가지 않을 거라고 미리 얘기했어야 했어요."

"왜 얘기 안 했어요?"

그가 말했다.

"정확히는 모르겠어요. 죄책감이 들었나 봐요."

"무엇 때문에?"

그는 그녀에게 담뱃불을 붙여주었다. 그녀가 내뿜는 연기에도 제 그림자가 있었다.

"모든 것에요. 남편을 떠난 것. 아이들을 데려온 것. 이 모든 게 아이들을 위한 거라고, 아이들의 더 나은 삶을 위한 거라고 제 자신에게 말한 것에도 죄책감을 느껴요. 아이들을 위한 일이긴 했지만, 당연히 제 자신을 위한 것이기도 했거든요. 더 죄책감을 느끼지 않는 부분에 대해서도 죄책감을 느껴요. 바보 같은 얘기처럼 들리겠지만."

"흠, 내 철학은⋯."

기드리가 말했다.

그리고 문득 말을 멈췄다. 그는 순간 마르첼로 조직의 전직 해결사 프랭크 기드리가 아닌, 보험 판매원 프랭크 웨인라이트인 척해야 한다는 것을 거의 잊을 뻔했다.

"네? 저 귀 쫑긋하고 있어요."

그녀가 말했다.

하지만 진심을 이야기하는 것이 가장 안전할지도 모르겠다. 기드리는 샬럿처럼 예리한 여자에게 거짓 모습을 또 한 번 들켜봐야 좋을 것이 없다고 생각했다.

"죄책감은 건강하지 못한 습관이라는 게 내 철학이에요. 사람들은 당신이 그들 원하는 대로 따르게 하기 위해 죄책감이란 감정을 이용해요. 하지만 우리 모두에게 인생은 한 번뿐인데, 왜 그걸 포기하나요?"

그가 말했다.

"산타마리아에서 남편과 통화를 했는데, 제가 이기적이라고 하더라고요."

그녀가 말했다.

"당연히 그랬겠죠. 당신이 떠나는 걸 원치 않을 테니까. 그리고 당연히 당신은 이기적이에요. 왜냐하면 당신에게 정말 중요한 것이 뭔지 알고 있고, 다시는… 그 노래 제목이 뭐였죠? 돈 싱크…."

그녀는 생각에 잠겨 담배를 피웠다.

"흥미로운 대화였어요."

그녀가 말했다.

"동의하는 바예요."

기드리가 말했다.

10분 뒤 위층에서 기드리는 가방을 싼 뒤에 라디오를 듣고 있었다. 그때 문에 노크 소리가 들렸다. 그는 당황하지 않았다. 폴 바로네는 노크부터 하지 않는다.

폴 바로네. 기드리에게 그 이름이 떠오른 것은 처음이었다. 그는 짧은 기도를 올렸다. 신에게? 아니면 카를로스에게? 지금 당장은 그게 그거였다. 제발, 하느님 아니면 카를로스, 내게 폴 바로네를 보내지 마세요. 누구라도 좋으니, 다른 사람을 보내주세요.

그는 문을 열었다. 샬럿이었다. 뭔가 문제가 생겼다는 것을 단번에 알 수 있었다.

"프랭크, 조앤이 없어졌어요."

그녀가 나지막하고 쉰 목소리로 말했다.

"네?"

그가 말했다.

"방에 올라갔더니…"

그녀는 진정하려 애쓰고 있었다.

"로즈메리는 언니가 어디로 갔는지 모르겠대요. 로즈메리가 자고 있을 때 나갔나 봐요. 캘리포니아로 가는 것 때문에 화가 난 것 같아요. 아래층에 내려가 있던 게 고작 30분이었는데요, 프랭크."

"걱정 말아요. 찾을 수 있어요. 멀리 가지 못했을 거예요."

그가 말했다.

조앤은 그들이 호텔 앞에서 커피를 마시는 동안 뒷문으로 빠져나간 게 분명했다. 기드리와 샬럿은 흩어져 찾아보기로 했다. 그는 호텔 뒤편 골목의 왼쪽으로 향했고, 그녀는 오른쪽으로 향했다. 기드리는 텅 빈 맥주 케그 뒤편의 출구들을 전부 확인했다. 감자 껍질과 달걀 껍데기를 쓰레기통에 버리던 한 남자는 "아뇨, 금발 여자애는 못 봤는데요."라고 말했다.

기드리는 문을 연 모든 가게와 식당에 머리를 들이밀었다. 아이의 입장에서 생각해보자. 낯선 곳에 와 있고, 집에 가고 싶다. 그럼 뭘 하겠는가?

아, 물론, 집으로 가겠지. 두 블록 위에 버스 터미널이 있던 것이 떠올랐다. 어젯밤에 지나쳐 왔었다. 기드리는 서둘러 터미널로 향했고, 당연하게도 그곳에 조앤이 앉아 있었다—매표소 옆 벤치에 코트 단추를 모두 채우고 앉아 무릎에 작은 가방에 올려놓은 자그마한 아이. 그곳에는 아이에게 도움이 필요하지는 않은지 살펴보기 위해 발길을 멈추는 이는 단 한 명도 없었다.

그는 아이 옆에 앉았다.

"안녕, 조앤. 어디 가려고?"

"집에요."

아이가 말했다. 돌로 만든 부처처럼 근엄하고 오묘한 표정이었다. 레이테섬*의 무너진 절에서 그런 부처상을 본 적이 있었다.

"그럴 줄 알았다. 버스표는 샀니?"

아이는 그를 올려다보았다.

"걱정 마. 내가 알아서 해줄 테니."

"감사합니다."

"아주 예의 바른 숙녀로구나."

"감사합니다."

"난 주변에 애들이 흔치 않아서, 너만 괜찮다면, 그냥 어른한테 말하듯 얘기하고 싶은데."

조앤이 고개를 끄덕였다.

"집에 돌아가면, 오클라호마에 돌아가면, 모든 것이 다시 예전 그대로 돌아갈 수 있을 것 같지? 네가 원하는 게 그거지? 많은 것을 바라는 게 아니라, 그냥 예전으로 돌아가는 것."

기드리가 말했다.

"네."

아이가 말했다.

"이해해. 어떻게 그 마음 모를 수가 있겠니. 나도 집을 떠나야 했던 때가 있었으니까."

"왜요?"

"너랑 같아. 주변 환경이 그렇게 만들었던 거지. 근데 우리 둘 다 듣고 싶지 않을 진실을 얘기해줄까? 세상을 돌고 돌며, 시간은 계속

---

* Leyte: 필리핀 중부 비사얀 제도 동부에 있는 섬.

해서 앞으로만 나아가지. 인생이란 전과 같을 순 없단다. 버스를 타고 오클라호마로 돌아간다고 해도 말이야. 넌 몇 살이지?"

"여덟 살."

아이가 말했다.

"나이는 로즈메리가 더 어린데도, 자기 멋대로 하려고 하지?"

그가 말했다.

"네."

"동생이랑 떨어지면 안 되잖아. 그렇게 되면 동생이 더 이상 멋대로 굴지도 못할 거고, 뭘 어떻게 해야 할지 몰라 할 거야, 안 그렇겠어?"

"아뇨."

"너한테나 나한테나 아주 새로운 일들이 펼쳐질 거야. 이제부터 어디로 향하든지 말이야. 누가 알겠어? 어쩌면 새로운 삶이 예전 삶보다 훨씬 더 멋질지도 모르지. 직접 맞닥뜨려보기 전까지는 모르는 거야."

아이는 울기 시작했다. 기드리는 어떻게 해야 할지 몰랐다. 아이의 어깨에 팔을 둘러야 할까? 머리에 팔을 둘러야 하나? 그는 아이의 어깨에 팔을 둘렀다. 아이는 그의 가슴에 얼굴을 묻었다. 그의 셔츠에 뜨겁고 축축한 눈물 자국이 번졌다.

"마음껏 울어도 좋아. 네 잘못이 아니야."

그가 말했다.

그가 앉은 의자 옆에는 관광 안내 책자들이 빼곡하게 꽂혀 있는 회전식 선반이 놓여 있었다. 그는 자유로운 손을 뻗어 선반을 돌려보았다. 유명한 애리조나의 목장이 당신을 환영합니다. 사와로 국립공원. 그랜드캐니언과 인디언 제국.

"집에 돌아가기 전에 그랜드캐니언 보고 싶지 않아?"

그가 말했다.

조앤은 고개를 가로저었다.

"안됐구나. 여기까지 왔는데 못 보고 가다니. 옛날 언젠가 그랜드캐니언에는 거대한 공룡들이 모여 으르렁댔을지도 몰라."

샬럿이 터미널에 들어왔다. 그녀는 조앤을 보자마자 안도했다. 기드리는 순간 아이를 잃을지도 모른다는 긴장감으로 그녀가 죽을 수도 있겠다는 생각이 들었다.

"조앤. 아, 조앤."

그녀가 말했다.

그는 조앤을 샬럿에게 넘겨주었다.

"이 아이는 부인 소속인 것 같네요."

조앤은 울음을 멈추었다. 샬럿은 눈물로 얼룩진 아이의 얼굴 구석구석에 키스했다.

"그랜드캐니언 보러갈 거예요."

조앤이 말했다.

샬럿이 기드리를 쳐다보았다.

"그래요?"

그는 바닥에 떨어진 조그마한 붉은색 비닐 가방을 집기 위해 몸을 숙였다. 아, 조앤. 언젠가 이 아이도 기드리 같은 남자가 하는 말은 그대로 믿으면 안 된다는 것을 깨닫게 될 것이다. 하지만 그에게 의도를 망칠 여유 같은 건 없었다. 라스베이거스에서도 새 가족이 필요할 테니 말이다. 늦더라도 아예 시도조차 안 하는 것보다 낫다.

그랜드캐니언은 145킬로미터 위로 올라가, 다시 145킬로미터를 되돌아가야 했다. 그래서 기드리는 호텔 직원에게 하룻밤 더 묵겠다고 얘기해두었다. 그들은 정오가 되기 직전에 출발했다. 단조로웠던 오색 사막이나 화석 공원과는 달리 그랜드캐니언은 정말로 웅장했다. 전에 봤다고 생각했던 기드리 또한 이런 광경은 보지 못했다. 깊이를 알 수 없는 계곡들. 절벽 끝에 서 있으니 내 자신이 하나의 점처럼 작게 느껴졌다. 스스로의 존재에 대한 불편한 진실과 마주서게 되는 것이다. 사소한 일에 얽히다 보면 그런 느낌을 받기 힘든데 말이다.

샬럿은 아이들이 절벽에서 몇 미터 떨어져 있도록 단속했지만, 그럼에도 불구하고 기드리는 뛰고 달리는 아이들 때문에 불안했다.

"봐봐, 언니! 저쪽에 강이 보여!"

로즈메리가 말했다.

"진짜!"

조앤이 말했다.

몇 시간 동안 기드리는 카를로스나 세라핀, 거구 에드에 대한 건 거의 잊고 있었다. 그를 기다리고 있는 라스베이거스에서의 알 수 없는 운명에 대해서도. 하지만 플래그스태프로 돌아가는 길에 라디오를 듣는 가운데, 방송 진행자는 존슨 대통령이 얼 워런을 필두로 한 케네디 저격 사건의 특별 수사 위원회를 발족했다고 보도했다.

드디어 시작됐군. 연방정부가 수사에 전력을 다하기 시작한 것이다. 루이지애나 메타리의 에어라인 고속도로 근방에서 카를로스 마르첼로가 방 안을 서성이는 동안 세라핀은 그를 진정시키려고 애쓰고 있을 터였다. 기드리는 그들과 마치 한 공간에 있는 듯 그 모습이 눈에 선했다.

기드리는 휴스턴에서부터 비밀스러운 환상 속을 맴돌았더랬다. 몇 주가 지나고, FBI는 오즈월드의 혐의를 전부 확정하고 사건을 종료할 것이다. 그러면 카를로스는 긴장을 풀고 기드리가 더 이상 위협이 되지 않는다고 판단하겠지. 그걸로 끝인 거다. 하지만 얼 워런은 미합중국 대법원의 대법원장이었다. 기드리가 알기로, 그는 만만한 인물이 아니었다. 로버트 케네디는 얼마만큼의 영향력을 갖고 있을까? 상관없었다. 카를로스는 기드리가 죽기 전까지 그 불안한 서성거림을 멈추지 않을 것이다.

"괜찮아요?"

샬럿이 물었다.

기드리는 그녀를 향해 미소를 지었다.

"물론이죠. 음악 들을까요?"

호텔에 도착해서 샬럿은 아이들을 먼저 객실에 들여보낸 뒤 기드리에게 밤 인사를 하기 위해 다시 복도로 나왔다. 그녀는 자신의 등 뒤로 부드럽게 문을 닫았다.

"오늘 아침에 도와줘서 고마웠어요. 조앤요."

그녀가 말했다.

"조앤은 괜찮을 거예요."

기드리가 말했다.

"아이들을 참 잘 다뤄요."

"내가요? 참, 아래층에 내려가서 술 한 잔 할래요?"

"아뇨."

그녀는 손을 들어 엄지손가락으로 가볍게 그의 볼을 쓸었다. 그의 오른쪽 눈 바로 옆, 광대뼈가 튀어나온 지점이었다.

"여기 작은 흉터가 있는 거 알아요?"

"알아요."

그가 말했다. 손톱 조각 모양과 그 크기의 거친 흉터. 기드리는 어떻게 해서 생긴 흉터인지 정확하게 기억이 나지 않았다. 아버지 벨트의 버클에 긁혔던 건가, 아마도? 그는 보다 일반적인 상황을 생각해 냈다.

"어렸을 때 나무에 올라가다가 가지가 부러지는 바람에 떨어졌어요."

"언제 사진을 좀 찍고 싶어요. 괜찮다면요."

그녀가 말했다.

"내 흉터를요?"

그가 말했다.

그녀는 가까이 다가섰다. 그녀의 손은 여전히 그의 볼에 있었고, 그녀의 다른 쪽 손은 그의 어깨에 올라와 있었다.

"당신 방으로 가요."

그녀가 말했다.

"지금 사진 찍으려고요?"

그가 말했다.

그녀는 그에게 키스했다. 확신에 찬 키스였다. 키스를 하는 가운데 그녀의 엄지손가락이 가볍게 그의 흉터를 압박했다.

"아뇨, 지금 바로는 아니에요."

그녀가 말했다.

21

그는 샬럿의 손길에서 익숙함을 느꼈다. 샬럿은 알 수 있었다. 모든 것, 그의 다른 모든 부분들—그의 손과 그의 입과 그의 호흡의 박자와 그의 피부의 낯선 맛—은 그녀로 하여금 마치 잠든 그녀가 착각을 일으켜 다른 여자의 꿈속으로 잘못 들어간 것처럼 느끼게 했다.
　어머! 미안해요! 금방 나갈게요.
　아니, 잠깐만요. 괜찮다면 더 있다 가요.
　그건 아주 좋은 꿈이었다. 프랭크가 그녀의 안으로 들어가 몸을 움직이는 동안 샬럿은 눈을 뜨고 그의 얼굴과 두 눈을 바라보았다. 두 사람이 연결되는 순간, 그녀는 그의 복부 근육이 수축하는 것을 느꼈다. 그리고 그가 미소를 지었다. 그녀는 순간 그가 자신에게 윙크를 할지도 모르겠다고 생각했지만, 그는 윙크를 하지 않았다.
　당신은 누구세요?
　하지만 그녀가 실제 생각하는 것은 그것이 아니었다. 그 질문이 아니었다. 그녀는 답을 알고 싶었다.
　나는 누구지?
　그녀는 겁에 질렸다가 환희에 빠졌으며, 대부분은 호기심에 사로잡혔다. 나는 누구지? 둘리의 가족과 함께했던 저녁식사가 불과 닷새

전이었다. 하지만 5세기도 더 전의 일처럼 느껴졌다. 그 시간과 공간은 완전히 사라져버렸다. '샬럿 로이' 역시 사라져버렸다. 용암에 녹아들고, 후세에 묻혀버렸다. 낡은 호텔의 객실 안인 지금 이곳, 머리 위로는 청동과 소가죽으로 만든 조명이 달려 있고, 잘 알지 못하는 남자가 그녀의 귓불을 깨물고 있었다.

그는 절정에 올랐다 다시 수그러들었다. 그녀는 등을 활처럼 구부리며 왼쪽으로 몸을 틀었다. 더 많은 기억들이 몰려왔다. 첫사랑과의 첫 섹스, 둘리와의 첫 섹스. 조심스러웠던 탐색기와 예의 바른 적응의 기간들, 계단을 후다닥 뛰어올라가는 대신 하나하나 차근차근 밟아나갔던 그 걸음들. 실례할게요, 부인. 제가 할게요, 선생님. 부드러운 안쪽 허벅지 위로 흩어지는 머리카락, 예상하지 못했던 뼈들의 맞부딪힘, 샬럿과 둘리의 섹스는 아무런 노력 없이, 별다른 움직임 없이 미끄러져 들어가는 것일 뿐이었다. 그들은 심지어 아무런 애무도 없이 섹스를 하곤 했다.

프랭크는 그녀를 향해 다시 미소를 지었다.

"생각이 너무 많네요."

그녀도 잘 알고 있었다. 하지만 그래도.

"당신이 그렇게 얘기하는 건 너무 주제넘는 거 아닌가요?"

"그만 생각해요."

그가 말했다.

"그렇게 만들어줘요."

그는 그녀 밖으로 몸을 완전히 뺐다가 다시 좀 더 천천히 안으로 들어갔다. 그녀는 그의 허리에 두 다리를 두르고는 호흡을 고르려 했지만, 그가 그렇게 하도록 내버려두지 않았다. 그녀의 머리가 계속해서 침대머리에 부딪혔다―그 소리를 들을 수 있었다―그리고 이제 머리는 생각하는 것 대신, 춤을 추고 있었다. 그녀는 그를 쓰러트리고 그 위에 올라탔다. 그는 그녀를 위로 올렸다가 다시 아래로 내렸다. 그녀는 둘리를 잊었다. 오클라호마를 잊었다. 모든 것을 잊고 자신만의 유희에만 집중했다. 절정에 이르자 그녀는 빙빙 도는 세상에서 튕겨 나가지 않도록 침대머리의 주철로 만든 소용돌이 문양을 붙잡았다. 그 과정에서 실수로 프랭크의 코를 치고 말았다.

"미안해요."

1분 후(5분이었나?) 그녀는 자신의 파편들을 모아 다시 재조립하기 위해 시체처럼 차가운 시트 위로 몸을 굴렸다.

그는 웃음을 터뜨렸다.

"다음번엔 꼭 권투 장갑을 낄게요."

"피가 나요."

그녀가 말했다.

"설마요."

그는 두 손가락으로 확인해보았다.

"정말이네요."

그가 욕실에 들어간 동안 샬럿은 자기 방으로 돌아갔다. 아이들은 곤히 잠들어 있었다. 개는 그녀의 뒤를 털레털레 따라오더니 타일 바닥에 털썩 주저앉아 그녀가 샤워하는 모습을 지켜보았다.

"네 의견은 그냥 넣어두면 고맙겠어."

그녀가 말했다.

하지만 개는 어느새 다시 잠들어 있었다. 그녀는 웃음을 지었다. 왜냐하면 녀석은 그녀가 누구와 무엇을 했는지 눈곱만큼도 관심이 없었기 때문이다. 이제 샬럿도 더 이상 신경 쓸 필요가 없었다. 헬륨 가스 및 햇살과 함께 그녀 안에 깨달음이 가득 차올랐다. 그녀는 샤위기 앞에 가급적 오래도록 서 있었다. 데일 정도로 뜨거운 물줄기가 그녀의 머리를 풍성하게 쓿고 지나가 둥근 어깨 아래로 떨어졌다.

이빨을 닦으며 그녀는 거울에 비친 자신의 모습을 관찰했다. 나는 누구지? 그녀는 늘 보아왔던 친숙한 두 눈을 볼 수 있었다(누군가 묻는다면, 눈이 너무 크고 양쪽 눈 사이도 너무 넓다고 답할 것이다). 목의 점도 그대로였고(10대 때는 몹시 창피했지만, 지금은 신경도 쓰지 않는다), 코와 입술과 턱도 모두 그대로였다.

하지만 외향은 속일 수 있다. 산타마리아의 더러운 차고에 걸어 들어갔던 여자는 그곳에서 걸어 나온 여자와 같은 인물이 아니었다. 그날 샬럿이 내린 결정—모든 것을 버리고 둘리와 오클라호마를 떠나겠다는 결심, 스스로에 대한 의심을 거두겠다는 결심—이 그녀 안에서 움직임을 이끌어낸 시초였다. 바람에 나뭇가지가 흔들리듯 그녀는 그것을 느꼈다.

프랭크가 라스베이거스까지 태워주겠다고 했을 때 샬럿은 밤새 뒤척였어야 했다. 망설이고 주저했어야 했다. 뭐, 그랬던 부분도 조금은 있었다, 정말로. 그녀는 순진하지 않았다. 그녀는 프랭크가 자신에게 관심이 있다는 것을 알고 있었다. 그의 관대함이 단지 그의 성격 때문이 아니라는 것을 말이다. 그리고 그에게는 샬럿이 뭐라 정확히 설명할 수 없는, 그가 자신에 대해 그녀에게 보이고 있는 모습과는 상반되는, 그 어떤 성격의 혼돈 같은 것이 느껴졌다.

물론 마음 깊은 곳에서 그녀도 그에 대해 좋은 느낌을 받았다. 그리고 그녀는 그 느낌을 믿었다. 자신이 옳은 결정을 한 것이라고 믿었다.

만약 샬럿이 그녀의 단 하나뿐인, 유일한 인생을 최대한 활용한다면, 로즈메리와 조앤도 그렇게 할 수 있도록 돕는다면, 그녀는 자신에게 찾아오는 모든 기회를 붙잡을 것이다. 두 번 *생각하지* 말아요.

토요일 아침 그녀는 아이들을 일찍 깨워 개 산책에 나섰다. 아이들은 투덜댔지만, 샬럿이 억지로 끌고 나갔다. 진실을 말하기까지 이미 너무 오래 기다렸다.

몇 블록 아래 빵집에서 설탕을 뿌린 코끼리 귀*를 팔았다. 샬럿은 둘이 나눠 먹을 수 있도록 그것을 하나 사서 아이들과 함께 해가 잘 드는 법원 계단에 앉았다. 로즈메리는 조앤에게 이 코끼리 귀는 진짜 코끼리 귀가 아니라고 설명했다. 걱정 마, 그냥 그렇게 부르는 거야. 진짜 코끼리 귀를 먹는 사람은 아무도 없어.

샬럿은 조앤이 언제까지 로즈메리를 참아줄 수 있을까 궁금해졌다. 조앤은 욥과 같은 인내심의 소유자였다. 하지만 조만간—중학생 혹은 고등학생이 되었을 때 혹은 결혼식 날, 로즈메리가 자기가 좋아하는 음악을 고르겠다고 고집하면—조앤은 로즈메리에게 단호하게 말할 것이다, 하느님, 맙소사. 단 1분이라도 입 좀 다물 수 없니… 제발…. 아니면 그러지 않을지도 모르겠다. 어쩌면 로즈메리는 조앤에게 딱 필요한 그런 동생일지도 모르겠다. 그런 생각을 하니 샬럿은 행복해졌다.

"얘들아, 너희가 얼마나 아빠를 보고 싶어 하는지 엄마도 알아."

샬럿이 말했다.

"아빠는 캘리포니아로 우릴 만나러 올 거야. 바닷가에 있는 마거리트 이모 집으로. 일이 다 끝나면, 비행기를 타고 우리를 만나러 올 거야. 그렇지, 엄마? 우리는 캘리포니아에 2주만 있을 거고, 디즈니랜드에 갈 거잖아."

---

* Elephant ears: 퍼프 페이스트리를 야자나무 잎 모양으로 구워낸 프랑스식 과자를 뜻하는 말.

로즈메리가 말했다.

샬럿은 로즈메리가 스스로 만들어낸, 상세하고도 그럴 듯한 결론이 감탄스러웠다.

"아니, 아빠는 캘리포니아에 안 와. 아빠는 계속 오클라호마에 살 거고, 우리는 캘리포니아에서 살 거야."

샬럿이 말했다.

"하지만…"

로즈메리가 말했다.

"어른들은, 그러니까 엄마와 아빠는 서로 떨어져 사는 것이 최선일 때도 있어. 모두에게 최선인 거야. 그래도 아빠와 전화 통화는 할 수 있어. 앞으로도 만날 수 있을 거고. 가끔 아빠가 우리 집을 다녀갈 수 있을 거야. 너희가 아빠 집에 다녀와도 되고."

"하지만…"

로즈메리는 절박하게 한 줄기의 빛, 하나의 구멍을 찾고 있었다. 견고한 성벽과 연결된 비밀 통로 같은 것 말이다. 만약에… 그러면…?

현실이 마침내 아이의 방어막을 꿰뚫자 로즈메리의 얼굴이 일그러졌다. 샬럿은 로즈메리가 느낀 그 날카로운 고통을 똑같이 느낄 수 있었다.

"이리 와, 우리 아기."

그녀가 말했다.

로즈메리는 고개를 흔들고는 힉힉 소리와 함께 흐느끼며 주춤주춤 멀어졌다. 아이는 몇 걸음 가지 못해 넘어져 콘크리트 계단에 무릎이 쓸리고 말았다.

샬럿이 나서기 전에 조앤이 먼저 로즈메리에게 다가갔다. 조앤은 로즈메리의 옆에 앉아 동생의 어깨에 팔을 둘렀다. 로즈메리는 빠져 나가려 했지만, 조앤은 조용히, 그러나 고집스럽게 동생을 놔주지 않았다. 조앤은 로즈메리의 귀에 뭔가를 속삭였지만, 샬럿은 무슨 말인지 알아들을 수 없었다. 그리고 마침내 로즈메리는 숨을 돌리고 울음을 멈췄다.

샬럿은 로즈메리의 까진 무릎을 손수건으로 톡톡 두드려주었지만, 뭐라 말해야 좋을지 알 수 없었다.

호텔로 돌아오자 프랭크가 로비의 벽난로 옆에 서서 커피를 마시고 있었다. 그는 로즈메리의 무릎을 보자 얼굴을 찌푸렸다.

"로즈메리가 넘어졌어요. 캘리포니아에 대해 같이 얘기를 좀 했거든요."

샬럿이 말했다.

그는 상황을 파악하고는 몸을 숙여 아이의 무릎을 살폈다.

"무슨 일이 있었는지 말해봐, 로즈메리. 하나도 빼놓지 말고 전부."

그가 말했다.

"넘어졌어요."

로즈메리가 말했다.

"그게 다니? 로즈메리, 이런 상처까지 났을 정도의 모험이라면 흥미로운 이야깃거리가 있어야 할 것 같은데, 안 그래?"

로즈메리는 계속해서 코를 훌쩍였지만, 아이는 모험을 좋아했고, 이야기를 좋아했다.

"아마도요. 네."

아이가 말했다.

"'넘어졌어요.'보다 더 나은 이야기를 만들 수 있을 거야. 한 시간을 주마. 필요하면 두 시간도 좋아. 이걸로 우리 거래한 거다?"

방에 올라간 뒤 샬럿은 로즈메리의 무릎을 비누로 씻고 밴드를 붙여주었다. 눈물과 코끼리 귀의 설탕으로 범벅이 된 얼굴도 씻어야 했다.

그들은 가방을 싸고 아래층으로 옮겼다. 프랭크가 이미 객실료를 지불한 터라 샬럿은 지갑을 열어 20달러 지폐를 꺼냈다.

"방값은 이미 다 치렀어요."

그가 말했다.

"아뇨, 아니에요."

그녀가 말했다.

"샬럿…."

하지만 그는 그녀가 쉽게 굽히지 않을 것이란 걸 눈치채고 돈을 받았다.

"차를 가져올게요."

차를 기다리는 동안 그녀는 객실 직원에게 데스크의 전화로 수신자 부담 전화를 해도 될지 물었다. 둘리는 내내 전화기만 쳐다보며 전화벨이 울리기만을 기다렸던 사람처럼 바로 전화를 받았다.

"샬럿? 당신이야?"

둘리가 말했다.

"그래, 나야."

그녀가 말했다.

"대체 어디야, 샬럿? 집에 온다고 했잖아."

그녀는 그런 말을 한 적이 없었다. 그녀도 잘 알고 있었다.

"난 집에 가지 않아, 둘리. 이혼할 거야. 우리가 잘 지내고 있다는 걸 알려주려고 전화했어. 애들은 잘 있어. 걱정하지 않았으면 해."

"걱정하지 말라고? 대체 나한테 왜 이러는 거야, 샬럿? 당신과 애들 없이는 한순간도 견딜 수 없어."

그는 로즈메리의 까진 무릎 같은 목소리로 말했다. 샬럿이 아무 말도 하지 않자 그는 다시 좀 더 부드럽고 다정하게 말했다.

"술 끊을게, 샬럿. 내가 형편없는 놈인 거 아는데, 한번 해볼게. 술 그만 마실게. 맹세해. 당신을 위해 해볼게."

그가 말했다.

예전의 샬럿이었다면 흔들렸을 것이다. 10년에 가까운 결혼 생활을 뒤로하고 남편을 떠날 만큼 모진 사람이었던가? 그녀는 그녀의 새로운 자아가 이 신선한 관점에서 둘리의 다양한 속임수들을 얼마나 간단히 간파해낼 수 있는지 그저 놀라울 따름이었다.

"애들한테 작별인사할래?"

그녀가 말했다.

"집으로 돌아와, 샬럿. 그게 내가 원하는 거야. 자, 내 말 들어봐, 만약…"

"안녕, 둘리. 잘 지내, 알았지? 캘리포니아에 도착하면 전화할게."

그녀가 말했다.

그리고 전화를 끊었다. 그녀는 잠시 생각에 잠겼다가 객실 직원에게 본인 부담으로 시외 전화를 할 수 있을지 물었다. 그가 수락했고, 샬럿은 마거리트 이모 집으로 전화를 걸었다.

"마거리트 이모."

그녀가 전화를 받자 샬럿이 말했다.

"또 저예요. 샬럿."

"샬럿."

딱 부러지고 퉁명스러운 한 마디 말 뒤로 한숨처럼 들리는 무언가가 이어졌다. 샬럿은 신경 쓰지 않기로 했다. 갈비뼈 사이로 파고드는 고통 따위, 그녀의 전신을 뒤덮는 당혹스러움 같은 건 무시하기로 했다. 그녀의 귓가에 다급한 속삭임이 들려왔다. 앉아, 그리고 조용히 해. 지금 도대체 뭘 하는 거야?

할 수 있다. 이건 그녀가 새롭게 깨닫고 있는 모습이었다. 어떤 행동으로 연결될지는 신경 쓰지 말고 마음껏 감정을 경험할 것. 당장이라도 문을 열고 싶은 충동 없이 차분히 문을 두드릴 것. 세상은 끝나지 않고, 탑은 쓰러지지 않는다. 삶은 계속된다.

"안녕하세요, 마거리트 이모. 잘 지내시죠?"

그녀가 말했다.

"지금 좀 바쁘구나."

마거리트가 말했다.

"그럼, 시간 많이 빼앗지 않을게요. 저, 남편이랑 이혼하려고 해요. 그러기로 했어요. 그래서 애들이랑 지금 로스앤젤레스로 가고 있고요. 그것도 제 결정이에요. 그곳에서 생업을 구할 때까지 이모 집에서 한두 달 정도 같이 지내고 싶어요."

"샬럿…"

"그리 좋은 생각이 아니라고 여기시는 거 알아요. 저도 진심으로 이해하고요. 하지만 지금 당장 저한테는 달리 대안이 없어요, 이모. 이 모든 게 너무 새로워서 혼란스러워요. 그래서 제 계획은 그저 한 발씩 앞으로 나가보는 거예요. 한 번에 한 발씩요. 우리 딸들은 얌전한 애들이에요. 아직 어리기도 하고요. 그래서 크게 방해가 되는 일은 없을 거예요. 당연히 애들과 방도 같이 쓸 거예요. 창고에서 자도 상관없고요. 로스앤젤레스 생활에 대한 환상 같은 것은 없어요. 제 차도 가질 거예요. 제 차도 갖고 싶어요. 앞으로의 제 인생에 대한 환상 같은 것도 없어요. 그래서 이모가 조금이라도 도와준다면 정말 감사할 거예요. 제게 남은 유일한 가족은 이모뿐이니까요."

샬럿은 심호흡을 했다. 좀 더 간결하고 조금은 정돈된 설명을 의도했지만, 어쨌든 핵심은 짚었다. 마거리트의 대답이 어떻게 나오든, 적어도 샬럿은 스스로에 대해 조금은 만족스러웠다.

"아."

이내 마거리트는 웃음을 터뜨렸다. 놀라움이 깃든, 하지만 그보다 더한 무언가가 담긴 웃음이었다. 왜냐하면 다정하고 풍부한 잔물결이 이는 그 웃음소리는 단호하고 차가웠던 아까의 음성과는 전혀 달랐기 때문이다.

"내게 선택권은 없는 것 같구나, 그렇지?"

"그나저나 저희한테 개도 있어요. 간질을 앓고 있고요."

샬럿이 말했다.

"나도 애꾸눈 고양이를 키워. 둘이 좋은 친구가 될지도 모르겠구나."

마거리트가 말했다.

샬럿은 또다시 심호흡을 했다. 그러고는 웃음을 지었다.

"고마워요, 이모."

"언제쯤 도착하니?"

"하루, 이틀 뒤면 라스베이거스에 먼저 도착할 거예요. 그러면 이번 주말 쯤에는 로스앤젤레스에 도착하지 않을까 싶어요."

"그래. 그럼 내, 창고를 준비해두지."

프랭크가 차를 갖고 돌아왔고, 모두가 차에 올라탔다. 도로를 달리는 가운데 로즈메리가 다친 무릎과 관련된 이야기를 풀어놓았다. 불법 도적단과 너무도 친구를 사귀고 싶어 하는, 도끼를 들고 다니는 거대한 인디언이 사막을 가로지르며 추격전을 벌였다는 이야기였다. 이야기가 진행되는 가운데 앞좌석에 앉은 샬럿은 기분 좋은 나른함을 느끼며 미소를 지었다. 차가 북쪽으로 향하며 네바다주 경계를 넘을 때까지도 로즈메리의 살 붙은 모험담은 끝날 줄을 몰랐다.

22

"텍사스 밖으로는 나가본 적이 없어요."

흑인 아이가 말했다.

"축하한다. 이제 세계 여행자가 됐구나."

바로네가 말했다.

뉴멕시코 투쿰카리. 66번 고속도로에는 대여섯 개의 모텔들이 늘어서 있었다. 바로네는 모텔들을 전부 확인했다.

사립 탐정인데, 한 남자를 찾고 있어요. 아내와 애들을 버리고 도망간 사람인데, 그 아내가 절 고용했습니다. 하늘색 닷지를 몰고 다니는데, 무슨 이름을 사용하는지는 알 수 없군요. 용모는 이렇습니다. 그런 뒤 산타로사의 모텔 두 곳, 클라인스코너스의 모텔 두 곳, 모리아티의 모텔 한 곳. 똑같은 일장설명에 이어지는 똑같은 멍한 표정. 미안하지만 아뇨, 아-니오, 못 봤어요.

바로네는 백미러를 살펴보았다. 그들은 이제 텍사스에서 벗어나 있었다. 경찰들에 대해 크게 걱정하지 않았다. 그를 뒤쫓을 이유가 없었다.

그들은 모리아티에서 수요일 밤을 보냈다. 바로네에게 무리가 왔다. 그는 차에서 방까지 겨우 이동할 수 있었다. 아이는 마을에 단 하나뿐인 식당까지 걸어가 바로네를 위한 수프 한 그릇을 사왔다. 그는 바로네에게 약을 준 다음 짭짤한 크래커를 수프에 부수어 넣어주었다. 자기가 아플 때마다 휴스턴에 있는 누나가 이렇게 해줬다면서. 하룻밤의 숙면은 매우 효과적이었다. 목요일 아침, 그러니까 추수감사절에 그는 다소 몸이 가뿐해진 것을 느꼈다. 붕대 아래로 슬쩍 살펴본 손의 붓기도 제법 많이 가라앉았다. 덕분에 바로네는 하루 종일 앨버커키에 있는 모든 모텔과 호텔, 하숙집들을 다녀볼 수 있었다. 멈추는 중간 중간에 아이는 자신의 의견을 피력했다. 그는 바로네가 몸담고 있는 회사 같은 곳에서는 절대 일하지 않을 거라고 했다. 지금까지 단 하루도 휴일을 주지 않는 그런 회사가 어디 있느냐면서. 그리고 그는 똑똑하고 예쁜 여자를 만나 내후년에 고등학교를 졸업하는 즉시 결혼할 계획이라고 했다. 아니면 먼저 군대에 갈 수도 있을 거라고 했다.

"군대는 가지 않는 게 좋아."

바로네가 말했다.

"왜요?"

아이가 말했다.

"그냥 내 말 들어. 그리고 결혼은 왜 그렇게 빨리 하려는 거야?"

"젠장. 결혼을 왜 그렇게 빨리 하려는 거냐니요."

"그래, 그렇게 물었어."

"나한테 그 여자 소개해주면 안 돼요? 지난번에 얘기했던 그 흑인 여자 변호사요."

아이가 말했다.

금요일에 그들은 뉴멕시코를 완전히 통과해 애리조나에 조금 접어들었다. 홀브룩에 가까워오자 라디오 주파수 하나가 희미해지더니 새 주파수가 잡히기 시작했다. 수면 위로 물방울이 솟아오르듯 음악 소리가 조금씩 가닥을 잡아나가기 시작했다.

〈라운드 미드나이트〉. 또 그 노래였다. 이번에는 빌리 테일러의 피아노 연주곡 버전이었다. 마치 그 노래가 바로네를 따라다니는 것만 같았다. 아니면 바로네가 그 노래를 따라다니거나.

"신을 믿어?"

바로네가 말했다.

"그건 왜요?"

아이가 말했다.

"굳이 말 안 해줄 이유가 있어?"

아이는 인상을 구긴 채 일이 킬로미터 정도를 더 달렸다. 아이는 신중하고 성실한 운전사였다. 운전대에서 손을 떼는 법도 없고, 도로에서 눈을 떼지도 않았다. 이 모든 일이 끝나고 나면, 어쩌면 이 아이를 세라핀에게 소개해줘도 좋을 것이다. 아이에게 평생 일할 수 있는 일자리를 주라고 추천하는 것이다.

"그렇기도 하고 아니기도 해요. 신을 믿는지에 대해선."

아이가 말했다.

"대답이 양 갈래일 순 없어."

바로네가 말했다.

"난 예수님이 백인이 아니었다고 믿어요."

"그런 얘긴 어디서 들었어?"

"그냥 들었어요."

그들은 홀브룩에서 밤을 보내기로 하고 선 앤드 샌드 모텔에 체크인을 했다. 아니, 체크인을 하려 했다. 매니저가 아이를 보더니 고개를 가로저었다. 뚱뚱한 남자는 눈이 잔뜩 충혈되어 있었다. 입술을 자주 말고 있는 것을 보니, 어쩌면 초라해질 대로 초라해진 전직 경찰인지도 모르겠다.

"아뇨, 안 됩니다."

매니저가 말했다.

"네?"

바로네가 말했다.

매니저가 다시 입술을 말았다.

"갑자기 빈방이 다 나가버렸어요."

바로네는 그를 쏴버릴 수도 있었다. 그보다 더 낫게는, 그를 의자에 묶은 다음 수영장의 가장 깊은 곳에 던져버릴 수도 있었다. 수면 위로 움직이는 불빛을 통해 그의 두 눈이 불거지면서 죽음이 그에게 명백해지는 순간을 지켜보는 것이다—이게 끝이라는 사실, 마지막 커튼콜이라는 사실. 대부분의 사람들에게 그러한 순간은 놀라움이었다. 전혀 놀랍지 않은 순간일 때도 말이다.

아이가 없어졌다. 바로네는 아이를 차 뒷좌석에서 찾았다.

"뭐 해?"

바로네가 말했다.

"차에서 자려고요. 괜찮아요."

"안 돼."

그들은 400미터쯤 되돌아가 루실 컴 온 여인숙에 도착했다. 그 이름이 루실인지는 모르겠지만, 그들을 맞이한 여자는 눈을 동그랗게 뜨고 아이를 쳐다봤다. 그러고는 조그마한 흑인들이 이 신성한 66번 고속도로를 자유로이 활개치고 다니는, 이 세계정세의 참담한 상황을 애도하듯 머리를 설레설레 흔들었다. 그러나 마침내 그녀는 방 열쇠를 건네주었다.

아이는 바로네의 이마에 올리기 위해 수건을 차갑게 적셨다.

"그린 북이 필요해요."

"뭐?"

"그린 북. 아저씨가 흑인이면 어느 곳에서 멈춰 서야 할지 알려주는 거예요. 아저씨는 깃털 털어낼 짬도 없잖아요. 흑인들은 휴식을 갖는다고요. 젠장. 흑인들은 뭐 맨날 일만 하는 줄 알아요?"

바로네는 아이가 도대체 무슨 이야기를 하는 건지 알 수가 없었다. 그래도 이제는 익숙해지려 하고 있었다.

"여기 5달러 지폐 있다. 가서 위스키 사 오든지, 아니면 아예 돌아오지 마."

바로네가 말했다.

"약 먹어요. 저기 물 마시고요."

아이가 말했다.

다음 날인 토요일, 바로네는 윈슬로를 확인해봤지만, 운이 따르지 않았다. 그리고 플래그스태프에 접어들었다.

시내의 오래된 호텔에서 그는 준비한 대사를 열세 번, 열네 번, 열다섯 번째 반복했다.

"사립 탐정인데, 한 남자를 찾고 있어요. 아내와 애들을 버리고 도망간 사람인데, 그 아내가 절 고용했습니다. 하늘색 닷지를 몰고 다니는데, 무슨 이름을 사용하는지는 알 수 없군요."

직원은 가죽을 꼬아 만든 옛날 스타일의 스트링 타이를 매고 있었다. 거기에는 은과 터키석으로 만든 클립이 매달려 있었다. 어쩌면 호텔 사장이 호텔의 분위기와 어울리도록 그런 타이를 매게끔 했는지도 모르겠다.

"아뇨, 그런 사람은 없었던 것 같은데요. 가족들이랑 연인들뿐이었어요."

직원이 커다란 숙박부를 확인했다.

바로네가 완전히 착각을 했을 수도 있다. 이것 또한 가능성이었다. 텍사스 보안관의 거짓말을 바로네가 순진하게도 그대로 믿어버린 것이다. 바로네는 생각하고 싶지 않았지만, 기드리는 서쪽이 아니라, 동쪽으로 갔을 수도 있다. 아니면, 로스앤젤레스까지 24시간을 내리 달렸을지도 모른다. 그 어느 곳에서도 멈추지 않고 말이다. 이미 멕시코에 있는지도 모른다.

오후 12시 30분. 하지만 오전 12시 30분 같은 기분이었다. 바로네는 침대에 누워 일 이 년가량 잠들어 있고 싶었다. 하지만 결코 일을 그만둘 수는 없었다. 이 일만이 그의 유일한 재능이고, 그의 평생 직업이었다. 그를 미워했던 새어머니조차도 인정한 사실이었다. 폴 바로네는 절대 그만둘 수 없었다.

그리고 어제 들었던 그 노래. 〈라운드 미드나이트〉. 아무 의미가 없을지도 모르지만, 뭔가 의미가 있을지도 모른다.

그래서 그는 옛날 스타일의 스트링 타이를 맨 직원에게 기드리에 대해 설명했다—열세 번, 열네 번, 열다섯 번째로. 키와 체격. 짙은 색 머리카락, 밝은 색 눈동자, 미소. 처음 만난 사람도 오랜 친구인 양 대하는 기드리 특유의 친근한 화술.

직원은 잠시 생각에 잠겼다.

"아, 글쎄요… 아니야."

바로네는 신경이 곤두섰다.

"말해요."

"웨인라이트 씨와 무척 비슷한 것 같은데, 그분은 아내와 함께였어요. 딸들도 있었고요."

직원이 말했다.

"아내와 딸들?"

바로네가 말했다.

"같이 왔어요. 네, 그리고 같이 떠나는 것도 봤고요."

그건 기드리가 아니다. 기드리일 리가 없다.

"그 사람에 대한 또 다른 것은요?"

"다른 거요?"

직원이 말했다.

"웨인라이트 씨라는 사람 말이에요. 생각해봐요."

"아… 억양이 조금 독특했어요. 이제 생각이 났는데, 그쪽이랑 비슷했어요."

직원이 갑자기 생기가 돈은 양 말했다.

기드리, 이 개자식. 옷걸이에서 모자와 코트를 챙기듯, 도주하는 길에 아내와 아이들을 챙겼나 보군. 그 위장은 완벽에 가까울 뻔했다.

"언제 떠났어요?"

바로네가 말했다.

"오늘 아침에요. 9시쯤."

직원이 말했다.

바로네의 눈이 이글거렸다. 기드리는 멕시코에 있지 않다. 그는 바로네에게서 고작 세 시간 앞서 있을 뿐이었다.

"어디로 갔어요? 알아요?"

바로네가 말했다.

직원은 망설였다. 바로네는 당장이라도 폴리스 포지티브 38구경을 꺼내 직원의 머리에 쑤셔 박고 싶은 충동을 간신히 참아냈다.

"그냥 전화 한 통 바라는 거예요. 그 사람 아내요. 그것뿐이에요. 엄청나게 상처를 받았거든요. 그렇다고 그 남자가 아주 몹쓸 인간인 건 아니에요. 그냥 다른 사람과 사랑에 빠져버린 거죠. 그 남자를 들볶을 생각도 없어요. 다만 그 사람을 찾아서 빨리 집에 전화하도록 하지 않으면, 내가 돈을 받지 못한다고요."

직원은 수긍했다.

"라스베이거스로 간댔어요. 여자분이 통화하는 걸 들었어요. 웨인라이트 부인. 아니, 웨인라이트 씨의… 동행분 말예요."

바로네는 밖으로 나갔다. 길 건너에 공중전화가 있었다.

"그놈이 라스베이거스로 가고 있어. 난 지금 세 시간 뒤처지고 있고."

바로네가 세라핀에게 말했다.

"알았어요."

그녀는 안도의 기색을 숨기려 애썼지만, 바로네는 눈치챌 수 있었다. 어쩌면 그녀도 그의 목소리에 깃든 안도감을 알아차렸는지도 모르겠다.

"카를로스가 기뻐할 거예요. 트로피카나 호텔에서 스탠 콘티니를 만나요. 라스베이거스에서는 행동을 조심해야 할 거예요. 알겠어요?"

"어떻게 해야 하는지 알아."

그는 전화를 끊으려 했다.

"한 가지 더, 몽 셰."

그녀가 말했다.

"뭔데."

"텍사스 경찰서에서 있었던 일요. 믿을 만한 정보통으로부터 들은 건데, 용의자가 10대의 흑인 아이와 함께 다니는 백인 남자라고 하네요."

그 식당의 웨이트리스. 바로네는 그녀에 대해 잊고 있었다. 자초해서 잊어버리고 만 것이다.

"이 소식이 문제가 될까요?"

세라핀이 말했다.

"그게 왜?"

바로네가 말했다.

"만약 경찰에서 알게 되면…"

"라스베이거스에서 전화하지."

바로네는 전화를 끊었다. 플래그스태프에서 벗어나는 길에 그는 아이에게 '톨 파인 여인숙'이라는 이름의 고급 클럽에 차를 잠깐 세우라고 했다. 세련된 분위기, 맛있는 음식, 맥주와 와인 포장 가능. 바로네는 여섯 팩들이 슐리츠 맥주 꾸러미를 두 개 샀다.

"의사가 뭐라고 했는지 알아. 그냥 맥주일 뿐이잖아. 자축 정도는 해야지."

바로네가 말했다.

"하나만 줘요."

아이가 말했다.

"넌 운전해야지. 됐어."

2킬로미터 정도 달렸을 때 바로네는 아이에게 맥주 캔 하나를 건넸다.

"음악 좀 틀어봐."

그들은 들을 만한 음악 채널을 찾지 못했다. 네덜란드 촌뜨기들의 요들송, 유황불이 타오르는 지옥에 대해 설교하는 목사들, 그도 아니면 레슬리 고어의 구슬픈 노래였다. 그녀가 가장 최악이었다. 그녀의 목소리는 마치 손톱으로 두개골을 긁는 소리 같았다. 바로네는 라디오를 꼈다. 아이는 맥주를 다 마시고는 또 하나로 손을 뻗었다. 의기양양한 태도로 허락도 구하지 않았다.

"그것까지야. 아껴 마시는 게 좋을 거야."

바로네가 말했다.

"젠장. 아껴 마시라니."

아이가 말했다.

"그래."

"아저씨는요?"

"뭘?"

"신을 믿어요?"

아이가 말했다.

"대부분의 사람들이 믿는 신은 안 믿어."

바로네가 말했다.

그들은 소나무가 가득한 숲을 뒤로했다. 그들 앞으로는 황량한 사막이 펼쳐져 있었다. 얇은 철제 표지판에 총알구멍이 하나 나 있었는데, 거기에는 '라스베이거스 240킬로미터'라고 적혀 있었다.

아이는 갈라지는 가성의 목소리로 레슬리 고어의 노래를 부르기 시작했다. 도입부를 반 정도 지났을 때 아이는 큭큭거리며 무너져 내렸고 처음부터 다시 시작해야 했다. 약한 맥주를 두 캔 반 마시고 취해버린 것이다.

"우후! 오줌을 싸야겠어요."

아이가 말했다.

"말릴 생각 없어."

바로네가 말했다.

고속도로와 나란하게 건천이 한 줄 나 있었다. 사막 안쪽으로 15미터가량 들어가 있고, 개인적일 볼일을 봐도 좋을 정도로 깊이도 충분했다.

"저쪽에서 해결해. 차 세워."

바로네가 말했다.

"뭣 좀 물어볼게요. 아저씨도 오줌 싸야 되지 않아요? 같이 가요."

아이가 말했다.

"나도 하나 물어볼게."

"뭐요?"

"잊어버렸어."

바로네는 아이를 따라 건천으로 내려갔다. 원래는 조용히 처리하기 위해 벨트를 사용할 계획이었지만, 그는 아이가 마음에 들었고, 벨트는 너무 오래 걸리기도 했다. 게다가 바로네는 아직 힘을 쓸 자신이 없었다. 오른쪽 손에 붕대를 감고 있는 데다 열 때문에 몸이 약해진 탓이었다. 그래서 그는 폴리스 포지티브로 아이의 뒷머리를 쏜 다음 어깨 사이를 두 번 더 쏘았다.

그는 건천에서 올라왔다. 고속도로는 양방향 모두 몇 킬로미터가량은 깨끗했다. 바로네는 운전석에 올라탔다. 건천을 올라오느라 숨이 찼지만, 이제 얼마 남지 않았다.

23

 거구 에드 징걸. 어디서부터 시작해야 할까? 기드리가 그를 처음 만난 것은 1955년이었는데, 모 달리츠가 듄스의 개업을 축하하면서 벌인 떠들썩한 파티에서였다. 그곳에는 시나트라도 있었고, 리타 헤이워드와 그녀의 남편 딕 헤임즈도 있었다. 쇼가 끝난 뒤에는 베라 엘런이 찾아와 사람들과 어울리면서 크랩 도박을 하기도 했다.
 라스베이거스의 인맥 거미줄의 중앙에는 에드가 있었다. 동부에 사는 모 달리츠의 지인들은 돈을 쓰는 것이 아니라, 벌고 싶어 했다. 그래서 카지노를 만들고, 그 규모를 확장하는 데 도움이 될 만한 직접 투자자들을 모아줄 수 있는 사람을 필요로 했다. 에드는 피닉스에 있는 밸리 내셔널 은행을 끌어들였고, 캘리포니아에서 사학연금공단을 끌어왔다. 그는 실력이 있었다. 그는 전쟁 때 오래된 은 광산을 사들여 거기서 나온 은으로 건설용 자재들을 생산해 이미 엄청나게 많은 돈을 벌어들인 인물이었다.
 1955년의 던스 파티에서 에드는 기드리에게 그의 이름과 연락처가 적힌 명함을 주었다. 거기에는 우아한 서체의 두 단어가 볼록하게 인쇄되어 있었다. '빅 아이디어(Big Ideas).'
 그들은 이야기를 나눴다. 에드는 기드리에게 반하고 말았다.

"자네 참 마음에 드는군."

기드리가 카를로스 마르첼로 밑에서 일하고 있다는 것을 알기 전까지는 말이다.

"내가 뭘 보고 싶은지 아나?"

에드는 웨이터의 쟁반에서 샴페인 한 잔을 더 집어 들며 비죽거렸다.

"배달된 상자를 열었을 때 그 안에 자네 시체 조각들이 그득하게 들어 있는 걸 발견했을 때의 그 개자식 면상 한번 봤으면 좋겠군. 얼마나 쓰라리겠나, 안 그래?"

거구 에드는 매우 진지했다. 기드리가 이 상황을 타개할 수 있는 방법은 두 가지였다. 옳은 방법과 옳지 않은 방법. 어느 것으로 할까?

"어느 부위냐에 따라 다르죠."

기드리가 말했다.

에드는 웃고 또 웃었다. 이 성격 좋은 친구는 안도하며 이마의 땀을 닦았다. 거구 에드 징걸의 사전에 농담이란 없었기 때문이다. 그날 밤 그는 그의 오랜 친구이자 사업 파트너인 모리 시프먼과 건배를 했다. 눈물이 마를 새 없는 감동적인 조우였다. 그러나 2주 뒤 모리와 그의 부인은 타호의 별장에서 죽은 채 발견됐다. 모리는 목이 졸렸고, 부인은 머리에 총을 맞았다. 그런데 두 사람을 죽인 것이 거구 에드라는 소문이 돌았다. 단지 재미로 그랬다는 것이다. 부인의 뇌 조각들이 아래로 흘러내려 값비싼 오리엔탈 양탄자가 더러워지지 않도록 그녀의 머리는 소파 쿠션들에 둘러싸여 있었다.

좀 더 최근, 그러니까 1년쯤 전에 FBI 국장 후버는 에드의 조직을 내부적으로 염탐하고자 했다. FBI에는 여성 요원이 없었기 때문에 그들은 타자를 치는 여직원들 중 한 명을 골라 위장파견했다. 하지만 그 여자는 기회를 잡지 못했다. 에드가 그녀의 정체를 눈치채고는 후버에게 잔혹한 메시지를 보낸 것이다.

"그는 정말 다정다감하고, 겸손한 사람이에요."

기드리는 샬럿에게 말했다. 그녀가 그를 만날 일은 결코 없을 것이기 때문에 기드리는 아무 말이나 늘어놓을 수 있었다.

"그는 있는 돈을 탈탈 털어서 라스베이거스에 병원을 세웠어요. 근데 자기 이름을 절대 붙이지 못하게 했죠."

"그럼, 정말 그 사람이 저한테… 차를 빌려줄까요?"

그녀가 말했다.

"그럴 거예요. 며칠 동안 외부에 나가 있을 거라고 했지만, 돌아오고 난 뒤에는 기대해도 좋을 거예요."

"두 사람은 어떻게 알게 됐어요?"

"그 사람은 중개상 업무 말고도 네바다에서 가장 큰 보험 에이전시를 소유하고 있거든요. 미니애폴리스에서 열린 협의회에서 만났죠. 정부 정책 씹어대면서요."

기드리는 매년 한 번씩은 라스베이거스에 갔다. 에드는 항상 시간을 내어 술을 마시거나 저녁식사를 함께했다. 만남의 끝에 그는 기드리를 포근하게 포옹하곤 했다.

"우리 같은 작자들은 뭉쳐야 한다니까."

라스베이거스가 가까워지고 있었다. 아직 오후 1시밖에 되지 않은 것이 안타까운 일이었다. 라스베이거스는 해가 질 무렵이 가장 최고였다. 산맥은 다양한 색상의 보랏빛으로 물들고, 석탄처럼 나지막이 깔린 구름들은 스트립*의 불빛을 받아 달구어졌다. 기드리는 샬럿을 바라보았다. 그는 무릎을 움직여 그녀의 무릎에 가져다 댔다. 그녀는

---

* Strip: 라스베이거스의 중심가이자 최대 유흥 지역.

미소를 지으며 그의 무릎에 자신의 무릎을 밀착시켰다. 어젯밤 침대에서 그는 평소처럼 좋은 시간을 보냈다. 평소보다 더 좋았다. 그녀에 대한 관심이 절반으로 줄지도 않았고, 다른 곳으로 사라져버리고 싶은 마음도 들지 않았다.

"라스베이거스 근처에서 핵폭탄 실험을 한다고 잡지에서 읽은 적이 있어요. 마치 드라이브인 영화관에 가듯 가족 단위로 그걸 구경하러 간다는 거예요."

샬럿이 말했다. 아이들은 뒷좌석에서 자고 있었다.

"최근 몇 년 동안은 실험이 없었어요. 하지만 그 전에는 그랬죠. 맞아요. 시내에 있는 호텔들의 최상층에서 그 폭파 장면을 볼 수 있었어요."

기드리가 말했다.

"정말요?"

그녀가 말했다.

"키스해줘요."

샬럿은 다시 미소를 지었지만 창문에서 고개를 돌리진 않았다.

"핵폭탄이라니. 그런 장면은 별로 보고 싶은 마음이 없는데."

"나도 그래요."

기드리가 말했다.

"아름답긴 하겠죠. 저 같으면 폭발 장면 대신 그 폭발을 구경하고 있는 사람들의 사진을 찍고 싶을 것 같아요."

정신 똑바로 차리자. 기드리는 스스로 경계했다. 거구 에드 같은 사람을 상대할 때는 온 신경을 기울여야 했다. 에드는 삶의 유흥을 즐기는 사람이기 때문에 상황이 좋다고 해도 깜짝 놀랄 만한 무언가를 숨기고 있을지도 모른다. 상황이 좋지 못하다면, 에드는 기드리를 라스베이거스로 꾀어 카를로스에게 되팔려는 심산일지도 모른다. 에드는 결국 장사꾼이니까. 장사꾼이란 이문이 남지 않는 장사는 하지 않는 법이다.

그리고 심지어 그가 오늘은 기드리에게 한 약속을 충실히 이행할 생각이었다고 해도, 내일은 또 마음이 바뀔지도 모른다. 에드의 변덕은 악명이 높다.

"당신은 그림자 사진을 찍고, 사람들이 구경하는 대상이 아닌, 그 사람들의 사진을 찍네요."

기드리가 말했다.

그녀는 웃음을 지었다.

"황당한가 봐요."

"신선해서요."

그가 말했다.

"저는… 평범한 것에 끌려요."

"평범한 것?"

"매일 아침 현관 밖으로 나올 때면 항상 왼쪽을 봐요. 브룸 씨가 현관에 나와 있는지 보려고요. 그리고 늘 같은 생각을 하죠. 그 사람은 정말 불평꾼이야. 그런 사람한테 왜 굳이 손을 흔들어 인사해야 하지? 그런 다음 담장 위로 백일홍이 흐드러진 오른쪽을 봐요. 그리고 또 늘 같은 생각을 해요. 매년 여름 몇 주만 더 꽃이 피어 있으면 좋겠다고요."

그는 그녀의 마음이 종잡을 수 없이 통통 튀는 것이 마음에 들었다.

"이제 좀 황당해지기 시작하네요."

그가 말했다.

"손에 카메라가 있으면, 나도 모르게 새로운 장소들을 돌아보게 돼요. 새로운 생각이 떠오르기도 하고요."

그녀는 당혹스러워하며 다시금 웃음을 지었다.

"그냥 그렇다고요. 귀담아 듣지는 말아요."

"부디 멈추지 말고 계속 얘기해줘요. 부탁이에요."

기드리가 말했다.

하시엔다에는 기드리가 필요로 하는 모든 것들이 있었다. 라스베이거스의 유일한 가족형 카지노 리조트로, 미니 골프 코스와 고카트* 트랙이 구비되어 있었다. 스트립의 남쪽 끝에 자리하고 있는 유일한 카지노 리조트이기도 했으며, 공항 건너편에 자리하고 있어 번잡한 지역과도 다소 떨어져 있었다. 또한 조직과의 연계가 없는 유일한 카지노 리조트이기도 했다. 하시엔다는 매년 적자를 내고 있었기 때문에 조직에서 흥미를 느낄 이유가 없었다.

물론, 100퍼센트라는 것은 없으니 하시엔다에서 아는 사람과 마주칠 수도 있다. 하지만 가능성은 낮았다. 게다가 샬럿과 아이들과 함께라면 자연스럽게 나다닐 수 있었다.

주차장 위로 표지판이 우뚝 서 있었다. 날뛰는 야생마에 올라탄 카우보이가 지나가는 차들을 향해 안녕하세요, 안녕하세요, 안녕하세요, 손을 흔들고 있었다 ─혹은 어쩌면 자기 돈주머니에게 잘 가요, 잘 가요, 잘 가요, 인사를 하고 있는 것일지도. 그는 일전에 애리조나에서 만났던 인디언 추장을 부끄럽게 만들고 있었다.

로즈메리와 조앤에게서는 감탄이 끊이지 않았다. 로비에는 옷가게가 있었고, 천막 극장은 〈레 풉스 드 파리(Les Poupees de Paris)〉라는 인

---

* Go-Kart: 소형 경주용 자동차.

형극을 홍보하고 있었다. 기드리는 아이들을 위해 그 뜻을 알려주었다. 파리의 인형들.

"엄마, 여기가 어디 같은지 알아?"

로즈메리가 교회에 와 있는 것처럼 나지막한 목소리로 말했다.

"어디 같은데, 우리 아가?"

샬럿이 말했다.

"영화 속 같아. 〈오즈의 마법사〉 같은."

조앤도 나지막한 목소리로 말했다.

데스크 직원은 개를 전혀 신경 쓰지 않았다. 그 점에 있어서는 라스베이거스도 뉴올리언스와 비슷했다. 돈만 있으면, 뭐든 가능한 것이다. 축복받은 아메리카여.

한 해 중 지금의 시기는 수영을 하기엔 쌀쌀했지만 반짝이는 수영장 옆 야외에서 점심을 먹기에는 충분히 따뜻했다. 케첩과 겨자 소스가 나오고, 렐리시 피클과 각종 소스들이 저마다 조그마한 숟가락에 담겨져 나오는 핫도그에 로즈메리와 조앤은 너무도 행복해했다.

계속되는 목록들. 좋아하는 색깔. 좋아하는 노래. 좋아하는 음식.

기드리는 좋아하는 음식 목록에 달걀 프라이를 추가하려다가 때맞춰 정정했다. 좋아하는 점심식사용 음식으로.

그는 지금까지 아이들이 그의 어머니와 얼마나 많이 닮았는지 깨닫지 못했다. 턱의 모양이라든가 삶을 직시하는 방법까지. 어서 해봐, 할 수 있으면 해봐.

좋아하는 책. 좋아하는 옛날이야기. 옛날이야기 속 좋아하는 캐릭터. 바람이 불어 수영장의 수면 위로 잔물결이 일었다.

그는 아이들을 때리지 않았다. 아이들의 아빠 말이다. 이들과 며칠 같이 지내본 뒤 기드리가 공들여 추측한 결과였다. 어쩌면 그 남자는 딸들을 끔찍하게 아꼈는지도 모른다. 기드리는 당연히 그럴 수밖에 없었을 것이라 생각했다. 그런 아이들을 잃은 그 남자는 지금쯤 가슴 속 심장이 조각나는 기분일까? 그런 기분은 어떤 기분일까? 기드리는 잊고 말았다. 다시금 알고 싶다는 욕구조차 일지 않았다.

"헤이, 누구 고카트 타러 갈 사람?"

그가 말했다.

하지만 운전석에 앉으려면 적어도 열두 살은 넘어야 했다. 그래서 그들은 대신 미니 골프를 쳤다. 기드리는 자신이 미니 골프에 젬병이라는 사실을 새롭게 발견했다. 정말로 형편없는 실력이었다. 그가 친 공이 화산 경사로 아래로 굴러 그만 웅덩이에 빠지고 말았고, 그 바람에 풍차를 완전히 지나치게 되었다. 그래도 아이들은 예의를 잃지 않았다.

"괜찮아요. 그건 정말 어려운 홀이었어요."

샬럿은 마지막 퍼트를 하기 전에 멈칫했다. 그리고 고개를 들어 주변을 둘러보았다. 스트립을 따라 늘어선 야자나무와 카지노 타워들을. 그리고 기드리를 바라보았다.

"내가 어디에 있는 거죠?"

그녀가 말했다.

기드리는 그게 무슨 뜻이냐고 물을 필요가 없었다. 그녀의 말을 정확하게 이해했기 때문이다.

어젯밤 침대에서 기드리는 다시금 샬럿을 품에 안았다. 샬럿은 마치 그의 손길과 입술이 닿은 첫 여자 같았다.

일이 끝난 뒤, 그는 팔을 들었고 그녀는 그 아래로 미끄러지듯 들어와 그의 가슴에 머리를 기댔다. 텀블러의 뚜껑이 딱 맞아 들어가듯 완벽한 조합이었다. 그는 무릎을 돌렸고, 그녀는 그 위에 맨다리를 걸었다. 커튼을 열어놓은 덕분에 달빛이 잔잔하게 비쳤다.

기드리가 지금까지 만난 여자들 대부분은 지금 정도면 이미 옷을 다시 걸쳐 입고 문 밖으로 향했다. 하지만 그는 연기를 해야 했다, 그렇지 않은가? 지금 그는 프랭크 웨인라이트다. 그녀의 안쪽 허벅지 피부는 따뜻하고 부드러우면서 끈적거렸다. 그는 피부 아래로 그녀의 맥박을 느낄 수 있었다. 만약 지금 연기하고 있는 이 역할이 좋아지면 어쩐다? 그래 봤자 여전히 역할이자 연기일 뿐인데.

그녀는 손바닥으로 그의 가슴 위를 쓸었다. 거의 닿을 듯, 하지만 가스레인지의 불이 충분히 뜨거운지 확인하는 정도로.

"털이 많네요."

그녀가 말했다.

"그걸 지금 안 거예요?"

그가 말했다.

나른하고 꿈결 같은 달빛 아래서 기드리는 자신도 모르게 이것이 진짜 자신의 인생이라면 어떨까 상상해보았다. 애넷의 달랐을 인생도 상상해보았다. 그의 여동생은 지금 어디에 있는 것일까? 루이지애나 어센션 패리시에는 없었다. 장담할 수 있었다.

간호사. 그래, 그 혼돈 속에서도 냉정한 동생. 피와 내장으로 물든 팔꿈치로 눈 하나 깜빡하지 않고 전쟁 동안 군인들을 살피고 살리는.

그녀는 그런 육군 병사들 중 한 명과 사랑에 빠졌다. 큰 덩치에 넓은 어깨의 병장으로, 쾌활하고 마음 따뜻한 사람이었다. 근데 이 세상에 그런 남자들이 정말 있기는 한가? 어쩌면 있을지도 모른다. 기드리는 매년 동생을 찾아가 크리스마스 저녁식사를 함께했다. 그리고 조카들의 응석을 전부 받아주었다. 애넷은 애정 어린 말투로 그를 나무랬다. 오빠처럼 똑똑한, 아니, 오빠보다 더 똑똑한 여자를 만나라고. 겁내지 마, 프릭. 잡아먹지 않아. 그녀는 통통한 몸으로 아장아장 걷던 아기 시절, 발음조차 제대로 되지 않았던 그때부터 그를 계속 프릭이라고 불렀다. 그는 동생을 프랙이라고 불렀다. 언젠가 그녀도 죽을 테지만, 그때는 병원 침상에서 자식들과 손주들과 꽃병에 꽂힌 꽃들에 둘러싸인 채일 것이다. 그녀의 오빠가 그녀의 손을 잡고 있을 테고.

"결혼한 적 있어요, 프랭크?"

샬럿이 말했다.

"아뇨."

그녀의 손이 그의 얼굴로 향했다. 그녀의 손가락이 그의 입술 선과 코, 볼, 그리고 흉터를 차례대로 짚어나갔다.

"가고 싶지 않아요."

그녀가 말했다.

그 역시 그녀를 보내고 싶지 않았다. 그녀가 떠나고 나면 커튼이 내려질 테고, 프랭크 웨인라이트는 무대 왼편에 난 출구로 빠져나갈 것이다. 에드에게 더 늦지 않게 전화해야 할 것이다. 이미 충분히 뜸을 들였다. 더 이상 지체할 수 없었다.

"여기 있어도 되잖아요."

그가 말했다.

"안 되는 거 알잖아요."

그녀가 말했다.

"애들은 복도 맞은편에 있어요. 아주 조용히 잠들어 있고요. 당신 입으로 한 말이잖아요."

그녀는 침대에서 일어나 옷을 입었다. 옷을 다 입고 나자 그녀는 긴 머리카락을 그러모아 훤히 드러난 목 위로 꼬아 올린 뒤 고무 끈으로 묶었다. 그는 그녀의 손을 잡으려 했지만, 그녀는 이미 책상을 향해 움직이고 있었다. 그녀는 블라우스의 마지막 단추를 채운 다음 재빨리 거울을 들여다보며 자신의 모습을 확인했다.

"나도 나무에서 한 번 떨어진 적 있어요."

그녀가 말했다.

기드리는 순간 그게 무슨 말인지 이해하지 못했다. 그리고 분위기를 눈치챈 그녀가 고개를 돌려 그를 쳐다보자 그는 그녀가 그의 눈 아래에 난 흉터 이야기를 하고 있는 것임을 깨달았다. 그가 했던 거짓말 말이다. 그는 하품과 기지개로 묘한 분위기를 무마했다. 정신 똑바로 차려, 그는 다시금 스스로에게 경고했다. 거구 에드 징걸 주변에서 조금이라도 나태해지거나 긴장 놓았다가는 바로 망치가 날아올 것이다.

"어린 시절에 누구나 그런 경험 많이 한다고들 하던데, 정말이군요."

그가 말했다.

그녀는 잠시 그를 살펴보더니 이내 신발을 신었다.

"등을 대고 쓰러진 채로 하늘을 올려다보던 게 기억나요. 다치진 않았어요. 바람에 순간적으로 날렸는데, 약간의 쇼크 상태였죠. 방금 전까지만 해도 난 나무 위에 있었는데, 다음 순간 땅에 쓰러져 있는 거예요. 이런 생각을 했던 기억이 나요. '아, 어떻게 된 거지?'라고."

"인상적이네요. 나는 아마 비명을 질렀던 것 같아요."

그가 말했다.

그녀는 몸을 숙여 그에게 작별의 키스를 했다.

"당신에 대해 별로 아는 게 없네요, 그렇죠?"

이제 다시 기드리는 수만 가지 거짓말들로 장착한 채 이렇게 말할 준비가 되어 있었다. 나에 대해 뭘 알고 싶어요? 하지만 그녀는 문으로 향하기 시작했고, 그는 그녀가 그에 대해 궁금해하던 것이 아니라 그를 관찰하고 있었다는 사실을 깨달았다.

"내일 아침식사는 다 같이 할까요?"

그가 말했다.

"데이트네요."

그녀가 말했다.

하시엔다는 겨우 2층짜리 건물이었다. 창문에서는 스트립이나 산맥 혹은 수영장조차 보이지 않았다. 달과 몇 그루 야자나무의 전지 실루엣만 보일 뿐이었다. 그는 일어나 앉아 밖에서 들리는 희미한 쉬익 소리와 고카트 트랙에서 들리는 팝, 팝, 팝, 소리에 잠시 귀를 기울였다. 그런 다음 〈재닛 딘, 레지스터드 너스(Janet Dean, Registered Nurse)〉의 재방송을 보았다. 불쌍한 엘라 레인스*. 그 착한 마음씨 때문에 그녀는 늘 곤경에 빠진다.

자정이 다 된 시간이었다. 뜸들이기는 그만하자. 그는 수화기를 집어 그 빌어먹을 번호를 눌렀다.

부드러운 영국식 억양의 남자가 전화를 받았다.

"여보세요. 징걸가입니다."

그가 말했다.

"뉴올리언스에서 온 에드의 옛 동료입니다."

기드리가 말했다.

그리고 기다렸다. 어디 해보자. 너무 늦기 전에 찻잎을 읽을 수 있

---

* Ella Raines: 미국의 영화배우.

는 마지막 기회, 에드의 진짜 속셈을 파악할 수 있는 마지막 기회였다. 그 속셈이 좋은 것이든 나쁜 것이든. 젊은 시절 기드리가 사랑해 마지않았던 〈펄프 웨스턴 (Pulp Western)〉에서 무법자 카우보이는 철제 선로에 귀를 가져다 대고 선로를 타고 오는 기차의 진동을 느끼곤 했다.

"어디야? 어제쯤엔 도착했을 거라 생각했는데."

거구 에드가 물었다.

"내가 엄청 보고 싶은가 보군요."

기드리가 말했다.

"왜 아니겠나?"

기드리는 미소를 지었다. 어떤 자들은 카드놀이를 하지만, 어떤 자들은 여자 뒤꽁무니를 쫓는다. 그리고 에드는 상대방 진땀 빼기를 좋아했다.

"날 그만 가지고 놀아요, 에드. 이미 충분히 긴장하고 있으니까."

"무슨 소리야? 알았네, 알았어. 날 믿어도 돼, 꼬맹이. 아직 마음 안 변했으니까. 이제 좀 안심이 되나?"

에드가 말했다.

기드리는 에드의 음성에 깃든 부드러운 철제 선로의 진동을 가늠해보려 했다. 에드의 말은 진심일까? 아니면 그는 자신의 말이 진심이라고 믿고 있는 건가? 아직 마음의 결정을 하지 못했다면, 그는 기드리를 어떻게 할 작정인 것일까?

"내가 언제쯤 안심할 수 있겠어요, 에드?"

기드리가 말했다.

"아름다운 인도차이나로 향하는 비행기에 오른 뒤겠지."

에드가 말했다.

아니. 비행기가 인도차이나에 착륙하기 전에 기드리는 이미 수화물 칸의 문 어딘가를 통해 태평양 바다에 던져질지도 모를 일이다.

"할 얘기가 많아. 자, 이제 어디 묵고 있는지 말해보게. 리오를 마중 보내지. 내일 오후 1시. 근사한 점심이나 같이하자고."

에드가 말했다.

"택시를 탈게요. 수고스럽게 하고 싶지 않아요."

기드리가 말했다.

에드는 웃음을 터뜨렸다.

"어디 묵고 있나?"

"하시엔다."

"하시엔다? 지루해 죽을 작정인가?"

"나 지금 몸을 바짝 낮추고 있어요, 에드. 내가 왜 여기에 왔는지 잊은 모양이군요."

"인생이란 무릇 약간의 묘미와 스릴 정도가 있어야 맛이지."

에드가 말했다.

기드리는 잠시 그 순간을 떠올렸다. 미니 골프를 하던 때 말이다. 샬럿은 고개를 들어 주변을 두리번거리며 말했다. 내가 지금 어디에 있는 거죠? 여기 어떻게 온 거예요?

"내일 1시. 준비하고 있을게요."

기드리가 말했다.

24

 일요일 아침. 아침식사는 메이플시럽을 뿌린 팬케이크였다. 그리고 리조트를 한 바퀴 돌며 산책했다. 조앤은 인도에서 일광욕을 하고 있는 도마뱀을 발견했다. 눈을 깜빡, 깜빡. 그러더니 이내 휙 하고 사라져버렸다. 체커 게임, 강아지와 놀이, 그리고 또 미니 골프. 기드리는 마침내 골프를 제대로 할 줄 알게 되었다. 로즈메리와 조앤은 그가 퍼팅을 할 때마다 응원해주었다. 이것도 익숙해지겠어. 그는 생각했다. 정확히 무엇에 익숙해진다는 거야? 그도 알 수 없었다.
 마지막 홀이 끝난 뒤 기드리는 샬럿에게 그 천사같이 마음 넓은 친구를 만나러 갈 거라고 말했다. 그는 자기 없이 너무 재미있게 놀지 않기로 아이들과 약속했다.
 "두어 시간 후면 돌아올 거야. 행운을 빌어줘."
 그가 말했다.
 리조트 앞에는 은색의 롤스로이스가 대기하고 있었다. 운전사는 기드리를 위해 뒷문을 열어주었다. 그는 70대 초반에 키가 크고 말랐으며, 가느다란 수염에 검은색 새빌 로* 정장을 갖춰 입어 매우 당당

---

* Savile Row: 센트럴 런던의 메이페어에 있는 거리로 맞춤 양복집이 즐비하다.

해 보였다.

"라스베이거스에 오신 걸 환영합니다. 전 징걸 씨의 비서 리오입니다. 이곳까지 즐거운 여정이셨나요?"

그가 말했다. 전화로 듣던 그 부드러운 영국식 억양이었다.

기드리는 리오를 쳐다보았다. 그리고 롤스로이스를 쳐다보았다. 6미터 길이의 차는 매끈하고 반짝거렸다. 어두운 하늘의 금속성 초록빛을 띠고 있었다.

"에드가 튀는 걸 좋아하죠, 그렇죠?"

기드리가 말했다.

리오는 아무렇지도 않은 얼굴이었지만 기드리는 그의 눈가에 살짝 주름이 잡히는 순간을 포착했다.

"무슨 말씀이신지 도통 모르겠군요."

그가 말했다.

그들은 스트립을 따라 북쪽으로 달리다가 보난자에서 동쪽으로 방향을 틀었다. 기드리는 에드의 집에 한 번도 가본 적이 없었다. 그는 튜더풍의 돌로 만든 대저택을 상상했다. 잘 다듬은 잔디 정원이 있고, 지하에는 타일로 만든 벽면과 바닥 중앙에 배수구가 뚫린 비밀의 방이 있는.

"리오, 에드 밑에서 얼마나 일하셨어요?"

"거의 20년 됐습니다."

리오가 말했다.

"꽤 모험이었겠군요, 그렇죠?"

아무렇지 않은 표정, 눈가의 미세한 주름.

"글쎄요."

그들은 구시가지를 지나고 신시가지를 지났다. 사막에 얼룩처럼 새어 나온 라스베이거스는 싹을 틔우고, 꽃을 피우고 있었다. 물론 겨울의 날씨 또한 쾌적했다. 하지만 그 밖의 것은? 아무것도 없었다. 이 도시는 신발 바닥에서 긁어낸 껌과 같은 매력을 지니고 있었다.

기드리는 샬럿에게 뉴올리언스를 보여주고 싶었다. 새들과 그 새들 같은 노부인들이 깨어나는 고요한 일요일 아침의 프렌치쿼터도. 가든디스트릭트와 석양 무렵의 강가. 플럼가의 눈싸움. 로즈메리와 조앤에게 오듀본 공원에 있는 동물원을 보여준다면 완전히 난리가 날 것이다.

"얼마나 더 가야 돼요?"

기드리가 말했다.

그들은 이제 진짜 사막 지대를 달리고 있었다. 문명은, 라스베이거스를 그렇게 부르고자 한다면, 그들 뒤로 멀어지고 있었다.

"멀지 않았습니다."

리오가 말했다.

"에드가 이런 외곽에 살아요?"

리오는 운전대에서 손가락을 떼고 탁 튀겼다. 그렇다는 얘긴가? 기드리는 일반적인 사람들의 순수한 제스처에 익숙했다. 라스베이거스의 더러운 비즈니스는 합법적 도박에 의존했고, 합법적 도박은 라스베이거스에서의 비즈니스가 깨끗하다는 위태로운 허상에 의존했다. 따라서 다양한 조직들 간에도 합의가 있었다. 공공장소에서의 싸움은 불가. 관광객들 앞에서 피나 뇌 조직을 흘리는 일은 절대 만들지 않을 것. 라스베이거스에서는 누군가를 혼내줘야 할 일이 생기면 그를 한적한 사막으로 끌고 갔다—지금처럼! 그리고 거기서 공격하는 것이다.

"인물이 정말 좋으세요, 리오. 소싯적에 여자들이 줄을 섰겠어요."

기드리가 말했다.

그 말에 마침내 리오가 미소를 지었다.

"아니에요?"

기드리가 말했다. 과연 그랬을까 의심스러운 일이었다.

"그럼, 남자들이라도 줄을 섰거나. 뉴올리언스에 오시면 제가 몇 명 소개해드리죠."

그들은 20분을 더 달렸다. 그리고 라스베이거스에서 충분히 멀어졌다.

"이제 난 어떻게 되는 거예요, 리오?"

기드리가 말했다.

"뭐라고 하셨죠?"

"그 마음에 조금의 선의라도 남아 있다면 힌트라도 주세요. 지금 도착지에 뭐가 기다리고 있는 거죠? 이제 제가 뭘 어떻게 하기에도 너무 늦었잖아요. 알려준다고 해서 해될 것 없어요."

리오는 롤스로이스의 속도를 늦추었다. 그리고 거친 자갈길로 접어들었다. 400미터쯤 달린 뒤 자갈길이 끝나고 선인장들이 늘어선 깨끗한 포장도로가 나왔다.

"도착했습니다."

리오가 말했다.

에드는 튜더풍 저택 대신 광활한 대지를 골랐다. 복층의 집은 모든 벽면이 유리창으로 이루어져 있었다. 납작한 흰색의 지붕은 배에 달린 돛이나 상어 지느러미와 같은 모양으로 기울어졌다. 드넓은 진입로에는 시멘트 조형물들이 복잡한 장식용 격자 모양으로 늘어서 있었다.

평소와 같은 차림새의 에드가 집 밖으로 나왔다. 물결무늬의 린넨 바지에 깃이 달린 실크 셔츠. 머리 위로는 선글라스를 올려 쓰고 있었다. 그는 기드리를 꽉 껴안았다.

"어떤가?"

"리오가 날 사막으로 끌고 가서 총으로 쏘는 줄 알았어요."

기드리가 말했다.

"리오가? 그럴 리가. 집은 어떤가?"

에드는 고개를 돌렸고 둘은 함께 집을 둘러보았다.

"최신 유행이라더군. 근데 여름에 저 유리들 말이야. 집 안에 있으면 아주 제대로 구워지는 기분이라니까. 화염으로 타버리는 기분이랄까. 리오, 품격 있는 사람은 이 집이 품격이 없다고 생각하지. 내가 품격이 없다고 생각해, 그렇지, 리오?"

"차를 다시 가져다 놓을까요, 징걸 씨?"

리오가 말했다.

"고맙네. 어서 가자고, 애송이."

에드가 말했다.

그들은 안으로 들어갔다. 움푹 들어간 거실 안에 움푹 들어간 또 다른 거실이 있었다. 그만큼 집은 거대했다. 4.5미터 높이의 천장과 소형차 한 대와 맞먹는 크기의 벽난로, 굽은 흰색의 비닐 소파와 얼룩말 가죽의 양탄자. 양탄자에는 열일곱 살 정도 되어 보이는 여자아이가 누워 잡지를 뒤적이고 있었다. 그녀는 남자의 캠프 셔츠*를 입고 원래의 길이에서 더 짧게 자른 데님 반바지를 입고 있었다. 그녀의 긴 다리는 씻지 않았거나 햇빛에 그을렸거나, 아니면 둘 다였다. 아름다운 십대의 여자애들은 그녀 말고도 몇 명 더 있었다. 셔츠를

---

* Camp Shirt: V자 깃으로, 보통 가슴에 주머니가 두 개 달린 반소매 셔츠.

입지 않은 남자아이들 두어 명은 거대한 수족관의 물고기들을 구경하고 있었다. 안경을 쓴 한 여자아이는 페디큐어를 하고 있었고, 체리가 가득 든 종이 꾸러미를 든 여자아이는 그녀의 발치, 대리석 바닥에 앉아 있는 남자아이에게 그것을 먹이고 있었다.

"저들은 걱정하지 마. 대부분 흥분 상태니까."

에드가 말했다.

"에드의 친구들이에요?"

기드리가 말했다.

"가족에 가깝지, 정말로. 바람을 타고 각지에서 이곳으로 날아왔다네. 벽난로 옆에 있는 신디는 메인에서 왔어."

"대단하군요."

"그만해, 마이미 아이젠하워*. 저들을 건들지 않았어. 그냥 지켜볼 뿐. 그러기엔 이미 내 나이가 많지 않나. 저들이 하고 싶어 하지 않는 일들이라면 서로에게도 하지 않도록 하고 있어."

얼룩말 가죽 양탄자 위의 여자아이, 메인에서 온 신디는 나른하게 몸을 굴려 등을 대고 누운 채 길고 매끈하고 더러운 맨 다리를 들어 올려 발가락으로 천장을 가리켰다. 그녀는 흐드러진 금발머리 뒤로 기드리를 쳐다보았다. 그녀는 그가 본 중 제일 파랗고 공허한 눈을 하고 있었다. 하얗고 공허한 미소.

"날 쉽게 판단하지 말아요, 에드."

기드리가 말했다.

에드는 기드리를 이끌고 거실을 가로질러 모퉁이를 돈 다음 부엌을 지났다. 그리고 문이 나왔다.

---

* Mamie Eisenhower: 아이젠하워 대통령의 부인.

"자네 먼저."

에드가 말했다.

기드리는 심호흡을 했지만, 문 뒤는 바닥에 배수구가 뚫린 비밀의 타일 방이 아니었다. 그저 다이닝 룸일 뿐이었다. 유리 벽면은 수영장과 면하고 있었고, 테이블에는 눈처럼 하얀 식탁보가 덮여 있었다. 그 위에는 블랙 앤드 화이트* 병과 그 옆으로 얼음 버킷이 놓여 있었다. 기드리는 곧장 스카치로 다가가 자신의 몫으로 더블을 따랐다. 하지만 아직 긴장을 놓지 말자. 이것으로, 리오가 바닷가재 테르미도르**의 냄새가 나는 신선로 냄비를 들고 오는 것으로, 기드리는 한두 시간 더 목숨을 부지할 수 있을 것이다. 아마도.

"들게. 그리고 리오에 대해서도 걱정 말라고. 신중한 영혼이니까. 안 그런가, 리오?"

기드리는 에드의 맞은편, 리오의 옆에 앉았다. 창문의 반대편으로 보이는 수영장에는 구릿빛의 십대 둘이 미동도 없이 반짝이며 누워 있었다.

기드리는 한 입 먹고, 다시 한 모금 마셨다. 그는 기다렸다. 에드는 기드리를 지켜보며 즐기고 있었다.

"그럼 언제 떠나면 되죠, 에드? 베트남에?"

기드리가 말했다.

"궁금해 죽겠나 보군. 언제, 어떻게, 그곳에, 가면, 무엇을, 해야, 하는지 말이야. 관련된 일들이며."

에드가 말했다.

"맞아요."

---

* Black & White: 블렌디드 스카치위스키.
** Thermidor: 바닷가재 살을 소스에 버무려 그 껍질 속에 다시 넣고 그 위에 치즈를 얹은 요리.

"탓할 수야 없지. 하지만 우리 서로 갖고 있는 카드부터 먼저 보여주자고. 어떤가?"

자, 나왔군. 첫 번째 충격. 첫 번째 충돌. 기드리는 무엇을 해야 하는지 알고 있었다. 제자리에 우뚝 서서 결코 등을 보이지 말 것.

"에드, 이미 내 카드를 봤잖아요."

그가 말했다.

에드는 웃음을 터뜨렸다.

"아주 냉정한 고객일세, 애송이. 난 늘 자네의 그런 점이 마음에 들었지. 무척이나 차분해."

기드리는 그 이야기가 반가웠다. 적어도 그렇게 보였다는 점이 말이다.

"정말로 무슨 일인 건지 말해보게. 자넨 카를로스의 딸과 놀아나지 않았어. 설사 그랬더라도, 자네가 달아난 이유는 그 때문이 아니야. 그놈이 똥 밟으면서까지 자넬 찾아 온 사방을 뒤지는 건 그 때문이 아니라고. 우리가 이 일에 함께 뛰어든다 치면, 난 모든 걸 알아야 할 필요가 있어."

에드가 말했다.

"우리가 이 일에 함께 뛰어든다 치면?"

기드리가 말했다.

"말이 그렇다는 거지."

에드에게 사실대로 말하자. 에드에게 거짓으로 말하자. 댈러스에서 있었던 일을 에드가 알게 된다면, 그가 카를로스에게 묻은 티끌 같은 존재가 되었다는 사실을 알게 된다면, 에드는 전보다 더 열성적으로 그를 도우려 들 것이다. 취약한 상태로 드러난 카를로스야말로 에드의 꿈이니까. 카를로스의 약점을 공격해 비명을 지르게 만드는 것이다. 그것이 한 가지였다. 그러나 다른 한편으로는 지금 다른 누구도 아닌 미국의 대통령이 암살을 당했다. 얼 워런 수사 위원회, FBI. 에드는 그렇게 큰 골칫거리, 그러니까 기드리 같은 골칫거리를 떠안을 이유가 없었다.

어쩌면 에드는 이미 댈러스와 카를로스에 대해 알고 있을지도 모른다. 이건 그냥 시험일지도. 그렇다면 정답은? 기드리는 알지 못했다. 에드 징걸, 그의 술책은 전설적이었으며, 그의 동기는 오리무중이었다. 그는 인내심을 갖고 미소를 지으며 기다렸다. 사실대로 말하자. 거짓으로 말하자. 기드리는 양쪽을 조금씩 차용해보기로 했다.

"케네디 일이에요."

기드리가 말했다.

"그럴 줄 알았지."

"나도 많이는 몰라요. 진짜 저격수가 일을 끝낸 뒤 휴스턴으로 도주했다는 것만 알아요. 세라핀이 통화하는 걸 몰래 들었거든요."

기드리가 말했다.

"다른 건?"

에드가 말했다.

"그게 다예요. 내가 아는 건."

기드리는 매키와 아르망, 그리고 잭 루비에 대해 생각했다. 그의 피부에 와 닿던 휴스턴 밤의 습기 찬 온기와, 캐딜락의 트렁크를 열고 군용 더플백의 끈을 풀며 맡았던 정유소의 냄새가 다시금 느껴졌다. 그의 앞을 가로막은 라이플총과 놋쇠 탄약통도 보았다.

"하지만 카를로스는 자네가 그보다 더 많이 안다고 생각할 텐데."

에드가 말했다.

"내가 가진 카드는 그게 전부예요, 에드."

기드리가 말했다.

에드는 의자에 기대어 흐뭇해했다. 기드리는 스카치를 더블로 한 잔 더 따랐다. 에드에게 손 떠는 모습을 보이면 안 된다. 마침내 에드는 고개를 끄덕인 뒤 자신의 요리에 집중했다.

"기분이 얼마나 좋은지 아나? 친구의 마음의 짐을 덜어주는 게?"

에드가 말했다.

"신선한 바람을 맞는 것처럼 말이죠."

기드리가 말했다.

"이 모든 일에 굉장히 여러 감정이 들어. 잭*은 천하의 개자식이었지만, 제대로 즐길 줄 아는 놈이었지. 게임의 방식도 알고 있었고. 보비가 문제였어."

"잭 대신 보비가 죽었어야 한다는 건가요."

"누구도 죽으면 안 되지. 하지만 그래, 보비가 대신 죽었어야 해. 허나 사업할 때 개인적인 원한이 방해가 되어서는 안 돼. 카를로스 같은 돌대가리도 그 점은 이해해야 할 거야."

하지만 기드리가 지금 이곳에 앉아 스카치를 홀짝이고 바닷가재 테르미도르를 먹고 있는 건 카를로스에 대한 에드의 개인적인 원한 때문이 아니던가. 그러나 기드리는 잠자코 있기로 했다.

수영장 옆에 퍼져 있는 십대 아이들은 여전히 움직임이 없었다. 기드리는 그들이 숨은 쉬고 있는 것인지 의아해졌다. 리오가 자리를 떴다가 커피 주전자를 들고 돌아왔다. 에드는 입가를 닦고 냅킨을 테이블 위로 던졌다.

"웃긴 얘기 해줄까? 난 막 은퇴할 참이었네. 때려치울 작정이었다

---

* 케네디 대통령을 말한다.

고. 근데 잭이 암살당하고, LBJ가 등판하자 난 생각하기 시작했지…. 흠, 베트남. 그러니 알겠나? 댈러스에서의 그 첫 총성이 우리 둘 모두의 상황을 뒤바꿔놓았다고."

에드가 말했다.

"에드."

기드리가 말했다.

"왜?"

"난 테이블에 내 카드들을 올려놓았어요."

"그럼 이제 내 차례인가? 좋아, 탁 터놓고 얘기하지. 난 자네를 넬리스발 비행기에 태울 생각이야. 폭격기를 모는 대령이 내 친구인데, 그가…."

에드가 하던 말을 멈췄다. 공허한 눈동자의 소녀, 메인에서 왔다는 신디가 다이닝 룸으로 어슬렁거리며 들어왔다. 그리고 에드의 무릎에 미끄러지듯 앉아 기드리를 향해 그 멍하고 텅 빈 미소를 지어 보였다. 리오가 목청을 가다듬자 그녀는 이빨을 드러내며 개가 파리를 삼키려고 하는 것처럼 그를 향해 입을 딱딱거렸다. 리오는 그녀를 무시한 채 자신의 커피에 설탕을 넣었다.

"언제요, 에드? 넬리스발 비행기는 언제 출발해요?"

기드리가 말했다.

신디는 에드의 늘어진 턱살을 조몰락거렸다.

"아빠, 놀까?"

"시간 됐나? 애송이, 어쨌든 이 일에 재미깨나 느낄 거야."

에드가 말했다.

아니. 에드의 심중에 뭐가 있는지는 몰라도 아니지, 아니야. 그리고 분명 지금은 아니야, 아직은 긴장을 놓아서는 안 돼. 기드리는 미소를 지었다. 침착함을 잃지 말 것, 당연히.

"우리 대화부터 끝냈으면 좋겠군요."

기드리가 말했다.

"얘기할 시간은 많아. 날 믿으라고. 자네 평생 이런 기회는 처음일 테니."

에드가 말했다.

기드리는 리오와 시선을 마주쳤다. 리오의 클라크 게이블 수염이 실룩거렸다.

"리오는 속임수를 좋아하지 않는다고, 안 그런가, 리오?"

"어서, 아빠. 빨리 놀고 싶어."

신디가 말했다.

리오는 자리에서 일어섰다.

"제가 정리하죠."

"에드, 성가시게 굴고 싶진 않지만…"

기드리가 말했다.

"성가시지 않아, 애송이. 사이공에서 일할 성가신 친구가 필요했다면, 리오를 보냈을 걸세."

에드가 말했다.

자연스러운 경고였다. 기드리는 이것이 마지막 경고라는 사실을 감지했다.

"게임을 시작해보자고."

그가 말했다.

밖으로 나가는 길에 기드리는 화장실에 들렀다. 피카소 서명이 들어간 그림이 변기 위에 걸려 있었다. 기드리가 보기에는 진품이었다. 가치가 상당할 것이다. 날개와 송곳니를 가진 고양이처럼 보이는 생명체를 그린 목탄화였다. 그는 소변을 보고 빗질을 했다. 집 안의 먼 곳 어딘가에서 희미한 쿵 소리가 들렸다. 문이나 관 뚜껑이 세차게 닫히는 소리 같았다. 날카로운 웃음 내지는 비명 소리도 들렸다. 어서 여기서 빠져나가자, 그는 생각했다.

다시 밖으로 나가는데, 에드가 24시간 내내 물을 준 것이 분명한 에메랄드빛 잔디밭의 중간쯤에 십대 아이들이 모여 있는 것이 보였다. 그들 중 여덟 명은 속옷 차림이었는데, 프룻오브더룸 브랜드의 팬티를 입은 네 명의 남자 아이들과 브래지어와 팬티 차림을 한 네 명의 여자아이들이었다. 리오가 날달걀 한 통을 들고 그들에게 다가갔다. 남자아이들은 각자 달걀을 골랐다.

"자네 이리로 와보게. 내가 규칙을 설명해주지. 달걀을 남자 머리 위에 올려. 그리고 나일론 스타킹을 뒤집어쓰는 거야. 달걀이 떨어지지 않도록."

에드가 널돌로 만든 파티오에 앉아 담배를 피우고 있었다.

"그렇군요."

기드리가 말했다.

남자아이들은 이미 나일론을 쓰고 있었다. 여자아이들은 달걀을 제자리에 고정시키려는 그들을 돕고 있었다. 턱까지 내려온 선명한 빛깔의 나일론은 실수한 부분을 엄지손가락으로 문지른 것처럼 남자아이들의 얼굴을 뭉개고 있었다. 두개골 위로는 달걀이 튀어나와 있었다…. 기드리는 저게 대체 무슨 꼴일까 생각했다. 종양이나 흔적자궁뿔? 리오는 콜먼 아이스박스를 들고 다시 무리로 돌아왔다. 아이스박스에 뭐가 있는 거지? 자연스럽게도 거기에는 생선이 들어 있었다. 30센티미터가 넘는 길이의 생선들은 모두 꽁꽁 얼어 있었다. 여자아이들에게 생선 한 마리씩 돌아갔다. 기드리는 피카소가 이 광경을 보앉으면 했다. 그는 아마 자기 손에 토하고 말았을 것이다. 변기에 토하고 말았을 것이다.

"어렸을 때 이런 걸 하고 놀았지. 부모님이 여름마다 보냈던 캠프 같은 데서 말이야."

에드가 말했다.

그래, 그렇군.

"대체 어떤 캠프였죠, 에드?"

기드리가 말했다.

"보게, 여자가 남자 어깨에 타는 거야. 손에 생선을 들고. 저게 게임 도구라네. 간단하지. 저 생선으로 다른 사람 달걀을 깨트리는 거야. 자기 달걀은 보호하면서."

리오가 다가와 그들과 함께 자리했다.

"준비됐습니다, 징걸 씨."

"일어서요, 신사 숙녀 여러분! 마지막 남은 팀에게 100달러 쏘겠습니다. 승자가 전부 갖는 거예요!"

에드가 말했다.

그는 자기 옆 협탁의 서랍을 열어 총을 꺼낸 다음 허공에 대고 쏘았다. 기드리는 미처 몸을 피할 겨를도 없었다. 총성은 협곡의 단면에 튕기며 사방으로 울려퍼졌다. 갑자기 온 방향에서 총알이 날아드는 기분이었다.

"이랴!"

에드가 말했다.

처음에는 온통 넘어지고 자빠지는 와중에 키득거리는 웃음소리뿐이었다. 연처럼 드높이 솟은 여덟 명의 십대 아이들 중 남자아이들 절반은 머리에 뒤집어쓴 스타킹 때문에 거의 반장님이었다. 게다가 여자아이들이 들고 있는 생선은 자꾸만 손에서 미끄러졌다.

기드리는 리오를 흘끗 쳐다보았다. 리오는 시선을 돌렸다.

여자아이들은 생선을 점점 더 세게 휘두르기 시작했다. 남자아이 하나는 얼굴에 무지막지한 공격을 받았다. 그는 어지러운 듯 비틀거렸다. 메인에서 온 신디는 빛나는 미소로 상대방 여자아이가 보지 못할 곳에 위치를 잡았다. 그리고 거의 머리가 떨어져 나갈 듯이 생선을 휘둘렀다. 생선은 단단하게 냉동된 것이라 5×12센티미터 재목을 휘두르는 것과 다르지 않았다.

돼지꼬리를 단 여자아이가 한 남자아이의 머리 위의 달걀을 부수어버렸다. 부수고, 또 부수어 남자아이는 결국 무릎을 꿇고 말았다. 기드리는 그런 거친 행동들을 본 적이 있었다. 레이테섬의 해변에 있었던 기드리는 그때의 기억이 떠올라 눈을 깜박거렸다. 신디는 두 번째 달걀을 부수고는 여자아이의 머리채를 움켜쥐고 파트너의 어깨 뒤로 넘겨버렸다. 머리채를 붙잡힌 여자아이는 바닥에 쿵 소리를 내며 떨어졌고, 기드리는 또다시 눈을 깜박거렸다. 바닥에서 몸을 일으킨 아이의 입에는 피가 한가득 고여 있었다. 신디는 웃음을 터뜨렸다.

"에드."

기드리가 말했다.

에드는 씩 웃었다.

"내가 강력한 이드에 대해 말하지 않았나? 자연이 빚어낸 가장 아름다운 창조물이지. 태양 아래 드러내서 꽃 피우게 해야 해."

"누군가 다치겠어요."

"아닐 수도 있지."

에드가 말했다.

이 사람은 구세주다. 기드리는 스스로에게 다시 한 번 상기시켰다.

스스로 뛰어들었던 그 손 안으로 몸을 피해야 한다. 그러나 일단은 여기서 나가자.

이제 달걀은 하나가 남았다. 신디는 죽일 듯 그쪽으로 달려갔다. 두 명의 여자아이들이 서로를 향해 야만스럽게 생선을 휘둘렀다. 그들의 파트너는 이미 쓰러진 뒤였다. 돼지꼬리의 여자아이가 달아나려 했지만, 신디가 그 뒤를 쫓아 그녀를 붙잡은 다음 바닥에 붙든 뒤 그녀의 비명이 울음소리로 바뀔 때까지 계속해서 공격했다. 신디의 생선은 열기에 녹아내려 산산조각이 나고 말았다.

남자아이 둘이 돼지꼬리 여자아이를 집 안으로 데려갔다. 신디는 자신의 상금을 받기 위해 에드에게 다가와 그의 앞에 무릎을 꿇었다. 그녀의 볼에는 피가 얼룩져 있었다. 손자국의 일부일지도 모르겠다. 속눈썹 위로는 은색의 생선 비늘 조각이 반짝이고 있었다. 에드는 그녀의 브래지어 끈 밑에 100달러 수표를 끼워 넣었다.

"오늘의 여왕일세."

그가 말했다.

"난 이기는 게 좋아, 아빠."

신디가 말했다.

"이것 보라고."

에드가 기드리에게 말했다. 그는 총을 들어 총구를 그녀의 이마에 가져다 댔다.

"네 머리를 날려버릴까, 신디?"

그녀는 하얗고 공허한 미소를 지었다.

"상관없어."

에드는 총을 치웠다. 그는 몸을 숙여 그녀의 이마에 키스했다.

"가서 씻어. 캔디나 먹든지."

에드는 손수 운전해 기드리를 하시엔다까지 데려다주었다. 그는 가는 내내 이야기를 늘어놓았다. 1960년대에 그와 노먼 빌츠가 어떻게 해서 잭에게 수백만 달러를 벌어다 주었는지. 샘 지안카나가 어떻게 보비에게 압력을 가하려 했는지, 그래서 마릴린 먼로에게 약을 먹여 리노에 있는 칼네바에서 죽였다는 이야기들. 에드는 기드리가 원하면 사진 사본들을 보여줄 수 있다고도 했다.

기드리는 그의 이야기에 귀를 기울이며 미소를 지었다. 두통이 몰려왔고, 배가 다시 뒤틀리기 시작했다. 그는 대화를 넬리스발 비행기로 돌리려 노력했지만, 에드는 그런 그를 무시했다. 그는 좋았던 옛 시절에 대한 이야기만 주구장창 늘어놓았다.

기드리는 잠자코 미소만 지었다. 그리고 샬럿을 떠올렸다. 그녀의 눈, 그녀의 냄새, 그녀가 흘린 땀의 맛. 그러한 모든 것들. 기드리는 스스로에게 실망스러웠다. 그녀의 웃음과 미간의 주름. 아, 세상에. 내가 도대체 어떻게 된 것일까? 그녀는 혼란스럽거나 머릿속이 어지러울 때면, 의심스럽거나 솔깃해질 때면 카메라의 뷰파인더를 들여다볼 때처럼 한쪽 눈을 찡긋 감았다.

"몇 가지 협상을 했지만 그는 내 매력에 한 번도 굴복한 적이 없지."

에드가 말했다.

기드리는 잠자코 미소만 지었다. 누구와 협상을 했다는 거지?

"상상이 안 되네요, 에드."

이건 실재가 아니다, 기드리는 알고 있었다. 샬럿에 대한 감정 말이다. 이건 그저 풋사랑, 빛의 장난, 새로운 상황(그에게 오클라호마 주부는 처음이다!)이 가져다준 일시적인 열병일 뿐이다. 그가 지금 받고 있는 스트레스 때문이다.

그렇다면 왜 이 감정이 이토록 생생한 것일까? 호텔로 돌아가 수영장 옆을 거닐며 샬럿과 아이들을 다시 볼 생각을 하는 것만으로, 그들이 고개를 들고 환한 표정을 지을 것을 상상하는 것만으로 왜 그의 안에서는 기쁨의 경련이 이는 것일까? 그 순간 그들과 함께, 바로 그곳에 있고자 하는 열망 탓에 그는 불안해졌다.

차는 하시엔다 앞에 멈춰 섰다. 기드리는 차에서 내리려 했지만, 에드는 시동을 껐다.

"화요일에 넬리스로 가게. 내가 얘기했던 대령이 다 준비해놨을 거야."

에드가 말했다.

"내일모레요?"

기드리가 말했다.

"내가 다 알아서 한다고 했잖아, 안 그래? 믿음이 작은 자들이여. 베트남에 도착하면, 응우옌이 자넬 보필할 거야. 그 바닥에서는 그놈한테 일을 맡기면 돼. 스펠링은 N-g-u-y-e-n이야. 회사 소속이지만 걱정하지 마. 모두가 손에 손을 잡고 메이폴 주위를 춤추며 돌고 있는 관계니까. 베트남 정부와 군에 끈이 닿아 있는 자도 있어. 그 남자 이름도 응우옌인데, 곧 연락할 거야. 응우옌과 응우옌, 알겠나?"

"양자에게 좋은 상황이네요."

"자, 이제 가서 가방 챙기게. 나랑 같이 집으로 돌아가자고. 방은 넘치니까. 하시엔다는 촌뜨기들이나 가는 천국 아닌가. 자네가 그런 곳에서 썩어가고 있는 모습은 상상도 하고 싶지 않아."

"제안은 고마워요."

기드리가 말했다.

"좋아. 자네 자유니까. 버펄로처럼 자유롭고 싶은가 보군."

기드리는 차에서 내렸다. 에드도 내렸다. 그리고 또다시 기드리의 갈비뼈 몇 개를 부러뜨릴 요량으로 차 앞을 돌아 두 팔을 벌리며 기드리에게 다가왔다. 하지만 그를 포옹하려는 찰나 에드의 관심이 로비 현관으로 이동했다.

기드리는 고개를 돌렸고, 마침 샬럿과 아이들이 로비에서 모습을 보였다. 샬럿은 그를 향해 미소를 지었다.

"때마침 왔네요. 비행기를 가까이서 보려고 나가는 길이었어요."

그녀가 말했다.

에드는 기드리를 쳐다보았다. 그리고 샬럿과 아이들을 쳐다보았다. 그도 미소를 지었다.

"아니, 이게 누군가?"

에드가 말했다.

25

샬럿은 필름의 마지막 한 컷을 남겨두고 있었다. 그래서 그는 미니 골프 코스에 브라우니를 가져왔다. 프레임은 이러했다. 조앤은 퍼팅을 준비하고 있었고, 프랭크는 그런 조앤 뒤에 쭈그리고 앉아 있었으며, 로즈메리는 비행기나 구름 혹은 새에 홀린 듯 하늘을 올려다보고 있었다.

3분할의 법칙. 호치키스 씨는 인정했을 것이다. 물론 평소의 그라면 라스베이거스라는 자체에 기겁했을 테지만 말이다. 너무 시끄럽고, 너무 번쩍거리고, 너무 야만적이고, 요란스러워. 너무, 너무, 아, 맙소사.

샬럿은 그 모든 것에 매력을 느꼈다. 어제 저녁 그들은 차를 타고 스트립을 따라 내려가다가 시내에 들른 뒤 다시 숙소로 돌아왔다. 사람들! 상상 속에서 그리던 삶에서 걸어 나온 남자와 여자들. 그들은 길을 따라 걷거나, 비틀거리거나, 포옹을 하거나, 밀치거나, 비밀스럽게 차에 뛰어 올랐다. 한 남자는 턱시도 재킷을 벗어 깃발처럼 흔들고 있었다. 왜지? 연석에 앉은 여자는 두 손으로 머리를 감싸고 있으면서도 미소를 짓고 있었다. 왜지? 샬럿은 지나치는 사람들 하나하나, 이 넓은 세상에서 자신만의 이야기를 지니고 있는 사람들 하나하나가 사랑스러웠다. 코러스 걸이 교차로를 의기양양하게 걷고 있었다. 누구지? 무엇 때문에 의상을 갈아입을 시간도 없이 저렇게 바쁘게 가고 있는 것일까? 의상은 오팔색의 구슬과 화려한 깃털, 그리고 아주 약간의 천으로 이루어져 있었다. 호치키스 씨가 이 의상을 보았다면 충격으로 그 자리에서 쓰러지고 말았을 것이다. 로스앤젤레스는 라스베이거스보다 훨씬 더 크다. 샬럿은 그 생각에 골몰했다. 라스베이거스가 이 정도라면 로스앤젤레스에서는 무엇이 그녀를 기다리고 있을까? 그녀는 오클라호마를 떠나기 전 아이들에게 했던 말이 떠올랐다. 한번 찾아보자.

조앤은 퍼팅에 집중했다. 로즈메리는 입을 떡 벌리고 머리 위 하늘을 올려다보고 있었다. 샬럿은 기다리고, 기다리고, 또 기다렸다. 풍차의 날개가 돌고, 돌고, 돌았다. 그녀는 그림자가 완벽하게 제 구도를 잡는 순간을 포착하고 싶었다.

지금이다. 그녀는 셔터를 눌렀다. 시간이 멈췄다.

그리고 풍차는 다시금 삐걱거리며 천천히 돌기 시작했다. 공이 조앤의 퍼터 머리에 맞아 쨍 소리를 냈다. 공이 곡선으로 떨어지면서 데구르르 굴러가는 와중에 프랭크는 응원의 말을 중얼거렸다.

"들어가라."

그가 말했다.

로즈메리는 〈쥬얼 박스 레뷰(Jewel Box Revue)〉 포스터에서 본 댄서의 피루엣*을 흉내 내며 빙빙 돌았다.

사진을 단 1초라도 일찍 찍거나 늦게 찍는다면 장면이 또 어떻게 바뀔지 사진을 인화해보기 전까지는 결코 알 수 없었다. 바로 그런

---

* Pirouette: 발레에서 한쪽 발로 서서 빠르게 도는 것.

313

점 때문에 사진은 조마조마하고 스릴이 넘친다. 모든 일이 끝나기 전까지는 지금 하고 있는 것의 결과를 판단할 수 없기 때문이다.

"두어 시간 후면 돌아올 거야. 행운을 빌어줘."

프랭크가 말했다.

프랭크가 중고차 매매상이라는 친구를 만나기 위해 떠난 뒤 샬럿과 아이들은 점심을 먹고, 개와 산책을 하고, 길 건너에서 열리는 케네디 대통령의 추모식을 지켜보았다. 매캐런 공항 앞에서 컵 스카우트 한 대대가 깃발을 올리고 경례를 한 뒤 반기 위치로 깃발을 다시 내렸다. 개는 나른해했지만, 아이들은 여전히 에너지가 넘쳤다. 그래서 그들은 암실을 찾아 나섰다. 호텔은 전체가 다 태양빛 아래였다. 샬럿은 생각했다. 당연한 얘기지, 안 그래?

선물 가게의 점원인 걸걸한 목소리의 오토는 그녀에게 새 필름을 판매했지만, 하시엔다에는 암실이나 랩실 같은 건 없다고 했다. 그래도 마술사 지망생이던 그는 선물용 카드 꾸러미로 몇 가지 마술을 보여주었다. 로즈메리가 샬럿의 소맷자락에 매달리자 샬럿은 몸을 숙였다.

"엄마, 우리한테 마술 가르쳐줄 수 있냐고 물어봐 줘."

로즈메리가 속삭였다.

"네가 직접 물어보렴."

샬럿이 말했다.

그래서 로즈메리는 용기를 냈고, 오토는 청을 들어주었다. 그는 아이들에게 '누가 마술사지?'라는 마술을 인내심 있게 보여주었다. 그리고 아이들이 마술을 연습하는 동안 그는 오스트리아에 있는 자신의 고향 근처에 있는 소금 광산에 대해 이야기해주었다. 동굴 벽에 크리스털 같은 소금 알갱이들이 박혀 있고 거대한 지하 호수에서는 보트를 탈 수도 있다고 말이다.

오토는 지지에게 가보라고 했다. 지지는 쥬얼리 박스의 사진사로 샴페인 건배나 축하식의 포옹 같은 장면들을 찍는다고 했다. 오토는 보이에게도 한번 가보라고 했지만, 그에게서 재미난 것이 나올 리 없었다. 당연하게도 그들은 길을 잃었고, 결국 그들의 여정은 건물 외부에 자리한 고요한 선인장 정원에서 끝이 나고 말았다. 모래에 갈퀴질을 하던 루이스라는 이름의 멕시코 남자가 아이들에게 선인장은 300년을 살 수 있고, 무게도 최대 2톤에 달하는 것을 아느냐고 물었다. 몰랐어요! 그는 아이들이 여러 종류의 선인장 가시들을 만져볼 수 있도록 해주었다. 어떤 것은 부드럽고 곧았으며, 어떤 것은 단단하고 굽었다. 가시들은 동물들의 접근을 막고, 선인장 내부의 수분이 기화하지 않도록 보호해준다고 했다.

샬럿은 아이들이 학교에 가지 못하는 것이 걱정스럽던 참이었다. 수업 진도에 뒤처지고 있는 것 말이다.

그들은 마침내 지지를 발견했다. 그녀는 직원용 휴게실에서 족집게로 눈썹을 뽑고 있었다. 그녀는 폴라로이드 하이랜더 1회용 카메라를 사용하고 있었기 때문에 암실이 필요 없었다. 그래도 시내에 있는 지지의 아파트 근처에 인화소가 있다고 알려주었다. 그녀는 필름을 자신에게 맡기라고 했다.

"방 호수가 어떻게 돼요?"

지지가 말했다.

"216호요. 하지만 며칠이나 더 묵을지 아직 몰라요."

샬럿이 말했다.

"빨리 해달라고 할게요. 걱정 말아요."

아이들은 하이랜더에 혹했다. 먼저 나선 것은 조앤이었다. 샬럿은 깜짝 놀랐다. 엄마에게서 그 어떤 응원도 받지 않고 감행한 일이었다.

"한번 찍어봐도 돼요?"

조앤이 지지에게 물었다.

"그럼, 물론이지."

지지가 말했다.

조앤은 로즈메리의 사진을 찍었다. 로즈메리는 조앤의 사진을 찍었다. 지지는 사진에 유령 같은 이미지들이 나타나기 시작하면 정착액이 마를 때까지 어떻게 사진을 부드럽게 흔들어야 하는지를 보여주었다. 호기심이 생긴 샬럿은 지지에게 호텔에서의 일이 마음에 드는지 물어보았다.

"웃긴 소리죠. 내가 보는 것들의 반은 거짓이라고 봐야 해요."

지지가 말했다.

로스앤젤레스에서 정확히 그런 유의 직업을 찾아야 한다. 샬럿은 결심했다. 안 될 것 있나? 망설일 것 있나?

그들은 공항까지 걸어가 보기로 했다. 호텔에서 나오니 마침 프랭크가 리무진에서 내리고 있었다.

"때마침 왔네요. 비행기를 가까이서 보려고 나가는 길이었어요."

샬럿이 말했다.

또 다른 남자도 리무진에서 내렸다. 그는 차의 반대편으로 돌다가 샬럿을 발견하고는 미소를 지었다. 그는 키가 크고 덩치가 컸으며, 허풍스러워 보인다기보다, 그저 깊고 짙게 그을린 피부에 봉긋한 대머리 주위를 두르고 있는 솜털 같은 흰색 머리카락이 인상적인 남자였다. 그 미소는 너무도 강력해서 그것 하나만으로도 마치 상대방을 바닥에 쓰러뜨린 뒤 내리 누르고 있는 것만 같은 느낌이었다.

그에게는 분명 이야기가 있다. 샬럿은 추측해보았다. 그래, 맞아.

"아니, 이게 누군가?"

그가 말했다.

"에드로군요. 만나 뵙게 돼서 반가워요."

샬럿도 그에게 미소를 지었다.

프랭크는 애써 그들에게 다가왔다. 아이들은 그를 꽉 붙들었다― 로즈메리는 그의 한쪽 손을, 조앤은 다른 쪽 손을.

"에드, 여기는 샬럿이에요. 내가 얘기했던, 도움이 필요한 여자분."

프랭크가 말했다.

"이 모든 상황이 끔찍하리만큼 불손하게 느껴지네요. 저 때문에 난처하지 않으셨길 바라요. 평소라면 전혀 모르는 사람에게 차를 빌리는 일 같은 건 하지 않았을 거예요."

에드는 그녀를 더 잘 살펴보기 위해 선글라스를 위로 밀어 올렸다. 샬럿은 반짝이는 코다크롬* 블루의 눈동자를 관찰했다.

"내 차를 빌리다니?"

그가 말했다.

그녀는 뭐라 대꾸해야 좋을지 몰랐다. 그는 그녀가 무슨 이야기를 하고 있는 것인지 전혀 모르고 있다. 그런 깨달음이 스물 스물 올라왔다.

그녀의 마음이 내달리기 시작했다. 그렇다면 프랭크는 왜 차에 대해 이야기하지 않았을까? 에드는 웃음을 터뜨렸다. 그는 몸을 숙여 샬럿의 손을 잡고 자신의 입술에 가져가 키스했다. 그의 숨결은 따스했고, 그의 손바닥은 부드러웠으며, 그의 손톱에는 매니큐어가 완벽하게 발라져 있었다.

---

* Kodachrome: 이스트만 코닥사에서 1935년부터 판매한 리버설 천연색 필름의 상표명.

"농담이에요. 차야 당연히 빌려주죠, 샬럿. 내가 안 그래도 프랭크에게 얼마든지 빌려가도 좋다고 했어요. 그렇지, 프랭크?"

"그랬죠."

프랭크가 말했다.

"프랭크의 친구면 누가 됐든 내 친구예요. 왜냐, 그는 내 아들이나 마찬가지거든. 내 것이 프랭크 것이고, 프랭크 것이 내 것이죠. 그렇지, 프랭크?"

샬럿은 안심했다.

"정말 감사합니다. 얼마나 감사한지 말로 다 표현할 수 없을 정도예요."

에드는 아이들에게로 고개를 돌렸다.

"그럼 여기는 얘기로만 듣던 그 사랑스러운 딸들이로군. 난 너희들 삼촌 에드란다. 안녕? 라스베이거스는 재미있니?"

"안녕하세요. 네, 선인장도 있고, 미니 골프도 있고, 카드로 마술하는 거 가르쳐주는 아저씨도 있어요. 〈오즈의 마법사〉에 들어와 있는 것 같아요. 맞지, 언니?"

"응."

조앤이 말했다.

프랭크는 샬럿 쪽으로 아이들을 쿡 찔러 보냈다.

"시간을 많이 뺏었네요, 에드. 그럼 내일 얘기할까요?"

그가 말했다.

에드는 밴드의 비트에 박자를 맞추는 재즈 가수처럼 손목을 느슨하게 풀어가며 손가락을 세 번 튕겼다.

"이번 주에 시내에서 누가 공연하는지 아나? 스타더스트에서? 믿기 힘들 거야. 레이 볼거. 〈오즈의 마법사〉에서 허수아비로 나왔던 그 남자."

그가 말했다.

"허수아비 아저씨를 알아요?"

로즈메리가 말했다.

포커페이스가 한 세기에 한 번 흐려질까 말까 한 조앤조차 입을 떡 벌리고 에드를 쳐다보았다.

"그를 아냐고? 레이와 나는 오랜 친구 사이란다. 들어봐, 내가 미드 호에 작은 배를 하나 갖고 있는데, 너희들 미드호에 가봤니? 내일 다 같이 그곳에 가면 어떨까. 레이도 같이 가려는지 내가 한번 물어볼 게."

"그것 참 감사하지만, 에드…."

프랭크는 아이들을 계속 앞쪽으로 밀어보려 했지만, 아이들은 놀라움에 거의 몸이 굳어 있었다.

샬럿은 그를 쳐다보았다. 왜 안 돼요? 아주 재미있을 것 같은데. 에드는 그녀의 마음을 사로잡았다. 그는 그 자체로 라스베이거스와 같았다, 너무도.

프랭크는 계속해서 편안한 미소를 지어 보이려 했지만, 그녀는 그의 미간 사이에 잡히는 아주 약간의 주름을 눈치채고 말았다. 거의 보이지 않을 듯 미미한 망설임의 주름, 경악스러움의 빛. 맞아? 눈 깜짝할 사이에 사라져버린 그 기색. 샬럿은 확신이 들지 않았다.

프랭크는 에드의 등을 다정하게 툭 쳤다.

"1급 아이디어네요, 에드. 언제 출항하나요?"

아이들은 가든 룸에서 이른 저녁을 먹었다. 그런 후 샬럿과 프랭크는 아이들을 호텔 베이비시터에게 맡겼다. 로즈메리는 '헨젤과 그레텔 놀이방'이라는 이름에 발끈했다—"우리는 아기들이 아니야!" 하지만 이내 '놀이방'은 모든 나이대의 아이들이 모여 보드 게임과 블록과 직소 퍼즐을 갖고 노는 곳이라는 사실을 깨달았다.

호텔의 공식적인 다이닝 룸은 로비 맞은편에 자리하고 있었다. 프랭크는 샬럿을 에스코트해 피아노 연주자 옆의 테이블로 안내했다. 그들의 공식적인 첫 번째 데이트였다. 샴페인을 마시며 그런 생각이 들자 샬럿은 웃음을 터뜨렸다.

"뭐가 그렇게 재밌어요?"

프랭크가 말했다.

"이거요. 그렇지 않아요?"

그녀가 말했다.

그는 미소를 지었다.

"그러네요."

그는 그녀의 말뜻을 제대로 이해했다. 어떻게 이런 일이 가능하지? 어떻게 두 사람이 이토록 서로에 대해 잘 알면서도 전혀 모를 수 있는 걸까?

"내일 에드와 함께 미드호에 가고 싶지 않은 거죠?"

샬럿이 말했다.

그는 버킷에서 샴페인 병을 꺼내 그녀의 잔을 다시 채웠다.

"왜 그렇게 생각해요?"

"그냥 느낌이에요."

그녀가 말했다.

"맞아요. 가고 싶지 않아요."

그가 말했다.

"왜요?"

"당신을 온전히 소유하고 싶어서요. 당신과 아이들을요. 다른 누구와도 나누고 싶지 않아요. 오후 반나절이라고 해도."

그가 말했다.

그녀는 그의 말을 믿었다. 그는 테이블 위로 몸을 숙여 그녀에게 키스했다. 사랑스러운 순간이었다. 샴페인, 촛불, 음악. 프랭크가 냅킨을 단정하게 접어놓은 뒤 화장실을 가기 위해 자리를 뜨자 샬럿은 그를 믿어야 할지 말아야 할지의 의문이 애초에 왜 떠올랐는지에 대해 더 이상 궁금해하지 않기로 했다.

26

바로네는 페어레인 시내의 기차역 옆에 도착했다. 그는 깨끗하게 씻고 비워냈다. 아이의 핏자국은 그의 바람막이 재킷과 오는 길에 산 칫솔과 치약, 여드름 크림이 든 갈색의 종이 꾸러미에도 있었다. 바로네는 바람막이 재킷을 뭉쳐 골든 너깃 호텔 건너편에 있는 쓰레기통에 던져버렸다. 그리고 한 블록 더 떨어진 곳에 있는 쓰레기통에 종이 꾸러미도 버렸다.

그는 트로피카나 호텔로 가기 위해 택시를 잡았다. 라스베이거스 내의 카를로스의 구역이었다. 아니, 카를로스가 그곳을 통째로 소유하고 있는 것일지도 모르겠다. 바로네는 알 수 없었다.

댄디 스탠 콘티니는 모든 것을 가진 사람이었다. 반지들, 다이아몬드가 박힌 넥타이핀, 손잡이에 상아 조각이 달린 지팡이. 하지만 그런 것들을 제외하면, 그는 축 늘어진 잿빛 피부에 해골처럼 빼빼 말랐고, 내쉬는 모든 숨결이 떨리고 있었다. 그는 바로네를 자신의 사무실로 데려갔다.

"마실 것 좀 줄까? 먹을 것이나?"

콘티니가 말했다.

"아뇨."

"궁금할까 봐 말해주는데, 암이야. 위와 간에. 한 번에 두 개나 얻었지. 그래, 자네가 그 악명 높은 폴 바로네로군. 이런 말 거슬릴지도 모르겠지만, 그다지 성깔 있어 보이진 않는데."

"기드리에 대해 알아낸 거는요?"

바로네가 말했다.

콘티니는 기침을 하기 시작했고, 멈출 줄을 몰랐다. 그는 지팡이를 카펫에 꽂고 자신의 몸을 지탱했다. 그렇게라도 하지 않으면 기침이 자신을 산산조각 내 버리기라도 할 듯. 지팡이 손잡이의 상아 조각은 그물망 스타킹을 신고 있는 여자의 다리처럼 보였다.

마침내 그의 기침이 잦아들었다. 그는 크라바트*와 어울리는 문양의 손수건을 꺼내 이마를 닦았다.

"미안하군."

"기드리에 대해 알아낸 거는요?"

바로네가 말했다.

"아직 없어. 내 애들이 들쑤시고 다니고 있으니, 그가 라스베이거스에 있다면, 조만간 소식이 들릴 거야."

콘티니가 말했다.

"자체적으로도 들쑤셔보죠."

"알아서 하라고, 상관없으니."

바로네는 그에게 허락을 구한 것이 아니었다.

"다른 건요?"

"신중을 기해. 여긴 라스베이거스야. 세라핀이 설명하지 않았나?"

콘티니가 말했다.

---

* Cravat: 넥타이처럼 매는 남성용 스카프.

젠장. 그녀가 설명해준 적 없느냐니. 바로네는 아이의 목소리가 들리는 것 같았다. 그는 하마터면 미소를 지을 뻔했다. 대신 그는 자리에서 일어섰다.

"소식이 들어오는 대로 알려줘요."

바로네가 말했다.

콘티니는 노트에 무언가를 끼적였다. 그리고 페이지를 찢었다.

"이걸 호텔 데스크로 가져가. 슬림이 방을 마련해줄 거야. 전할 메시지가 있거든 전화하고. 다른 건?"

"차가 필요해요."

"슬림에게 말해. 그것도 알아서 해줄 테니. 원한다면⋯."

콘티니가 말했다.

그는 다시 기침을 하기 시작했다. 바로네는 문으로 향하다 말고 멈춰 섰다.

"얼마나 남았다고 해요? 의사들이?"

그가 말했다.

콘티니는 계속해서 기침을 했다. 그는 손을 흔들었다. 아주 길게. 그만큼이 남았다는 것인가.

트로피카나 호텔의 바로네의 방에서는 스트립이 한눈에 내려다보였다. 룸서비스로 스테이크가 도착했다. 그는 몇 조각 먹었다. 그리고 라이 위스키를 조금 마셨다. 그는 진통제 한 알을 삼켰다. 다른 진통제 병은⋯ 어디 있더라? 아, 아이의 주머니에 있었군. 거기에 있었어. 문제될 것 없었다. 바로네는 기분이 괜찮았다. 입맛도 돌아오기 시작했다. 좋은 징조였다. 그는 세라핀에게 전화를 걸어 트로피카나 호텔의 방 연락처를 일러주었다.

듄스 호텔. 그는 거리의 가장 위쪽에 있는 그곳부터 시작하기로 했다. 카지노 층은 사람들로 붐벼서 움직일 공간조차 넉넉하지 않았다. 주말을 맞아 몰려온 손님들로 가득했다. 야성의 눈매에 우아하게 차려 입은 사람들은 큰 소리로 웃거나 머리 위로 담배를 들어 올렸다. 그래야 몸을 움직이면서 누군가의 옷을 태우는 일이 없을 테니까.

난 사설탐정이에요. 한 남자를 찾고 있어요. 회삿돈을 횡령하고 달아났는데, 그 사장이 날 고용했죠. 아내와 아이들과 함께예요. 어린 여자아이 둘.

스틱맨들*, 바텐더들, 칵테일 웨이트리스들, 호텔 보이들. 경비원이 다가와 바로네에게 도대체 정체가 무엇이냐고, 무슨 지랄 맞은 짓을 꾸미고 있는 것이냐고 물었다.

"난 사설탐정이에요."

그리고 주절주절.

"꺼지라고, 친구."

경비원이 말했다.

바로네는 꺼졌다. 어차피 듄스에서의 볼일도 끝났다.

스타더스트, 샌즈.

건진 것이 없었다. 바로네는 매 30분마다 트로피카나에 전화해 도착한 메시지가 없는지 확인했다. 일요일에 그는 스트립의 남은 호텔들을 확인했다. 사하라. 뉴 프론티어. 플라밍고. 데저트 인의 경비원은 거칠었다. 바로네는 최대한 참았다. 시내의 호텔들도 둘러보았다. 민트. 열이 다시금 올라오는 것이 느껴졌다. 폴 바로네는 그만둘 수 없다. 비니언스 호스슈.

없다, 없다, 없어.

---

* Stickmen: 도박판의 시중꾼.

망할 기드리는 어디에 있는 것일까? 일요일 저녁 8시, 그는 잠시 쉬기 위해 방에 올라왔다. 막간의 휴식이었다. 그는 프런트에 전화해 한 시간 후에 깨워달라고 했다.

하지만 그는 잠들 수 없었다. 침대에 누워 있으니 커튼 사이로 새어 들어오는 스트립의 불빛에 방 안은 마치 오븐 같았다. 바로네는 자신이 엉뚱한 노선을, 엉뚱한 방향을 짚고 있었다는 사실을 깨달았다. 기드리는 크고 화려한 호텔 체인에서 묵지 않을 것이다. 사람들이 너무 많았고, 보는 눈 또한 많았다. 누군가 그를 알아볼지도 모를 일이다. 그는 시내에 있는 자그마한 모텔들 중 한 곳에 있다. 델 레이, 모니 마리, 선라이즈, 로얄 베이거스. 하지만 아니다. 그것도 뭔가 아닌 것 같다. 사람이 너무 없으면, 기드리는 오히려 더 눈에 띈다고 생각했을 것이다.

바로네는 침대에서 일어나 아래로 내려간 뒤 전시장에서 댄디 스탠 콘티니를 찾았다. 콘티니는 지팡이를 빙빙 돌리며 탭댄스를 추고 있었다.

"날 봐! 난 죽었어. 100만 달러를 갖고 싶군!"

콘티니가 노래를 불렀다.

아니, 이건 진짜가 아니다. 열 때문이다. 흑인 아이가 돌아서서 그를 쳐다보았다. 시어도어, 날 테드라고 부르지 말아요. 테디라고도 부르지 말아요. 이것도 열 때문이다. 그가 방아쇠를 당기기도 전에 이미 머리에 구멍이 난 아이는 그를 똑바로 쳐다보고 있었다.

바로네는 아침 8시에 눈을 떴다. 월요일. 그는 커튼을 젖혔다. 사막의 하얀 빛이 그의 얼굴을 강타했다. 다친 손의 통증이 또다시 극심해졌다. 의사를 만나야겠다. 하지만 그 전에 먼저 그의 예감부터 확인해볼 필요가 있다. 그는 교환원에게 댄디 스탠 콘티니를 연결해달라고 말했다.

"아직 소식 들어온 것 없어."

콘티니가 말했다.

"가족들은 보통 어디에 묵어요?"

바로네가 말했다.

"무슨 말이야?"

"가족들과 라스베이거스에 왔을 때 묵을 만한 숙소가 있냐고요."

"라스베이거스에 가족과 오는 사람이 누가 있어? 하지만 하시엔다가 있긴 하지."

하시엔다는 트로피카나에서 남쪽으로 1.5킬로미터 떨어진, 공항 건너편 황무지에 자리하고 있었다. 바로네는 하시엔다의 주차장에 앉아 사람들이 오가는 모습을 지켜보았다. 사람들 중 일부는 스트립의 어느 곳에서든 볼 수 있는 늑대와 양들이었지만, 과연 가족 단위도 많았다. 한 아버지와 그의 두 십대 아이들이 서로 어울리는 골프 바지를 입고 있었다. 붉은색 벨벳 드레스를 입은 어린 여자아이가 한쪽 발로 깡충깡충 뛰어갔다. 산타클로스 모자를 쓴 도어맨은 지나가는 아이들에게 캔디 케인을 건넸다.

기드리는 이곳에 있다. 바로네도 그 이유는 알지 못했지만, 어쨌든 이곳이라는 감이 왔다.

그는 안으로 들어가 방을 잡았다. 수영장 전망의 방에는 2달러의 추가 요금이 붙었다. 좋지, 안 할 이유 있을까.

커피숍에서는 로비의 문이 훤히 보였다. 바로네는 카운터 자리에 앉았다. 그는 블랙커피를 주문했다. 그리고 웨이트리스가 볼 수 있도록 방 열쇠를 접시 옆에 두었다. 아마도 오래 기다려야 할 테니, 성가신 상황을 만들고 싶지 않았다.

기드리가 그를 알아볼 걱정은 하지 않았다. 기드리는 바로네의 이름만 알고 있을 뿐, 그에 대해 몰랐다. 같은 공간에 있었던 건 수년 전에 두어 번 정도뿐이었다. 기드리는 파티에서 커다란 바퀴에 기름칠을 하며 미소를 짓고 있었다. 바로네는 그저 군중에 묻힌, 쉽게 잊힐 만한 또 하나의 얼굴이었을 뿐이다. 기드리를 바라보며, 모두를 바라보며.

"커피 한 잔 더 드릴까요?"

웨이트리스가 말했다.

"네, 시원한 물도 한 잔요."

바로네가 말했다.

"오늘 카드놀이는 운이 좀 따르셨어요?"

"아직요."

두 시간 뒤, 정오가 되기 직전 기드리가 엘리베이터에서 모습을 보였다. 그는 여자와 두 명의 여자아이들과 함께였다. 기드리는 여자에게 뭐라고 이야기했고, 그녀는 미소를 지었다. 산타클로스 모자를 쓴 도어맨이 그들을 위해 문을 열어주었다.

바로네는 여유를 갖고 기드리에게 시간을 주기로 했다. 그는 돈을 지불한 뒤 쟁반에서 이쑤시개를 집어 커피숍을 나왔다. 커다란 로비 문의 유리 사이로 그는 기드리와 여자와 아이들이 초록색 롤스로이스에 오르는 모습을 지켜보았다. 여행가방은 없었다. 그는 차가 멀어지는 모습도 지켜보았다. 그들은 돌아올 것이다.

그는 밖으로 나가 주위를 둘러보았다.

"도와드릴까요?"

도어맨이 말했다.

"이런, 그들을 놓쳤군."

바로네가 말했다.

"누구 말씀이신가요?"

"내 친구와 그의 아내요. 방금 롤스로이스 탄 사람 못 봤어요?"

"웨인라이트 부부 말씀이시군요."

기드리는 더 이상 이름을 바꾸지 않았다. 조금씩 긴장을 놓기 시작한 건가. 잘된 일이다. 아니면 여자에게 자신의 정체를 숨기기 위해 그 이름을 계속 사용해야 했는지도 모르겠다.

"그들한테 날 봤다는 얘기는 하지 말아요, 알겠죠? 서프라이즈거든요. 축하 파티 때문에 이곳에 온 거라서요. 그것 또한 서프라이즈고요."

바로네가 말했다.

술집. 바로네는 라이 위스키를 온더록스로 주문한 뒤 진통제를 두 알 삼켰다. 이제 어쩐다? 바로 이것이 그의 작업 중 가장 재미있는 부분이었다. 그의 앞에 놓인 테이블 위로 모든 조각들이 흩어져 있다. 톱니와 스프링과 나사 들이 말이다. 이렇게도 해보고, 저렇게도 해보고. 모든 조각들을 제 위치에 맞춘 뒤 시계가 다시 째깍거리는지 지켜보는 것이다.

여자와 두 명의 여자아이들 덕분에 좀 더 흥미로워졌다. 바로네는 그들을 분리해서 처리하는 것이 낫겠다고 생각했다. 어쩌면 기드리를 아래층으로 홀로 꾀어낼 수 있는 방법이 있을지도 모르겠다. 그를 차에 태워 어딘가 멋지고 조용한 곳으로 데려간 뒤 다른 이들을 위해 다시 돌아오는 것이다.

안녕, 프랭크. 드라이브나 갈까.

하지만 기드리는 소동을 일으킬지도 모른다. 그는 이미 휴스턴에서도 한 번 도주하지 않았나. 대부분의 남자들은 그 와중에도 희망을 보고 불가피한 제한을 받아들인다. 그중에서도 몇몇 남자들은 쏠쏠한 끝을 맞이할 때까지 계속해서 저항하기도 한다. 뭐, 잘하는 일이다. 저항의 대상이 바로네가 아닌 이상은 말이다. 그는 휴스턴의 옛 동료 피스크를 떠올렸다. 바로네의 아픈 손은 그 개자식의 잭나이프를 생각나게 했다.

그는 자신의 음료에 얼음을 더 넣어달라고 요청했다. 바텐더는 얼음 덩어리를 잘랐다. 바로네는 철제 꼬챙이가 번쩍이는 모습을 지켜보았다. 그 번쩍임이 공중으로 날아올랐다.

같이 차로 갈까, 프랭크. 얌전히 굴어. 그러면 여자와 아이들은 무사할 거야.

아니, 기드리는 넘어가지 않을 것이다. 그는 바보가 아니다. 그는 여자와 아이들에게 무슨 일이 일어나든 상관하지 않을 것이다.

기드리에게 애초부터 기회를 주지 말자. 그의 방을 찾아 잠금장치를 연 다음 그가 방으로 돌아올 때 불시에 공격하는 것이다. 바로네는 늘 광석 분쇄기를 가지고 다녔다. 산탄이 가득 들어 있는 가죽 벨트도 있었다.

여자와 아이들도 기드리와 같은 방을 쓸까? 기드리를 벨트로 끝내는 동안 그들을 욕실에 가둬둘 수도 있다. 스탠 콘티니가 사람들을 보내 뒷정리를 해줄 것이다. 큰 난리는 아닐 것이다. 여자와 아이들은 어딘가 조용한 곳으로 데려가 처리하면 될 테니.

같이 갈까요, 우리 숙녀분. 딸들도 함께요. 걱정 말아요. 해치지 않을 테니.

그녀는 믿을 것이다. 해치지 않을게요. 믿을 것이다. 왜냐하면 그 말이 진심이기를 온 마음으로 바랄 테니 말이다.

바로네는 얼음 잔을 이마 높이로 들어 올린 뒤 두 눈을 감았다. 그가 다시 눈을 떴을 때 그의 오른쪽에는 한 남자가 앉아 있었다. 또 다른 남자가 왼쪽에 앉아 있었다. 바로네는 거울을 통해 그들을 바라보았다. 둘 다 큰 덩치에 얼굴 한가득 미소를 짓고 있었다.

오른쪽 덩치는 무릎에 45구경을 올리고, 바텐더가 보지 못하도록 자세를 낮추고 있었다.

"바로네 씨, 라스베이거스에 오신 걸 환영합니다."

그가 말했다.

"이미 맡은 일이 있어요."

바로네가 말했다.

"그렇겠죠. 그래서 보자는 겁니다."

그 말에 웃어주기에 바로네는 너무 더웠고, 피곤했다.

"같이 가실까요?"

오른쪽 덩치가 그의 동료를 흘끗 쳐다보았다. 그들은 바로네를 조심하라는 경고를 받았을 테지만, 바로네가 그렇게 위험인물로는 보이지 않았을 것이다, 그렇지 않은가?

"그래요, 바로네 씨. 순순히 가시죠, 알겠습니까? 우리 모두 이곳에서는 친구가 아닙니까."

"당연히요."

바로네가 말했다.

그들은 바로네의 폴리스 포지티브를 건네받고 그를 데저트 인까지 데려갔다. 뒷좌석에 앉은 바로네는 생각이 많아졌다. 기억 같은 것이 떠오른 건 아니었다. 그의 입안에 딸기향이 가득 찼다. 그의 마음 한 구석에서 희미한 노래 소리가 들렸다.

복도를 지나 엘리베이터를 타고 위로 올라갔다. 사무실 문은 독일의 한 대성당에서 떼어 온 듯, 검은색 트러스*로 고정한 나무 소재로 정교하게 조각되어 있었다.

"먼저 들어가시죠, 바로네 씨."

대화를 주도했던 덩치가 말했다.

책상 뒤에 앉은 남자는 거대한 코와 친근한 눈썹을 지니고 있었다. 그리고 두꺼운 유리알의 검은색 플라스틱 테 안경을 쓰고 있었다.

"내가 누군지 압니까?"

그가 말했다.

"모 달리츠."

바로네가 말했다.

"그럼 내가 이 동네를 틀어쥐고 있는 것도 알겠군요."

"동쪽 애들만 다루고 있다는 건 알아요."

바로네 뒤의 덩치는 긴장한 듯 몸을 들썩거렸다. 바로네는 느낄 수 있었다. 하지만 모 달리츠는 그저 웃고 있을 뿐이었다. 그는 자신의 코에 손가락을 대고 톡톡 두드렸다.

"그래, 맞아요. 바로네 씨, 그쪽처럼 나도 더 큰 대의를 위해 움직이죠. 말하자면 공동체 같은."

그가 말했다.

"누가 찔렀어요?"

바로네는 알 수 없었다. 그가 하시엔다에 있다는 것을 아는 사람은 스탠 콘티니가 유일했다. 그러나 스탠 콘티니가 이 일에 모 달리츠를 끌어들일 이유가 없었다. 절대 그럴 이유가 없었다.

"누가 찔렀냐고? 찌른 사람은 없어요. 그쪽이 죽은 자도 깨어나게

---

* Truss: 부재가 휘지 않게 접합점을 핀으로 연결한 골조 구조.

할 만큼 들쑤시고 다녔으니 당연히 알 수밖에요. 여기저기 물어보면서 바짓가랑이 꽤나 잡아당기고 다녔잖아요."

그는 거짓말을 하고 있었다. 달리츠가 토요일이나 일요일에 그에게 미행을 붙였다면, 바로네는 아마 바로 알아차렸을 것이다. 물론 방금까지도 그의 졸개들을 발견하지 못한 것은 사실이지만. 그렇지 않나? 그들이 술집에 들어와 그의 옆에 앉을 때까지도 바로네는 몰랐다. 바로네는 자신이 방심하고 있었음을 깨달았다. 열 때문이다. 하지만 달리츠는 분명 누군가에게 얘기를 들었다.

"그쪽한테 굉장한 관심을 갖고 있어요, 바로네 씨. 그쪽 고용인에게도 관심이 지대하고요. 하지만 라스베이거스에서 사업을 할 때에는 우리만의 독특한 방식이 있답니다."

달리츠가 말했다.

"자유 도시 아닌가요."

바로네가 말했다.

"그것도 맞아요. 모두가 이곳이 자유 도시라는 데에 동의하기 때문에 그렇습니다. 모두가 규칙을 따라야 한다는 데 동의하고 있으니까요."

무슨 빌어먹을 규칙? 바로네가 모 달리츠의 불알이나 쥐고 이곳에서 시간을 낭비하는 동안 프랭크 기드리는 하시엔다로 돌아오고 있을 터였다. 가방을 챙겨 공항으로 향한 뒤 영원히 사라져버릴 테지. 이 모든 일이, 다사다난했던 지난 일주일이, 건천에서 죽은 아이의 일이 모두 허사가 되어버릴 것이다.

"이런 겁니다. 위원회에서 심사를 해요. 아주 깐깐하게. 그런 다음 오케이 사인을 주든지 주지 않든지 하는 거예요."

"카를로스에게 전화해요."

바로네가 말했다.
"연락할 거예요. 모든 사안을 위원회와 상의할 겁니다. 그러는 동안 좀 쉬어요."
"지금 당장 전화해요."
"급하다는 것 알고 있습니다. 충분히 인지하고 있고요."
 모 달리츠는 어깨를 으쓱하려다가 중간 동작에서, 어깨를 그의 귓가에 올리는 지점에서 멈췄다. 어쩐다? 누가 찌른 걸까? 어째서? 이번 일을 망치고 기드리를 좀 더 살려두고자 하는 사람의 소행이겠지. 아니면 바로네가 방심을 했고, 모 달리츠는 사실을 말하고 있을지도? 미행이 붙었던 것을 바로네가 알아차리지 못했던 걸까?
"여기 애들이 그쪽 뒤를 봐줄 겁니다. 원하는 건 뭐든지 말만 해요. 서치라이트에 자그마한 곳을 하나 갖고 있는데, 엘 콘도르라고, 마음에 들 거예요. 게 요리에, 여자들에, 오케이 사인을 받을 때까지 원하는 건 뭐든 내가 제공하죠. 오케이 사인을 받을 테니, 인내심을 갖고 기다려요. 알겠어요?"
 그의 눈썹은 친근하고 순수했지만, 눈빛은 아니었다. 달리츠는 바로네의 생각 같은 건 염두에 두지 않았다. 나를 시험에 들게 하지 마. 그게 바로 달리츠가 바로네에게 전하고 있는 메시지였다. 성가시게만 하지 않으면 널 죽이지 않아. 널 죽이고 싶지 않아.
"내 목표물은. 그 사람은 어떻게 되는 거예요?"
바로네가 말했다.
"아무 데도 가지 않도록 하죠. 걱정 말아요. 근데 대관절 그 사람이 누굽니까? 그쪽이 잔뜩 달아올라 있는 그 웨인라이트라는 사람은?"
달리츠가 말했다.
"카를로스에게 전화해요."

"내가 알아야 할 만한 일이면, 네, 그가 이야기하겠죠. 똑똑한 사람이군요. 그쪽 같은 사람은 이 동네에서도 쓸모가 많을 텐데."

바로네는 계속해서 밀어붙일 수 있었다. 지금의 이 시간 낭비 말이다. 하지만 그에게 물어볼 것이 하나 더 있었다.

"여기서 초록색 롤스로이스를 소유한 자가 누군지 알아요?"

그가 말했다.

"초록색 롤스로이스? 모르겠군요."

달리츠가 말했다. 그는 아무것도 모르겠다는 듯, 순진무구한 표정을 하고 있었다. 바로네는 누군가 자신의 존재를 찌른 것에 대해 그가 거짓말을 하고 있는 것인지, 롤스로이스에 대해 거짓말을 하고 있는 것인지 알 수 없었다. *제일 잘하는 것에나 신경 써요, 몽 셰.* 언젠가 한번 그가 세라핀의 심중을 읽어보려 했을 때 그녀가 했던 말이었다.

바로네는 모 달리츠를 향해 존중의 뜻으로 고개를 끄덕였다. 엿 먹어. 세라핀의 조언은 훌륭했다. 바로네는 자신이 제일 잘하는 일에 신경 쓰기로 했다.

그는 덩치들을 향해 몸을 돌렸다.

"갑시다. 앞장서요."

27

 월요일 아침 샬럿은 평소처럼 아이들이 일어나기 전에 먼저 잠에서 깼다. 그녀는 옷을 입은 뒤 개를 데리고 선인장 정원을 산책했다. 거기서 일출을 보고, 산맥의 색과 빛이 매순간 달라지는 모습을 지켜보았다. 아, 그림자도.
 리무진이 정오에 그들을 데리러 왔다. 운전사는 샬럿에게 고개 숙여 인사를 했다. 아이들을 향해서도 고개 숙여 인사했다.
 "제 이름은 리오예요. 징걸 씨의 비서죠. 뵙게 되어 반갑습니다. 징걸 씨가 선착장에서 기다리고 계세요."
 그가 말했다.
 그의 영국식 억양과 기분 좋은 미소, 체크무늬 조끼와 포마드 기름을 바른 수염은 에드만큼이나 강렬한 인상을 주었다. 하지만 샬럿은, 리오는 에드와는 다른 책, 이를테면 디킨스의 소설이나 브론테 자매들 중 하나의 소설에 나올 법한 캐릭터라고 생각했다.
 미드호는 놀라움 그 자체였다. 건조한 사막 한가운데 자리한 대담하고 아름다운 습지로, 무지갯빛의 푸른색을 띠었다. 그리고 그 주위를 초콜릿과 시나몬 색의 협곡이 둘러싸고 있었다. 리무진이 물가 주변을 도는 가운데 샬럿은 창문을 내리고 사진을 찍었다. 필름을 아껴야 할 터였다. 그녀에게는 하루 동안 쓸 필름 한 통만 남아 있었다. 하지만 아직은 여유가 있었다.

선착장에 도착하자 그녀는 에드의 '작은 배'인 미스 어드벤처를 발견할 수 있었다. 그것은 오클라호마 우드로의 인구 절반은 족히 수용할 수 있을 정도로 거대한 요트였다. 그녀는 놀라지 않았다. 에드가 선교에 서서 그들을 향해 손을 흔들었다. 그의 선장 모자가 경쾌하게 비뚤어졌다. 그는 어느 소설에서 튀어나온 걸까? 그게 의문이었다. 어쩌면 《위대한 개츠비》일지도 모르겠다. 샬럿은 그것으로 결정했다. 혹은 그 덩치나 체구로 봐서 몸을 굴릴 더 많은 공간을 요할지도 모르겠다. 그렇다면 《오디세이》와 같은 서사시가 옳다.

그들은 요트에 올랐다. 미스 어드벤처가 부두에서 멀어지는 가운데 리오는 샬럿과 프랭크와 아이들에게 거대한 일광욕 데크를 보여주었다. 그는 그들에게 다른 탑승객도 소개해주었다. 두 명의 십대 남자아이들과 한 명의 십대 여자아이였다. 에드의 조카인 데니스와 팀, 신디라고 했다.

"만나서 정말 반가워요, 부인."

데니스가 샬럿에게 말했다.

"라스베이거스는 어떠세요?"

팀이 말했다. 금발머리를 알프스의 하이디처럼 땋은 예쁘장한 신디는 발꿈치를 들고 한쪽 무릎을 꿇은 채 인사를 했다.

샬럿은 에드의 조카들이 지나친 예절 교육을 받은 고등학생들인지 아니면 그녀를 놀리려고 그러는 것인지 알 수 없었다.

"수업 끝나고 바로 온 건가요?"

그녀가 물었다.

세 명 모두 가톨릭계 학교의 교복을 입고 있었다. 남자아이들은 셔츠에 넥타이, 잘 다린 감색의 바지를 입고 있었고, 신디는 피터 팬 칼라의 흰색 블라우스에 격자무늬 치마, 무릎까지 오는 양말을 신고 있었다. 샬럿은 에드가 그들이 다니는 고등학교에 돌풍처럼 나타나 수녀들을 놀래키며, 대수학 2 수업에서 조카들을 빼오는 모습을 상상할 수 있었다. 자신과 오후 시간을 함께 보내도록 말이다.

"네?"

팀이 말했다.

그와 데니스, 신디는 샬럿을 멍한 눈빛으로 쳐다보았다.

"그냥 교복을 보니…."

샬럿이 말했다.

"네, 맞아요. 학교에서 바로 왔어요."

신디가 말했다.

"맞아요."

데니스와 팀도 동의했다.

샬럿이 그들의 기이한 반응을 의아하게 생각하기도 전에 프랭크가 그녀의 어깨에 팔을 두르고 데크 건너편을 가리켰다. 짙은 색 안경을 쓴, 수염이 덥수룩한 남자가 담요를 둘둘 두른 채 캔버스 천 소재의 데크 의자에 늘어져 있었다. 그는 어딘가 모르게 낯이 익었지만, 샬럿은 정확히 누구인지 알아차리지 못했다.

"내가 생각한 그 사람이 맞을까요? 아마 맞는 것 같은데."

프랭크가 말했다.

남자는 사람들의 시선을 알아차렸다. 그는 환영의 의미로 맥주병을 들어 올리고는 그 어떤 예고도 없이 노래를 부르기 시작했다. 오즈의 마법사에 나오는 〈내게 두뇌가 있다면〉이었다.

샬럿은 조앤이 로즈메리의 손을 꼭 잡는 것을 보았다. 그 사람이야.

"나도 알아."

로즈메리가 속삭였다. 하지만 로즈메리도 긴가민가한 눈치였다. 챙 넓은 모자는 어디 갔지? 짚 다발은? 왜 자갈밭에서 구르는 듯한 목소리가 나는 걸까?

그럼에도 불구하고 굉장한 음성이었다. 너무 독특해서 다른 누구와도 헷갈릴 일이 없을 것 같은 음성.

"레이가 어젯밤에 늦게 잔 모양이에요. 머리에는 정말 지푸라기가 가득 든 것 같은데요."

프랭크가 샬럿에게 중얼거렸다.

노래의 마지막 절을 반쯤 불렀을 때 레이 볼거는 흥이 식고 말았다. 하지만 그는 맥주를 흔들며 간신히 노래를 마쳤다. 모두가 박수를 치는 가운데 그는 담요를 벗어 던지고 사람들을 향해 비틀거리며 다가갔다. 프랭크는 그가 난간에서 떨어지지 않도록 팔을 부축하기 위해 앞으로 나섰다.

"정말 감사합니다, 신사 숙녀 여러분. 감사합니다, 감사합니다. 제 다음 곡은…."

그의 얼굴에 어떤 표정이 떠올랐다. 샬럿은 그 표정을 알고 있었다. 둘리와 오랫동안 살면서 익숙해진 표정이었다. 아이들에게도 마찬가지였다.

"아파요?"

로즈메리가 물었다.

"전혀."

레이 볼거가 말했다. 그의 시선은 난간을 향하고 있었지만, 메스꺼움의 기색이 스쳤다.

"아주 더할 나위 없이 건강하단다. 컨디션이 아주 좋아. 이보다 더 좋을 수 없지."

"뵙게 되어 정말 영광이에요, 볼거 씨."

샬럿이 말했다.

"이곳에 있는 게 영광이죠. 그러니까, 이 호수 위에요."

그가 말했다.

샬럿은 아이들이 서로 텔레파시를 주고받고 있는 것을 알아차렸다. 네가 물어봐, 싫어, 언니가 물어봐. 마침내 조앤이 나섰다.

"진짜 허수아비예요?"

그녀가 말했다.

"지난 25년간 매일같이 그랬지. 자, 이제 잠시 실례해도 된다면, 난 막간의 휴식 시간을 이용해 잠시 저 아래로 물러가 있으마. 우리 아가씨들은 내가 만나본 가장 쾌활한 관중이었단다."

그가 말했다.

수면 위는 유리처럼 평평했고, 바람 또한 거의 불지 않았다. 하지만 데크를 건너가는 여정도 그에게는 힘에 겨웠는지 그는 이내 바닥을 구르더니 한쪽 구석에 내동댕이쳐졌다. 하지만 해치에 도달하기 직전에 그는 다리를 차고 일어나 어깨를 으쓱인 뒤 반대쪽 팔을 퍼덕였다. 손목, 팔꿈치, 엉덩이, 그리고 무릎… 그는 우아하게 흔들거렸다. 샬럿이 영화관 화면에서 수없이 보았던 영상 속의 모습이었다.

"정말 그 사람이야, 언니."

로즈메리가 말했다.

"나도 알아."

조앤이 말했다.

샬럿은 프랭크를 돌아보며 미소를 지었지만, 그는 에드의 조카, 신디를 쳐다보고 있었다. 그녀는 조앤의 머리를 쓰다듬으려고 손을 뻗던 참이었다.

"진짜 부드러워."

신디가 말했다.

"앞쪽으로 가보자."

프랭크가 말했다. 그는 조앤의 손을 잡았다.

"에드! 이 고물선에 먹을 것 좀 없어요?"

당연히 에드에게는 먹을 것이 완벽하게 준비되어 있었다. 그는 선장 모자를 요리사 모자로 바꿔 쓰고는 휴대용 숯 그릴 위에 햄버거와 핫도그를 구웠다. 리오는 뷔페 테이블에 데빌드 에그, 독일식 포테이토 샐러드, 옥수수, 서커태시*를 준비했다. 디저트로는 초콜릿 칩 쿠키, 퍼지 브라우니, 스트로베리 젤로에 휘핑크림을 얹은 과일 칵테일이 있었다. 그들은 먹고, 또 먹었다. 그랬는데도 음식은 줄어들 줄 몰랐다. 샬럿은 라커에 올라가 위에서 내려다본 음식과 사람들의 모습을 사진으로 찍었다. 그게 무슨 동화였더라, 한 영웅이 마법처럼 차려진 테이블을 발견하는 내용의 동화가? 마법의 테이블은 상이었던가, 아니면 위험한 유혹이었던가? 그녀는 기억이 나지 않았다.

그들은 물가에서 멀리 떨어진 곳, 호수의 제일 중앙처럼 보이는 곳에 닻을 내렸다. 샬럿은 수심이 얼마나 될까 궁금해졌다. 미드호에 비해 오클라호마의 저수지나 목장의 연못들은 진흙탕의 빗물이 가득 들어 찬 구둣발자국일 뿐이었다. 그녀는 아이들에게서 눈을 떼지 않았다. 난간에 달린 코르크 구명조끼 한 쌍은 장식에 더 가까웠다.

에드가 그녀를 불렀다. 샬럿은 프랭크와 리오 곁을 떠났다. 로즈메리와 조앤이 그들에게 '다운, 다운, 베이비' 게임을 가르쳐주고 있었

---

* Succotash: 옥수수와 콩을 섞어 함께 끓인 것.

다. 샬럿은 의자를 빼내 앉았다.

"재밌어요?"

에드가 말했다.

"무척요. 아주 재미있게 보내고 있어요."

샬럿이 말했다.

"다행이군요. 자, 이제 서로에 대해 알아가 볼까요. 본인에 대해 아주 쫄깃한 비밀 하나만 말해봐요. 절대 발설하지 않겠다고 약속할게요."

그녀는 웃음을 지었다.

"안됐지만, 비밀 같은 건 없어요."

"그럴 리가. 모두가 비밀 한두 가지는 갖고 있게 마련인걸."

"그럼 사장님부터 하시는 건 어때요?"

그는 알았다는 듯 씩 웃었다.

"프랭크가 왜 그쪽을 좋아하는지 알겠네. 좋아요. 어디 보자. 옛날에 한 남자아이가 있었는데, 가진 것이 없었어요. 하지만 세상 전부를 갖고 싶었죠. 그래서 일을 열심히 했어요. 어느 정도의 희생도 치렀고. 그는 필사적으로 매달렸어요. 그게 내가 설명할 수 있는 최선이에요. 이제 그 남자아이는 그가 원했던 모든 것을 손에 넣었다네요."

"근데요?"

샬럿이 말했다.

"근데?"

"이야기에 교훈이 없어요?"

"물론 있죠. 원하는 것이 뭔지 결정한 뒤에 방해가 되는 것들은 모두 제껴버리라는 거예요. 오라, 보라, 정복하라. 이게 바로 이 이야기의 교훈이에요. 그래서 내가 프랭크를 좋아하죠."

에드가 말했다.

프랭크가 왜? 에드의 말에 샬럿은 깜짝 놀랐다. 그리고 지난 밤 사랑을 나눈 뒤 프랭크에게 했던 말이 떠올랐다. 당신에 대해 별로 아는 게 없네요, 그렇죠? 그녀는 처음부터 머릿속을 파고들었던 생각들도 떠올렸다. 그에 대해 생각보다 더 모르고 있는 건지도 모른다.

그렇지만, 에드에 대해서는 뭘 알지? 리무진, 요트. 프랭크는 미니애폴리스에서 열렸던 보험 컨벤션에서 그를 만나 친구가 되었다고 했다. 정부 정책을 논의하다가 말이다. 이제 그녀는 정말 그 에드를 만났지만, 샬럿으로서는 그 상세한 부분들을 일일이 확인하기는 어려웠다.

그녀는 로즈메리의 지도를 충실히 따르고 있는 프랭크를 바라보았다. *짝, 짝, 춤추고 짝, 다운, 다운, 베이비.* 샬럿은 프랭크 역시 곁눈질로 그녀와 에드 쪽을 보고 있다는 사실을 깨달았다.

"에드? 프랭크와는 어떻게 만났어요?"

샬럿이 말했다.

"아니, 안 되지. 내가 바보요? 이번에는 그쪽 차례예요. 프랭크와는 어떻게 만났어요?"

그가 말했다.

"프랭크가 얘기 안 했어요?"

"직접 이야기를 듣고 싶은데."

그녀는 그에게 차 사고에 대해, 모텔과 수리공에 대해 이야기했다. 에드는 다시금 씩 웃었다.

"그래서 프랭크가 빛나는 갑옷을 입은 기사처럼 달려왔다는 거로군요."

"정말 친절했어요. 사장님도 그러시지만."

그는 가까이로 몸을 숙였다.

"근데, 손가락에 그건 뭐에요?"

그건 금으로 된 결혼반지였다. 샬럿은 반지를 뺀다는 것을 잊고 있었다. 지난 세월 동안 반지는 그녀의 보이지 않는 일부분이 되었다. 그녀는 손가락에서 반지를 빼서 가방에 넣었다.

"옛날에 한 소녀가 있었죠. 그녀는 자신이 뭘 원하는지 몰랐어요. 아니, 그보다는 뭘 원하는지는 알았지만, 그걸 인정하기가 두려웠죠. 그런데 어느 날…"

"더 이상 두렵지 않았던 거군요. 결심을 하고 거기에 매달려보기로 한 거예요."

에드가 말했다.

"네."

그는 그녀를 유심히 바라보았다.

"내가 비밀 하나 더 알려주죠."

에드가 말했다. 하지만 그때 프랭크가 아이들과 함께 그들 옆에 나타났다.

"여기 두 사람은 많이 친해졌어요? 내가 좋은 사람이라고 했죠, 에드, 안 그래요?"

그가 말했다.

"그랬지. 정말 그렇군."

에드는 샬럿의 무릎을 아버지처럼 다정하게 두드린 뒤 자리에서 일어섰다.

"아래층 살롱에서 나랑 함께하지, 애송이. 개인적으로 의논하고 싶은 사업 건이 있어."

프랭크는 신음소리를 냈다.
"아, 돌겠네, 에드. 나 지금 휴가 중이에요. 적어도 저녁때까지는 기다려줘요. 집으로 갈게요. 이렇게 아름다운 날에 우리 아름다운 세 숙녀분들을 내버려두게 하지 말아요."
"신디가 친구가 되어줄 거네. 신디! 이리 와서 새 친구들과 놀아!"
에드가 말했다.
에드는 조카를 향해 손을 흔들었다. 신디는 난간 너머로 몸을 내밀고 바다를 쳐다보고 있었다.
"에드, 제발요."
프랭크가 말했다. 이번 것은 오해가 아니다. 그의 미간에 잡히는 주름, 아주 얇은 천에 실을 단단히 꿰맸을 때 나타날 법한 그런 주름.
"나중에 여유 있을 때 얘기해도 되잖아요."
"우린 괜찮아요. 정말이에요."
샬럿이 말했다. 그녀는 그가 왜 자신과 아이들 곁을 한시도 떠나려 하지 않는 것인지 이해할 수 없었다.
여전히 프랭크는 망설였다. 하지만 그는 그녀가 이상하게 생각하고 있다는 사실을 깨달았다.
"알았어요, 에드. 갑시다. 원하시는 대로 해드리죠."
마침내 그가 말했다.
프랭크와 에드는 데크 아래로 내려갔다. 에드의 다른 조카들은 리오를 도와 뷔페장을 정리했다. 신디가 난간의 손잡이를 손가락으로 훑으며, 그리고 그녀에게만 들리는 음악에 몸을 흔들며 천천히 다가왔다.
"그게 뭐예요?"
신디가 물었다.

"이거요? 내 카메라예요."

샬럿이 말했다.

"내 사진 찍을래요? 에드의 친구들은 항상 내 사진을 찍거든요."

푸른 눈동자에 하트 모양의 얼굴형을 한 신디는 과연 매력적이었다.

"그렇군요. 그 사람들은 사진작가였나 봐요? 에드의 친구들?"

샬럿이 말했다.

"네."

신디는 고개를 돌려 다시 바다 쪽을 응시하기 시작했고, 샬럿은 그 순간을 포착해 사진을 찍었다. 신디의 턱의 비스듬한 각도, 조금씩 흩어지기 시작한 금발의 땋은 머리, 초점을 살짝 빗나간 듯한 그녀의 몽환적인 표정.

"'다운, 다운, 베이비' 할 줄 알아요? 배우기 어렵지만, 우리가 가르쳐줄 수 있어요"

로즈메리가 신디에게 물었다.

신디는 아이의 말을 듣지 않은 것 같았다.

"난 그녀를 찾고 있어."

그녀가 말했다.

"누구요?"

로즈메리가 말했다.

"유령."

로즈메리는 그 즉시 얼어붙었다.

"무슨 유령요?"

"여자아이. 한밤중에 수영을 하러 갔었어. 배 안의 모두가 자고 있을 때 말이야. 우리 모두 자고 있을 때."

신디가 말했다.

"그게 이 배예요?"

로즈메리가 말했다.

"재작년 여름이었어. 그래, 수영을 하러 가서는 다시 돌아오지 않았단다. 다운, 다운, 베이비."

신디는 키득거렸다.

조앤은 샬럿에게 몸을 밀착했다. 동생과 달리 조앤은 유령 이야기를 전혀 좋아하지 않았다. 샬럿 또한 마찬가지였다. 특히 이 이야기는 더욱.

"다른 이야기 할까? 책이나 영화에서 본 배들 중 좋아하는 순서대로 목록을 만드는 거야."

샬럿이 말했다.

하지만 로즈메리는 단념하지 않았다.

"그 사람은 누구였어요? 유령?"

"스타더스트의 칵테일 웨이트리스. 그녀 말로는 그랬어. 하지만 우리는 그게 거짓말이라는 걸 알고 있었지. '그녀는 더럽고 쪼그만 거짓말쟁이였단다.' 에드가 그렇게 말했어."

샬럿의 피부 아래를 찌르던 불편한 가시가 조금씩 통증을 유발하기 시작했다. 당연히 그 어떤 것도 사실이 아닐 터였다. 이건 그냥 아이들을 놀리려고 신디가 지어낸 이야기다.

신디는 입술에 손가락을 가져다 댔다. 쉿.

"비밀로 하기로 약속해야 돼. 약속을 안 지키면 어떻게 되는지 알지?"

그녀가 로즈메리에게 말했다.

"그만하면 됐어요."

샬럿이 의도한 것보다 더 날카롭게 말했다. 그녀는 로즈메리를 가까이로 당겼다.

신디는 샬럿을 태연하게 쳐다보았다.

"알았어요."

"하지만 유령 얘기 더 듣고 싶어요. 안 그래, 언니?"

로즈메리가 말했다.

"아니."

조앤이 말했다.

"그 유령을 딱 한 번 본 적 있어. 시든 뒤의 꽃처럼 아름다웠지. 평화롭기도 했어. 그녀는 자기가 꿈을 꾸고 있다고 생각했어. 언젠가 깨어날 거라고 말이야."

신디가 말했다.

"엄마, 엄마 심장이 두근거려요."

로즈메리가 말했다.

신디의 관심이 다시 로즈메리에게로 돌아왔다. 그녀는 아이를 향해 손가락을 구부렸다.

"나랑 같이 가자. 함께 유령을 찾아보자."

그녀가 말했다.

프랭크는 아직 데크 아래에 있었다. 리오와 나머지 조카들은 선실의 먼 쪽에 있어서 시야에 보이지 않았다. 신디는 로즈메리의 손을 잡으려 팔을 뻗었고 로즈메리도 저도 모르게 손을 뻗었다. 하지만 샬럿이 반사적으로 신디의 손목을 잡아 로즈메리에게서 떼어냈다. 놀란 아이들이 샬럿을 쳐다보았다.

신디는 자신의 손목을 잡은 샬럿의 손을 응시했다.

"와우."

그녀가 말했다.

샬럿은 그녀의 손목을 더 꽉 잡았다.

"저리 가. 알겠어? 우리를 내버려두라고."

처음으로 신디는 샬럿을 바라보았다. 샬럿을 제대로 인지했다. 신디의 표정—분노도, 놀라움도, 그 무엇도 없는 그 표정에 샬럿은 소름이 돋았다. 어렸을 적 이웃집 아이들 둘을 물었던 떠돌이 개가 떠올랐다. 아빠가 갈퀴로 멀리 쫓아내기 전까지 개는 샬럿을 향해 다가오고 있었다. 완전히 무표정한 얼굴로 천천히, 고요하게.

"후회할 거예요."

신디가 말했다.

"우리를 내버려둬."

샬럿이 말했다.

그때 샬럿의 발 아래로 데크가 떨렸다. 에드가 선교로 돌아가 시동을 건 것이다. 샬럿은 신디의 손목을 놓았고, 신디는 웃음과 함께 체크무늬 스커트를 휘날리며 사라졌다.

프랭크가 그녀와 아이들을 향해 미소를 지으며 다가오자 거꾸로 솟았던 샬럿의 피가 다시 제자리를 찾아가기 시작했다.

28

기드리는 에드에게 데크 아래에서 긴급히 논의할 사업 건 같은 건 없다는 것을 잘 알고 있었다. 그는 그저 기드리의 줄을 당기고, 춤을 추게 만들고 싶은 것일 테다. 그저 재미로. 기드리는 그렇게 되도록 놔둘 수는 없었다. 그를 위해서나 샬럿을 위해서나. 그녀와 아이들은 5분가량은 괜찮을 것이다. 리오가 그들과 함께 있지 않은가. 그가 신디를 풀어놓지 않을 것이다.

"스카치?"

에드가 답을 기다리지도 않고 스카치를 따랐다. 그들은 에드가 살롱이라고 부르는 곳에 내려와 있었다. 기드리가 예전에 보았던 사창가들도 황동 장식과 붉은색 벨벳을 이만큼 과하게 두르진 않았다.

"뭐가 그렇게 급해요, 에드? 날 베트남에 보내겠다는 마음이 변한 건 아니겠죠."

기드리가 말했다.

누구, 내가? 에드는 손사래를 쳤다. 그리고 쿠션이 두둑한 윙 체어에 앉아 발을 올렸다.

"애송이. 이거 완전 걸작이야. 어떻게 한 건가? 그녀가 자넬 바라보는 눈빛을 봤어야 해. 자넬 아주 좋은 사람으로 여기더군. 긴장하진 말라고, 그 환상을 깨뜨릴 생각은 없으니."

에드가 말했다.

"내가 당황하는 모습을 보고 싶은 거군요."

기드리가 말했다.

"당연히, 약간은."

"난 아직 그 여자가 필요해요. 잊지 말아요. 난 아직 사이공에 도착하지 않았다고요."

"긴장하지 마. 우리 애들도 예의 바르게 행동하고 있어. 의상은 마음에 드나? 내 아이디어였어. 자네가 재미있어할 줄 알았지."

기드리는 물결이 선체에 와 찰싹이고 일렁이는 소리에 귀를 기울였다. 반대쪽 벽에서 레이 볼거가 코 고는 소리도 들렸다. 데크에서 무슨 일이 벌어지고 있는지는 들을 수 없었다. 그도 알고 있었다. 데크에서는 아무 일도 벌어지지 않을 거라는 걸.

그는 선글라스를 벗어 올린 뒤 스카치를 투과하는 빛에 감탄했다. 서두르지 말자. 서두를수록 에드는 속도를 늦춰가며 그에게 대가를 요구할 것이다. 에드는 시가에 불을 붙였다.

"그래, 우리의 샬럿 말이야. 자네, 진심이지, 그렇지?"

"진심? 무슨 뜻이에요?"

기드리가 말했다.

"천하의 프랭크 기드리가 말이야. 내 두 눈으로 직접 보지 않았다면 믿지 않았을 거야."

이 게임을 안전하게 마칠 수 있는 방법은 없었다. 일단 발뺌을 하고 뒷일은 기도할 수도 있다. 아니면, 사실대로 털어놓고 뒷일을 기도하는 방법도 있다. 에드는 그것이 자신이 감당할 수 없는 기드리의 약점이 될 거라 생각할지도 모른다. 샬럿에 대한 기드리의 감정 말이다.

에드는 그것 또한 자신이 감당할 수 없는 기드리의 약점이 될 거라 생각할지도 모른다. 나약한 발뺌에 집착하는 기드리의 모습 말이다.

기드리는 어깨를 으쓱했다.

"당연히 진심이죠. 그게 뭐가 어때서요?"

그가 말했다.

뭐가 어때서? 같은 질문을 스스로에게도 던졌더랬다. 샬럿과 아이들과 함께 남은 인생을 보낸다고 한들 그게 어때서? 정신 나간 짓이라고 해도 그게 어때서? 내일 베트남으로 가는 비행기에 오르지 않으면 그는 죽은 목숨이다. 어느 쪽이든 샬럿과 아이들을 두 번 다시 보지 못할 것이다.

에드는 계속해서 시가에 집중했다. 첫 번째 성냥으로 불을 붙이는 데 실패해 그는 두 번째 성냥을 그었다. 그는 기드리의 대꾸에 만족한 듯 고개를 끄덕였다.

"레이는 원래 30분 정도 노래를 부르기로 되어 있었어. 저 보스턴 촌뜨기 같으니라고. 돈은 제대로 못 받을 거야. 그건 내가 약속하지."

에드가 말했다.

"아예 호수에 던져버리죠. 집까지 헤엄쳐서 가도록."

기드리가 말했다.

"오늘 밤에 집으로 오게. 9시쯤. 내일 필요할 것들을 챙겨주지. 리오를 보낼까?"

"가는 길은 알아요."

"자, 그럼 이제 파티로 돌아가 볼까."

에드가 자리에서 일어섰다.

샬럿과 아이들은 안전하고 평온했다. 당연히 그랬을 테지, 기드리는 스스로에게 말했다. 에드는 닻을 올렸고 그들은 다시 항구로 향했다.

기드리는 로즈메리와 조앤이 가르쳐준 게임의 모든 단어와 박수 지점을 전부 기억하고 있다는 것을 아이들 앞에서 증명해 보여야 했다.

스윗, 스윗, 베이비,

널 절대로 보내지 않겠어,

춤추자, 춤추자, 코코아 팝.

춤추자, 춤추자, 짝.

샬럿은 가만히 앉아 그런 아이들과 기드리를 바라보았다. 땅거미가 지고, 요트의 불빛들이 반짝거렸다. 기드리가 바라보고 있는 그 희미한 불빛 속에서 샬럿 역시 그의 상상 속 하나의 조각으로 희미해지는 것만 같았다. 그리고 그 생각—그녀가 실재가 아니고, 이 모든 것이 실재가 아니라는 그 생각은 지금껏 겪었던 그 무엇보다도 기드리를 두렵게 했다. 아주, 아주 오랫동안 겪었던 그 무엇보다도. 최근의 그는 제정신이 아니었고, 구렁텅이로 추락한 신세였다. 샬럿과 아이들이 나타나지 않았다면, 천국의, 혹은 지상의 그 무엇도 이런 상태의 그를 움직이지 못했을 것이다.

기드리는 샬럿과 아이들이 롤스로이스의 뒷좌석에서 편히 다리를 뻗을 수 있도록 리오와 함께 앞좌석에 앉았다. 로즈메리와 조앤은 하시엔다로 돌아가는 길에 잠이 들었다. 샬럿 역시 한쪽 구석에서 창문에 머리를 기댄 채 잠이 들었다. 그녀의 뒤편 유리에 형상들이 깜빡이고 일렁였다. 헤드라이트와 간판과 사막 저 멀리서 번쩍이는 여러 갈래의 번개들. 마치 기드리가 영화 상영관에 떠오른 그녀의 꿈을 바라보고 있는 것만 같았다.

그는 그녀와 아이들과 함께 로스앤젤레스에 갈 수 없다. 상상조차 할 수 없는 일이었다. 국내에 있는 한, 그곳이 어디든 카를로스가 기드리를 찾아낼 것이다. 그건 시간 문제였다. 에드에게 고맙지만, 안 되겠어요, 에드. 베트남에 못 가겠어요. 괜히 신경 쓰게 해서 미안해요라고 말한다면 당연히 에드의 손에 먼저 목숨을 잃게 되겠지만 말이다.

"리오."

뒷좌석과는 충분히 멀리 떨어져 있었고, 포장도로를 내달리는 타이어 소리 또한 시끄러웠지만, 기드리는 나지막한 목소리로 말했다. 혼자만의 생각에 빠진 리오는 처음에는 그의 말을 듣지 못했다.

"리오."

"네?"

리오가 말했다.

"조언이 필요해요, 리오."

기드리가 말했다.

"해드리죠."

기드리는 샬럿과 아이들과 함께 로스앤젤레스에 갈 수 없다. 하지만 베트남이라면? 에드를 설득해볼 수 있을 것이다. 하지만 그건 더 불가능하고 심지어 위험하기까지 한 아이디어가 아닐까?

"어두운 숲에 한 남자가 있어요. 남자는 그보다 더 어두운 숲에 있는 자신을 발견하죠. 그는 운명의 장난질에 몹시 화가 나기 시작해요."

"알 만하네요."

리오가 말했다.

"이게 밀턴이죠, 그렇죠? 루시퍼가 타락했다는? 밀턴은 한 번도 읽어본 적 없어요. 단테도 마찬가지고요. 읽었다고 속일 수 있을 정도만 알아요."

"'깨어라, 일어나라, 그렇지 않으면 영원히 타락하라.'"

"그것도 밀턴이에요? 빼기지 말아요, 리오. 더군다나 그 억양으로, 이건 너무 불공평하잖아요."

리오는 즐겁게 고개를 끄덕였다.

"전 행복한 삶을 사는 요령을 알아요, 리오. 그러면 모든 결정이 쉬워져요, 안 그렇겠어요? 전에는 한 번도 이런 고민을 해본 적이 없어요."

리오는 기드리에게 그 요령이라는 게 무엇인지 묻지 않았다. 심지어 눈썹조차 미동이 없었다. 기드리의 말의 핵심을 파악하려는 듯 보였다. 기드리는 에드가 샬럿에 대한 기드리의 감정을 눈치챘다면, 리오 역시 눈치챘을 것이라 생각했다.

"무슨 얘기라도 해봐요, 리오."

아니, 그러나 아무것도 나오지 않았다. 클라크 게이블 수염 하나 움찔거리지 않았다. 기드리는 포기했다. 하지만 그때 리오가 한숨을 내쉬었다.

"우리가 내리는 모든 결정들이 새로운 미래를 만들죠. 또 다른 미래들을 파괴하고요."

리오가 말했다.

"무겁네요, 리오."

기드리가 말했다.

"그런가요?"

"적어도 그렇게 들려요. 그 억양으로 들으니 더더욱."

리오는 눈썹을 치켜올리고는 롤스로이스를 호텔 입구에 세웠다. 기드리는 샬럿의 무릎을 만지려 뒷좌석으로 손을 뻗었지만 그녀는 이미 깨어 있었다. 처음부터 자고 있지 않았던 것이다.

"다 왔어요."

그가 말했다.

"네."

그녀가 말했다.

에드의 요트에서 만찬을 즐긴 뒤라 모두가 배가 불렀기에 그들은 저녁식사는 건너뛰고 대신 고카트를 구경했다. 시끄럽고 기름기 묻은 조그마한 골격들이 트랙 주위를 화급히 달렸다. 기드리, 샬럿 그리고 조앤은 가만히 구경을 했고, 로즈메리는 트랙으로 뛰쳐나갈 듯 사슬 줄에 손가락을 엮고 운전자가 코너를 돌 때마다 그쪽 방향으로 몸을 기울였다. 기드리는 미소를 지었지만, 샬럿은 알아차리지 못했다. 고카트 구경이 끝난 뒤 샬럿이 아이들을 씻기고, 기도시키고, 재우는 동안 기드리는 바에서 술을 마셨다.

위층 그의 방에서 기드리는 샬럿의 허리에 손을 감고 가까이 당겨 키스하려 했다. 하지만 그가 미처 손을 뻗기도 전에 그녀는 멀리 벗어나 버렸다.

"왜 그래요?"

그가 말했다.

그녀는 저쪽 창가에 가 섰다. 그에게 등을 돌렸지만, 그녀의 어두운 옆얼굴이 언뜻 보였다. 어떻게 지금껏 그 표정을 알아차리지 못했을까? 요트에서, 차에서. 프랭크 웨인라이트는 그걸 놓치고 있었다. 그가 원래의 그였다면, 정신을 제대로 차리고 있었다면, 이 상황을 진즉 눈치챘을 것이다.

"괜찮아요? 이른 식사가 과했나요?"

그가 말했다.

"프랭크."

그녀가 말했다.

요트에서 신디가 그녀에게 뭐라고 한 거지? 하느님만이 알 일이었다. 지금 기드리가 어떤 피해를 복구해야 하는지는 하느님만이 알 일이었다.

그는 샬럿에게 다가가 그녀의 어깨를 어루만졌다.

"무슨 일이에요?"

그녀가 마침내 그를 돌아보았다.

"나한테 숨기는 것이 있죠, 프랭크?"

그는 그녀의 눈을 바라보았다. 그녀에게 전부 이야기하자. 전부. 기드리는 그 충동과 싸워야 했다. 그녀에게 전부 이야기하고 그가 변했다는 것을, 변하고 있다는 것을, 변할 수 있다는 것을 간청하자. 절반의 기회라도 달라고 간청해보자.

그녀는 그의 솔직함에 마음이 동해 그의 목에 팔을 감을 것이다. 영화 속에서 여주인공들이 그러하듯 말이다. 그래, 딱 그렇게. 아, 프랭크. 당신은 그저 당신을 구원해줄 좋은 여자가 필요했던 거예요, 안 그래요?

"내가 숨기는 것이 있다고요? 그럴 리가요."

"에드 말이에요. 내가 바보같이 구는 것일 수도 있지만, 그게… 모르겠어요. 그와 함께 있는 모습을 봤어요, 프랭크. 근데 뭔가… 옳지 않아 보였어요."

샬럿이 말했다.

"아…."

"그 사람 조카 신디요, 그녀가 우리한테 익사한 여자 이야기를 했어요. 에드의 요트에서 익사했대요. 스타더스트에서 칵테일 웨이트리스로 일하던 여자였는데. 아니, 본인 말이 그랬다나요. 신디 얘기는 마치 에드가… 처음에는 그냥 바보 같은 유령 이야기라고 생각했는데, 이제는 잘 모르겠어요."

J. 에드거 후버의 언더커버 소녀. 기드리는 조용히 신디를 저주했다.

"그래서 신디와 단둘이 있게 하지 않으려 했던 거예요. 처음부터 솔직하게 말했어야 했는데. 미드호에 가고 싶지 않았던 것도 그 때문이었고요."

그가 말했다.

"왜요?"

샬럿이 말했다.

"에드는 그 애가 원하는 건 뭐든 해주거든요. 여동생의 외동딸이라. 사립 학교를 수없이 전학 다니는 동안 그 학비도 전부 댔어요. 신디에게 정신적인 문제가 좀 있어요. 약간… 좀 그래요. 이미 알았겠지만."

그것이 당연히 옳은 가사였지만 기드리는 분명 멜로디를 망치고 있었다. 샬럿의 눈이 그의 눈을 살폈다. 최선을 다해 그녀를 속여야 한다. 하지만 기드리는 그러고 싶지 않았다. 그는 두 번 다시 그녀에게 거짓말을 하고 싶지 않았다.

그렇지만 그녀는 고개를 끄덕였다.

"알겠어요, 네."

"신디는 그 얘기를 신문에서 읽었을 거예요. 아니면 영화에서 본 것이거나. 익사한 사람은 없어요. 어느 날 버스에서 우연히 스타더스트에서 일하는 칵테일 웨이트리스의 옆자리에 앉았던 것이겠죠. 그녀의 정신세계가 그렇게 돌아가요. 에드의 요트에서 물에 빠져 죽은 사람은 없어요."

그가 말했다.

"그 사람 누구예요, 프랭크?"

그녀가 말했다.

"에드 말이에요?"

"그 사람 정체가 뭐예요?"

이 순간에 최선을 다해야 했다. 기드리는 스스로에게 경고했다. 지금 당장 해야 해. 그러지 않으면 모든 게 지금 이 순간 끝나버리고 말 거야.

"들어봐요, 나도 인정해요. 에드는 순박한 사람은 아니에요. 그래서 그를 만나지 않게 하려던 거예요. 불법적인 건 없지만, 에드는 좀 위험한 사람들과 사업을 해요. 어쩔 수 없을 때도 있어요. 결국 여긴 라스베이거스니까요."

기드리가 말했다.

"나한테는 아이들이 있어요, 프랭크. 딸아이가 둘이 있다고요. 알겠어요?"

그녀가 말했다.

"아이들이 위험할 일은 절대 없을 거예요. 절대. 내 목숨을 걸고 맹세할게요. 에드와의 볼일은 이제 끝났어요. 신디와도 끝났고요. 알았죠?"

그녀는 깊은 숨을 들이마신 뒤 천천히 내뱉었다. 그리고 다시 고개를 끄덕였다. 그녀는 그를 믿었다. 기드리는 수치심으로 배가 욱신거렸다. 정말 그녀를 사랑한다면 그는 이대로 몸을 돌려 문 밖으로 나가야 마땅하다. 그녀가 그를 제대로 알게 된다면, 저 문을 뛰쳐나가 사라져버릴 테니 말이다.

그녀를 잃을지도 모른다는 생각, 아이들을 잃을지도 모른다는 생각만으로도 진정 참을 수가 없었다.

"사랑해요."

그가 말했다.

그녀는 한숨을 내쉬었다.

"프랭크."

"미친 짓이죠. 내게 설명할 필요 없어요. 우리가 서로 알게 된 지 이제 일주일도 채 되지 않았으니까요. 하지만…."

기드리는 열 살 때 운전하는 법을 스스로 터득했다. 일요일 아침, 아버지가 토요일 밤 늦은 술자리로 인해 늦잠을 자고 있을 때였다. 트럭은 버튼식 시동 장치와 바닥에 변속 기어가 달린 고물 포드였다. 뒷길을 따라 털털 달리며 기어를 쥔 기드리의 손에는 땀이 찼고, 눈에는 눈물이 고였다. 너무 무서워 눈 한 번 깜빡할 수 없었기 때문이다. 미러 확인을 잊지 말 것. 또 다른 미러 확인도 잊지 말 것. 모든 생각과 행동에 주의할 것. 모든 행동에 앞서 생각부터 해야 했다. 그는 지금 그때의 기분이 떠올랐다. 숨 쉬는 것을 잊지 말 것.

"난 애가 아니에요. 뭐가 가짜고 뭐가 진짜인지 분별할 수 있다고요. 할 수 있어요. 당신도 그렇잖아요, 안 그래요?"

그가 말했다.

그녀는 아무 말도 하지 않았지만 그가 그녀의 손을 잡아 자신의 볼에 가져다 대는 동안 그저 잠자코 있었다.

"램프를 문질러서 소원을 빈 게 아니에요. 하지만 이제 내가 뭘 어쩌겠어요? 난 그저 당신과 아이들과 함께 있고 싶을 뿐이에요. 그것 외에는 내 인생을 달리 상상조차 할 수 없어요."

그가 말했다.

"프랭크…."

"에드가 해외의 일자리를 제안했어요. 아시아 베트남에요. 조금 있다 그를 만나러 가야 해요. 합법적인 기회예요. 가벼운 사업도 아니고요. 당신도 함께 가주면 좋겠어요. 당신과 아이들 모두."

"당신과요? 아시아로?"

그녀는 깜짝 놀라며 말했다.

"나와 함께 가요. 베트남은 아름다운 나라예요. 당신이 찍은 사진들을 생각해봐요. 그 어느 곳에서도 찾아볼 수 없는 그림자들도요. 난 그 일자리를 거절할 수가 없어요. 하지만 일이 년이면 돼요. 그 이후에는 어디로든 원하는 곳으로 떠날 수 있을 거예요."

그녀는 그의 말이 진심인지 가늠해보려는 듯 그를 가만히 응시했다.

기드리는 처음의 그 수락이 다시금 필요했다. 산타마리아에서 그녀에게 로스앤젤레스까지 태워주겠다고 제안했을 때 그녀가 그에게 주었던 그 기회 말이다.

"우선 잘 생각해봐요. 그래줄 수 있어요? 내가 부탁하는 건 그게 전부예요. 한번 생각해봐 줘요. 아이들도 새 언어를 배울 수 있어요. 우리 모두 새 언어를 배우게 될 거예요. 세상을 보고 싶다고 했잖아요. 우리 함께 세상을 구경하는 거예요."

그가 말했다.

"프랭크, 난 아직 이혼도 안 했어요."

그녀가 말했다.

"상관없어요."

"상관있어요. 난 스스로 새로운 인생을 개척하고 싶어서 오클라호마를 떠났어요. 아이들을 위해서요. 난 내 힘으로 해야만 해요. 내 힘으로 하고 싶어요."

"할 수 있어요. 그렇게 될 거예요. 우린 결혼할 필요 없어요. 그것도 상관없어요. 정말 중요한 건 내가 당신과 함께, 당신이 나와 함께 있는 거예요. 당신을 사랑해요. 아이들도요."

"내 말을 듣고 있지 않네요, 프랭크."

"듣고 있어요. 제발. 나도 나한테 무슨 일이 일어난 건지 모르겠어요. 당신을 만나기 전 내 인생은 파악이 가능했어요. 근데 지금은… 당신과 아이들을 만난 이후로 내 안의 무언가가 떨어진 것만 같아요. 아니, 내가 바닥으로 떨어져서 산산조각이 난 것만 같아요. 나는….."

그가 말했다.

말이 제대로 나오지 않았다. 기드리의 인생에서 이런 적이 있었던가? 그녀는 다시 그에게서 멀어져 창문 쪽으로 몸을 돌렸다. 바깥 고카트 트랙의 불빛을 보고 있는 것인지 유리창에 비친 자신의 모습을 보고 있는 것인지 알 수 없었다.

"당신을 만나서 정말 감사해요, 프랭크. 당신은 모를 거예요. 램프를 문질러 소원을 빈 건 나일 거예요. 우리가 함께 보낸 이 일주일의 시간을 빌었어요. 그저 내가 깨닫지 못했을 뿐."

그녀가 말했다.

"날 사랑해요?"

그가 말했다.

"당신과 함께 갈 수 없어요, 프랭크."

"우리, 함께 인생을 만들어가요. 당신이 원하는 대로."

그는 그녀의 가느다란 팔을 꼭 붙들었다. 그녀의 맥이 느껴졌다. 정말로 그의 인생을 통틀어 무언가를 이토록 간절히 원했던 적은 없었다. 아무래도 상관없었던 것을 이토록 간절히 원했던 적은 없었다.

지금은 아니다, 당장은 아니다.

"제발, 난 한 시간 내에 돌아올 거예요. 그때 다시 얘기해요. 그냥 한번 생각해봐 줘요. 기회를 줘요."

그가 말했다.

"아, 프랭크."

"우리, 서로 사랑하잖아요. 다른 건 아무것도 상관없어요."

그는 그녀의 입술에 자신의 입술을 지그시 눌렀다. 잠시 후 그녀도 키스로 화답했다.

"한번 생각해봐요. 알았죠?"

그가 말했다.

그녀는 다시 고개를 끄덕였다.

"네."

그녀가 말했다.

29

불헤드시티로 가는 길에 남쪽으로 한 시간 거리에 서치라이트가 보였다. 라스베이거스로 향하는 바로네는 불헤드시티를 지났다. 그리고 엘 콘도르도 방금 지난 터였다.

모 달리츠의 덩치들도 이름이 있었다. 운전을 하는 이는 수다쟁이에, 둘 중 나이가 어리고, 둘 중 더 멍청했으며, 두꺼운 목에는 면도칼 자국이 나 있었다. 그는 하시엔다에서 바로네의 등에 팔을 둘렀던 사람이었다. 조수석에 앉은 셸리는 수다쟁이는 아니었지만, 껌을 딱딱 씹으며 오른쪽 손의 손가락 관절을 하나씩 꺾었다. 상처투성이의 귀를 보니 전직 복서였던 것 같다. 그렇게 밝은 사람처럼 보이지 않았다.

그쪽 같은 사람은 이 동네에서도 쓸모가 많을 텐데. 달리츠가 바로네에게 한 말이었다. 하지만 그건 사실이 아니었다. 달리츠와 샘 지안카나에게는 바로네만큼 실력 좋은 친구들이 두어 명 있었다. 하지만 달리츠는 그들 대신 수다쟁이 조이와 얼간이 셸리를 바로네에게 보냈다.

그건 무슨 의미일까? 달리츠가 바로네에게 메시지를 보내고 있는 것은 아닐까? 그가 바로네에게 무언가를 넌지시 일러주고는 바로네가 행동을 취하길 기다리고 있는 것은 아닐까? 바로네는 알 수 없었다. 이건 그의 전문 분야가 아니었다. 모 달리츠, 카를로스, 세라핀. 그들이 보이는 행동은 모두 위장이었다. 그들은 거짓이 섞인 진실을 말하고, 진실이 섞인 거짓을 말했다. 그들은 도미노를 세운 뒤 멍청이들이 그걸 넘어뜨리도록 유도했다.

바로네는 열이 오르는 것을 느꼈다. 뉴멕시코로 돌아간 듯한 기분이었다. 그의 머리는 꽤 긴 시간 동안 안정적이겠지만, 그 어떤 경고도 없이 바다에 떨어져 여기저기를 떠다니게 될지도 모른다. 시간대를 넘나들며 한 흑인 노인이 〈'라운드 미드나이트〉를 연주하던 쿼터로 돌아가는 것이다.

그가 아이를 남겨두고 떠났던 건천은 불헤드시티의 반대편에 있었다. 시어도어, 날 테드라고 부르지 말아요, 테디라고도 부르지 말아요. 어쩌면 경찰들이 지금쯤 아이의 시체를 발견했는지도 모르겠다. 그저 흑인 아이일 뿐인데, 누가 신경이나 쓸까? 그런 아이 때문에 굳이 수선 떠는 일은 없을 것이다.

기드리를 처리한 후, 어쩌면 바로네는 뉴올리언스에 대해서는 까맣게 잊을지도 모른다. 어디로 가야 할지, 무엇을 해야 할지 알 수 없었지만, 그의 마음은 눈과 차갑고 달콤한 공기로 뒤덮인 곳을 향했다. 어쩌면 알래스카.

"내 말 들었어요?"

바로네는 알래스카에서 돌아왔다.

"뭐요?"

"다 왔다고요."

수다쟁이 조이가 말했다.

바로네는 엘 콘도르로 들어갔다. 그의 머리는 한동안 평온했다. 머릿속 구름이 물러가고 환한 하늘이 드러났다. 조이가 그와 함께했다.

셸리는 주차장을 감시하느라 차에 머물렀다. 바로네가 호텔에서 몰래 빠져나가 도망갈 경우를 대비해서 말이다.

조이는 매니저와 이야기를 나눈 뒤 바로네의 열쇠를 들고 돌아왔다. 작고 너저분한 방에는 침대, 의자, 옷장이 있었다. 바로네는 조이에게 휘두를 수 있을 만큼 유용한 무언가를 찾지 못했다. TV 안테나면 될까, 아마도. 유리로 된 재떨이. 컨디션이 좋았다면 십중팔구 조이를 제압할 수 있었을 것이다. 조이의 손에만 총이 들려 있을지라도 말이다. 하지만 오늘은 바로네에게 좋은 날이 아니었고, 십중팔구 또한 충분한 가능성은 아니었다.

공정한 싸움이었다면, 바로네는 일찌감치 조이를 어딘가에서 박살내고 말았을 것이다. 그는 침대 가장자리에 걸터앉았다. 조이는 의자에 앉았다. 바로네가 다시 일어섰다. 조이 역시 일어섰다.

"술 좀 마셔야겠어요."

바로네가 말했다.

"얼마든지요, 바로네 씨."

조이가 말했다.

술집은 어두컴컴했고 사람이 거의 없었다. 그들은 바 자리에 앉았다. 바로네는 칵테일 도구와 숟가락, 거르개, 얼음이 가득 든 통이 있는 곳 옆에 앉았다. 그는 라이 위스키 더블과 얼음을 넣은 코카콜라 한 잔을 주문하고, 조이 몫으로도 같은 것을 주문했다.

"고마워요. 이거야말로 형제의 애 아니겠어요."

조이가 말했다.

"꼭 이렇게 붙어 다녀야 돼요?"

바로네가 말했다.

조이는 히죽거렸다. 그는 자신의 스툴을 2센티미터 정도 더 가까이 당겼다.

"난 그냥 내 일을 하고 있는 것뿐이에요, 바로네 씨."

"폴이라고 불러요."

"폴이라는 이름의 남동생이 있어요. 동쪽 시골에 사는데, 공사판에서 일해요. 내가 거구라고 생각하겠지만, 그 녀석을 봐야 해요. 난 식구들 중 아담한 편이라니까요."

조이가 말했다.

"누가 그쪽 보스에게 찔렀어요? 아는 거 있어요? 어젯밤에는 나 미행하지 않았잖아요. 갑자기 이렇게 된 데에는 이유가 있을 텐데요."

조이는 히죽거렸다. 바로네의 존재가 전혀 두렵지 않은 모양이었다. 어째서? 조이는 모 달리츠의 사람들 중 하나였다. 모 달리츠의 사람들 중 하나를 건드리면, 모를 건드리는 것과 진배없으니 조심해야 한다. 그걸 모르면 바보였다. 조이는 그렇게 믿고 있는 것일 테다. 하지만 바로네는 그보다 더 복잡한 무엇인가가 있다는 것을 이해했다. 그 누구보다도 잘 이해하고 있었다.

"폴은 노터데임 대학에서 라이트 태클*로 뛰었어요. 그 녀석이 뛰는 모습을 봤어야 해요. 수비 라인을 넘을 때면 마치 수류탄을 던진 것처럼 모두가 나가떨어졌으니까요. 펑. 프로 팀으로 갈 수도 있었는데. 다들 그렇게 말했거든요."

바로네는 막다른 벽에 다다랐다. 그가 기드리를 쫓아 하시엔다까지 갔던 사실은 아무도 모른다. 스탠 콘티니만 알 뿐이다. 스탠이 세라핀에게 이야기했다면 세라핀도 포함이지. 근데 어떻게…?

세라핀.

---

* Right Tackle: 미식축구에서 스크리미지 라인에 있고, 오른편 가드의 바로 옆쪽에 위치하는 플레이어.

하지만 그녀가 작업에 훼방을 놓을 리 없다. 그녀는 바로네가 기드리를 제거하길 원하고 있다. 바로네가 반드시 기드리를 제거하길 바라고 있다. 세라핀 역시 이 상황에 코가 꿰어 있긴 마찬가지였다.

하지만 분명 누군가 모 달리츠에게 정보를 흘렸다. 누군가…. 젠장, 바로네는 이제야 그것이 보였다. 그는 휴스턴으로 거슬러 올라가 처음의 상황부터 면밀히 분석하기 시작했다. 기드리는 그 첫날 밤 호텔 바에서 어떻게 레미를 제낄 수 있었을까? 그건 누군가 그에게 정보를 흘렸기 때문이다. 기드리는 레미가 자신을 기다리고 있다는 것을 알고 있었다. 세라핀. 그녀가 휴스턴에서 기드리에게 찔러준 것이다. 그녀가 라스베이거스에서의 바로네의 일에 훼방을 놓고 있는 것이다. 혹은 초록색 롤스로이스를 소유한 누군가.

조이는 자신의 거품 제거용 막대기로 붕대를 감은 바로네의 오른손, 그의 다친 손을 가리켰다.

"그 손은 왜 그래요?"

"잘못된 때에 잘못된 장소에 있었어요."

바로네가 말했다.

"많이 아파요?"

"심장이 뛸 때만."

"남동생이 또 있어요, 개리라고. 보스턴의 레이 밑에서 일해요. 이름 들어봤어요? 개리 간자. 식구들 중 제일 머리가 좋았죠. 쭉쭉 잘나가고 있어요. 개리 간자. 조만간 아주 유명해질 거예요."

조이가 말했다.

조이가 몸을 기울여 땅콩을 주먹 한가득 집을 때까지 바로네는 잠자코 있었다. 그런 뒤 무릎으로 스툴을 살짝 밀쳤다. 조이는 휴스턴에서의 목표물만큼이나 체격이 컸다. 아니, 그보다 더 컸다. 하지만 레버 하나만 쥐여주면 세상도 옮길 수 있는 바로네였다.

조이는 넘어지기 직전에 간신히 중심을 잡았다. 하지만 그 바람에 손으로 바 위를 내리쳤고, 욕설과 함께 땅콩 그릇을 엎고 말았다. 바텐더는 이런 광경이 익숙한지 조이를 한 번 쏘아보고는 담배를 피우기 위해 멀어졌다.

"벌써 취한 거예요, 조이? 겨우 한 잔에?"

바로네가 말했다.

조이는 더 이상 히죽거리지 않았다. 그는 몸을 굽히고 아래를 쩨려보았다.

"망할 스툴이 뭔가 이상해요."

"당신의 그 위원회에 편지를 쓰지 그래요."

"엿이나 먹어요."

조이가 말했다.

"개리가 파트리아르카 밑에서 일한단 얘기는 들었어요."

바로네가 말했다. 얼음 꼬챙이의 체리목 손잡이에는 곡선이 들어가 있어 마치 모래시계 같았다. 바로네가 왼손 주먹으로 쥔 나무는 차가웠다. 바텐더가 꼬챙이를 얼음통 바로 옆에 두었기 때문이었다.

"아까 성이 뭐라고 했죠?"

조이는 스툴의 다리를 살펴보다가 고개를 들었다.

"간자. 개리에 대해 무슨 얘기 들은 것 있어요?"

"비밀이라고 했는데."

바로네가 말했다.

"왜 이래요. 얘기해봐요."

바로네는 오른팔을 조이의 어깨에 둘렀고, 조이는 이야기를 듣기 위해 그에게로 몸을 기울였다. 바로네는 왼손으로 조이의 귓구멍에

12센티미터 길이의 꼬챙이를 찔러 넣었다. 매우 빠르고 깨끗한 처리였다. 들어갔다가 나왔다가. 조이는 자신이 죽었다는 사실조차 깨닫지 못했다. 그의 속눈썹이 파르르 떨리고 입술이 오므라들었다. 그리고 그대로 고꾸라졌다. 이미 준비 태세를 갖추고 있던 바로네는 그가 스툴에서 미처 떨어지기 전에 그를 붙들었다. 피 한 방울 흐르지 않았다. 이것이 바로 얼음 꼬챙이 일격의 아름다움이었다. 찌르는 각도만 제대로 맞추면 뒤처리가 편했다.

이제부터가 힘든 부분이다. 바로네는 조이의 팔 밑으로 몸을 넣어 그를 들어 올리려 했다. 식구들 중 아담한 편이라니, 믿기 힘든 얘기다. 바로네는 비틀거리며 조이의 몸에 파고들어 간신히 몸을 일으켰다. 죽은 자는 산 자보다 더 무겁다. 그건 사실이었다.

"이런, 친구. 술을 너무 많이 마셨어. 어서 자넬 눕혀야겠군."

바로네가 말했다.

바로네는 바 위에 5달러를 남겼다. 바텐더가 쳐다보자 바로네는 모달리츠식으로 어깨를 으쓱해 보였다. 귀까지 어깨를 올리는 것 말이다. 이봐, 뭐 어쩔 건데?

그는 의식을 잃은 친구를 짊어졌다. 천천히 움직일 수밖에 없었다. 후. 힘주어 들어 올린 뒤 바로네는 땀을 흘리기 시작했고, 다리는 후들거렸다. 블랙잭 테이블들을 지났다. 어느 누구도 바로네나 조이에게 관심을 두지 않았다. 복도를 따라 걸었다. 엘 콘도르가 그나마 작은 곳이라 다행이었다. 전체 규모를 따져도 듄스나 스타더스트의 로비보다도 작았다. 바로네가 조이를 짊어지고 듄스나 스타더스트를 가로질러야 했다면, 결코 성공하지 못했을 것이다.

마침내 방에 도달했다. 바로네는 문을 열고 조이를 침대에 던졌다. 그는 조이를 여러 자세로 만들어보았다. 베개를 넣었다가 또 뺐다가.

그리고 마침내 술에 진탕 취한 남자가 쓰러져 있을 법한 자연스러운 자세로 연출하는 데 성공했다.

그는 조이의 45구경 총을 집었다. 이제 핏방울이 조이의 귀에서부터 볼을 타고 턱까지 흘러 내렸다. 조이의 스포츠 코트 가슴 주머니에 손수건이 있었고, 바로네는 손수건으로 피를 깨끗이 닦은 뒤 다시 손수건을 접어 주머니에 넣었다.

벨기에에 있었을 당시 가까이에서 포탄이 터졌을 때의 충격으로 발생한 뇌진탕은 사람의 혼을 쏙 빼놓았다가 다시 제자리에 돌려놓았다. 잘못된 부분을 돌려놓았다는 것이 문제였지만. 바로네의 열은 그보다는 점잖았다. 우주가 당신을 들이마셨다가 내뱉고, 들이마셨다가 또 내뱉는 것 같았다. 하지만 통증만은 똑같았다. 바로네는 토하고 싶었다. 그는 욕실에 들어가 세면기에 몸을 숙였다. 아무것도 나오지 않았다. 땀이 쏟아졌다. 잠시 기다려야 한다. 금방 지나갈 것이다.

세라핀. 휴스턴에서 기드리에게 정보를 찌른 게 정말 그녀였을까? 라스베이거스에서 바로네의 일을 훼방 놓는 사람은 누구일까?

알아낼 것이다. 반드시 찾아낼 것이다. 기드리를 처리한 다음 뉴올리언스로 향하는 첫 비행기에 올라야지. 그리고 오듀본 파크에 있는 세라핀의 집 문을 발로 차고 들어갈 것이다. 수년 동안 일 관계로 바로네에게 휘둘렸던 그 모든 만행을 기꺼이 되갚아주리라.

얼간이 셸리는 차의 창문을 열어놓고 틀에 팔을 기대어놓고 있었다. 그는 바로네를 발견하고는 무슨 일인지 가늠해보는 듯했다. 바로네 혼자인데, 달아나는 것은 아니라니. 홀몸의 바로네가 차분하고 친근한 표정으로 그에게 다가오고 있었다. 바로네가 말했다.

"안에 들어가 봐요. 조이가 아침에 먹은 걸 전부 토했어요. 장염에라도 걸렸나 봐요."

　순간 셸리는 권총집의 총을 찾아 손을 더듬거렸지만, 바로네가 이미 그의 앞에 와 있었고, 때는 너무 늦었다.

30

샬럿이 그와 함께 베트남에 가는 것을 생각해보겠다고, 자신을 설득할 수 있는 기회를 주겠다고 말했을 때 기드리가 느꼈던 안도감은 달콤한 번개와도 같았다. 하늘이 열리고 메마른 땅에 빗줄기가 떨어지는 순간처럼 말이다. 그러나 그는 그 순간을 딱 그만큼의 시간 동안만 즐길 수 있었다. 딱 그 순간만. 엘리베이터가 그를 로비 층에 내려놓은 뒤 문이 덜덜거리며 열렸을 때쯤 그는 다시 속이 죄어들었고, 입이 말랐다.

처음이 힘들었는데, 지금은 그보다 더 힘들었다. 이제 시작이다.

그는 주차장을 가로질렀다. 추운 밤이었고, 바람은 매서웠다. 샬럿과 아이들도 사이공에 데려갈 수 있는지 에드에게 묻는다면, 그는 뭐라고 할까? 그러라고 할지도 모른다. 어깨를 으쓱하고는 말할 것이다. 안 될 것 있나? 왜냐하면 에드는, 솔직히 말해, 미친놈이었다. 에드는 그들과의 동행이 기드리에게 윤활제 역할을 할 거라 생각할지도 모른다. 사이공의 준 클리버*와 두 명의 자그마한 비버레트들. 에드가 원하는 대로 기드리가 일을 잘해내 주기만 한다면. 좋아, 애송

---

* June Cleaver: 미국의 시트콤 〈Leave It Beaver〉의 여자 주인공.

이. 안 될 것 있나? 에드는 흥미로운 이야기들을 듣고 싶어 할 것이다. 매주 연락을 해올 것이다.

운전을 하며 기드리는 대사를 준비했다. 에드, 당신이 원하는 대로 일을 할게요. 잘할 수 있어요.

베트남에서의 샬럿과 아이들은 모험이 되겠지만, 취약점이 되진 않을 것이다. 여러 관점에서 생각해보자. 기드리는 고위급 사람들과 친분을 쌓아야 한다. 사이공에 있는 미국인들 다수가 중령이나 준장, 외교관이나 경제 자문관, 혹은 수입업자와 공급업자들이었다. 또한 그들 중 다수가 아내와 아이들을 데려왔을 것이다. 그들은 가정이 있는 남자를 신뢰한다. 야외 파티와 춤을 곁들인 저녁식사 혹은 호텔의 수영장 옆에서 일광욕을 하며 서로 이렇게 묻겠지. 참, 짐, 믿을 만한 베이비시터는 구했어?

모르겠어요, 에드?

기드리가 그렇게까지 설명한다면 에드는 수긍할지도 모른다. 에드가 웃지도 않고 기드리가 미처 총을 뽑기도 전에 먼저 그를 쏴버리지 않는다면 말이다.

하지만 뭐 하러 걱정하지? 그러한 긴장의 시간은 이미 지나갔다. 기드리의 역사는 이미 새롭게 기술되고 있었다. 그는 리오가 했던 말을 떠올렸다. 우리가 내리는 모든 결정들이 새로운 미래를 만들죠. 또 다른 미래들을 파괴하고요. 기드리는 결정을 내렸다. 그는 이 결정을 제외한 다른 모든 미래는 파괴했다.

그는 고속도로에서 내려 에드의 집으로 향하는 도로 위를 달렸다. 바람이 불었다. 밤은 스스로 결정을 내릴 수 없다. 어두울 것인지 밝을 것인지. 몇 백 미터를 달리는 동안 기드리는 전조등 불빛이 비치는 범위 밖으로는 1센티미터도 볼 수가 없었다. 하지만 이내 달이 구름에서 벗어났다. 사와로 선인장이 보이더니 붉은 돌의 벽체가 그를 향해 넘어질 듯 모습을 보였다.

그는 계속 창문을 열어두었다. 엉덩이가 얼어붙을 것처럼 추웠지만, 벌써부터 땀을 흘리고 싶지 않았다.

에드의 유리 집은 어두웠다. 저 멀리의 창문에서 기드리는 담뱃불처럼 보이는 불빛을 포착했다.

현관의 육중한 청동 노커는 처음 방문했을 때는 보지 못했던 것이었다. 두 눈을 감은 채 슬픈 표정을 한 괴물의 얼굴이었다. 기드리가 노크를 하기 위해 그 얼굴을 들어 올리자 그 아래 숨어 있던 두 번째 얼굴이 드러났다. 같은 괴물이었지만, 두 눈을 뜨고 활짝 웃으며 그를 쳐다보고 있었다.

한참 뒤에 리오가 문을 열었다. 그는 검은색의 새빌 로 양복 대신 스포츠 셔츠에 빛바랜 청바지를 입고 가죽 끈 샌들을 신고 있었다.

"죄송하지만, 제 오랜 친구 리오는 어디 갔나요."

기드리가 말했다.

리오의 두 눈이 반짝거렸다.

"안녕하세요. 징걸 씨는 지금 서재에 계세요. 따라오시겠어요."

그들은 어둡고 텅 빈 거실을 지나쳤다. 그리고 역시나 어둡고 텅 빈 다이닝 룸도 지나쳤다. 어떤 소리도 들리지 않았다. 대리석 바닥을 내딛는 그들의 탁, 탁, 탁, 발자국 소리뿐이었다. 판유리 밖으로 바람이 몰아쳤다. 멀리 사막 위로는 달이 깜빡거렸다. 기드리는 신디와 그녀의 친구들이 이곳에 있기를 바랐다. 수영장에서 물놀이를 하거나 얼룩말 가죽 양탄자 위에서 뒹굴고 있길. 에드의 방황하는 십대 아이들은 분명 소름끼쳤지만, 이 황량한 집은 그보다 더했다.

"애들은 오늘 어디 갔어요?"

그가 말했다.

"징걸 씨가 시내 영화관에 보냈어요."

리오가 말했다.

터널 끝에 불빛이 보였다. 벽난로의 황금빛 일렁임이었다. 에드의 서재. 에드는 커다란 오크 책상 뒤에 앉아 있었다. 기드리는 그 앞에 놓인 클럽 체어 중 한 곳에 앉았다. 책상 위에는 물건들이 별로 없었다. 전화기, 시가 한 상자, 두터운 마닐라지 봉투. 그리고 에드의 총.

"로맨틱하네요, 에드. 하지만, 램프라도 좀 켜면 안 될까요?"

기드리가 말했다.

"어둠 속에서 최대한 숙고하는 중이야."

에드가 말했다.

달빛이 반짝였다. 서재의 두 개 벽면은 전부 유리였다.

기드리는 고개를 끄덕였다.

"이제 낫네요. 감사해요."

그가 말했다.

"자넬 위해서라면, 애송이."

"아직도 숙고 중이에요?"

"이번 건에 대한 건 아니야. 자네에 대한 게 아니라고. 그건 이미 몇 분 전에 마음 굳혔거든."

에드가 손목시계를 내려다보았다.

리오가 기드리에게 니트 스카치 한 잔을 가져다주었다. 에드는 마닐라지 봉투를 가리켰다.

"자넬 넬리스에 들여보내는 데 필요한 서류들이야. 넬리스에서 출발해서 베트남으로 들어가는 데 필요한 것들. 다들 믿을 만한 곳이야, 그 이상도 이하도 아니지. 자네는 군과 계약한 회사의 관리 업무

차 들어가는 거야. 레인 슈트 파카와 가벼운 전투용 바지. 한정 공급 오더 번호 8901. 플레처 앤드 선스 패브릭 어페럴. 매사추세츠 홀리오크에 있지. 실존하는 회사야. 진짜 계약 건이고. 심지어 이윤이 남는 장사일지도 몰라."

에드가 말했다.

"알겠지만, 난 늘 현장 일을 해보고 싶었죠."

"자네는 부치 톨리버 대령이라는 이름의 실력 있는 파일럿이자 한물간 도박꾼이 모는 비행기를 얻어 탈 거야. 그 사람 비행기는 내일 저녁 7시 정각에 뜰 거고. 여권은 내가 아직 작업 중이네. 몇 주만 더 시간을 줘. 탄손누트로 들어갈 테니 당장은 필요 없을 거야. 거기가 공군 기지거든. 응우옌이 필요한 건 전부 준비할 테니까, 그때까지 자네는 아직 프랭크 기드리인 거라고. 알겠지?"

"최선을 다할게요."

기드리가 말했다.

"리오, 아래층에 가서 좋은 술 한 병만 갖다주겠어? 46년산 매캘런으로. 축배를 들어야지. 자네 잔도 챙겨오고."

에드가 말했다.

에드는 마닐라지 봉투를 손가락으로 탁 튕겼다. 봉투는 윤이 나는 책상 위를 가로질러 기드리 쪽에 떨어졌다. 기드리는 바로 손을 뻗지 않았다.

"뭘 기다리는 거야, 애송이? 깜짝 반전 같은 건 없어. 깜짝 반전이 없다는 게 깜짝 반전이랄까. 자넨 오래도록 풍요로운 삶을 살 수 있을 거야. 우리는 오래도록 풍요로운 파트너십을 맺게 될 거고."

에드가 말했다.

"부탁이 있어요, 에드."

에드는 막 시가 끝을 잘라내려던 참이었다. 그는 칼을 내려놓고, 시가를 내려놓았다.

"또 다른 부탁이란 말이군."

"이미 나한테 많은 걸 해줬죠. 그걸 나보다 더 잘 알고 있는 사람은 없어요."

기드리가 말했다.

"그렇겠지. 아니면 또 다른 부탁 같은 건 하지 말게. 내가 자네 때문에 뭘 희생했는지 알기나 해? 내가 흘려보낸 돈과 권리들? 카를로스에게 자네 가치가 얼마나 되는지 생각해보라고."

에드가 말했다.

"그래서 상황을 신중히 살폈던 것 아닌가요?"

"당연히 그랬지. 충격받은 것처럼 들리지 않는군."

"충격받지 않았으니까요."

"자네가 나였어도 똑같이 했을 거야, 애송이. 내 바람이긴 하지만."

기드리는 스카치를 길게, 그러나 단번에 마셨다.

"베트남에 샬럿과 아이들도 데려가고 싶어요."

달빛이 사라지고, 방은 다시 어두워졌다. 기드리는 에드의 표정을 살필 수 없었다. 바깥에서 불어대던 바람은 잠시 멈췄나 싶더니 다시 창문을 때리며 울부짖기 시작했다.

"자넨 배짱이 좋아. 확실히."

에드가 말했다.

"장점이 있어요."

기드리가 말했다.

"자네가 늘 쓰던 표현이 뭐였지? '아, 돌겠네.' 그래, 그것. 내가 좀 빌려도 되겠나?"

"충분히 생각해봤어요, 에드. 에드가 원하는 대로 일을 할 거에요. 잘 해낼게요. 이런 사실에는 변함이 없어요."

자신의 말소리를 들으며 기드리는 그의 주장이 불운한 결말을 맞게 되리라는 것을 예감했다. 이미 오래전부터 알고 있었지만 인정하고 싶지 않았던 것이다. 배짱 좋은 건 좋지만, 일주일 전에 만난 여자와 두 아이들을 위해 배짱을 부리는 남자라? 세상에 누가 그런 남자의 판단을 믿으려고 할까?

"아, 돌겠군."

에드가 말했다.

"에드…."

"알았네. 어떻게 해보지."

기드리는 내면의 가속도로 인해 하마터면 다음의 문장을 입 밖에 낼 뻔했다. 에드, 내 말 좀 들어봐요. 그 사람들은 싱글인 사람보다 가족이 있는 사람을 더 믿을….

"네?"

기드리가 말했다.

"난 이미 내 말을 골랐어, 애송이. 이제 그 말이 달리는 걸 봐야지. 자네, 나한테 갚아야 할 빚이 있잖아. 게다가, 내가 또 진정한 사랑 빼면 시체 아닌가?"

뭐?

하지만 이내 에드는 의자에서 자세를 고쳐 앉았다. 어둠 속에서 그의 미소가 빛났고, 그의 손은 총 위에 얹혀 있었다.

"다만 한 가지 조건이 있어. 두 아이 중 하나를 내게 줘. 자네가 선택해, 어떤 아이든 상관없으니까."

에드가 말했다.

기드리는 애써 미소를 지어 보였다.

"재미있네요, 에드."

그가 말했다.

"그런가? 좋은 거래이지 않아? 자네도 손해 볼 것 없잖아. 원한다면 동전 뒤집기를 해도 돼. 아이들 이름이 뭐라고 했지?"

에드가 말했다.

벽난로의 장작이 다채로운 색상을 뿜내며 타들어가고 있었다. 다시 달빛이 비췄다. 에드는 큰 소리로 웃음을 터뜨렸다.

"자네 얼굴 좀 봐, 애송이."

"젠장, 에드."

"내가 괴물인 줄 아나? 날 그렇게 생각하는 거야? 그렇다면 실망이군."

"빌어먹을."

에드는 다시 시가를 집어 끝을 잘랐다.

"그건 이미 준비해뒀네. 샬럿과 아이들 말이야. 네 명 모두 내일 비행기에 탈 수 있을 거야."

"이미…"

"자네가 그들도 데려가고 싶어 할 거라 생각했지. 뭐, 후하게 챙겼네. 자네한테 필요한 건 전부 봉투 안에 있어. 어서 가지고 가."

에드가 말했다.

에드는 리오가 여전히 문가에 서성이고 있는 것을 알아차렸다.

"내가 머릿속으로만 생각했던 건가, 리오. 내가 아까 아래층에 가서 축배용으로 46년산 매캘런을 가져오라고 하지 않았어?"

기드리는 마닐라지 봉투를 집었다. 당장에라도 책상 위를 타고 넘어가 그를 덥석 안아주고 싶은 심정이었다.

"빌어먹을, 에드."

"나도 한때 사랑을 했었지. 자넨 모를 거야. 오래전 일이지만, 그 느낌은 기억하고 있어. 사랑은 영원하지 않지만, 그렇다고 해서 아예 존재하지 않는 건 아니니까."

에드가 말했다.

"이게 사랑인지 잘 모르겠어요."

기드리가 말했다.

"나한테 와서 징징대지나 말라고. 아내와 아이들을 다시 본국으로 돌려보내고 싶다고 말이지. 그런데, 오늘 밤에는 여기서 지내게. 그게 더 안전해."

"더 안전하다고요?"

"숙녀들을 위해서는 리오를 보내지. 미리 전화해둬. 리오가 데리러 갈 거라고."

에드는 다시금 문가를 쳐다보았다.

"리오! 정신 차려, 맙소사!"

리오는 여전히 문가에서 벗어나지 않고 있었다. 기드리는 순간 왜일까 생각했고, 또 순간 왜 리오가 손에 총을 들고 있을까 생각했다. 그리고 시간이 훅 지나는가 싶더니, 리오는 이미 팔을 들어 방아쇠를 당기고 있었다. 귀청이 찢어질 듯한 푸른빛의 화염이 에드를 향했고, 에드의 머리는 피를 뿜으며 뒤로 넘어갔다.

리오.

리오.

기드리가 카를로스에게 얼마나 가치가 있는지 알고 있는 인물. 그가 죽었든 살았든.

기드리는 이전에도, 그러니까 전쟁 때 수없이 많이 총에 맞았더랬다. 그래서 리오가 몸을 돌려 그를 겨눴을 때도 그는 얼어붙지 않고 재빨리 책상 밑으로 몸을 숨길 수 있었다. 육중한 오크 목재는 그와 문가 사이를 든든하게 막아주었다. 그는 두 번째 총알이 그의 옆을 몇 센티미터 간격으로 빗나간 것을 소리로 느낄 수 있었다. 그가 좀 전까지 앉아 있던 의자 뒤의 유리창은 조각조각 금이 갔다.

리오는 왼쪽으로 몇 걸음만 더 걸으면 되었다. 기드리는 구석으로 몰렸고, 더 이상 숨을 곳도 없었다. 에드가 죽기 전 베푼 마지막 자애는 손에 총을 쥔 채 카펫 위로 넘어진 것이었다. 하지만 책상의 반대편에 있어 그곳까지 닿기에는 너무 멀었다.

리오는 대담했다. 에드를 제거하고, 기드리를 넘기고. 에드의 뇌가 사망 전 조금이라도 작동할 여지가 있었다면, 그는 감명을 받았을지도 모른다.

"나와."

리오가 말했다.

"리오, 얘기 좀 해요."

리오는 뭘 기다리는 거지? 그는 아직 에드의 총을 알아차리지 못했다. 그 총을 기드리가 갖고 있을지 모른다고 생각하는 것이 분명했다.

"나와."

리오가 말했다.

달빛이 사라졌다. 그는 망설였다. 기드리는 에드의 총을 향해 기어갔다. 그리고 파란색 불꽃이 번쩍이더니 어딘가에서 여자아이의 비명이 들렸다. 맹렬하고 살기 어린 비명이었다.

총알이 빗나갔다. 기드리는 죽지 않았다. 죽지 않은 것 같았다. 그는 바깥 상황을 살피다가 리오의 등에 어떤 악마가 매달려 있는 것을 보았다. 신디가 리오의 두개골에서 피부를 벗겨내기라도 할 것처럼 손톱으로 얼굴을 할퀴고 있었다. 리오는 뒤를 돌아 어깨 너머를 겨냥했다. 두 사람은 서재를 가로지르며 휘청거렸다. 그리고 리오는 총을 쐈고, 신디의 머리가 뒤로 젖혀졌다. 그녀는 여전히 그에게 매달려 있었다. 리오는 다시 몸을 돌려 이미 총을 맞아 금이 간 창문 쪽에 그녀를 떨쳐냈다. 유리가 와장창창 부서졌다. 신디와 반짝이는 유리 조각들이 바깥의 검은색 화산암 위로 쏟아졌다.

리오는 기드리를 돌아보았고, 그 순간 기드리는 그의 가슴에 총을 쐈다. 리오는 총을 떨어뜨리고 털썩 무릎을 꿇었다. 그는 몸을 떨며 웃었다. *하! 하!* 그렇게 보였다. 기드리는 다시 한 번 그를 쏘았다. 리오는 마지막으로 짙은 피거품을 뿜으며 쓰러졌다.

신디는 죽었다. 에드도 죽었다. 기드리는 세 번의 심호흡을 했다. 하나, 둘, 셋. 그에게 더 이상 할 수 있는 건 없었다. 그는 자동차 열쇠를 갖고 있는지 확인했다. 마닐라지 봉투도 확인했다.

그는 집을 가로질러 문 밖으로 나섰다. 어떤 소리도 듣지 못했고, 아무도 보지 못했다. 신디가 영화관에서 혼자 돌아왔거나, 다른 아이들이 있었다면 총소리를 듣고 모두 달아난 모양이었다.

길을 떠나기 위한 마지막 심호흡. 기드리는 차에 올라탄 뒤 시동을 걸었다.

31

샬럿은 프랭크가 자신에게 뭔가를 숨기고 있다고 확신했다. 어쩌면 전부를 숨기고 있을지도. 에드에 대해서나, 그 자신에 대해서나. 하지만 또 다른 깨달음이—그는 그녀의 이야기를 듣지 않았다. 들으려 하지 않았다—그녀의 마음을 더욱 무겁게 했다.

"난 스스로 새로운 인생을 개척하고 싶어서 오클라호마를 떠났어요. 아이들을 위해서요. 난 내 힘으로 해야만 해요. 내 힘으로 하고 싶어요."

그녀는 말했다.

"그냥 한번 생각해봐 줘요. 기회를 줘요. 우리 서로 사랑하잖아요. 다른 건 아무것도 상관없어요."

그는 그녀에게 키스했다. 잠시 후 그녀도 키스로 답했다.

"한번 생각해봐요. 알았죠?"

그가 말했다.

샬럿은 고개를 끄덕였다.

"네."

그녀는 그를 사랑했다. 사랑한다고 생각했다. 하지만 그녀의 삶, 지금의 시점에서는 그 외에도 중요한 것들이 많았다. 그보다 더 신경 써야 할 것들이 많았다. 그도 이해할 수 있을 것이다, 그녀의 이야기에 귀를 기울였다면.

"잘 가요, 프랭크."

그녀가 말했다.

"한 시간 내로 돌아올 거예요."

그의 등 뒤로 문이 닫혔다. 샬럿은 침대에 앉아 기다렸다. 크림색의 셔닐 스프레드에는 장미 봉오리 문양이 그려져 있었다. 그녀는 문양을 하나씩 셌다. 50개까지 세고 난 뒤, 프랭크가 엘리베이터를 타고 아래로 내려가 차까지 도달했을 즈음, 그가 차 열쇠나 지갑을 잊었다며 다시 돌아오지 않을 것이 확실해졌을 즈음, 그녀는 자리에서 일어나 복도를 가로질렀다.

방의 불은 켜지 않았다. 미니 골프 코스에서 비치는 불빛이면 충분했다. 그리고 최대한 조용히 옷장 서랍을 열었다. 아이들은 화를 낼 것이다. 자기들 짐은 자기들이 싸겠다고 늘 고집을 부리니 말이다. 어떤 물건을 어디에 넣고, 어떤 순서로 넣어야 하는지가 아이들에게는 중요했다. 하지만 샬럿은 아직 아이들을 깨우고 싶지 않았다. 준비가 끝나기 전에는. 로즈메리는 분명 많은 것을 물어보겠지. 샬럿은 하던 일을 멈추고 왜 그들이 지금 떠나야 하는지, 왜 프랭크는 같이 가지 않는지, 왜 그들이 빨리, 빨리, 빨리 서둘러야만 하는지 설명해주어야만 할 것이다. 프랭크가 돌아오기까지 딱 한 시간이 남았다. 그녀는 그에게 작별인사를 두 번이나 하고 싶지 않았다.

어서 택시에 타, 얘들아. 어서, 어서, 어서. 버스에 타면 엄마가 전부 설명해줄게.

로스앤젤레스로 가는 심야 버스가 있던가? 그래, 분명 있을 것이다. 만약 없다면? 샬럿은 그때 가서 생각해보기로 했다.

아이들은 왜 프랭크가 자기들에게 작별인사도 하지 않았는지 물어보겠지? 아, 당연히 물어볼 것이다. 샬럿은 뭐라고 대답해줘야 할지 아직 아무것도 생각나지 않았다. 그것 또한 그때 가서 생각해보리라.

조앤의 신발 한 짝이 보이지 않았다. 샬럿은 무릎을 꿇고 침대 밑을 더듬어보았다. 개가 다가와 차가운 코를 그녀의 목 옆에 가져다 댔다.

"걱정 마. 널 두고 가지 않을 테니."

그녀가 속삭였다.

개는 그녀의 옆에 엎드려 의심스러운 한숨을 내쉬었다.

"버스에서 쫓겨나지도 않을 거야. 내가 그렇게 되도록 두지 않을게."

그녀가 말했다.

샬럿은 기분이… 좋았다. 긍정적인 생각이 들면서 머리가 맑아졌다. 둘리가 주일 로스트를 써는 동안 다이닝 룸 테이블에 멍하고 지친 기색으로 앉아 있었던 것이 일주일 조금 전의 일이었다. 이런 날들이 계속되리라는 전망에 공처럼 몸을 돌돌 말고 누워 꼼짝도 하고 싶지 않았던 것이 일주일 조금 전의 일이었다.

앞으로 많은 어려움이 닥쳐오겠지만, 그럼에도 불구하고 그녀는 내일까지 기다릴 수 없었다. 어떤 일이 벌어질지 마냥 앉아서 기다릴 수만은 없었다. 조앤의 없어진 신발 한 짝이 마침내 모습을 보였다. 쓰레기통과 책상 다리 사이에 끼어 있었다. 자리에서 일어서며 샬럿은 책상 위에서 봉투 하나를 발견했다. 불빛이 옅어서 하마터면 보지 못할 뻔했다. 봉투 안에는 지지에게 맡겼던 필름의 인화 사진들이 들어 있었다. 샬럿은 사진들을 훑어보았다. 미니 골프 코스에서 찍은 사진은 그녀의 예상과는 조금 달랐는데, 예상보다도 더 멋있었다. 셔터가 조금 늦게 눌리면서 풍차의 그림자가 프랭크와 아이들 위를 덮었다. 하지만 덕분에 로즈메리의 피루엣에서 한쪽 다리가 더 높이 들린 순간이 잡혔고, 조앤의 골프공은 삭막한 흰색으로 변했으며, 프랭크가 막 미소 짓기 시작한 순간이 포착되었다.

그녀는 사진을 가방에 넣고 짐 싸기를 마쳤다. 그런 뒤 아이들이 아직 자고 있는지 확인했다. 호수에서의 하루가 피곤했는지 뒤척이는 모습조차 없었다. 아이들을 깨워서 옷을 입히는 것이 수고스럽겠지만 샬럿에게는 아직 시간이 있었다.

복도를 가로질러 다시 프랭크의 방으로 들어간 그녀는 펜과 호텔 메모지를 찾았다. 메모지에 뭐라고 적어야 할지 알 수 없었다. 더 이상 무슨 할 말이 있을까? 그는 이미 그녀의 마음속에서 변모하고 있었다. 진짜 사람에서 그저 좋았던 추억으로 말이다. 시간이 갈수록 더욱 좋아지겠지만, 또한 그만큼 더욱 비현실적으로 느껴질 추억.

그녀는 그에게 미니 골프 코스에서 찍은 사진을 남기면 어떨까 생각했다. 하지만 제일 좋았던 순간이기에 그녀는 자신이 간직하기로 결심했다.

그녀는 방에서 나가기 위해 문을 열었고 때마침 웬 남자가 문 앞에 서 있었다. 그녀는 깜짝 놀랐다. 그는 두 팔을 옆으로 내린 상태였지만, 아마 막 노크를 하려던 참이었으리라고 그녀는 생각했다.

"어머, 안녕하세요."

그녀가 말했다.

"호텔에서 나왔어요."

남자가 말했다.

"무슨 문제라도 있나요?"

"안으로 들어가죠."

순간 당황한 그녀에게 여러 생각이 들었다. 화재, 아이들. 왜 경보음을 듣지 못했지? 아이들에게 가야 한다. 지금 당장 아이들에게 가야 한다.

"우리 딸들, 지금 빨리 가야…"

"안으로 들어가."

남자가 말했다. 그는 앞으로 한 걸음 나왔고, 샬럿은 뒤로 물러설 수밖에 없었다. 무슨 일이 벌어지고 있는 것인지 미처 깨닫기도 전에 남자는 그의 등 뒤로 문을 닫고 잠갔다.

그는 창백했고, 땀을 흘리고 있었다. 짙은 색의 앞머리는 축 처져서 이마에 달라붙어 있었다. 옷차림 또한 전날 잠자리에 들었던 그대로인 듯했다.

그는 호텔 직원이 아니었다. 그의 시선이 방 안을 훑었다. 그의 오른손에는 손목에서부터 손가락 끝까지 붕대가 감겨 있었다. 아까는 알아차리지 못했다. 왼손에는 총이 들려 있었다. 갑자기 총은 어디서 난 거지? 이것 역시 아까는 보지 못했던 것이었다.

그녀는 어지러웠다. 어쩌면, 어쩌면 정말로 이 남자는 호텔 직원일지도 모른다. 호텔 경비원. 아마도…

"그 사람 어디 있어?"

남자가 말했다.

"여긴 제 방이 아니에요."

샬럿이 말했다.

"그 사람 어디 있어?"

"여기 없어요. 친구를 만나러 나갔어요."

"앉아. 침대에."

소리를 지르면 아이들이 깰지도 모른다. 깨어 달려올지도 모른다.

아이들은 그녀가 어디에 있는지 알고 있다. 매일 밤 아이들을 재울 때마다 그녀는 아이들을 이렇게 안심시켰다. 난 복도 건너편 방에 있을 거야. 10시까지는 돌아올게. 필요한 게 있으면, 그리로 와.

그녀가 비명을 지르면, 남자가 그녀에게 총을 쏠 테고, 그러면 아이들이 총성을 듣고 달려올 것이다. 그럼 그가 아이들도 쏘겠지.

아이들, 아이들, 아이들. 샬럿은 머리가 혼란스러워 제대로 생각할 수가 없었다. 아이들, 아이들, 아이들—다른 것은 생각할 수 없었다. 무슨 일이 생기든, 그녀가 무슨 일을 하든 혹은 하지 않든, 이 남자가 무슨 일을 하든 혹은 하지 않든, 로즈메리와 조앤을 그에게서 떨어뜨려 놓아야만 한다.

그녀가 바보 같았다. 이건 프랭크 때문이다. 아니, 프랭크라고 생각했던 남자 때문이다. 어떻게 지금껏 그토록 바보 같을 수 있었을까? 그녀는 손이 떨렸다. 그녀는 주먹을 쥐고 셔닐 침대보의 장미 봉오리 문양 위로 꾹 내리눌렀다.

"언제 오지?"

남자가 말했다.

"확실하지 않지만, 아마 45분 내로 올 거예요."

그녀가 말했다.

남자는 욕실과 옷장을 차례대로 슬쩍 들여다보았다. 그리고 커튼을 닫았다.

"당신을 해치지는 않을 거야."

조용하고 평범한 어조의 그의 말은 그녀를 안심하게 할 법했지만, 그녀는 안심하지 않았다. 그는 책상에서 의자를 빼내 문 옆에 앉았다. 그는 붕대를 감은 손으로 그의 관자놀이와 이마에 맺힌 땀을 닦았다.

그는 프랭크와 비슷한 나이대였다. 키는 더 작고, 말랐고, 그저… 평범했다. 샬럿이 할 수 있는 그에 대한 묘사는 그 정도뿐이었다. 창백한 낯빛이 아니라면, 그는 주변에서 흔히 볼 수 있는 남자들 중 하나였다―호텔 직원이나 웨이터, 또 다른 투숙객. 호텔에서 흔히 마주칠 만한 사람 말이다. 두 눈과 코, 입. 그가 방을 한 번 더 둘러보는 동안 눈을 한 번이라도 깜박이지 않을까 기다렸지만, 그는 그러지 않았다. 그는 다리를 꼬았다. 그리고 붕대를 감은 손을 의자 등받이 위에 걸쳐놓았다. 그는 총을 무릎에 내려놓았다. 총구의 각도는 그녀에게서 왼쪽으로 몇 센티미터 벗어난 지점을 향했다.

그는 긴장하지 않았다. 그런데 왜 땀을 흘리고 있지? 술을 마시지도 않았다.

"소란을 피우면 어떤 일이 벌어질지 알겠지?"

그가 말했다.

그녀는 애써 총을 무시하려 했다. 그는 그의 검은색 옥스퍼드화 발끝의 까딱거림에만 집중했다. 아이들, 아이들, 아이들. 로즈메리가 또 악몽을 꾸고 쉽게 진정하지 못하면 어떡하지? 조앤이 방법을 알려줄 테지. 엄마한테 가자. 조앤이 배가 아파 잠에서 깨면 어쩐다? 로즈메리가 방법을 알려줄 것이다. 엄마한테 가자. 엄마는 복도 맞은편에 있으니까.

머뭇거리는 듯한 부드러운 노크 소리가 문에 들리면, 순식간에 남자는 돌아보겠지. 샬럿은 있는 힘껏 소리를 지를 것이다. 도망가! 남자에게 몸을 던지며 총을 틀어쥐고 계속해서 소리를 지르는 것이다. 도망가!

그럼 아이들은 도망갈까? 아이들이 정말 도망을 갈까? 로즈메리와 조앤이 함께 내리는 결정의 대부분은 많은 의논을 필요로 했다. 지금껏 두 아이가 마치 법정에 있는 한 쌍의 변호사들처럼 머리를 맞대고 속삭이는 모습을 얼마나 많이 보았던가? 샬럿의 외침에 아이들은 곧장 행동에 나설 수도 있지만, 어쩌면 그 자리에 얼어붙고 말지도 모른다.

더군다나 그녀는 아이들의 반응이 어느 쪽이 될지 미처 알지 못하고 죽을지도 모른다. 그들이 안전한지 아닌지를 미처 알기도 전에 목숨을 잃고 말 수도 있다.

"소란을 피우면 어떤 일이 벌어질지 알겠지?"

남자가 다시 말했다.

그녀는 그를 올려다보았다.

"절 보내주세요. 제발요. 전 떠나려던 참이었어요. 이미 짐도 다 싸놓았어요. 이게 무슨 일인지, 당신이 프랭크나 에드에게서 뭘 원하는 것인지는 몰라도, 저와는 아무런 상관도 없어요. 전… 상관 안 해요."

하지만 남자는 무대 뒤에서 누군가 쿡 찌르는 바람에 다음 대사를 읊는 배우처럼 잠시 멈칫했다가 다시 말했다.

"당신을 해치지 않을 거야."

"제발요, 보내주세요."

그녀가 말했다.

그의 어깨가 처지고, 눈매는 부드러워졌다. 그에게 무슨 일이 일어나고 있는 거지? 언젠가 한번 오븐에서 초콜릿 케이크를 너무 일찍 꺼낸 적이 있었다. 이른 노력이 가련하게도, 그녀는 케이크가 눈앞에서 풀썩 주저앉는 모습을 지켜봐야만 했다.

남자는 몸을 제대로 가누려 노력하고 있었다. 그는 몸을 다시 곧추세웠다. 총을 떨어뜨리진 않았다.

"테드라고?"

그가 말했다.
"아뇨, 에드요. 성은 몰라요. 프랭크의 친구랬어요."
그녀가 말했다.
그가 몸을 떨었다. 하지만 이내 떨림이 사라지고, 그의 볼과 입술에서 약간의 생기가 올라왔다.
"아프군요. 열이 나는 거예요."
샬럿이 말했다.
"나아지고 있어."
그가 말했다.
"제 이름은 샬럿이에요. 당신은요?"
그녀는 소용없다는 것을 알고 있었다. 그는 책상 위의 거위 목 램프나 침실용 탁자의 유리 재떨이, 혹은 그녀 뒤로 보이는 텅 빈 벽을 볼 때와 다름없는 눈빛으로 그녀를 보고 있었다.
"누군가 물어보더라도, 절대 당신을 보지 못했다고 할게요. 맹세해요."
그녀가 말했다.
"닥쳐."
그가 말했다.
"물 한 컵 가져다줄까요?"
그녀가 뭘 할 수 있을까? 아이들, 아이들, 아이들. 언제든 문에 노크 소리가 들릴 수 있었다. 프랭크가 돌아오면 어떤 일이 벌어질까?
"애들은 어디 있지?"
그가 말했다.
이제 그녀의 몸이 떨리기 시작했다. 그는 그녀의 마음을 읽고 있는 게 분명하다. 아니, 그가 방에 들어오기도 전에 그녀 스스로 아이들의 존재를 발설했다는 사실이 이제야 떠올랐다. 바보 같으니. 처음부터 바보 같았다.

"애들은 어디 있냐고."

"아래층에요. 놀이방에."

샬럿이 말했다.

"놀이방은 문 닫았어."

놀이방이 문을 닫았는지 열었는지 그는 알지 못했다. 샬럿이 머뭇거리는 순간을 포착한 것이다.

"저쪽 방에 있나? 복도 지나서?"

그가 말했다.

"손은 어쩌다 그렇게 됐어요? 제 가방에 아스피린이 있어요."

화제를 돌릴 수 있을 만한 이야기라면 뭐든지 좋았다.

"프랭크 웨인라이트가 진짜 이름 맞아요? 뉴욕에서 보험 판매 일을 한다고 했어요. 제가 정말 바보 같았죠."

남자는 꼬았던 다리를 풀고 검은색 옥스퍼드화로 카펫 위를 지그시 눌렀다. 그는 의자 등받이에 팔꿈치를 기대었다가 몇 센티미터가량 몸을 추켜세웠지만 다시 원래대로 힘이 풀리고 말았다. 샬럿은 그가 멀쩡한 손으로 몸을 일으키기 위해 총을 바닥이나 서랍장 위에 내려놓을지도 모르겠다고 생각했다. 하지만 그는 그러지 않았고, 두 번째 시도 만에 그는 몸을 일으키는 데 성공했다.

"이쪽으로 던져."

그가 말했다.

"뭘요?"

그녀가 말했다.

"아스피린."

그녀는 가방을 열었다. 사진 꾸러미. 손톱 다듬는 줄, 성냥갑, 콤팩트와 립스틱, 다이아몬드 모양의 플라스틱 장식이 달린 방 열쇠. 무기로 쓸 만한 것은 없었다. 껌 한 개. 로즈메리가 좋아하는 시리얼에 딸려온 조립식 장난감.

"이쪽으로 던져."

그는 붕대를 감은 손과 가슴으로 약병을 받았다. 그는 이빨로 뚜껑을 열고, 알약들을 입에 털어 넣은 뒤 우걱우걱 씹었다.

"물 한 잔 가져다줄게요."

그녀가 말했다.

"애들을 보러 가지."

그가 다른 말도 했을 수 있다. 하지만 샬럿은 듣지 못했다. 순간 그녀는 귀가 먹고 말았다. 귓가에 가느다란 윙 소리만 들리더니 그 소리가 점점 커졌고, 압력 또한 점점 커졌다. 심장이 멈춘 뒤에도 얼마나 오랫동안 살아 있을 수 있을까?

"아뇨."

그녀가 말했다.

"그쪽 방으로 가지. 거기서 프랭크를 기다리자고."

그가 말했다.

"여기서 기다려요."

"애들과 함께 있고 싶지 않아?"

그는 분명 그녀와 아이들을 살해할 것이다. 샬럿은 그 점을 조금도 의심하지 않았다. 그녀는 볼 수 있었다. 욕실의 포르세린 광택과 타일과 거울을. 목숨을 잃은 로즈메리의 시신이 욕조에 누워 있다. 조앤의 시신은 로즈메리의 옆에 기대어져 있다. 꼬투리의 완두콩 두 알. 비닐 샤워커튼은 고리에서 뜯겨져 나갔다. 샬럿의 시신 역시 바닥에 널브러져 있다. 세면대 수도꼭지에서는 물이 흐르고 남자는 두 손을 모아 물을 받고 있다.

샬럿은 총을 든 남자가 본 것을 그대로 보았다. 둘이 함께 창문 앞에 나란히 서서 그들이 공유할 미래를 들여다본 것만 같았다.

"일어나."

그가 말했다.

"싫어요."

샬럿이 말했다.

그는 총을 들어 그녀를 겨눴다. 그녀는 무서웠고, 무너질 것만 같았다. 아이들, 아이들, 아이들. 하지만 그와 동시에 공포보다 더 강력한 무언가가 그녀를 붙들고, 그녀의 마음을 진정시키며, 그 모든 공포와 두려움과 혼란을 비워내고 있었다.

쏘게 내버려두자. 아이들도 총성을 듣겠지만, 호텔 이쪽의 객실에 있는 다른 사람들도 그 소리를 들을 테고, 그중 누군가 프런트 데스크나 경찰에 신고할 것이다. 그럼 남자는 화급히 달아나야 하겠지. 그도 알고 있을 것이다. 그래서 그녀를 바로 쏘려 하지 않은 것이다. 그는 좀 더 먼 객실로 가서 모든 것을 조용하게 처리하고 싶은 것일 테지. 샬럿이 그를 위해 아이들에게 이렇게 말해주기를 바라는 것일 테다. 쉿, 괜찮아. 아저씨는 우리를 해치지 않을 거야.

"어서 일어나."

그가 말했다.

그녀는 그가 자신을 쏠 수도 있다는 것을 알고 있었다. 상관없었다. 샬럿은 그를 있는 그대로의 모습으로 보고 있었다. 그녀가 버티고 들면 강제로 떠밀 힘조차 없는 약한 남자.

그리고 그녀는 할 수 있을 것 같았다. 그에 대한 것 역시 한 점의 의심도 없었다.

"손은 어떻게 해서 다쳤어요?"

그녀가 말했다.

"당장 일어나지 않으면, 이 말이 마지막으로 듣는 말이 되고 말 거야."

그가 말했다.

"누군가가 있어요?"

"누군가가 있냐고?"

"아내요. 여자친구나. 손을 돌봐줄 사람 말예요."

그는 제대로 서 있지 못했다. 땀을 흘렸고, 몸을 떨었다. 그녀는 또다시 그것이 시작되는 모습을 지켜보았다―처짐과 현기증. 그의 열이 다시금 꽃을 피우고 있는 것이다. 그도 지켜보고 있었다. 그들은 창문 앞에 나란히 서서 함께 미래를 들여다보고 있었다. 그의 눈이 게슴츠레해지고, 무릎이 풀리더니 손에서 총이 미끄러져 카펫 위에 떨어지고 말았다.

"지금 상태가 많이 안 좋아요. 다시 앉는 게 낫지 않겠어요?"

그녀가 말했다.

그는 총을 서랍장 위에 올려놓았다. 그런 다음 방을 가로질렀다―놀라울 만큼 빠른 두 번의 걸음이었다. 그리고 그녀 위에 섰다. 그리고 두 손으로 그녀의 목을 쥐고 침대로 밀어 넘어뜨렸다. 그의 무게에 그녀는 깜짝 놀랐다. 1,000킬로그램에 달하는 무언가가 하늘에서 뚝 떨어진 것만 같았다. 그녀는 숨을 쉴 수 없었다. 몸을 비틀어보았지만, 상황만 더 악화될 뿐이었다. 그녀의 목. 그의 손가락이 가하는 안정적인 힘에 그녀는 또다시 놀라고 말았다. 그는 그녀의 어깨를 내리 눌렀다. 그녀는 숨을 쉴 수도, 움직일 수도 없었다. 시야가 휘어지고 요동치기 시작했다.

"젠장."

그가 말했다. 그녀의 귓가에 그의 목소리가 들렸다. 그의 숨결에서 아스피린 냄새가 났다. 땀 냄새와 더러운 붕대의 썩은 쉰내도 났다. 그의 땀이 그녀의 눈으로 떨어져 따가웠다.

"젠장."

그의 힘이 조금씩 빠지기 시작했다. 그녀에게서 천천히 몸을 일으키기라도 하듯, 그 모든 무게가 21그램씩, 바람에 날리는 잿가루처럼 날리기 시작했다. 그는 힘을 유지하려 안간힘을 쓰고 있었다. 그의 몸이 떨렸고, 눈이 다시 게슴츠레해졌다. 그녀는 이제 한쪽 팔을 조금씩 움직일 수 있게 되었다. 뭘 찾고 있는 거지? 그녀도 알지 못했다. 허리춤에 끼워져 있을 그의 총. 아니다. 그는 총을 서랍장 위에 두었다. 똑똑한 자였다.

21그램씩, 가루 한 알씩, 그는 힘이 빠지고 있었다. 그녀의 목에 가해지던 압력이 잦아들었다. 열이 다시 그를 잠식하고 있는 것이다. 하지만 충분하지 않았다. 그 속도가 너무 느렸다. 그녀는 여전히 제대로 숨을 쉴 수 없었다.

이곳저곳을 더듬던 그녀의 손에 무언가가 걸렸다. 주머니, 그의 코트 주머니였다. 그녀의 손이 부드러운 나무 손잡이에 가 닿았다. 손잡이에 이어 바늘처럼 가느다란 철제의 무언가가 만져졌다. 그녀의 집게손가락에 그 날카로운 끝부분이 닿았다.

그녀는 나무 손잡이를 쥐고는 남은 생명을 다해 그 얼음 꼬챙이로 그의 옆구리를 찔렀다. 그의 복부였을까? 아니면 허벅지? 갈비뼈 사이? 그녀도 알 수 없었다. 그가 공격을 느꼈는지조차 알 수 없었다. 그의 호흡이 조금 빨라졌지만, 그건 열이나 다른 무엇 때문일 수도 있었다. 이내 그녀는 목을 옥죄는 그의 손의 압력이 느슨해지는 것을 느꼈다. 그는 그녀에게서 미끄러져 자신의 팔에 머리를 기댄 채 옆으로 쓰러졌다. 그녀는 그가 살았는지 죽었는지 알 수 없었다. 그의 복부 아래에서 새어 나오는 짙은 핏자국만 아니라면 금방이라도 잠에서 깨어나 두 눈을 뜨고 하품을 할 것만 같았다.

그녀는 침대에서 굴러 내려와 비틀거리며 일어섰다. 목이 타는 듯했다. 다시 숨을 쉬는 법을 익혀야 했다. 들이마셨다가 내뱉었다가. 그녀는 살아 있었다. 그것만은 확실했다.

그녀는 가방을 찾아 프랭크의 방문을 닫고 밖으로 나왔다. 조만간 어느 순간엔가 이 모든 일들이 그녀를 압도하고 말 것이다. 샬럿이 그 어떤 검은 마법으로 공포와 두려움을 물리쳤는지는 몰라도. 그것은 천둥소리와 함께 사라졌지만 그 후에 밀어닥칠 홍수 속에서 그녀는 몇 시간을, 며칠을 자신의 이름조차 기억하지 못하거나 다른 이들 앞에 나서지도 못할지 모른다.

곧, 그러나 아직은 아니다.

32

기드리는 제한 속도를 지키기 위해 안간힘을 썼다. 차선을 유지하고, 좌회전이나 우회전을 할 때마다 깜박이도 켰다. 그는 내달리는 마음을 진정시키려 애썼다. 여유를 갖자. 큰 그림을 보는 거다. 그 무엇도 빠트리지 말자. 에드의 집은 황무지 한가운데에 있다. 다행이다. 시끄러운 이웃도, 수다를 떨기 위해서나 설탕 한 컵을 얻으러 들르는 방문자도 없다. 신디의 친구들은 경찰에 신고하지 않을 것이다. 그 아이들은 이 바닥에 오래 있어 보았으니 세상이 어떻게 돌아가는지 잘 알고 있을 것이다. 이미 도망을 갔거나, 자신들이 어떤 똥밭에 빠졌는지를 깨닫고 뿔뿔이 흩어졌을 것이다.

그러니 기드리에게는 시간이 있었다. 에드의 가정부는 내일 아침이나 되어야 시체들을 발견할 것이다. 혹은 에드는 아예 가정부를 고용하지 않았는지도 모른다. 어쩌면 바닥을 닦고, 화장실을 청소하고, 하수구에서 십대 아이들의 금발 머리카락을 뽑아낸 사람은 리오였는지도 모른다. 그런 수모 때문에 에드에게 등을 돌리고, 큰 돈벌이의 기회를 잡으려 했는지도 모른다.

기드리는 그의 행동에 기분이 나쁘진 않았다. 리오는 그저 기회를 보았고, 그걸 잡으려 했을 뿐이다. 하지만 리오가 그를 두고 미리 값을 흥정했는지는 알고 싶었다. 리오가 부디 충동적으로 방아쇠를 당겼기를, 그런 것이 아니라면…

리오가 기드리에 대해 누군가에게 이야기했을까? 기드리가 하시엔다에 묵고 있다는 사실을 흘렸을까? 리오가 손에 황금 거위의 깃털을 쥐고 있다는 선의의 제스처라도 보였을까?

아니다, 리오는 그러지 않았을 것이다. 기드리의 행방을 미리 흘린다면 자신의 효용 가치가 떨어질 테니 말이다. 리오는 절대 거래 준비에 소홀하지 않았을 것이다.

기드리는 그렇기를 바랐다.

그는 속도계를 확인했다. 바늘이 슬금슬금 올라가기 시작했다. 진정하자. 10분이면 하시엔다에 도착한다. 샬럿과 아이들을 챙겨 20분 만에 나오는 거다. 서둘러 차에 태운 다음 길에 나서는 것이다. 그러면 에드의 서재에 뿌려진 피가 채 식기도 전에 멀리 떠날 수 있다.

라스베이거스에서 벗어나야 했다. 그러나 너무 멀리는 말고. 90번 고속도로 주변으로 뱀 허물처럼 흩어져 있는 작고 삭막한 사막 마을 가운데 한 곳의 모텔을 골라 하루 동안 은신하는 것이다.

하루면 되었다. 에드는 죽었을지 몰라도 한물간 도박꾼 부치 톨리버 대령은 아직 살아 있으니 말이다. 그의 비행기는 내일 저녁 7시에 넬리스에서 출발할 것이다. 기드리와 샬럿, 그리고 아이들을 태우고.

안 될 것 있나? 부치 대령은 선금을 받았을 것이다. 기드리의 생각으로는 그러했다. 그러니 에드의 최종 사인을 기다릴 필요가 없다. 에드는 이 모든 준비를 갖추는 데 간략한 방법을 택했을 것이다. 어쩌면 부치 대령은 어느 하늘에서 이 빵 덩어리가 떨어진 것인지조차 모르고 있지도 모른다.

기드리는 그의 옆자리에 놓아둔 마닐라지 봉투를 흘끗 쳐다보았다. 서류 작업은 한 시간 전에 끝났다. 운이 따른다면 그 상황에는 변함이 없을 것이다. 오늘 밤에는 여기서 지내게. 그게 더 안전해.

에드의 마지막 말. 기드리는 그것이 이제야 생각이 났다. 그게 무슨 뜻이었을까? 어쩌면 세라핀이 하시엔다까지 기드리를 추적했는지도 모른다. 지금 당장 차를 돌리지 않으면 기드리의 마지막이 곧 닥치게 될지도. 그는 차를 돌리지 않았다. 아이들은 이미 잠자리에 들었을 것이다. 곧 10시 30분이었다. 플래그스태프에서 했던 것처럼 아이들을 하나씩 안고 차에 태우면 될 것이다. 아직까지 아이들의 온기가 느껴졌다. 그의 거친 뺨에 맞닿았던 로즈메리의 부드러운 뺨과 그의 목을 간질이던 조앤의 숨결도 생생했다. 계단 위에 서 있는 샬럿도 볼 수 있었다. 그를 향해 미소를 짓고 있는 그녀.

기드리는 그녀가 처음으로 자신에게 미소 지었던 때를 기억하고 있었다. 그의 말에 처음으로 그녀가 웃음을 지었던 때도 기억했다. 산타마리아에서의 저녁식사, 주크박스에서 흐르던 팻 분의 노래, 기드리가 기만적인 계획에 착수한 지 오래지 않은 때였다. 웃음은 그녀의 두 눈에서 시작되었고, 그 첫 발화에서 그는 그녀의 처음부터 끝까지, 그녀의 과거와 현재와 미래까지 포착할 수 있었다. 어린 소녀였던 모습에서부터 훗날 노인이 될 모습까지.

생각대로 될 것이다. 그렇게 되기를 바랐다. 그는 어떤 아빠가 될까? 어떤 남편이? 형편없는 남편이 되겠지, 기드리도 인정했다. 솔직해지자. 아빠나 남편의 역할 같은 건 전혀 알지 못했다. 하지만 그는 자신이 가진 모든 것을 줄 계획이었다, 전부를. 그만 한 각오를 하고 있었다.

누가 알겠는가? 지금으로부터 20년 혹은 30년, 40년 후에 한때의 자신이었던 한 남자를 되돌아보게 될지. 정장을 쫙 빼입고 뉴올리언스의 몬텔레오네 호텔의 캐루젤 바에 앉아 있는 친구. 그러나 그는 그 남자가 누군지 알아보지 못할 것이다. 그의 이름이 뭐였는지 가물가물할 것이다.

라스베이거스 대로의 남쪽. 저 앞으로 매캐런 활주로가 보였다. 날뛰는 야생마를 타고 있는 하시엔다의 카우보이 네온사인이 거리 맞은편에 우뚝 솟아 있었다. 안녕하세요, 안녕히 가세요, 안녕하세요, 안녕히 가세요. 기드리는 가능한 한 사인에서 멀리 떨어진 곳에 차를 세웠다. 주차장 내에서 가장 어둡고 외진 모퉁이였다. 오늘 밤에는 여기서 지내게. 그게 더 안전해.

기드리는 자신이 잘못 생각했다는 것을 깨달았다. 그건 에드의 마지막 말이 아니었다. 에드의 마지막 말은 이것이었다. 리오! 정신 차려, 맙소사!

아이들이 뒷좌석에 디즈니 책을 두고 내렸다. 어둠속에 몸을 숨기거나 교묘히 움직이는 생명체들의 진정한 모험에 대한 이야기 책 말이다. 숨겨진 세계의 비밀.

그는 에드의 총을 글러브박스에 넣어둔 뒤 곧장 샬럿의 방으로 올라갔다. 그는 가볍게 노크했다. 어떻게 하면 그녀에게 이 늦은 밤의 도주를 설득할 수 있을까?

그는 다시 노크했다. 마음을 진정시키기 위해 그는 사이공에서 살게 될 집을 그려보았다. 집으로 향하는 자갈길 양옆으로 야자수가 서 있고, 높다란 아치형 창문과 철제 난간이 달린 발코니가 딸린 크림색의 타운하우스. 그는 사이공에도 자갈길이 있는지 알지 못했다. 게다가 그의 상상 속 타운하우스는 뉴올리언스의 에스플레네이드애비뉴에 있는 집들과 비슷했다. 하지만 인도차이나는 예전에 프랑스 식민지가 아니었던가? 그러니 영 말도 안 되는 이야기는 아니다.

뒷마당에서는 아이들이 책을 읽거나 뛰어놀거나 피크닉을 위해 담요를 펼쳐놓을 수도 있다. 자그마한 분수도 있고 돌담장 위로는 맥주컵에서 거품이 흘러넘치듯 부겐빌레아가 흐드러지게 피어 있다.

그는 손잡이를 돌려보았다. 잠겨 있지 않았다. 그는 손잡이를 마저 돌리지 않았다. 그가 문을 열고 안으로 들어가지 않는 이상, 불을 켜고 자신의 두 눈으로 텅 빈 침대와 헐벗은 옷걸이와 없어진 여행가방을 확인하지 않는 이상, 그는 샬럿과 아이들이 여전히 이곳에 있는 척할 수 있었다.

하지만 그들은 사라졌다. 당연히 그들은 떠나버렸다. 그건 마지막 키스였다. 잘 가요, 프랭크. 기드리는 무슨 일이 벌어지고 있는지 그때 즉각 깨달았다. 그저 받아들이고 싶지 않았을 뿐이다. 당연하게도 그때 샬럿은 작별인사를 한 것이었다. 그의 주변에 머물기에, 그와 같은 남자를 또다시 믿기에 그녀는 너무도 명민했다. 그가 처음부터 그녀에게 반한 이유들 중 하나가 그것이 아니었던가.

물론 로즈메리가 잠이 오지 않는다고 하는 바람에 셋이 함께 아래층 카페에 내려가 쿠키와 함께 따뜻한 우유를 마시고 있는 것인지도 모른다. 지금쯤 방으로 올라오는 중인지도….

아, 자기기만의 강력함이란. 초인적인 힘이자 대담한 행동의 자양분이다.

그는 문을 열고 불을 켰다. 텅 빈 침대, 헐벗은 옷걸이, 없어진 여행가방. 당연하게도 샬럿과 아이들은 떠났다. 당연한 일이다. 기드리는 고통을 받아들일 준비가 되었다고 생각했지만, 아니었다. 조금도 준비되지 않았다.

그는 그 어떤 충격, 폭발, 가슴 찢어짐, 그리고 눈물을 예상했다. 몸을 한층 숙이고, 폭풍이 지나가기를 기다리는 것. 하지만 대신 그의 마음속 고통은 마치 검은 조수가 1센티미터씩 차오르는 것 같았다. 벼랑 끝에 몰린 그의 삶 외에는 달리 채울 것이 없는 조수 말이다.

그는 굳이 자기의 방으로 돌아가지 않았다. 칫솔은 새로 사면 될 것이다. 샬럿이 메모를 남겼다고 하더라도 읽고 싶지 않았다.

호텔 로비에서 보이가 기드리를 알아차렸다.

"웨인라이트 씨, 어디 계신가 했어요. 30분 전에 숙녀분들을 버스 터미널까지 가는 택시에 태워드렸거든요. 무척이나 서두르시는 것 같던데, 어서…."

그리고 이내 보이는 상황을 파악하고 말았다. 저런. 불쌍한 웨인라이트 씨가 버림받은 사실을 깨닫고 만 것이다.

"아, 이런, 웨인라이트 씨. 저는 그저…."

그가 말했다.

"걱정 말아요, 조니. 거기서 만나기로 했으니까."

기드리가 가련한 아이를 향해 안심 어린 미소를 지어 보였다.

기드리는 주차장을 가로질렀다. 그리고 얼굴에 미소를 지은 채로 그의 차에 도달했다. 고통의 조수가 점점 차오르고 있었다.

"프랭크."

그림자에서 한 남자가 나타났다. 얼굴이 너무도 하얘서 빛이 나는 것 같았다. 유령. 사후 세계에 대한 신디의 이야기가 옳았는지도 모르겠다.

"다른 사람을 착각한 것 같군요."

기드리가 말했다.

유령은 3미터 떨어진 지점에 멈춰 총을 들어 올렸다. 기드리는 공포가 아닌 안도를 느꼈다. 샬럿과 아이들은 안전하다. 그들은 간발의 차이로 기드리에게서 달아났다. 이제 오로지 그만 홀로 남아 죽게 될 것이다. 기드리가 신과 우주에 대해 가지고 있었을지 모르는 그 모든 불만이 순식간에 눈 녹듯 사라져버렸다.

"차."

유령이 말했다.

기드리는 이해하지 못했다.

"뭐?"

"차."

"차를 원하나? 마음대로 가져가."

기드리가 말했다.

"타. 네가 운전해."

이제 기드리는 알 것 같았다. 사막 어딘가에 그를 위한 구덩이가, 그의 무덤이 기다리고 있는 것이다. 흠, 살인자의 작업을 쉽게 만들어줄 수는 없지.

"됐어. 난 아무 데도 안 가."

기드리가 말했다.

유령은 천천히 조수석 쪽으로 돌았다. 호흡, 한 발자국. 호흡, 한 발자국. 처음에 기드리는 그의 오른손이 없는 줄 알았다. 하지만 아니었다. 그의 오른손은 코트의 단추 사이에 들어가 있었다. 유령은 복통이라도 앓는 듯 한껏 웅크리고 있었지만, 총구는 계속해서 기드리를 향하고 있었다.

"카를로스 밑에서 일하나?"

기드리가 말했다.

"어떤 것 같아?"

"누가 널 죽였지?"

"뭐?"

"유령 같잖아."

유령은 간신히 조수석 문을 열었다. 차내등이 반짝 켜지면서 그를 비췄다. 그는 유령보다 더한 몰골이었다. 과연 그의 몸 안에 남은 피가 있을까 싶을 정도였다.

"폴 바로네인가?"

기드리가 말했다.

"어떤 것 같아? 차에 타."

차 안의 갇힌 공간에서라면 그에게서 총을 뺐을 수 있을지도 모른다. 아니면 글러브박스에 있는 에드의 총을 손에 넣거나. 하지만 그런들 무슨 소용이 있을까?

"말했잖아. 난 아무 데도 안 가."

기드리가 말했다.

"뉴올리언스로."

바로네가 말했다.

"뭐?"

"타. 운전해."

"널 뉴올리언스로 데려가라고?"

기드리가 말했다.

바로네는 전혀 말이 되지 않았다. 그는 차에 오르려 했지만, 미끄러져 무릎으로 털썩 쓰러지고 말았다. 다시 몸을 일으키려 했지만, 또 쓰러졌고, 이번에는 총까지 떨어뜨렸다. 그는 기도하는 것처럼 머리를 숙이고 한참을 그렇게 앉아 있었다.

기드리는 차의 다른 쪽으로 돌았다. 그는 총을 발로 차서 멀리 치워버렸다. 바로네의 셔츠 하단 절반이 피에 젖어 있었다. 코트의 앞자락과 바지의 사타구니까지 젖어 있었다.

그에게는 정말 손이 없었다. 기드리에게 처음 들었던 생각은 그러했다—피에 물든 무언가의 단면이 문손잡이를 잡았기 때문이다. 하지만 이내 그 단면이 피에 물든 붕대로 감싼 손이라는 사실을 깨달았다. 역시나 피에 물든 손톱이 끝부분에 튀어나와 있었다.

바로네는 기드리를 올려다보지 않았다. 그의 호흡은 불어오는 바람에 낙엽이 인도 위를 긁고 지나가는 소리처럼 들렸다.

"그 여자, 죽여버릴 거야."

바로네가 말했다.

기드리는 샬럿과 아이들이 얼마나 큰 위험에 빠질 뻔했는지를 다시 한 번 떠올렸다. 결코 용서받을 수 없을 일이 될 것이다. 그는 용서받지 못할 것이다.

"너무 늦었어. 운이 다했군."

그가 말했다.

"그 여자가 너한테 정보를 흘렸지?"

바로네가 말했다.

기드리는 그가 하는 말을 더 잘 듣기 위해 몸을 숙였지만 일정 거리는 유지했다. 이 사람이 바로네라면, 혹은 바로네 같은 사람이라면, 그 꼬리에 마지막 일격을 감추고 있을지도 모른다.

"뭐라고?"

기드리가 말했다.

"그 여자가 휴스턴에서 너한테 정보를 흘렸지. 여기서도 그렇고."

바로네가 말했다.

"누구?"

"아주 계획적이었어. 미친년. 줄곧."

기드리는 바로네가 세라핀의 이야기를 하고 있다는 것을 깨달았다. 그는 흥분 상태였다.

"세라핀은 나한테 한 마디도 안 했어. 여기서도, 휴스턴에서도."

기드리가 말했다.

"내가 죽여버릴 거야."

바로네가 말했다.

"이 주차장에서 벗어나기도 힘들어 보이는데."

기드리가 말했다.

바로네도 알고 있는 듯했다. 머리는 점점 더 아래로 향했다. 머리를 들고 있는 것조차 힘겨워 보였다.

"카를로스가 널 찾아낼 거야. 늘 그랬듯이."

그가 말했다.

"오래도록 찾아보라지."

기드리가 말했다.

"널 찾지 못하면, 그 여자 뒤를 쫓을 거야. 카를로스는 이제 널 다치게 할 방법을 알고 있거든."

세라핀은 지난 보름 동안 기드리를 죽이려 했다. 그녀에게는 한 톨의 동정심도 남아 있지 않았다.

"세라핀이 어찌 되든 상관없어. 신경 안 쓴다고."

기드리가 말했다.

"그 여자 말고."

바로네가 말했다.

"그럼 누구?"

마침내 바로네가 고개를 들어 기드리를 쳐다보았다. 피 몇 리터만 주입하면 그는 기드리가 해외에서 봤던 자들 중 절반과 비슷해 보일 것 같았다. 그는 뉴올리언스의 남자들 절반과 비슷하기도 했다. 그저 카를로스의 또 다른 똘마니일 뿐이었다. 기드리 또한 그와 수없이 어깨를 부딪쳤는지도 모른다.

"그 여자. 그 여자의 애들. 카를로스는 이제 널 해칠 방법을 알아."

바로네가 말했다.

순간 기드리의 폐에는 더 이상 산소가 들어차지 않았고, 심장은 박동을 멈추었다. 내부의 모든 장치의 작동이 중단되었다. 벨트가 찢어지고, 기어가 파괴되었다.

샬럿. 아이들.

바로네는 하시엔다까지 기드리의 뒤를 밟았다. 샬럿과 아이들을 보았다. 그건 곧 샬럿과 아이들에 대해 카를로스에게 이미 말했을지도 모른다는 뜻이었다.

"카를로스는 날 해치지 못해."

기드리가 말했다.

"그가 지는 걸 싫어하는 거 알 텐데."

바로네가 말했다. 경고도, 위협도 아니었다. 말할 필요도 없을 정도로 둘 모두에게 매우 평이하고 분명한 사실일 뿐이었다.

"나 좀 일으켜줘."

"그 여자는 아무것도 아니야."

"일으켜줘. 차에 타. 운전해. 뉴올리언스로."

바로네가 말했다.

"카를로스는 그들을 절대 찾지 못해. 이름도 모르잖아. 너도 그녀의 이름을 모르고. 그들은 무사할 거야."

기드리가 말했다.

바로네는 대답하지 않았다. 숨이 끊어지고 만 것이다. 문의 손잡이에서 그의 손이 떨어져 나가기 시작했다. 한 번에 피 묻은 손가락 한 개씩. 그러고는 아스팔트 위로 쓰러졌다.

그날 밤 기드리는 헨더슨에 머물렀다. 라스베이거스에서 남쪽으로 30분 정도 떨어진, 볼링장이 딸린 모텔이었다. 기드리의 방은 볼링장과 면해 있었다. 그는 침대에 누워 볼링공이 레인을 따라 쿵쿵거리며 구르다가 이내 핀과 부딪히면서 나는 날카로운 도기질의 째쟁 소리를 가만히 듣고 있었다.

쿠구구궁! 쨍! 계속, 계속.

그래도 꼭두새벽까지 그를 잠 못 들게 한 것은 그 쿵, 쨍, 소리가 아니었다. 그를 잠들지 못하게 한 것은 그 소리들 사이에서 길어지는 고요였다. 또 다른 쿵 소리가 들리기를 기다리는 그 마음이었다.

쿠구구궁.

샬럿과 아이들은 괜찮을 것이다. 카를로스가 그들을 추적할 방법은 없다. 물론, 그가 하시엔다로 누군가를 보내 여기저기 물어보고 다닐 수는 있겠지만, 그곳 직원들은 샬럿의 성을 웨인라이트로 알고 있을 것이다.

쿠구구궁.

쨍!

보이는 샬럿이 택시를 타고 버스 터미널로 간 것을 알고 있었다. 터미널의 매표원 역시 샬럿을 기억할지도 모른다. 로스앤젤레스행 버스표를 구매한 매력적인 숙녀와 두 명의 예의 바른 여자아이들을 기억할지도 모른다.

쿠구구궁.

쨍!

하지만 그렇다고 한들? 샬럿은 바늘이었고, 로스앤젤레스는 서부

해안에서 가장 큰 건초더미였다. 그럼에도 불구하고 누군가 라스베이거스의 버스 터미널과 로스앤젤레스 시내의 버스 터미널에서의 샬럿을 동시에 알아볼 가능성도 배제할 수 없다… 그렇게 되면…

쨍!

잠이 몰려왔다. 꿈이 찾아왔다. 더 이상 이상할 것이 없는 이상한 꿈. 기드리는 몬텔레오네로 돌아가 매키 파가노와 다시 이야기를 나누고 있었다. 이미 나눴던 대화를.

내가 지금 곤경에 빠졌어, 프랭키. 진짜 심각한 상황일지도 몰라.

미안해요, 맥.

오래된 꿈에 새로운 꿈이 흘러들었다. 기드리는 다시 열다섯의 소년으로 돌아갔다. 세인트어맨트의 지저분하고 자그마한 집 낡은 현관 앞에 서서 애넷에게 작별인사를 하고 있었기 때문에 그는 자신의 나이를 알 수 있었다. 그가 뉴올리언스로 가기 위해 집을 떠났을 때 그녀는 열한 살이었다. 두 달 뒤의 크리스마스이브에 아버지는 평소보다 더 술에 취해 더 난폭해졌고, 벽난로의 부지깽이로 그녀를 죽을 만큼 두드려 팼다. 보통 아버지는 기드리에게 그 부지깽이를 사용했지만, 기드리는 더 이상 그곳에 없었다. 그는 큰 도시로 달아나 자신의 목숨을 구했다.

왜 떠나는 거야, 프릭?

미안해, 프랙. 크고 멋진 집을 사서 널 데리러 올게.

기드리는 지난 22년 동안 매일같이 그 순간으로 되돌아갔다. 시간을 되돌려 다시 그때와 다르게 살 수 있다면 그는 어떻게 할까? 그는 꿈속에서라도 그렇게 해보고 싶었지만, 이건 그런 종류의 꿈이 아니었다.

잘 가, 프릭.

잘 있어, 베이비.

기드리는 다음날—출발일인 화요일—별다른 문제 없이 빈둥거렸다. 늦잠을 잤고, 볼링장 옆에 있는 식당으로 가 햄버거에 맥주 몇 잔을 걸쳤다. 쿠구구궁. 쩽! 그는 조간신문을 읽었다. 저격 사건에 대한 애도가 계속되고 있었다. 진실을 찾아나서다! 뉴올리언스의 카를로스는 분노했을 것이다. 워런의 특별수사위원회에게, 그리고 기드리에게.

6시에 택시는 기드리를 넬리스에 내려주었다. 그는 게이트의 일병에게 출입증을 건넸다. 출입증은 진짜처럼 보였다. 어쩌면 진짜일지도 모르겠다. 일병은 수화기를 들었다. 그리고 기드리가 알아듣지 못할 단어들을 말했다. 그는 수화기를 내려놓고 일지에 무언가를 적었다. 적고, 또 적었다. 헌병들 두어 명이 기드리를 체포하기 위해 대기 중이라면, 지금이 딱 등장할 타이밍이었다.

일병은 기록을 마치고 출입증을 기드리에게 돌려주었다.

"어디로 가야 하는지 아시죠?"

그가 말했다.

"오늘 밤에 톨리버 대령의 비행기에 동승하기로 했어요. 어디로 가야 그를 만날 수 있죠?"

기드리가 말했다.

"BOQ로 가보십시오. 장교 숙소요. 곧장 진입하셔서 왼쪽 마지막 건물입니다."

"고마워요."

기드리는 출입증을 주머니에 넣었다. 게이트를 지나서, 비행기에 올라 이륙을 하고 나면, 그는 자유의 몸이 될 것이다.

카를로스가 샬럿과 아이들의 뒤를 쫓을까? 그들을 찾아 죽일까?

아니, 그보다 더한 짓을 할까? 기드리의 죗값을 대신 갚게 하는 건 아닐까?

기드리는 알 수 없었다. 결코 알 필요가 없을 것이다. 수천 킬로미터 떨어진 베트남에서 그는 다시 자유의 몸이 될 것이다. 그가 믿고 싶을 것이 무엇이든 자유롭게 선택할 수 있을 것이다.

일병에게는 우두커니 서 있는 기드리를 지켜보는 일보다 더 시급한 임무가 있었다.

"무슨 문제라도 있으십니까?"

그가 말했다.

기드리는 그 질문에 대해 생각해보았다. 그리고 고개를 가로저었다.

"아뇨."

33

 비행기는 서쪽에서 다가가고 있었다. 밝은 파란빛의 텅 빈 하늘에서 벗어난 비행기는 구름 속으로 진입했다. 처음에는 그저 몇 개의 구름 덩어리들이었지만, 점점 겹겹이 쌓인 짙은 구름으로 변하더니, 앞이 보이지 않을 정도로 빽빽하고 눅눅해져 비행을 힘겹게 했다. 날이 무딘 칼로 왁스칠을 한 회색 캔버스를 자르는 것 같았다.
 베트남은 뉴올리언스보다 더 덥고 습하다고 했던가. 기드리가 어디선가 들은 이야기로는 그러했다. 어쨌든 그는 다시 덥고 습한 날씨로 돌아가게 되어 기뻤다. 의미 있는 삶을 지속할 수 없을 정도로 바람이 불지 않고 건조했던 사막은 죽을 만큼 갑갑했다. 그는 원래의 생태계로 돌아가게 되어 기뻤다.
 낮아지고, 또 낮아지고, 랜딩 기어가 철커덕 소리를 내며 제자리를 찾았다. 구름에서 벗어나자 밋밋한 오후의 햇살에 무성한 숲의 조각들과 강줄기와 습지, 은빛의 자수와 같은 운하들이 드러났다.
 기드리는 간단히 먹을 것을 사기 위해 잠시 레스토랑에라도 들릴까 생각했다. 하지만 센트럴 식료품점의 뮤플레타 아니면 프랭크스의 뮤플레타? 미드시티에 있는 보조스의 검보 아니면 어글레지크스의 검보? 아니면… 아, 돌겠네, 어느 곳의 검보를 사지? 기드리는 결코 고르지 못할 것이다. 그는 결정 장애를 겪고 있었다. 그는 차에 탄 뒤 곧장 버번에 있는 더 페이머스 도어로 향했다.

딕시랜드*를 듣기에는 너무 이른 시간이었지만, 몇 년 전 클럽 사장이 주방의 규모를 줄여 초대받은 사람만 입장 가능한 뒷방을 하나 만들었다. 그는 그곳을 '스팟'이라고 불렀다. 무척이나 감사하게도, 인간쓰레기들과 길거리 좀벌레들만 입장이 가능했다. 사장의 아내가 토마토 그레이비소스를 곁들인 전설적인 브라치올라**를 만드는 수요일이면 사람들이 모여들었다. 시내의 대식가 챔피언들 중 단연 1등인 카를로스는 쿼터 전체가 불타오른다고 해도 수요일 브라치올라는 빠트리지 않을 사람이었다.

그는 평소 앉던 테이블에 앉아 있었다. 오른쪽에는 세라핀이, 왼쪽에는 프렌치 브룰렛이 앉았다. 프렌치는 시끄럽게 지껄이며 카를로스가 식사를 하는 동안 그를 즐겁게 해주었다. 보디가드는 없었다. 카를로스는 시내에서 보디가드를 데리고 다니지 않았다. 그래서? 뉴올리언스에서 카를로스에게 일격을 가한 뒤 그가 행동에 나서기 전에 달아나는 것이다.

프렌치가 제일 먼저 기드리를 발견했다. 프렌치는 하마터면 의자에서 떨어질 뻔했다. 담배를 빨고 있던 세라핀은 잠시 연기를 머금고 있다가 이내 콧구멍으로 연기를 뿜어냈다. 그녀 역시 매우 놀란 듯 보였다. 그녀는 허리에 셔링이 잡히고 플리트 형태의 스커트가 달린 참한 민트색의 스웨터 드레스를 입고, 어깨에는 흰색 카디건을 두르고 있었다. 굽슬굽슬한 앞머리를 뱅 스타일로 다듬고, 뒤로는 포니테일로 묶은 뒤 드레스와 어울리는 머리띠를 하고 있었다. 당장에라도

---

* Dixieland: 전통 재즈의 일종.

** Braciole: 얇게 썬 고기에 야채와 고기 등을 넣어 만든 요리.

1954년 앨라배마의 고등학교로 돌아갈 준비가 되어 있는 사람처럼 보였다.

카를로스는 고개를 들었지만, 식사를 중단하지는 않았다.

"프렌치."

그가 말했다.

"네? 아."

프렌치가 말했다.

프렌치가 자리를 비키자 기드리는 카를로스 맞은편에 앉았다.

"한 접시 들겠어?"

카를로스가 말했다.

"고맙지만 됐어요."

기드리도 스팟의 브라치올라는 좋아했지만, 그렇게 열광할 정도는 아니었다. 그가 이탈리아 사람이었다면 아마 더 맛있게 느꼈을지도 모르겠다.

"프렌치가 남긴 와인을 마실게요, 그가 괜찮다고 할지 모르겠지만."

"마셔."

카를로스가 말했다.

세라핀은 은근히 기드리를 쳐다보고 있었다. 한 번도 이토록 긴장한 모습을 본 적이 없었다. 그가 자기 목숨을 구하기 위해 그녀에 대해 뭐라고 말할지 궁금할 것이다.

바로네는 그녀가 그에게 정보를 흘렸다고 생각했다. 기드리는 라스베이거스에서 이곳까지 오는 비행기 안에서 그 말에 대해 곰곰이 생각해보았다. 그는 세라핀과 나눴던 마지막 대화를 떠올렸다. 휴스턴 라포트에서 엘도라도를 처리한 뒤 주유소에 있는 공중전화에서 나눴던 대화였다.

라이스 호텔에서 하루 더 묵을 거야?

그 말에 그는 생각했더랬다. 왜 물어보는 거지? 내가 라이스에 하루 더 있을 거라는 걸 이미 알고 있을 텐데.

세라핀은 결코 정보를 흘릴 사람이 아니었다. 그녀는 기드리의 의심에 거름을 준 것뿐이다. 일부러 의심의 씨앗을 심은 것이다. 그녀는 그의 목숨을 구했다. 어쩌면 라스베이거스에서도 그를 구했는지도 모른다. 그가 깨닫지 못했을 뿐.

카를로스는 칼질을 하고, 포크질을 하고, 고기를 씹었다. 깃 안에 쑤셔놓은 두꺼운 린넨 냅킨은 그저 미관용이 아니었다.

"이미 죽었어야 하지 않나, 프랭크."

그가 말했다.

"알아요."

기드리가 말했다.

"그런 고양이들 좋아하는가 보군, 목숨이 다섯 개인."

카를로스가 말했다.

"아홉 개예요."

"그런 기대는 말라고."

이제 공간 안의 모두가 주의 깊게 상황을 살피고 있었다. 주방에서 마늘을 썰고 있던 사장의 아내조차 배식구를 통해 밖을 내다보고 있었다. 기드리는 사람들이 지금의 일을, 그래서 기드리가 어떻게 되었는지를 여러 해 동안 떠들어댈 것을 생각하니 기분이 좋았다.

그가 성큼성큼 들어왔어.

설마, 그럴 리가.

그리고 카를로스 맞은편에 앉았지.

"말도 안 돼. 정말 그걸 전부 봤단 말이야?"

"내가 바로 그 자리에 있었다니까."

카를로스는 프렌치 브레드 조각으로 마지막 남은 토마토 그레이비 소스를 훑었다. 세라핀은 여전히 한마디도 하지 않았다. 그녀는 새 담배를 꺼내 불을 붙였다. 성냥의 불길이 어쩐지 불안해 보였다.

"그래, 원하는 게 뭐야, 프랭크? 여긴 왜 왔지?"

카를로스가 말했다.

기드리는 레드와인 병을 집어 잔에 가득 따랐다.

"거래를 하고 싶어요."

"좋아."

"나에게서 손을 떼면 나도 삼촌에게서 손 떼죠. '눈에는 눈, 이에는 이.' 퀴드 프로 쿠오.(Quid pro quo, 맞거래)"

기드리가 말했다.

카를로스는 미소를 지었다. 그가 미소를 짓는 유일한 순간은 누군가를 죽이고 싶을 때뿐이었다.

"내게서 손 떼겠다고? 자네 진짜 웃긴 친구야, 프랭크. 내가 그걸 잊고 있었군."

그가 말했다.

"나한테서 손 떼지 않으면 내 발로 연방 수사국을 찾아가 볼 거예요. 내가 아는 걸 전부 말할 거라고요. 바로네가 뒤지기 전에 내게 했던 얘기들 전부. 아, 세상에, 바로네의 이야기를 들으니 머리가 곤두서던데요. 연방 수사국은 물론 신문사와 얼 워런에게도 알릴 거예요. 물론 내 이야기를 들어주기만 한다면요. 분명 들어줄 테죠. 그렇게 되면 우리 관계도 깨끗해지겠고요. 삼촌이 먼저 내 줄을 자르지 않는다면, 나도 삼촌을 신고할 일 없어요."

기드리가 말했다.

카를로스가 이미 식사를 끝낸 것이 다행이었다. 그렇지 않았다면 체하고 말았을 것이다. 기드리는 그의 눈 밑 지방이 점점 짙어지는 모습을 지켜보았다. 좋아. 기드리는 그를 미치게끔 만들고 싶었다. 미칠 지경으로 화가 나서 기드리 외에는 세상에 그 어느 것도 생각이 나지 않을 정도로 말이다.

세라핀은 이제 기드리를 빤히 바라보고 있었다. 믿을 수 없다는 듯. 기드리는 그녀에게로 고개를 돌렸다.

"이건 자기 생각이었어? 친애하는 오랜 동료 프랭크 기드리를 쓰레기통에 처넣어 버리자? 지옥에나 떨어져. 내가 복음을 전파하고 나면, 당신도 여기 삼촌처럼 남은 평생을 리번워스나 과테말라에서 보낼 수 없을 거야. 사랑스러운 세라핀."

그가 그녀에게 말했다.

믿어져?

정말 거기에 있었어? 정말로?

그래, 바로 거기 있었다니까, 자기. 무슨 말을 하는지 들리지는 않았지만, 분위기는 장난 아니었어. 그게 무슨 말인 줄 알아? 거기 모인 사람들 모두 금방이라도 사달이 날 것처럼 긴장하고 있었단 얘기야.

"거래할 거예요?"

기드리가 카를로스에게 물었다.

카를로스는 옷깃에서 냅킨을 꺼냈다. 그리고는 그 냅킨으로 기드리의 목을 매달 수 있을지 가늠하는 듯 냅킨을 물끄러미 내려다보았다.

"거래할 거예요, 말 거예요?"

기드리가 말했다.

"그래."

카를로스가 미소를 지었다. 그는 자리에서 일어나 냅킨을 테이블에 던지고 밖으로 나갔다. 누군가는 그가 세라핀에게 던진 순간의 시선을 놓쳤을지도 모른다. 그녀의 미묘한 인정의 제스처와 고개의 은근한 끄덕임을 놓쳤을지도 모른다. 하지만 기드리는 그러한 신호들을 기다리고 있었다.

카를로스가 떠나자 세라핀은 핸드백에서 콤팩트를 꺼내 립스틱을 새로 덧발랐다.

"고마워."

그녀가 말했다.

"하나 빚졌어. 그렇지? 하나 이상이던가."

그가 말했다.

"하지만 당신 결정에는 동의 못 하겠어."

"당신도 나를 위해 그런 건 아니잖아. 걱정 마. 나도 나를 위해 이러는 건 아니니."

"대체 지금 뭐 하는 거야, 프랭크?"

그녀가 말했다. 그녀의 음성은 너무 조용해서 잘 들리지 않았다. 그녀의 눈썹 가장자리 아래의 부드러운 분홍빛 아이섀도를 따라 습한 빛이 반짝였다. 진짜 눈물이 맺히기라도 한 걸까? 아마 아닐 것이다. 하지만 남자라면 이런 장면을 꿈꿔볼 수도 있지.

"뭐 하고 있는 건지 알잖아."

그가 말했다.

"왜냐고."

그녀가 말했다.

"이건 시간 문제였어. 난 현실주의자거든. 카를로스는 결국 날 찾아낼 거야. 넌 결국 날 찾아낼 거라고. 이렇게 해야 당신에게도 쉽고 빠를뿐더러, 당신이 나를 위해서도 쉽고 빠르게 마무리해줄 수 있을 테니까."

그녀는 그의 말을 믿지 않았지만 그가 저지른 일에 대해 다른 이유를 가늠해볼 수도 없었다. 그들의 긴 동료애, 우정의 관계 동안에도 그녀는 그를 제대로 가늠해볼 수 없었다. 그는 늘 예상하지 못했던 죽음과 숨겨진 세계의 비밀들로 그녀를 놀라게 만들었다.

그가 세라핀에게 자신의 목숨을 샬럿과 아이들의 목숨과 맞바꾸기로 했다고 말한다면, 그녀는 분명 당황스러워할 것이다. 그를 낯선 이방인처럼 바라볼 것이다.

"쉽고 빠르게 처리해주겠지. 그렇지? 그 부분을 강조하고 싶은데."

기드리가 다시 말했다.

"당신은 바보야."

"약속해줘. 오랜 동료를 위해 마지막으로 좋은 일 한 번 해."

기드리가 말했다.

"당신은 바보야."

그녀가 말했다.

"준비하는 데 시간이 얼마나 걸려? 두 시간?"

그는 그녀가 대답하지 않을지도 모른다고 생각했다. 하지만 그녀는 콤팩트를 탁 닫고는 다시 백에 넣으며 말했다.

"그래."

기드리는 자리에서 일어섰다.

"좋아. 공원을 산책할까 해. 동물원 뒤에 있는 제방 알지? 강 풍경도 좋고 한적해서 조용히 생각하기에 좋은 곳이지. 아마 이 얘기 열 번은 넘게 했을걸. 어쨌든 난 거기에 있을 거야."

그녀는 평정심을 되찾았다. 한 번이라도 잃은 적이 있었다면 말이다. 그녀는 계산을 했다.

"안녕, 몽 셰."

그녀가 말했다. 그러고는 뒤도 돌아보지 않고 밖으로 나갔다.

그는 업타운으로 향하는 노면 전차를 따라 차를 몰다가 로욜라 건너편에 차를 주차했다. 예수성심 동상이 두 팔을 하늘 위로 높이 든 채 기드리에게 간청하고 있었다…. 무엇을? 이대로 계속 가길? 꼬리를 내빼고 달아나길?

공원은 겨울날의 땅거미가 질 때면 늘 으스스했다. 사람들도 별로 없었고, 오크나무는 스패니시 모스*로 뒤덮여 있었으며, 그 나무 그림자들이 통행로를 전부 휘감거나 뒤덮고 있었다. 기드리는 샬럿이 찍은 사진들을 한 장도 보지 못한 것이 후회스러웠다. 웃긴 일이다, 그렇지 않은가? 그녀는 플래그스태프에서 빨간 벽돌 인도에 드리워진 그의 그림자 사진을 찍었더랬다. 하지만 그를 직접 찍은 사진은 없었다.

동물원은 이미 문을 닫았다. 기드리는 강변도로를 가로질러 제방의 꼭대기에 올라갔다. 주변에 사람이라곤 보이지 않았다. 그는 편안한 잔디밭을 찾아 뉴멕시코에서 산, 요상한 새발 격자무늬의 스포츠코트를 펼쳤다.

또 다른 후회. 집에 들러서 원래의 옷으로 갈아입지 못했다. 하지만 어떤 옷으로 갈아입는다? 검보와 마찬가지로 그것 역시 선택하지 못할 것이다. 부디 《타임스 피카윤》에서 자신의 이 괴상한 옷차림 사진을 찍어가지 않기를. 그렇게 되면 그는 결코 예전의 명성을 회복하지 못할 것이다.

그는 스포츠 코트 위에 앉았다. 쿼터의 도로에서 공원까지 20분가

---

* Spanish Moss: 수염 틸란드시아.

량 걸릴 것이고, 공원 입구에서부터 이곳까지 30분가량 걸릴 것이다. 세라핀이 보낸 자가 센스가 있는 사람이라면, 월넛의 막다른 길까지 차를 몰고 간 뒤 걸어오겠지.

기드리는 죽는 것이 두렵지 않았다. 뭐, 무섭기는 했다. 하지만 그보다 더 무서운 건 힘하게 죽는 것이었다. 카를로스에게 대항한 자들 가운데 다수가 그렇게 죽었다. 하지만 그 문제에 대해서라면 기드리는 세라핀을 믿었다. 지금 그녀에게는 그의 바람만큼이나 쉽고 빠른 처리가 가장 일순위의 문제일 것이다.

강의 풍경은 정말 근사했다. 잔물결이 이는 가운데 바지선과 예인선의 흥겨운 불빛들이 반짝거렸다.

죽기 전에는 그간의 삶이 눈앞을 스쳐 지나간다고 했다, 그렇지 않은가? 시간이 느려지고 늘어지면서 데이지 꽃 사이로 마지막 산책을 하는 것이다. 기드리는 아무래도 상관없었다. 아, 빨간 머리들, 갈색 머리들, 금발머리들. 어쩌면 그는 사후 세계를 위해 가볍게 짐을 챙겨야 할지도 모르겠다. 그리고 이 세상이 끝날 때 머릿속에 남는 마지막 기억은 앞으로의 영원의 시간 동안 지닐 수 있는 유일한 것인지도 모른다. 운이 좋다면, 무슨 일이 닥칠지 알고 있다면, 그 기억을 선택할 수 있을 것이다. 기드리는 그런 생각이 들자 흡족해졌다.

몇 분 뒤, 그의 등 뒤로 발자국 소리가 들렸다.

그는 눈을 감고 조용히 기다렸다.

2003

에필로그

사실, 그녀는 자신의 삶을 사랑했다. 오늘 같은 날들조차도, 그러니까 그녀의 아들이 아침식사 때 그녀의 존재를 무시했을 때도 말이다(로즈메리는 아들이 하나*에서 제 아빠와 스포티 스파이스**와 함께 봄 방학을 보내겠다는 걸 허락하지 않았고, 전 남편의 여자친구를 이름으로 부르지 않겠다고 했으며, 이제 그만 옹졸하게 굴라는 아들의 말을 듣지 않기로 했다). 오늘 같은 날들조차, 그러니까 그녀의 딸은 등굣길에 대학은 사기라고, 다단계 사기라고 했다. 그야말로 천민자본주의라고 말이다(아가, 네 발로 대학에 갈래, 아니면 내 손으로 끌어낼까?). 오늘 같은 날들조차도, 그러니까 그녀가 만난 모든 작가들은 서로 어울리지 않는 캐릭터들을 모아 살인 사건 혹은 강도 사건을 해결하거나 데이케어 센터를 열었다.

로즈메리는 자신의 삶을 사랑했다! 그녀에게는 건강하고, 똑똑하고, 착하고, 때로 훌륭하며, 늘 도전적이고, 한 번도 나약해진 적이 없는 두 명의 아이들이 있었다. 그녀는 메이저급 영화제작사의 부사장이었으며(할리우드의 여자들 중 몇이나 이 자리에 오를 수 있을까), 부탁하기만 하면 아무것도 묻지 않고 시체를 토막 내 암매장해줄 진정한 친

---

* Hana: 하와이의 도시.
** Sporty Spice: 팝 그룹 스파이스 걸스의 멤버인 멜라니 C.

구들도 있었다. 그녀는 마흔여섯 살이었지만, 유전적으로 물려받은 하얀 피부에다 해변과 담배를 기피한 덕분에 30대 중후반처럼 보였다. 30대 중후반이라도 해도 업계 표준으로는 구닥다리긴 했지만, 뭐 상관없었다. 그녀는 작년에 하프 마라톤을 뛰었고, 전 남편은 그런대로 좋은 아빠였다. 최악의 남자는 아니었단 말이다.

그녀는 많은 면에서 상투적이었다. 맞다, 하지만 누군들 안 그럴까? 적어도 로즈메리는 자발적으로, 기꺼이 상투적인 사람이 되기로 선택했다.

"그 사람이랑 결혼할 필요 없어. 첫 데이트잖아. 술이나 마시면서, 어떤지 살펴봐. 네 타입이긴 하니까."

조앤은 협곡 지역을 통과하고 있는 것이 분명했다. 목소리가 자꾸 끊기거나 불안정하게 들렸다. 로즈메리는 언니의 말뜻을 알 것 같았다. 조앤은 의대에서 사랑에 빠졌고 그때 만난 여자친구와 지금껏 그녀 인생의 절반을 함께했다. 그녀는 로즈메리가 영혼의 짝을 찾지 못하고 혼자 외롭게 늙어죽을까 봐 걱정하고 있는 것이다.

"누가 최근에 자기 제작사를 차리면서 나한테 경영을 부탁했게?"

로즈메리가 말했다.

"모르겠는데."

조앤이 말했다.

"아주 아주 유명한 스타야."

"모르겠어."

로즈메리는 조앤이 할리우드에 대한 그 어떤 것에도 고집스러울 정도로 무관심한 것이 좋았다. 조앤은 로스앤젤레스에서 자랐고, 로스앤젤레스에 살고 있었다. 동생이 영화사에서 일을 하고 있고, 엄마가 25년 동안 영화사 여러 곳에서 홍보 일을 했는데도 말이다. 니콜

키드먼이 조앤의 병원을 찾아온다면, 조앤은 아마 이렇게 말할 것이다. "아, 당신의 억양이 참 마음에 들어요. 혹시 호주에서 왔어요?"

"난 지금 하는 일이 좋긴 하지만 변화도 재미있을 것 같아. 하지만 변화에는 위험이 따르겠지. 할리우드에서는 마흔 아래의 사람들만 두 번째 기회를 얻거든. 위험을 감수하기에 난 너무 나이가 많아."

"그럼, 그냥 계속 그렇게 있어."

조앤이 말했다.

"아니면 이렇게 말할 수도 있잖아? '아냐, 로즈메리. 네 나이가 뭐가 어때서? 위험한 일은 없을 거야.'라고."

"나 거의 다 왔어. 너도 다 와가?"

"언니."

"왜."

"우리가 자매가 아니었어도 친구가 되었을까?"

"아니."

조앤을 사랑하는 또 다른 이유였다. 그녀는 말을 꾸미지 않는 사람이었다. 로즈메리는 자기 역시 마찬가지일 거라 생각했다.

공원 묘에서 그들은 어린 시절 하굣길에서 그러했던 것처럼 팔짱을 끼고 걸었다. 로즈메리는 데이지와 미나리아재비를 가져왔고, 조앤은 글라디올러스를 가져왔다. 로즈메리는 자신의 영화사에서 최근 개봉한 영화표도 가져왔다. 예상보다 잘 나온 로맨틱 코미디 작품이었다. 그녀는 미나리아재비 사이에 표를 끼워 넣었다. 엄마는 로즈메리가 만든 영화는 빠트리지 않고 보았다. 마지막이 가까웠을 때도 병원에서 모든 대본을 다 읽어보았다. 그런 뒤 로즈메리에게 꼼꼼히 메모를 남겼다, 정말이다.

조앤은 앞을 쏘아보고 있는 일곱 살 혹은 여덟 살의 아프리카계 미국인 소녀의 사진을 내려놓았다. 엄마는 조앤을 볼 때마다 물었다, "오늘은 누구의 생명을 구했니? 우리 박새." 조앤이 한두 명쯤 구했다고 하면, 엄마는 늘 자세한 이야기를 듣고 싶어 했다.

"엄마가 예전에 한 번 나한테 무슨 얘기를 했는지 알아? 아마 언니한테도 얘기했을 것 같긴 한데."

로즈메리가 말했다. 그녀는 조앤을 바라보았다. 조앤은 아무런 표현도 없이 조용히 울고 있었다. 그녀가 가진 여러 재능 중 하나였다.

"뭔데."

"엄마는 어렸을 적에 사진작가가 되고 싶었대. 진짜 사진작가. 그러니까, 애니 레보비츠* 같은 사람."

"알아."

조앤이 말했다.

"그래서 방금 들었을지도 모른다고 했잖아."

"사진 상자들이 전부 창고에 있지, 아마? 언제 한번 우리 같이 살펴볼까."

"이 바닥에서는 가는 곳마다 누군가 나타나서 이렇게 말한다니까. '아, 워너에서 당신 어머니와 같이 일했었어요.', '아, 파라마운트에서 당신 어머니와 함께 일했었어요.', '사무실에서 가장 똑똑한 직원이었는데.', '사무실에서 가장 거친 직원이었어요.'"

조앤의 뺨에 눈물이 굴러 그녀의 입가에 맺혔다.

로즈메리는 가방에서 티슈 꾸러미를 꺼냈다. 그리고 조앤에게 몇 장 뽑아주기 전에 자기 몫으로도 여러 장 뽑았다. 로즈메리는 직장에서나 집에서나 결코 우는 법이 없었다. 오로지 여기에서만, 조앤과

---

* Annie Leibovitz: 미국의 유명 사진작가.

함께 왔을 때만 그러했다.

"엄마가 돌아가신 지 벌써 4년이나 되었다는 게 믿어져?"

로즈메리가 말했다.

조앤은 생각에 잠겼다. 그리고 코를 풀었다.

"며칠 전 밤에 럭키 꿈을 꿨어."

그들이 오래도록 키우던 개, 초등학교 때부터 고등학교 때까지 함께했던 다정한 친구.

"기억나…? 난 내가 제대로 기억하고 있는 건지 잘 모르겠어. 모텔이 있었잖아. 그리고 아마 엄마가 럭키를 몰래 방에 들여놨더랬지? 원래 모텔 방에 개를 데리고 들어가면 안 되니까."

조앤이 말했다.

그 당시에 대한 로즈메리의 기억도 희미했다. 오클라호마에서 캘리포니아까지의 여정은 대부분 잘 기억이 나지 않았다. 조앤 역시 마찬가지여서 두 사람은 서로의 기억을 공유했다. 로즈메리는 그랜드캐니언과 라스베이거스의 호텔을 기억했고, 조앤은 호수에서 요트를 탔던 것과 카드 마술을 보여줬던 남자를 기억하고 있었다. 그리고 그녀는 이것도 기억했다, 혹은 기억하고 있는 것 같았다. 〈오즈의 마법사〉에 나왔던 허수아비를 만났던 것 말이다. 그래, 언니, 맞아.

둘 중 누구도 차 사고가 나서 뉴멕시코에 발이 묶였던 일을 자세히 기억하지 못했다. 로즈메리는 라스베이거스까지 차를 태워줬던 착한 사마리아인을 기억했다. 그 사람 이름이 뭐였더라? 그나저나 엄마는 캘리포니아까지 낯선 남자의 차를 빌려 타다니, 도대체 무슨 생각이었던 걸까? 지금보다는 더 안전하고 평화로운 세상이었나 보다고 로즈메리는 생각할 수밖에 없었다. 할리우드에서는 아직 무력한 히치하이커를 살해하는 연쇄살인범에 대한 스릴러 작품이 그렇게 많이 나오지 않았다. 로즈메리는 착한 사마리아인의 이름이 팻 분이었다고 말하고 싶었지만, 당연히 그 이름은 아니었다. 그는 멋진 미소를 지닌 남자였다. 그건 분명했다.

"내가 제대로 기억하는 게 뭔 줄 알아? 바로 그날 말이야."

로즈메리가 말했다.

조앤은 코를 풀고 미소를 지었다.

"그래."

그것은 로즈메리가 갖고 있는 캘리포니아에 대한 첫 기억이었다. 다른 무엇에도 오염되지 않고 있는 그대로 잘 보관된 기억. 그들은 한두 달가량 마거리트 이모 집에 머물렀다. 바다에서 다섯 블록 떨어져 있는, 아이다호의 조그마한 방갈로였다. 그리고 어느 날, 아빠와 큰아버지가 오클라호마에서 이곳을 찾아왔다. 아빠가 로즈메리와 조앤을 데리고 부두로 갔고, 회전목마를 탔다. 그들이 집으로 돌아왔을 때에도 엄마와 큰아버지는 여전히 앞쪽 방에 있었다. 엄마는 소파에, 큰아버지는 자주색과 크림색 줄무늬의 새틴 쿠션이 있는 의자에 앉아 있었다. 로즈메리와 조앤은 복도에서 아치형의 문틀을 통해 그쪽을 쳐다보았다. 엄마와 큰아버지는 아이들이 들어오는 소리를 듣지 못했다. 아빠는 여전히 밖에 있었다. 아마 차를 주차하기 위해서였던가?

"샬럿, 한 번만 더 경고할게."

큰아버지의 얼굴은 쿠션과 똑같이 자주색이 되었다가 크림색이 되었다가 했다.

"둘리에게 제일 비싼 변호사를 붙일 거야. 최고 실력을 가진 변호사 두 명을. 지금 당장 아이들 데리고 우리와 같이 집으로 돌아가지 않으면, 내가 약속하건대, 남은 평생을 법정에서 싸워야 할걸."

엄마는, 아… 우리의 엄마는 냉정하고 차분하게 미소를 지었다. 어떤 색 아이섀도가 잘 어울릴지 친구와 미리 의논을 한 모양이었다.

"뭐, 그럼. 저도 준비를 해야겠네요."

엄마가 말했다.

옅은 안개가 내려앉기 시작했다. 산타모니카의 준 글룸*이었다. 로즈메리도 코를 풀었다.

"엄마는 정말 강했지."

로즈메리가 말했다.

"돌아가신 지 4년이나 된 것처럼 느껴지지 않는데, 어떤 때는 아주 오래된 일인 것 같기도 해."

"그래."

"엄마를 잊고 싶지 않아."

"바보 같은 소리 하지 마, 언니."

로즈메리가 말했다.

"알았어."

조앤이 말했다.

끝.

---

* June Gloom: 캘리포니아에서 늦봄에서 초여름 시기에 날이 흐려지는 현상.

감사의 말

셰인 살레르노와 같은 에이전트를 만난 건 최대의 행운이었다. 그는 그의 고객들과 직원들을 매우 맹렬하게 보살피고 관리했다. 그는 낮이나 밤이나 옳은 답안 혹은 옳은 질문과 함께 내 곁에 있어주었다. 돈 윈슬로, 스티브 해밀턴, 그리고 나를 셰인의 방식대로 이끌어 준 메그 가디너에게도 큰 빚을 졌다.

내 담당 편집자 에밀리 크럼프는 무서울 정도로 똑똑하고 다재다능할 뿐만 아니라, 함께 일하기 매우 유쾌한 사람이다. 내 책을 출간해준 발행인인 놀라운 리에트 스테흘리크와 린 그래디, 칼라 파커, 대니얼 바틀릿, 모린 석든, 케이틀린 해기, 그리고 줄리아 엘리엇에게도 감사의 마음을 표한다. 윌리엄 모로와 하퍼콜린스에는 멋진 사람들이 무척 많다. 그들 중 다수와는 개인적으로 잘 알지 못하지만, 그들이 나를 위해 들인 노력과 지지를 잘 알고 있고, 그에 대해 감사드리는 바다.

나의 친구들과 가족에게도 감사한다. 그들은 내게 과분하다. 이번에는 그중 몇 명의 이름을 특별히 언급하고 싶다. 엘런 버니, 세라 클링겐버그, 로런 클링겐버그, 토머스 쿠니, 버드 엘더, 엘런 나이트, 크리스 훅스트라, 트리시 달리, 밥 블레드소, 미사 슈포드, 알렉시스 페르시코, 그리고 엘리자베스 플레밍, 그리고 매일같이 저술을 위해 방문하는 나를 따뜻하게 환영해준 다이펜더의 임직원들.

미스터리 범죄 소설 작가가 되는 것의 가장 큰 장점은 미스터리 범죄 소설 커뮤니티의 일원이 될 수 있다는 점이다. 커뮤니티의 모든 작가와 독자와 리뷰어, 블로거, 홍보자, 그리고 귀중한 응원과 조언을 아끼지 않는 서적상에게도 감사 인사를 전하고 싶다.

이 책은 사실상 나의 아내, 크리스틴의 것이다―그들 모두가 그러하듯, 그들 모두가 그러할지니.

노벰버 로드
November Road

1판 1쇄 발행 2019년 12월 26일
1판 2쇄 인쇄 2020년 3월 5일

지은이 루 버니
옮긴이 박영인

발행인 김태환
편집 신진
표지 및 본문 디자인 Miso

펴낸곳 네버모어
출판등록 2016년 1월 7일 제385-2016-000002호
주소 경기도 안양시 동안구 귀인로 258, 108동 305호
전화 070-4151-5777
팩스 031-8010-1087
이메일 nevermore-books@naver.com
SNS https://twitter.com/nevermore_books

ISBN 979-11-960386-9-4

※ 이 책은 네버모어가 저자와의 계약에 따라 발행한 것이므로
본사의 서면 허락 없이는 어떠한 형태나 수단으로도 이 책의 내용을 이용하지 못합니다.
※ 잘못된 책은 구입처에서 교환해 드립니다.
※ 책값은 뒤표지에 있습니다.

이 도서의 국립중앙도서관 출판예정도서목록(CIP)은 서지정보유통지원시스템 홈페이지(http://seoji.nl.go.kr)와
국가자료공동목록시스템(http://www.nl.go.kr/kolisnet)에서 이용하실 수 있습니다.
(CIP제어번호 : CIP2019047193)